外国语文跨学科研究丛书

主　编：董洪川

美国内战小说研究

罗小云　著

外语教学与研究出版社
FOREIGN LANGUAGE TEACHING AND RESEARCH PRESS
北京 BEIJING

图书在版编目（CIP）数据

美国内战小说研究 / 罗小云著. -- 北京 : 外语教学与研究出版社, 2023.10
（外国语文跨学科研究丛书 / 董洪川主编）
ISBN 978-7-5213-4893-4

Ⅰ. ①美… Ⅱ. ①罗… Ⅲ. ①小说研究－美国－现代 Ⅳ. ①I712.074

中国国家版本馆 CIP 数据核字（2023）第 216142 号

出 版 人　王　芳
责任编辑　程　序
责任校对　闫　璟
封面设计　高　蕾
出版发行　外语教学与研究出版社
社　　址　北京市西三环北路 19 号（100089）
网　　址　https://www.fltrp.com
印　　刷　北京九州迅驰传媒文化有限公司
开　　本　650×980　1/16
印　　张　19.25
版　　次　2023 年 11 月第 1 版　2023 年 11 月第 1 次印刷
书　　号　ISBN 978-7-5213-4893-4
定　　价　76.90 元

如有图书采购需求，图书内容或印刷装订等问题，侵权、盗版书籍等线索，请拨打以下电话或关注官方服务号：
客服电话：400 898 7008
官方服务号：微信搜索并关注公众号“外研社官方服务号”
外研社购书网址：https://fltrp.tmall.com

物料号：348930001

《外国语文跨学科研究丛书》

编委会

总 序

在新时代背景下，“一带一路”建设、“构建人类命运共同体”和“中华文化走出去”等国家方略对外语学科专业发展和人才培养提出了新要求、新任务。外语教育不仅需要培养能倾听世界声音的外语专业人才，更需要培养能与世界对话、讲述中国故事、参与国际事务管理的跨学科复合型创新性人才。作为大学五大职能的科学研究，毫无疑问，也需要不断探索跨学科的研究路径和创新领域。具体到哲学社会科学研究领域，不断推进中国特色学科体系、学术体系、话语体系的建设和创新，努力构建一个全方位、全领域、全要素的哲学社会科学体系，也是未来很长一段时间内中国哲学社会科学界的根本任务。

基于上述认识，四川外国语大学组织编写了《外国语文跨学科研究丛书》。这套丛书收录了包括外国语言文学学科多个领域的论著。同时，该套丛书经过严格筛选程序，严把政治关和质量关，既注重对“外国语文”即外国语言、文学、文化及翻译的本体研究，也注重跨学科的交叉融合与创新研究。同时丛书还特别注重对“讲好中国故事，传播好中国声音”具有启示意义的国外汉学研究、翻译学、国际传播研究方面的优秀成果的吸纳。我们希望通过出版这套丛书，推出学校外语学科的最新研究成果，积极推动四川外国语大学外国语言文学学科的内涵建设，同时也为学界同人提供一个沟通学术、交流思想的平台。

四川外国语大学位于歌乐山麓、嘉陵江畔，是我国设立的首批外语专业院校之一。古朴幽深的歌乐山和清澈灵动的嘉陵江涵养了学校独特的人文品格。学校在邓小平、刘伯承、贺龙等老一辈无产阶级革命家的关怀和指导下创建，从最初的中国人民解放军西南军政大学俄文训练团，到中国人民解放军第二高级步兵学校俄文大队，到西南人民革命大学俄文系、西南俄文专科学校，再到四川外语学院，最终于2013年更名为四川外国语大学。学校自1979年开始招收硕士研究生，2013年被国务院学位委员会批准为博士学位授予单位。外国语言文学学科是学校的传统优势学科。建校73年来，学校在外国语言、外国文学与文化、翻译研究、中外文化交流等领域的人才培养和学术研究方面均取得了较为丰硕的成果。该学科不仅哺育了杨武能、蓝仁哲、刘小枫、黄长著、王初明、杜青钢、阮宗泽等众多有影响力的专家学者，还出版了《法汉大词典》《俄语教学词典》《英语教学词典》《加拿大百科全书》等大型工具书，受到学界普遍认可。

众所周知，人类已经进入产业发展史上的信息化时代，各大产业的技术创新更需要跨学科的协同合作与交叉融合。在高校“双一流”和“新文科”建设的大背景下，越来越多的高校已经意识到学科融合是学科建设的新增长点。因此，如果固守传统的学科分类标准，并按照大工业时代分科治学的理念进行技术创新和人才培养的话，那么我们将很难解决技术创新和人才培养过程中的很多瓶颈问题，卡脖子的核心技术和高素质的国际化复合型人才培养因为缺少跨学科的浸润和锻造而很难有所突破，高等教育也将重蹈大工业时代人才培养单一化和扁平化的覆辙。在技术赋能和学科融合的后疫情时代和新文科背景下，高等教育的人才培养无疑要面对许多新的问题与挑战。习近平总书记指出，“新科技革命和产业变革的时代浪潮奔腾而至，如果我们不应变、不求变，将错失发展机遇，甚至错过整个时代”。他强调，“新科技革命和产业变革是一次全方位变革，将对人类生产模式、生活方式、价值理念产生深刻影响”。因此，我们的学科专业发展和创新人才培养，只有积极地应变和求变，尤其是革新传统的学科藩篱和门户之见，才能应对以人工智能、增强现实和虚拟现实为特征的第四次教育革命带给高等教育界的全面变革。基于此，学界需要以更加高远的战略眼光、更宽广的全球视野、更包容的文化心态、更自觉的国家意识、更强烈的现实关怀、更敏锐的创新意识，摈弃成见、精诚合作、交互融通、多元参与、协同共治，并按照习近平总书记“立足中国、借鉴国外，挖掘历史、把握当代，关怀人类、面向未来”的思路，坚持“学术关怀”与“现实关怀”和谐统一的原则，充分树立“跨界”“交叉”“融合”的新文科理念，着力打破学科机制壁垒和人才培养瓶颈，推动理论与实践、学界与业界、国内与国外、线上与线下的有机融合，促成中外学术的交流交往和对话合作。

本丛书的出版得到了外语教学与研究出版社的鼎力相助，也得到了学校外语学科广大教师的积极响应和支持，出版社的总编辑、编辑和各位作者为此付出了艰辛的努力。尤其令我们感动的是，国内一批著名专家欣然同意担任本套丛书的编委，帮助我们把脉定向与遴选书稿。在此，我谨向他们表示衷心的感谢和崇高的敬意！当然，由于时间仓促，也囿于我们自身的学识与水平，本丛书肯定还有诸多不足甚至讹误之处，恳请学界同仁批评指正。

董洪川

2023年早春于歌乐山麓

目 录

导 言 **1**

第一章 废奴小说与内战前兆 **18**

第一节 美国奴隶制与废奴小说 19
第二节 引起大战的小说:《汤姆叔叔的小屋》 35
第三节 自由的代价:《为奴十二载》 52
第四节 梦幻之路:《地下铁道》 61
第五节 他者的另类叙事:《已知的世界》 76
第六节 内战的预演:《上帝鸟》 90
小结 98

第二章 内战的毁灭性 **99**

第一节 兄弟相残的现代战争 100
第二节 战争与激情:《红色英勇勋章》 104
第三节 鏖战中的将军们:《杀戮天使》三部曲 115
第四节 战争洪流中的众生像:《大进军》 130
第五节 创伤与疗伤:《南方的寡妇》 138
第六节 内战中的普通人:比尔斯的短篇小说 146
小结 156

第三章 内战小说中的家与国 **157**

第一节 家乡州与国家认同 158

第二节 陷落的伊甸园：《飘》 161

第三节 重访战时的南方：《马奇》 173

第四节 内战中的家族史诗：《北方与南方》三部曲 179

第五节 故土上的流浪者：《冷山》和《走向加特林堡》 197

第六节 非虚构小说中的战时首都：《华盛顿的起床号》 210

小结 219

第四章 作家抉择与内战小说 **221**

第一节 南北作家与战争主题 221

第二节 走向战争的年轻人：《马纳萨斯》 236

第三节 幻灭与复兴：《押沙龙，押沙龙！》 244

第四节 内战小说中的边缘人物 251

小结 265

结语 **267**

附录 **273**

参考文献 **284**

导 言

美国的强盛在很大程度上是由于较少遭受战争蹂躏，总能在远离冲突的和平环境下保持高速发展。纵观美国历史，其本土发生的战争只有南北分裂导致的内战伤害最大。内战中美国人的死亡率是第二次世界大战的五倍，约36万北方联邦军士兵和25.8万南方邦联军士兵战死，其中有三分之一是因为创伤没有得到及时和正确的医治而死亡。双方还各有大约27.5万名士兵残疾，另有41万士兵（包括19.5万名北方士兵和21.5万名南方士兵）永远记得过度拥挤和脏乱不堪的战俘集中营。在其中饱受煎熬的人们有着最糟糕的经历，例如佐治亚的安德森维尔战俘集中营就监禁了3.1万名北方士兵，到战争结束此处共计有1.2万座坟墓（纳什，2008：512）。内战的惨烈和根源的复杂性为文学创作提供了难得的素材并由此产生独具特色的内战小说。这类小说的发展经历了早期的尝试、20世纪后半期的繁荣和新世纪里的再度崛起三个阶段。内战小说在发展进程中从探寻冲突根源，分析参战激情，构思战争浪漫，描述被毁家园与重建，逐步到关注心理创伤，提供疗伤策略，以及从生态主义角度重新审视这场浩劫和以新的观点尝试重建内战历史。由于美国内战的特殊性，涉及这一主题的小说中优秀作品出现较晚，直到20世纪后期才有更多作品面世。在新世纪开端的数年间呈现出难得的繁荣景象，涌现出一批佳作，特别是以《冷山》为代表的作品改编成电影后，形成了美国文化在全球市场上的独特景观。追根溯源，内战小说中崇尚的个人英雄主义和国家认同等观念伴随美国价值观输出，对世界战争小说产生了一定影响。美国作家在处理国内战争和国外战争题材时往往采取双重标准：对前者施与更多人文关怀，表现出对“兄弟相残”的无奈与悔恨，而对后者则以战争游戏化或黑色幽默方式凸显道德的模糊性和泛和平主义倾向。在经历了第二次世界大战和改变美国国民性的越南战争，特别是“9·11”事件后，面临反恐严峻局势的今天，对美国内战小说的系统研究具有重要的现实意义。

1. 内战爆发的根源

弗吉尼亚的夏洛茨维尔市在2007年因拆除内战著名将军罗伯特·李的塑像引起大规模骚乱，并触发各地对内战纪念物的快速处理，暴露出历经一个多世纪那场战争带来的创伤仍难治愈，种族矛盾依然存在，在新世纪反而加剧。白人至上主义的重新抬头和当局的新移民政策，以及修建美墨边境隔离墙等举措，都促使人们重新审视那段历史和探寻战争爆发的根源。导致影响深远的内战有诸多原因和历史必然性。南北双方发展不平衡，形成各自特点使冲突逐步加剧和公开化，最后走向分裂。1776年独立时美国只不过控制了大西洋沿岸的狭长地带，随后的向西扩张使其在内战前的1860年由原来13个州增加至33个，国土从大西洋延伸到太平洋，南北之间的分歧也随这种扩展愈加明显。战争开始时南北双方的力量对比极为悬殊，北方有23个州、7处领地，人口共计2200万；南方只有11个州，人口才900余万。当时主要军工企业都在北方，这种潜能为北方取得最后胜利起到关键性作用，而主要产棉区南方在遭遇北方对海上运输线封锁后，无法换取所需的装备和其他军用物资。联邦军队除了有源源不断的志愿兵外，还有186,000名黑人士兵参战效力，然而直到1863年南方才批准将20万黑人士兵编入军队，却由于惧怕他们叛乱从未使其参战（《大美百科全书》第六卷，1994：417—418）。人们普遍认为，“北方拥有选票、权力和生存的意志，而南方则只有传统及其捍卫者的个人胆识”（林顿，1984：170）。

从建国起在制宪问题上留下的隐患最终成为导火绳。1807年3月2日国会通过法令禁止黑奴进口贸易引起南方蓄奴州的不满，但这反而刺激了各州的黑奴交易，使南方许多种植园变相成为黑奴繁殖场。1820年的密苏里妥协案为南北冲突埋下祸根，该州作为蓄奴州加入联邦，并规定以北纬36° 30′ 为界，此线以北为自由区，以南为蓄奴区，但新加入的州多数为自由州。表面上看，当时美国白人的生活水平高于地球上其他地方的居民，繁荣的经济吸引大规模移民到来，全部人口达3100万，刚刚超过不列颠。他们自认为是世上最文明、最幸运之人，但避而不谈的是政治自信中的极大缺陷：一是对印第安土著的血腥镇压暴露出的残酷；二是国土上居然存在罪恶的奴隶制，黑人的悲惨遭遇历历在目。这无疑是对建国宗旨“所有人生来平等”的莫大讽刺，也标志着新大陆伟大实验的失败（Farmer，2008：1—2）[1]。著名废奴主义者加里森（William L. Garrison，1805—1879）在1832年的“宪法与联邦”一文中指出，早期的美国宪法本身就掩饰了矛盾冲突，他预言随后的战争不可避免。从这种基于自由州与蓄奴州之间的安排，他质疑美国宪法的神圣性，认为实际上是“为维护世界上最为暴戾和邪恶的制度所做出的最血腥和最冒犯天威的妥协”（Nabers，2006：1）。林肯在1838年的演讲（史称“吕克昂演讲”<Lyceum Address>）中也指出，美国宪法这一神圣的工具开始滴淌人的鲜血，不断加重的大不敬情绪已向全国渗透，他大声疾呼“重振法律的尊严”（Lincoln，2012：32—33）。但在奴隶制问题与维护法律尊严两者之间，林肯更注重的是后者，即使后来内战爆发他也常常说明，战争最初的目的是为了阻止国家的分裂，而不是为了解放黑奴。

南北纷争由来已久，除奴隶制问题外，内战前国家的扩张和无序也使人们对国家认同模糊。他们面对的是一个边界不断变化和向前波动的国家。各州之间的共同感严重缺失，特别是当梅森-狄克森线的划定与密苏里妥协案的向西延长线确定双方未来势力的扩展范围后，留下明显的分裂预兆。内战前的扩张和地理上的不确定给美国社会和文化带来的复杂和多重的影响是人们从未意识到的，也极为不利于民族性的形成。安德森（Benedict Anderson）在《想象的共同体》（*Imagined Communities*，1983）一书里指出，如同地图制作的方法一样，民族主义也是空间建构和区划的一种方法。它使人们能够以某种想象的共同体中适当区域的设计时划分领地（Baker，2006：4）。到19世纪中叶美国的领土扩张已达到高峰，跨越整个大陆，甚至还有人提出向海外岛国索取领土。“新吞

---

1 本书所有英文参考文献对应的引文，除译本注明的，均由笔者翻译。

并的领土太多也意味着尚还年轻的国家的边界波动太大，这在实际边界和思想上两方面都令人惊叹，以至于19世纪许多美国人心里都难以想象出清晰的国家版图。”[1]在领土吞并的同时也纳入许多文化、宗教信仰和风俗习惯完全不同的种族，人们担心自己总是与陌生人居住在国家的竞技场上，这难以成为有文化底蕴的共有之地。当时因信奉“命定扩张论”（Manifest Destiny）的狂热已难以控制，随之而来的是乐观主义之下的不安潜流。爱默生在日记里惊叹道：“美国毫无约束，扩散开来……混沌无形”（Baker，2006：1—2）。利曼·比切（Lyman Beecher，《汤姆叔叔的小屋》的作者斯托夫人的父亲）早在1819年就对同胞发出警告说，“我们的快速移民和耕地的扩张本身就是一种国家罪恶”。他担心西部领地的并入和移民太快，将出现一个跨越阿勒格尼山脉（Alleghenies）的异族社会（alien society），全由土地投机者、更亲近于教皇和其欧洲同盟而不是美国的天主教徒和从未受过学校和教会文明影响的半野蛮的西部人所组成。他担心这个国家将变成绵延不绝的荒凉和血腥的边疆区（Baker，2006：3）。人们担心外国领地的并入必将改变联邦的性质，北方的自由会落入墨西哥的西班牙人或者南方混血儿的手中。这种并吞可能成为被并吞，改变人口的比例和实施并吞的权利也会让大家重新沦为殖民地附庸（Baker，2006：7）。为保持美国人种的纯洁性，在加州和德克萨斯并入时，议员们反对意见极大，有的认为，加州的居民主要是印第安人和混血的墨西哥人，以及来自世界各地的淘金冒险家。容许德克萨斯作为蓄奴州并入不过是将其作为自由黑人输出的通道，让获得自由的黑奴离开的“安全阀”（a safety valve）。这些前奴隶将由此前往适应他们种族的气候的地方，因为在联邦中任何地方他们都无法找到生活在同类中的舒适之地（Baker，2006：121）。

建国以来作为基本国策的领土扩张同样促使美国走向分裂。南卡罗来纳的小说家兼评论员威廉·吉尔摩·西姆斯在信中为墨西哥战争辩护时说，“战争是现代文明中一个最为重要的组成部分。我们的命运就是去征服别人。一个国家一旦停止扩张它的统治势力，它就会沦为虽处劣势

1 Anne Baker, *Heartless Immensity: Literature, Culture and Geography in Antebellum America*, Ann Arbor: The University of Michigan Press, 2006, p.1.

但却富有生气的邻国的牺牲品”。墨西哥战争使加拿大人惊恐不已，赶紧加强对各松散州省份的联系，建立单一的统治。美国政府同样意识到问题的严重性，它下一步就是加紧对南方各州的镇压，当时它们企图脱离联邦，建立自己的共和国。人们意识到“蓄奴的南方已经与工业化的北方迥然不同，它们实际上已是两个不同的国家了，作为两个抗争的集权单位，它们犹如两个欧洲国家，都想把自己的势力扩张到对方”（威尔逊，1993：6“前言”）。南方人长期认为遭受北方的经济剥削和政治歧视，需要成为独立国家的呼声愈加高涨。

其实美国国会中有关分离的话题在19世纪初已开始逐步升温。在1814年针对国会动用州军队的特权，新英格兰的联邦主义者就在康涅狄格州的哈特福德（Hartford）集会，宣布反对国会这些特权，认为各州在极端情况下有权退出联邦。这被认为是联邦分裂的第一波信号。关于联邦分裂的争论到1832年进入炙热化。当年经过修改的税收法案通过后，来自南卡罗来纳的副总统卡尔霍恩（John C. Calhoun）立刻辞职，该州宣布了自己的税收法令并表示如果强制执行联邦税法，该州将退出联邦。杰克逊（Andrew Jackson，1767—1845）总统认为此举就是叛国并派兵进入查尔斯顿，压制了这一脱离联邦的苗头。但此次“税法废除危机”触发的分裂的幽灵要到1865年才算平息下来（Grant，2012：160）。如果说南卡罗来纳的反税法危机是第二波的话，内战爆发则是此种思潮的决定性行动。其实维持统一或走向分裂的争议早已渗透全国，即使宗教信仰的约束也无济于事，而宗教组织本身早就开始分裂。内战爆发时南部长老会教徒就在佐治亚州的奥古斯塔开会，公开宣布成立独立于北方长老会的南部邦联同盟长老会最高宗教裁判会议。1856年约翰·布朗（John Brown，1800—1859）带领废奴主义激进分子攻打哈泼斯渡口（Harper's Ferry）兵工厂使得双方冲突白热化，林肯1860年的选举获胜更令南方绝望而走向战争。一些历史学家甚至将南方1861年在萨姆特堡的行动[1]比作日本人1941年在珍珠港的偷袭，认为他们是被逼到无法逃脱的死角后才不得不发动战争。

在1860年林肯赢得大选时，南北双方都宣称自己继承了美国革命的遗产，具体内容分别指“独立宣言和美国宪法两份文件”，他们各有

1 内战爆发的标志是1861年4月12日南部军队进攻南卡罗来纳州的萨姆特堡（Fort Sumter）。

择重、各取所需。北方选择前者，强调人们生来平等；南方选择后者，希望依靠宪法保护私有财产和州权，从而延续奴隶制（Grant，2012：170）。这在1861年3月由新当选的南方邦联副总统亚历山大·斯蒂芬斯（Alexander Stephens）著名的萨凡纳演讲中就特别明显，他宣布南方邦联的宪法与1787年在费城起草的美国宪法不同，主要在于纠正独立宣言中的错误。斯蒂芬斯坦率指出，“成立美国的思想基于所有种族是平等的这种设想是一个错误”。因而邦联的宪法首先是保护奴隶作为私有财产。为强调新成立的南方邦联与之前国家的区别，他宣布：

> 我们新政府是建立在完全不同的理念上，其基础建于和作为奠基石的是一种伟大的真理，那就是黑人不能与白人平等；奴隶从属于高等种族是自然和正常的状态。我们新政府是世界历史上第一个建立在这种伟大的符合自然规律的、哲学的、道义的真理之上的。（Grant，2012：174）

这表明南方从国策上确认将继续施行奴隶制。特别具有讽刺意味的是，即使战争爆发后，南北双方都宣称不是为了奴隶制而开战，南方强调的是为了州权和宪法赋予的自由而抵抗入侵；北方则表示只是为了维护联邦的统一和反对国家的分裂。

内战的代价巨大，特别是南方，其适龄青年中就有四分之一死于战场。在美国历史上，人们对这场战争的称谓一直存在争议，南方人称其为“州际战争”（The War Between the States），北方人则认为是“叛乱战争”（The War of Rebellion），有的甚至称之为“南方独立战争”（The War for Southern Independence）、“邦联战争”（The Confederate War）或者“分裂战争”（The War of Secession）等，最后普遍认为还是“内战”（Civil War）最合适（Farmer，2008：2）。从这些不同的称谓就可以看出人们对内战看法的分歧。英国史学家艾瑞克·霍布斯鲍姆（Eric Hobsbawm）在《资本的年代》（*The Age of Capital, 1848—1875*）里指出，深究美国内战的本质和起因必将引起无休止的争论。他认为尽管奴隶制是引起这场大战的根源之一，但战争的胜利只不过是北方资本主义的胜利，“而不是黑人的胜利，不管他们是奴隶还是自由人”（Ford，2005：1）。美国内战爆发的根源主要在两方面：首先是因建国不久，国家认同感的缺失；其次是南方奴隶制的问题。这些都成为随后面世的内战小说的主要话题。

2. 内战小说的发展阶段

在对战争爆发的根源进行探索的同时，内战小说也着重揭示其影响和描述民众所经历的毁灭、重建和疗伤的过程。这些小说的主题涉及面广，主要关于：南北分裂的根源，国家认同与家园意识，作为首次现代战争的毁灭性，个人的战场经历，内战中的领袖作用，参战的黑奴与黑人士兵的贡献，内战中的女性与护理叙事，奴隶制与解放，内战与美国民族性的形成，个人主义与宪法权利，战争创伤与疗伤和内战中的家庭等。

内战小说主要经历了三个发展阶段。第一阶段应从最早的废奴小说算起，这些猛烈抨击奴隶制的文学作品在很大程度上揭示了南方内战前已在精神上遭遇毁灭的社会现实，对战争的爆发起到推波助澜的作用。作家们借用建国功勋们的言辞质疑立国的根本，呼吁每个人都应享受自由与平等。这类作品里《汤姆叔叔的小屋》（*Uncle Tom's Cabin*，1852）具有代表性，斯托夫人以身处奴隶制枷锁的黑人的悲惨生活与种植园主的奢华的鲜明对比再现地狱般的南方，指出这与清教徒先辈在横渡大西洋的“五月花”上构想的天堂相去甚远。当初的移民中没人会预料到新大陆的后代居然堕落到施行、欣赏，甚至不惜捍卫血腥的奴隶制。林肯对斯托夫人说《汤姆叔叔的小屋》就是“引起这场伟大战争的书”时所道出的实情是，区域之间和政治上的敌意已被一种新的民族文学激起，要求社会在道义上必须转变并传播这种思想的文学作品加快了国家走向战争的步伐。

如此惨烈的内战突然降临到这“上帝应允之地”令人十分困惑，许多著名作家也不知所措，他们基本回避这一话题，只有少数人陆续作出反应，开始以此题材进行创作并质疑这场战争的意义和参战动机。较早的有曾任联邦军队军官的约翰·德福莱斯特（John W. De Forest）的《瑞夫纳小姐从脱离到忠诚的转变》（*Miss Ravenel's Conversion from Secession to Loyalty*，1867），重点探索了战争爆发的根源，他以女主人公转向支持北方事业的事实“象征战争造成的分裂创伤”，当时文坛风云人物豪威尔斯（William Dean Howells，1837—1920）[1]认为该书可以同托尔斯泰的《战争与和平》媲美（埃利奥特，1994：419）。具有代表性的作品是斯蒂芬·克

1 美国现实主义文学奠基人，其代表作为《塞拉斯·拉帕姆的发迹》（*The Rise of Silas Lapham*，1885）。

莱恩（Stephen Crane，1871—1900）的《红色英勇勋章》（*Red Badge of Courage*，1895）。他在书中表现了极具冲动意识的英雄主义，主要以自然主义手法揭示当时人们的参战心态。他写道："纯粹的冲动统治着一切，所有人都不能支配事件的发生或他们自己的行动"（埃利奥特，1994：438）。该书强调个人主义和自我保护，这对后来的战争小说影响极大。克莱恩的小说显然带有强烈的讽刺意味，他和马克·吐温一样，其实是"将这场战争看作一出悲剧性的滑稽戏，一种令人难受的笑话，是对前辈作家和政治家的豪言壮语的扭曲"（Fuller，2011：221）。另一重要作品则是被称为"战争影响小说"（war effect novel）的《飘》（*Gone with the Wind*，1936）。作者玛格丽特·米切尔（Margaret Mitchell）既展示了战争的残酷性又描述了废墟中的浪漫史，她在塑造内战和重建时期的神话时，正值"美国面临国内困难考验的重要时期"（埃利奥特，1994：619）。米切尔同样注意到青年人的参战激情，她极具反讽地描写了整个南方都陶醉在一股热情和激动之中。米切尔以思嘉·奥哈拉的苦难经历生动再现劫后的场景，强调在遭遇灭顶之灾的南方只有这类人物才能勉强生存和渡过难关，因为内战对南方的毁灭不仅仅在物质上，对人们精神上的摧残更是难以言述。

为了南方的重建和疗伤，作家们表现出对曾经悠闲的种植园生活的怀念和热衷于描写心满意足的奴隶，并以此作为一种安抚和平衡。战争结束后这类怀旧乡愁的情绪显得越来越浓烈，如豪威尔斯就在其乡土小说中着重表现"一种危机感和失落感，一种对内战前人际关系密切的乡村一去不复还的怀旧感"（埃利奥特，1994：417）。当时特别令人感到轻松和缓解的是乔尔·钱德勒·哈里斯（Joel Chandler Harris），他的《雷穆斯大叔：他的歌曲和语录》（*Uncle Remus：His Songs and His Sayings*，1880）曾被称为年度最畅销书。这位擅长运用黑人土语和黑人民间传说讲故事的作家"在轻松的幽默和对奴隶制与种族主义严厉抨击之间维持严格的平衡"（埃利奥特，1994：421）。对身处家园毁灭后的南方人而言，这不乏是一种疗伤的策略。埃伦·格拉斯哥（Ellen Glasgow，1874—1945）在表现内战的优秀小说《战地》（*The Battle-Ground*，1902）里同样强调表现"一个富于民间传说和思想素材的南方，一个独特而骄傲的南方，一个急切地希望在文学方面也如同在政治和经济方面一样发扬富有活力、连绵不绝的传统的南方”（埃利奥特，1994：423）。实际上从内战结束到20世纪初期，作家们都在尝试以描写骄傲的南方的方式展示其重建的效果和进行疗伤。但在他们的创作中区别是明显的，不少北方作家以此对灾难深重的南方加以安抚，而南方作家所想到的是以自己的传统和思乡情结促进文化上的复兴。

内战小说发展的第二阶段始于第二次世界大战后。具有代表性的作品是迈克尔·萨拉（Michael Shaara）的《杀戮天使》（*The Killer Angels*，1974），约翰·杰克斯（John Jakes）的内战三部曲：《北方与南方》（*North and South*，1982）、《爱情与战争》（*Love and War*，1984）和《天堂与地狱》（*Heaven and Hell*，1987），以及霍华德·巴哈尔（Howard Bahr）的《黑色之花》（*The Black Flower*，1997）等。特别引人注意的是杀入文坛的黑马查尔斯·弗雷泽（Charles Frazier），其处女作《冷山》（*Cold Mountain*，1997）改编成电影（2003）之后影响更大。弗雷泽着重揭示人们的好战本性，如书中的邦联首领罗伯特·李将军（Robert E. Lee，1807—1870）明确表示自己只是把战争看作澄清上帝隐晦意志的工具。李将军认为一切人类行为中战争的神圣性仅次于祷告和读《圣经》。弗雷泽总结说，“最喜欢战争的是李，如果可以自作主张，他会径直把大家统统送进地狱的大门”（弗雷泽，2004：8）。许多美国人，甚至历史学家常常将此次战争冲突称为兄弟之争，然而如此冷酷凶残真能出自兄弟之手？弗雷泽所揭示的是当时双方之间不共戴天的仇恨和对彼此毫不留情的毁灭。书中主人公英曼目睹虐杀对方伤兵的恶行时无动于衷，该情景最终成为藏于其心底的幽灵，永远无法摆脱。正如创伤理论家卡鲁斯（Cathy Caruth）所指出的那样：创伤是一种对人呐喊的受伤事件，它总是以一种延迟的方式尝试告诉我们真相（Caruth，1996：4）。在战争的改变下，英曼与恋人重逢时双方都不敢贸然相认。四年外出征战后他返回家园时已成为陌生人，或者说是一名故乡土地上的梦游者。《冷山》这类小说还突出了作者的生态主义意识，强调美丽而寂静风景已难以抚平士兵内心的创伤。

第三阶段是指进入新世纪后更多内战题材小说的面世。杰拉尔丁·布鲁克斯（Geraldine Brooks，1955—）基于路易莎·奥尔科特（Louisa May Alcott，1832—1888）的名著《小妇人》（*Little Women*，1869）

创作的《马奇》（*March*，2005）荣获普利策小说奖，该书以奥尔科特小说里缺席的父亲马奇为主角，深入南方揭示奴隶社会的真相，更多关注战争对人性的扭曲。布鲁克斯指出内战的根源是因为在美国的一块土地上，“人们亵渎神灵，产生腐败，有罪恶之根，行动的时刻到了”（布鲁克斯，2007：200—201）。该书详尽描述了奴隶主优雅面具后的虚伪和奴隶制的残酷。同年出版的另一重要作品是多克特罗（E. L. Doctorrow，1931—2015）的史诗般巨作《大进军》（*The March*，2005），该书获2005年全国图书评论奖。多克特罗描绘了上百人的战时众生像和纵横千里的战争场景，旨在重建内战历史。他尤其以白奴的遭遇告诫人们，如果南方占了上风，仅仅是白皮肤将不能保证一个自由人的身份，“任何人都可能受制于契约，被戴上脚镣手铐在拍卖场上被卖掉”（多克特罗，2007：159）。他指出最危险的是人们头脑里根深蒂固的奴隶制思想。多克特罗讲述了谢尔曼将军统领下的联邦军队对南方的毁灭性打击，如在亚特兰大的纵火和掠夺使无数人遭遇浩劫，其命运都被改变。多克特罗关注下层士兵和普通人的生存状态，在描述被战争洪流裹挟其中的这些人物时表现出极强的同情心，并对将军们的武断和残忍加以谴责。与之形成鲜明对比，多克特罗在书中塑造了与白人同样睿智的黑人形象。内战中最为惨烈的战事发生在富兰克林小镇，罗伯特·希克斯（Robert Hicks）的《南方的寡妇》（*The Widow of the South*，2005）入微地描述了这种场景。仅仅在1864年11月30日的五个小时里就有9200人在此倒毙或身受重伤，其伤亡程度超过第二次世界大战中的“反攻日”（D-Day）的19个小时鏖战，甚至是珍珠港事件的两倍多。[1]突如其来的打击令人猝不及防，搅乱了小镇的宁静生活，人们身不由已地卷入这场劫难。该书旨在让世人明白，南方已被战争彻底改变，创伤和磨难需要漫长的岁月抚平和愈合。

这些作品中凸显了一条南北之间的分界线，标明了自由与奴役两重天地。实际上在美国文学的创作中长期以来都有较为典型的坐标，向北意味着追求自由，向南则是寻根，向东走向文明与法制，向西寻求冒险和机会。内战小说的创作则强调，北方代表着权力和正义，南方则是混乱与毁灭，整个西部早已丧失话语权，只是作为战利品静静等待被处置。

1 “D-Day”指盟军在法国北部的开始进攻日（1944年6月6日）。

尤其令人寒心的是，内战的结束对于主要居住在西部的印第安人意味着末日的来临。这种地域界限产生的差异和种族矛盾的冲突交织在一起，虽然历经一个多世纪隔阂依然存在，内战的创伤难以完全治愈。

从内战小说创作中也不难看出一些作家思想上的局限性。最为明显的是，这次战争的起因之一是奴隶制，但在许多作品里棘手的黑人问题却被忽略，他们对战争获胜的贡献也很少提及。战后人们才真正意识到妥善安置多达四百万获得解放的黑人的难度，南北双方在处理前奴隶的问题上分歧极大，对抗也与日俱增。黑奴获得解放后很难像其他人一样享受胜利果实，只因未能分得土地而成为依然遭受种植园主剥削的佃农。他们深陷的困境是：无法获得财产而沦为经济上的新奴隶。在美国要获得独立人格必须拥有财产所有权，这些被解放的自由民同样意识到追求幸福的权利与拥有财产的期待密不可分，他们获得解放的标志就是自身从财产变为财产拥有者。尽管如此，特别具有积极意义的是，战后自由黑人的社会地位问题促使其他少数裔移民反思自己的身份，黑人的解放促进了民族融合和多元化，他们与其他有色人种之间的联合强有力地抵御了白人种族主义的势力。然而内战小说家往往忽略这方面的成就。

其次是一些作品中有对印第安人形象的妖魔化，甚至将其描写为南方分裂主义的帮凶。这主要是因为战时的印第安人更同情南部邦联，而北方政府在对待土著居民时常常武断行事。在内战中的1862年8月份，处于半饥饿状态的苏族印第安部落在明尼苏达州起义，美国政府迅速调集军队应对，9月份时已完全镇压下去。到年底（12月26日）林肯还亲自下令对38名起义首领处以绞刑。内战结束和南北双方和解却意味着印第安人的灭顶之灾。他们虽然再次起义，但命运早已注定。1865年9月份3000多名苏族、切罗基族和阿拉巴赫族的印第安联合队伍很快被击败，摆脱了内战困扰的美国军队更加残酷地对待土著人的反抗并陆续将其迁往保留地严加控制。只有极少的作品揭示了印第安人悲惨的生存状态和遭遇的种族灭绝。

还应注意到的是内战小说中女性的声音普遍被压抑，许多人物甚至没有姓名，更谈不上话语权。《马奇》这类后期作品才开始关注女性的生存状态和她们对内战的看法。她们认为男人们急于参战，表面上是为了理想，为了国家，但在同样身为战争受害者的女性看来：他们不过是在

“为虚幻的荣耀和空洞的喝彩而冲锋陷阵，留下我们在后面收拾残局。破碎的城市，焚烧的仓库，无端受到伤害的牲畜，我们养育的孩子和同床共枕的男人们残废的躯体”（布鲁克斯，2007：233）。

特别值得警惕的是，在有些作品中的不和谐声音的存在，如一些担心种族界限被模糊的作家甚至推出为三K党人辩护的小说。其中比较典型的是托马斯·狄克逊（Thomas Dixon）的《豹斑》（*The Leopard's Spots*，1902）和《同族人》（*The Clansman*，1905）；格里菲斯（D. W. Griffith，1875—1948）根据这些小说改编的电影《一个国家的诞生》（1915）居然得到一些深受蛊惑的观众的赞扬。人们不得不注意到内战小说的负面影响，如三K党组织的几起几伏就与之有关。成立于1866年的这一恐怖组织在第一次世界大战期间得以复兴，大家普遍认为与格里菲斯的带有强烈种族主义的影片有着直接关联。该片将三K党获得成功的地区说成是中西部地区，而事实上应该是美国南部。许多社会底层的白人在观看此片后，都认为他们的贫穷是由黑人或者犹太银行家造成的，这种宣传手法与纳粹德国相类似。这部影片导致了三K党在全国的风行。在洛杉矶的试映式上，打扮成三K党成员模样的演员被雇用为广告宣传员，而之后在亚特兰大的首映式中，重新集结起来的三K党员走上街头欢呼雀跃。在有些地方，狂热的南方观众甚至朝舞台银幕开枪。其实这种倾向早在《汤姆叔叔的小屋》面世时就已出现，它使美国人在思想上产生极大分歧，因而随后出现了一些所谓的“反汤姆文学”（anti-tom literature）作品。这种倾向说明多年来人们对内战意义的分歧较大，所持态度截然不同，这也是许多文坛巨匠不愿涉足该主题的原因。他们中有的认为“这既不是作为冒险的战争，也不是为了严肃事业的战争，这是最纯粹的战争，一种无心的巨大怒火与任何事业、理想或道德原则毫无关系”（多克特罗，2007：251）。

内战小说的发展已从探索冲突的起因、描述战争的残酷性和抨击奴隶制的罪恶转向强调女性的作用，提升黑人的历史文化地位，改变印第安人的形象，到关注创伤与疗伤和生态问题等方面。作家们充分运用后现代主义等各种创作方法不断推出佳作。尽管有众多作品面世，但与两次世界大战和越南战争相比，内战仍是一场研究不深和尚未写透的战争。总体上看，内战使美国文学的发展进程具有决定性改变，其标志是从以爱默生等人为主导的美国文艺复兴（American Renaissance）转向突出差异与特性和带有明显地方色彩（Regionalism）的创作，作家的视野从早期主要关注东部新英格兰地区扩大到全国。特别是在基本消除国家分裂的忧患之后，美国文学的创作主题更多地由欧洲事务回归本土，真正关注新大陆的特性和社会现实问题。

3. 内战小说研究的现状

在研究方面，国外虽然在《未书写的战争：美国作家与内战》《分离的家园》《哥伦比亚美国文学史》《剑桥美国文学史》等专著中对少数作家和作品有一些评论，但由于大部分优秀作品出现较晚，因而研究成果较少。2007年在波士顿召开的美国文学国际会议上，来自其他国家和美国国内的有关专家就认为已到了对内战题材的文学作品进行系统研究的时候。近年来越来越多的优秀作品面世，如2005年甚至出现书名和主题相同的小说（我国在报道时为避免混淆，只好一部翻译为《马奇》，另一部为《大进军》），这类作品改编成电影后产生了极大影响。

我国对美国内战小说研究起步较晚，系统性的成果不多。这方面可以分为两个阶段。在20世纪相关研究局限于对少数作品的介绍和分析，也表达了对美国内战的不同看法。重点关注的作品是对内战爆发起着重要作用的《汤姆叔叔的小屋》，被称为战争浪漫曲的《飘》和普遍看作开美国现代战争小说先河的《红色英勇勋章》。这些书籍在国内接受的特点是都有较多译者，各出版社争相推出不同版本，在我国受欢迎的程度极高。我国最早出版的是由林纾1901年翻译的《汤姆叔叔的小屋》(《黑人吁天录》)，他在该书的翻译过程中强调把中国和西方的社会现实联系起来思考，将爱国主义思想寓于文学的教育职能，指出翻译外国小说的目的是要“使吾国民读之，用以为鉴，力臻于和平，以强吾国”(李岫、秦林芳，2001：13—14)。出版量较大的有2005年李自修译（天津人民美术出版社)、2011年王岩译(北方文艺出版社)、2015年王家湘译（人民文学出版社)，以及2017年陈元飞译（天津人民出版社）的几个译本。董衡巽在其主编的《美国文学简史》中指出，《汤姆叔叔的小屋》揭露和控诉了蓄奴制，体现了历史发展的进步潮流。但缺陷也是明显的，“主要是弥漫全书的基督教的陈词滥调，特别是作者通过汤姆鼓吹的那些宽恕与顺从的说教”(董衡巽，2003：92)。

相比之下，《飘》在国内的译本更多，傅东华在1940年就翻译该书，这一译本1979年由浙江人民出版社再次推出。1990年出了三个译本：外国文学出版社（戴侃等译）、上海译文出版社（陈良廷等译）和浙江文艺出版社（黄怀仁、朱攸若译）的版本。紧随其后的有2000年译林出版社（李美华译），2005年北京燕山出版社（贾文浩等译）、长江文艺出版社（范纯海、夏旻译）和2011年中央编译出版社（黄建人译）的几种，可见国内读者对该书的喜爱程度。黄禄善在《美国通俗小说史》中将《飘》归为“长篇历史言情小说”，是有关内战时期一个跌宕起伏的爱情故事（黄禄善，2003：256）。有的也认为《飘》的畅销主要因为它是具有戏剧性的历史小说，描写了一种没有实现的理想，一个失败的事业和一种消失的生活方式。它的重点不在于展示南方广阔的生活画面，而在于揭示个人生活的变迁（杨仁敬，1999：475）。同时人们也注意到“米切尔对南方历史变迁的描写是有失偏颇的。小说的字里行间流露出作者对南方农奴主破落的同情”（杨仁敬，1999：486）。同样译本众多的是《红色英勇勋章》，主要有1995年中国青年出版社（徐齐平等译）、2003年青岛出版社（魏福平译）、2004年人民文学出版社（刘士聪、谷启楠译，书名译为《红色的英勇标志》）、2011年复旦大学出版社（慎丹丹译）、2012年漓江出版社（黄建人译）、2012年中国致公出版社（刘荣跃译）以及2016年群星文化出版社（陈荣彬译）等版本。《红色英勇勋章》其实是以轻松诙谐的笔调展现了内战荒诞的画面，成为“现代美国文学史上战争小说的鼻祖，影响了后来的作家如海明威等人”。克莱恩在其创作生涯中成功地运用了自然主义创作手法，以优秀的长短篇小说丰富了美国自然主义文学传统（杨仁敬，1999：39—40）。他的《红色英勇勋章》是一部“参与文化政治运动，诠释战争和重新评价武装行为的著作”（杨金才，1999：94）。董衡巽指出，作者精细描写的不是战争本身，而是主人公在战斗中的感受，使战争场面局限于个人所见，带有强烈的主观色彩，“这种新颖的写法对二十世纪的反战线上有一定的影响”（董衡巽，2003：171）。郭栖庆在文章中指出，作者从自然主义视角主要表现战争的荒谬性，他在小说中没有过多地描写战场上的军事行动，也没有塑造什么高大的英雄形象，而是侧重描写了参战士兵的心理活动，塑造了一个普通的年轻士兵的形象（郭栖庆，1994：60—61）。克莱恩通过亨利的战斗经历“解构了美国民众笃信的英雄神话，促使他们深入思考英雄的真正含义”（胡亚敏，2014：99）。电影《红色英勇勋章》拍摄于1951年，是一部黑白电影，因此难以展示原著小说的丰富色彩；另外，一些影评家也指出了影片中的一些瑕疵，比如影片中士兵们穿越河流时，有人认出他们背上所背的是美国内战时期尚无的现代1903型步枪（刘仪华，2007：45）。

进入新世纪后美国内战小说的介绍引进的速度加快，这与《冷山》在2004年的翻译出版和电影发行的成功分不开。该书的中文本面世时编者总结说，《冷山》重新创造了一个已经消失的世界，在我们的时代依然具有振聋发聩的意义，并指出：“查尔斯·弗雷泽深刻地洞察到人与土地的关系以及孤独状态的危险，他对于社会的变迁，具有与那些十九世纪的伟大小说家同样敏锐的观察力”（弗雷泽，2004：扉页）。人们对电影《冷山》的评价也很高，因为它“展示了美国历史上那个最为惨烈的时期一场真正的美国奥德赛的英雄之旅”（周铁东、牛张莉，2004：4）。不难看出，弗雷泽对战争的处理别具一格，“书中没有任何战争场面的正面描写，它只以超现实的形式在英曼的梦魇中反复出现。但战争又无所不在，因为它笼罩了所有人物的生存状态”（李鸥，2001：511）。《冷山》的故事结构刻意模仿古希腊史诗《奥德赛》，从中也能体验到中国诗人寒山诗句的意境和赋予作家的创作灵感（刘聪颖，2007：22—23）。

尤其引人关注的是2007年有三部重要作品的译本在国内同时面世：杰拉尔丁·布鲁克斯达的《马奇》、多克托罗的《大进军》和罗伯特·希克斯的《南方的寡妇》。早在1997年，美国著名内战小说家迈克·萨拉的长子杰夫·萨拉用父亲的《杀戮天使》的版税设立了“迈克·萨拉内战小说奖”以激励人们在这一领域的创作，杰夫自己也创作了被认为是《杀戮天使》前传的《众神与将军》和后传的《最后一击》。多克托罗《大进军》就成为2006年度的这一内战小说奖的得主。该书译者认为，多克托罗更多地描写了历史中的普通人，“人们在走向历史的时候，一开始看见的永远是英雄和伟人，因为英雄和伟人是历史的坐标。然而当人们深入历史的时候，他们看见的永远是民众，因为民众才是历史的本体”（多克托罗，2007：译后记）。《马奇》这部基于《小妇人》故事框架上的小说则“阐释了有关战争、自由及情爱的思考，为那遥远的时代赋予了永恒的人类话题”（布鲁克斯，2007：扉页）。人民文学出版社推出的《南方的寡妇》

向国内读者详尽描述发生在富兰克林小镇上那场鏖战的残酷性和战争创伤的后遗症。

在战争史专著里李公昭总结说，美国内战小说可大致分为两类：一是沿袭库柏俗套，讲述战争加爱情的浪漫故事；二是现实主义地表现战争、反思战争、批判战争的作品，反映了严肃作家对重大问题的思考（李公昭，2012：80）。美国内战小说家主要强调昔日的朋友、兄弟、战友乃至亲人都不得不在这场浩劫中干戈相向，以说明内战就是一场“兄弟对兄弟、亲人对亲人”的战争。但有些作品表现出更为乐观的一面，如迈克·萨拉就推崇那个时代的英雄，因为他们都是一群理想主义者。他们无论身处哪个阵营，都具有某些高贵品质。正是因为这些品质的存在，内战并不是撕裂美国社会的政治负担，反而成为一笔后人的精神财富（沙青青，2008：81）。

在系统研究内战小说时特别值得注意的是美国作家之间的差异。许多人在谈及战争爆发的原因时一般认为是为废除奴隶制而战，其实不然。即使林肯政府不得不走向战争也只是为了国家的统一，最初的打算并不是为了黑奴的自由。只要那些叛逆的州放弃独立的意愿，它们其实可以心安理得地保留奴隶制，延续旧日的生活。战争的爆发也与自认为能征善战的南方贵族的自信有关。人们谈及美国内战时更多地注意到战争的正义性，然而美国小说家们则纠结于怎样表现这样的战争。他们中一些人即使在颂扬战争中的英雄时，更多地谈及南北之间对同胞的残忍和战争的毁灭性，总希望这样的战争不必发生，而是让奴隶制在美国自生自灭为妙，而不用付出如此沉重的代价。他们在关键问题上甚至愿意牺牲黑奴的利益，显然不能将这类作家看得过于高尚。

美国战争小说有其特殊性，我国不少评论家和读者也较为关注，但从近年来的成果上看，研究第二次世界大战的小说、越南战争小说和朝鲜战争小说的居多，而关于美国内战题材的相对较少，还需更加系统的分析和从新的视角加以审视。在对美国内战小说的研究中，注意揭示作家们在主题选择和风格变化方面的原因，探索政治、社会和文化因素的相互作用和各种权力关系，从而更好地了解美国走向文化霸权的过程，把握当代美国文学发展的走向和促进中美文化的交流。著名理论家特里·伊格尔顿（Terry Eagleton，1943—）指出，“历史是通过意识形态的决定作用而作用于文本的”（塞尔登，2000：506）。仔细阅读这些作品，不难看出美国作家在创作中表现出其历史文化和意识形态方面的局限性，但他们的作品在一定程度上对美国历年来国内国际政治策略有很大的影响力。美国内战小说涉及的主题较多，由于篇幅所限，以下主要运用新历史主义、后现代主义、创伤理论和后殖民批评等文艺理论，从废奴小说与内战、战争的毁灭性、内战中的家与国和作家的抉择几个方面加以分析和论述。

第一章 废奴小说与内战前兆[1]

19世纪中期的美国内战被认为是历史上第一场现代战争，其规模和残酷性都超过人们的想象，有关内战爆发的原因一直存在争议，也是文学创作中着力探讨的主题之一。这些作品中废奴小说在预言战争爆发和探索内战根源方面尤为突出。它们聚焦美国奴隶制历史，质疑立国之本的宪法、基督教教义和“五月花号”精神，强调当时社会发展已到分裂的边缘、战争不可避免。

内战前的美国随着西部开拓加快，新建各州不断加入联邦，南北之间冲突愈加激烈，关于奴隶制的废除与否之争已使整个国家陷入混乱和走向分裂。从欧洲到新大陆的废奴运动反映了时代的呼唤，随之产生的废奴小说（abolitionist novel）也为美国社会变革推波助澜。著名历史学家海登·怀特（Hayden White，1928—2018）指出，“叙事虚构使我们瞥见了历史意识的深层结构，而且也使我们瞥见了历史思考和历史话语的深层结构”。[2]内战前斯托夫人的《汤姆叔叔的小屋》（1851）和所罗门·诺瑟普（Solomon Northup，1808—1864）的《为奴十二载》（*Twelve Years A Slave*，1855）一类作品具有历史前瞻性又直面社会现实，聚焦南北双方

1 本章部分内容作为阶段性成果“废奴小说与美国内战”在《英语研究》2021年第十三辑发表。

2 海登·怀特：《形式的内容：叙事话语与历史再现》，董立河译，北京：文津出版社，2005年，第242页。

日益尖锐的矛盾，强调奴隶制问题已成为国家分裂的导火绳。更重要的是，内战已过去多年，废奴小说仍在不断发展和推出新作，进一步揭示当年美国南方的真相，也尝试还原历史上曾为避免内战的各种努力和解决问题的方法。进入21世纪后仍有废奴小说佳作面世，继续探讨那场战争的根源，如科尔森·怀特黑德（Colson Whitehead，1969—）的《地下铁道》（*The Underground Railroad*，2016）和詹姆斯·麦克布莱德（James McBride，1957—）的《上帝鸟》（*The Good Lord Bird*，2013）等。这些废奴小说既是历史的产物也影响了历史发展的进程。它们全面描述了在奴隶制笼罩下的美国犹如地狱般的情景，表明整个社会已到非变革不可的境地，揭示了内战前日益激荡的政治局势和残酷现实，直至约翰·布朗在哈泼斯渡口的起义，正式拉开战争的序幕。

第一节 美国奴隶制与废奴小说

米歇尔·贝根在《美洲奴隶制：地下铁道》一书中指出："如果不了解奴隶制在美国人生活和发展中的作用，就极难理解当今美国社会许多问题"（Burgan，2006：4 "preface"）。奴隶制在人类历史有记录之前就存在。人们身陷其中主要因战争被俘、罪犯惩罚或负债贫困等原因所致。研究美国奴隶制形成的根源时，不得不追溯到欧洲国家的蓄奴传统对美洲各国的影响，从契约奴为仆到被俘的印第安人，再到稳定易控制的非洲黑奴。林肯总统在1865年3月总结说，美国奴隶付出了"二百五十年没有回报的艰苦劳作"（Burgan，2006：4 "preface"）。

已知的奴隶史最早可追溯到公元前2700年的美索不达米亚（现在的伊拉克）地区和公元前1600年的希腊。有关奴隶制的思想和做法在《圣经》旧约和新约中都能找到依据。奴隶（slave）一词其中的来源之一是（sclavus），不仅指奴隶（slave），也指斯拉夫人（slav），意指东欧被征服地区的居民（Burgan，2006：5 "preface"）。奴隶制思想根源在于古希腊人和罗马人认为一些民族在文化上比自己低一等，因而宣称有权将其奴役，并称其为野蛮人或战争俘虏。欧洲人因种族主义思想，认为自己可以奴役非洲人。他们到美洲新大陆后首先是使用被俘的印第安人为奴以及使用从欧洲带来的契约奴。从15世纪起，欧洲商人便开始在非洲获取奴隶，并陆续将奴隶运往新大陆。奴隶制其实早就存在于非洲各部落之间，正如千百年来就存在于欧洲人当中一样，但是把黑人奴隶当作商品出售，是在公元八世纪阿拉伯人征服北非之后才开始的（索威尔，2015：103）。从1450年到1900年之间，大约有1100万非洲黑奴被贩运到美洲，其中约42.5万运至北美的英法殖民地，其他大部分则被运到南美和加勒比海地区（Burgan，2006：16）。西班牙人从1519年开始将奴隶制扩大到殖民地墨西哥，而被抓获的印第安人奴隶往往被运到陌生的环境——西印度群岛上的种植园。当时西印度群岛被认为是奴隶制最臭名昭著的地方，难以控制的黑奴也十分惧怕被卖到这些偏远的小岛上。

1. 美国奴隶制溯源

美国的奴隶制一般认为是从1619年在弗吉尼亚的詹姆斯顿（Jamestown）拍卖的20名非洲黑奴为开端，到1641年马萨诸塞成为第一个奴隶制合法化的英国殖民地。早期美国人也有将印第安人作为奴隶，但是他们太熟悉周围环境，极易逃脱，还由于欧洲移民带来的疾病也使印第安人难以抵御而死伤太多。到18世纪时只有非洲黑人作为新大陆的奴隶。美国独立后允许奴隶制继续存在的做法，从根本上有违强调民权和自由的在“五月花号”订立的公约（The *Mayflower* Compact），也为后来国家的分裂留下隐患。毫无疑问，奴隶制在美国“与开国元勋们有关自由和平等的措辞如此不协调，只能是一种国家的耻辱，是美国神话中丑陋的裂痕，是一个令人头痛的话题，对此更好的方式是避而不谈，或者至少要很有礼貌地加以清除”（Ryan，2008：1）。人们无法否认的事实是，奴隶制对于美国的建立而言，如同宪法一样是最根本的东西。大家无法忘记的是，复杂的种族关系和由此而来的创伤和历史负重，总在心头挥之不去。

美国人在《独立宣言》承诺人人平等与自由，却不愿放弃奴隶制，这正是其立国之本的根本缺陷。作家约翰·杰·切普曼（John Jay Chapman）曾写道：“在我国建国之初，奴隶制时时刻刻都是一条沉睡的毒蛇，它当年就盘踞在制宪大会的审议台上。”从那时起，尽管人们嘴上不明说，奴隶制其实一直是心知肚明的隐患（瓦德，2009：13）。实际上，独立战争的领导人，如华盛顿和杰弗逊等都有奴隶，他们同样将其看作私有财产。在此种政治氛围下废奴运动发展缓慢，1783年马萨诸塞州才第一个立法废除奴隶制。1787年当松散的13个州的代表准备强化政府力量制定宪法时却使奴隶制合法化。尽管人们一致同意在1807年之后限制奴隶交易，不再从国外运进新的奴隶，但国内奴隶买卖盛行。这对黑人家庭的伤害极大，往往家庭破裂，妻离子散，由南方上游几州卖到南部下游，那里黑奴的生活和劳作待遇更加恶劣。黑人家庭成员常常分别卖到不同地方和不同奴隶主手里，几近永别。1787年的《西北土地法》（The Northwest Land Act）将密西西比河以东、俄亥俄河以北地区划为自由州。在1790年的美国人口普查中，非洲裔人口有75.7万人，占总人口的百分之十九，有70万人为奴隶。这其中的60多万都集中在弗吉尼亚、南卡罗来纳、北卡罗来纳和马里兰四个州（Burgan，2006：33）。作为南北之间的妥协，1793年国会签署第一个逃奴法案，强化奴隶制并间接地刺激猎奴者绑架自由黑人到南方贩卖。新型的轧棉机的问世提高了棉花生产效率，南方进一步扩大生产，因而需要更多黑奴在大田劳作，这使国内的奴隶交易愈加兴旺。到内战前的1860年，美国的奴隶人数已升至395万多。连同自由黑人以及后代非洲裔人口已达到450万，约占全国的百分之十四。当时南方奴隶主财产的三分之二就是其黑奴的价值，因而他们难以放弃这种财产主张。1820年的密苏里妥协案（Missouri Compromise）规定该州以蓄奴州加入美国，其南部边界以下的新成立各州也为蓄奴州。从1790年到1860年大约有35万到50万奴隶被卖到西部新成立的各州。国外进口奴隶被禁止后，美国国内奴隶市场反而更加兴旺，以前主要从非洲和英属加勒比海岛国进入美国本土，后来则是从弗吉尼亚和马里兰等上南部“卖到下游”到深南部或西南部。在1830年健壮年轻的大田黑奴价值大约500美元，到1850年价值翻了三到四倍。“国内整个奴隶贸易，到内战前夕每年大约交易八万奴隶，收入接近六千万美元”（Grant，2012：155）。在宪法制定中，将黑奴以五分之三计入各州人口总数，以使奴隶并不具有投票权的南方州在国会获得较多名额，还以承认奴隶主的财产权和规定北方的自由州不能立法帮助逃奴获得自由等作为宪法制定的妥协内容。

美国建国后对奴隶的反抗和起义都加以严厉的镇压。当时的奴隶叛乱主要有1739年的南卡罗来纳的斯托诺（Stono）附近的暴乱，造反奴隶杀死25名白人后在逃往佛罗里达之前就被镇压；1832年纳特·特纳（Nat Turner）在弗吉尼亚组织暴乱，杀死约60名白人，最后特纳和其他23名逃奴被私刑处死。这类事件之后，南方一些州立法禁止黑人牧师公开演讲和禁止教黑奴阅读和识字（Burgan，2006：48）。阿肯色州1839年颁布法律限制奴隶的活动范围，没有主人的通行证奴隶们不得离开超过20英里，否则任何人可以将其抓捕并得到赏金。南方各州还成立专门的巡逻队搜寻逃奴。

2. 地下铁道与废奴运动

黑奴并未放弃为自由所做的努力，其主要途径有：第一是逃向北方自由州，直至加拿大；第二是逃向南方的墨西哥；第三是到印第安部落寻求庇护。1835年美国游客在南得克萨斯发现科曼奇人讲英语，原来他们是从收留的逃奴学来的，并称之为“奴隶语言”，这实际上就是一种黑人英语（Burgan，2006：57）。朝北奔向自由的逃亡的主要路线之一是跨越俄亥俄河。在1818年俄亥俄河以北的伊利诺伊、印第安纳和俄亥俄为自由州，这条河已成为逃奴的生命线，被黑人称为“约旦河”，如同当年以色列人在摩西率领下逃出埃及的奴役一样，他们一旦渡河就可能获得自由。这三个州中俄亥俄在地下铁道组织里起着最大作用，俄亥俄人帮助逃奴的行动最早在1815年就实施了。该州最著名的地下铁道组织者是长老会牧师约翰·拉金（John Rankin），他所帮助的逃奴多达2000人，而辛辛那提的利维·科芬（Levi Coffin）在当地积极组织地下铁道，被称为“地下铁道主席”（Burgan，2006：44—45）。

“地下铁道”（The Underground Railroad）主要指从1830年到1860年之间为黑奴提供的逃亡路线网络，它们由一系列偏僻小道、河流和废奴主义者的庇护点组成，参与人员也被称为司机和站长。当时一些印第安人部落也为逃亡奴隶提供庇护。在美国作为大众交通工具的铁路服务开始于1828年，而最早有关“地下铁道”的命名可以追溯到1831年。当时一名叫泰斯·大卫斯（Tice Davids）的黑奴从肯塔基州逃跑，游过俄亥俄河，其主人说“大卫斯肯定是从一条地下线路逃掉的”。历史学家认为“地下铁道”正式出现在报刊上是在1842年。[1]尤其突出的是作为自由州

1 Michael Burgan, *Slavery in the Americas*, p.50，威尔布尔·H.希贝特（Wilbur H. Siebert）于1898年出版第一部有关地下铁道的历史研究专著。

的宾夕法尼亚，其费城的地下铁道网最发达，主要因为当地贵格教徒中废奴主义者众多。早在独立战争之前，主张废奴的积极分子中的贵格教徒（Quakers，即公谊会Society of Friends成员）认为上帝之下所有人平等。1775年费城的贵格会教徒就成立了第一个废奴组织（The Society for the Relief of Free Negroes Unlawfully Held in Bondage）。在地下铁道问世前，费城的黑人牧师理查德·阿伦等人成立了自由非洲人协会（the Free African Society）和非洲人卫理公会（African Methodist Episcopal Church），开始将逃奴藏在教堂和自己家中，他们实际上构成后来的地下铁道一部分。

针对废奴主义者相关活动的增加，美洲各殖民地加强了对逃奴的追捕和对资助逃奴的市民的惩罚。有关追捕逃奴可以追溯到巴比伦时代的汉莫拉比王，他发布了第一条关于逃奴的法令并以死刑禁止奴隶逃亡，庇护逃奴者也同样判处死刑。当时相继出现了获取赏金的职业猎奴者，即使罗马天主教会也协助奴隶主擒获逃奴。新大陆的第一名逃奴是1502年在加勒比海的伊斯帕尼奥拉岛（即海地岛）（Hispaniola）附近从西班牙运奴船上跳海逃生的。越来越多的逃奴在沼泽地和山地建立起自己的社区，他们甚至于1605年在巴西建立自己的国度“帕尔马里斯”（Palmares），该处直到17世纪末才被葡萄牙殖民地当局摧毁（Burgan，2006：22）。当时在弗吉尼亚和北卡罗来纳边界的大沼泽（Great Dismal Swamp）建立的逃奴社区的人数已达2000人，作为大英帝国的殖民地的弗吉尼亚不得不在1642年颁布法律禁止帮助逃奴。

具有讽刺意味的是，独立战争期间交战双方都将黑奴作为战争和经济手段，如美国人对参战的黑奴给予自由，而英国人对逃离主人为其作战的给予同样的奖励。特别是当战事蔓延至南方时，英国人深知南方的经济主要依靠黑奴劳动，希望能以此瓦解美国人的战斗力。英国军队尝试利用逃奴将天花一类病菌扩散到美国人中间，这可以说是细菌战或生物战的最早的范例。英国人在1812年与美国人的第二次战争时期，也以解放奴隶为增强战斗力和削弱对方的手段，主张吸引黑人参战。获得自由的黑人战后主要选择到加拿大定居。英国在1833年通过《废奴法案》，属下的西印度群岛所有奴隶获得解放，并给踏上大英帝国领土范围的奴隶自由。英国的这些举动让美国的蓄奴主义者深感焦虑。当时美国逃奴的理想目的地是加拿大，但也有部分奴隶反向逃往西班牙控制下的佛罗里达，那里的印第安部落能给黑奴提供适当庇护。奴隶们逐步融入塞米诺尔部落的印第安人生活，甚至建立被称为“黑人塞米诺尔”（The black Seminole）社区。美国军队在1842年之后陆续将塞米诺尔人赶到俄克拉荷马保留地时，曾许诺给愿意与印第安人随行迁移的逃奴自由。曾经自由自在生活的印第安人都被迫踏上“泪痕之路”（The Trail of Tears）受尽折磨，相伴而行的逃奴的命运可想而知。

废奴主义积极分子加里森（William Lloyd Garrison）等人早在1832年就成立美国反奴隶制协会（The American Anti-Slavery Society），其分会迅速扩展到北方各州。包括自由黑人的废奴组织也相继出现，如1835年成立的费城警觉会（Philadelphia Vigilance Committee）等。针对猎奴者常常到北方绑架自由黑人到南方贩卖，废奴主义者中一些激进分子反其道而行之，主张到南方种植园盗走黑奴通过地下铁道运到北方，他们不惜冒着被捕和遭遇私刑的危险。威廉·威尔斯·布朗（William Wells Brown）在自传性小说里就描写了逃亡之路的艰辛和得到的帮助。特拉华州威尔明顿的托马斯·加里特（Thomas Garrett）身为贵格教徒，宣称自己帮助过多达2000名黑奴逃往北方（Burgan，2006：62）。当时的地下铁路组织还包括从水路逃亡的路线，威廉·斯蒂尔（William Still）就曾与其他逃奴从弗吉尼亚的朴茨茅斯乘船到达费城。著名的废奴主义者弗雷德里克·道格拉斯（Frederick Douglass，1817—1895）承认自己确实利用过真正的铁路线逃走，他在1845年撰写自己逃亡经历时也提到地下铁道工作者帮助他的出逃，只是将其变成货真价实的“地上铁道”（Burgan，2006：67）。许多逃奴从宗教组织获得资助和庇护，他们顺利抵达自己的“理想之地”（Promised Land）：北方自由州、加拿大、甚至非洲。这些逃奴在加拿大建立自己的教会以帮助同胞和家人出逃，如1826年在多伦多建立的第一个浸礼会教会。为了便于相互间的联系，黑奴习惯用自己的语言或混合语言的歌声传递消息，而他们的主人无法听懂。他们还相互教会如何利用北斗星为出逃指引方向。

到1840年几乎所有北方州的黑人都获得自由，而在南方各州仅有百分之八获得自由。但是北方各州面临的新问题是种族歧视引发的矛盾冲突愈发严峻，不少白人依然认为黑人在许多方面不能享有平等，他们不愿与非洲裔一起工作或生活。黑人即使获得自由，仍无法享受选举权等法律上的公平权利。有些州的种族歧视甚至比蓄奴州还要严重，逃奴被认为是毫无价值的奴隶。这也是南方奴隶主常常劝阻那些希望出逃的奴隶的理由，他们被告知北方只有寒冷的冬天，根本不适应非洲人居住，而等待他们的种族主义迫害甚至比奴隶制的危害更大。但自由的吸引力巨大，不少黑奴仍然冒着生命危险踏上逃亡之路。他们顺利到达加拿大后许多人选择前往英格兰居住。威廉·布朗直言道："宁愿在英国当乞丐也不愿在美国做一名条件优渥的奴隶"（Burgan，2006：80）。

如何妥善解决奴隶获得自由后的安置问题逐步提上议事日程。从18世纪末到19世纪初，自由黑人就开始筹划返回故土非洲建立自己的国家。1792年加拿大的黑人抵达塞拉里昂，随后来自各地的前黑奴选择在此定居。1816年白人废奴主义者成立美国殖民协会（American Colonization Society），1819年美国国会通过了该协会提出的关于帮助自由黑人在非洲建立殖民地的法案。美国殖民协会于1821年在西非买下殖民地，资助前黑奴建立自己的国家利比里亚（Republic of Liberia），并于1847年独立。南方奴隶主愿意看到自由黑人回到非洲，这样可以削弱国内废奴主义者的力量，而种族主义者也能达到人种纯洁的目的，他们认为非洲人所采取的这种自我隔离可以使大家满意。然而不少自由黑人则认为自己出生在富庶的美国，自然有权在此生活和享受平等权利而拒绝被遣返回到非洲去面对贫瘠的生活。

美墨战争（1846—1848）以后国内关于奴隶制的争论更加激烈，一些废奴主义者开始提议国家的分裂，认为在道义上纯洁高尚的北方分裂后必然发展更快。温德尔·菲利普斯（Wendell Phillips）就写道："决不与奴隶主联盟"（Burgan，2006：84）！使矛盾冲突愈发加剧的是1850年通过的新逃奴法案，它强调民众对帮助追捕逃奴的义务，加强对自由黑人的控制和对南方的安抚，迫使更多恐慌的黑人逃往加拿大。实际上是北方政治家以该法案与南方妥协，希望赢得后者在其他方面的支持。新逃奴法案在各地激起民众对奴隶制更多争议，加剧了紧张局势。1851年发生的克里斯蒂安娜暴乱（Christiana Riot）就反映了宾夕法尼亚小镇居民对马里兰州奴隶主追捕逃奴行动的抗议。随后面世的《汤姆叔叔的小屋》正是顺应了当时社会局势的呼唤，使人们更加重视废奴问题。1854年通过的《堪萨斯与内布拉斯加法案》将是否成为蓄奴州的权力交给新成立的各州自决，这实质上否定了原《密苏里妥协案》的划线分界，被认为是奴隶主们的阴谋。北方的白人废奴主义者约翰·布朗等人希望堪萨斯成为自由州和地下铁道的终点站，甚至打算将地下铁道的车站建成军事堡垒。在随后的几年动乱里，该州居民中的敌对双方为奴隶制的废除与否而争执不断，甚至发生流血冲突，被称为“流血的堪萨斯”。

废奴主义者和地下铁道的参与者的活动促使共和党的诞生。1860年11月林肯代表的共和党赢得选举，他许诺只是限制奴隶制的扩张，而不反对南方奴隶制的存在，奴隶主们还是不相信他的承诺。尽管分裂的主要原因之一是奴隶制问题，但东北部强大的商业和工业势力严重削弱了南方经济实力的因素也必须加以考虑。在这场危机中起决定作用的是南方对共和党的看法，他们认为“共和党不仅仅是一个政治上的反对派，而是一个充满敌意的革命性组织，其宗旨在于彻底消灭奴隶制”（瓦德，2009：62）。为了延续奴隶制，南卡罗来纳于1860年12月领头退出联邦，组成独立国家，宣称是反抗北方独裁政权、维护其独立自由的权利而不得不采取的行动。从1861年2月起，另外十个蓄奴州也陆续退出联邦，组成南部邦联（The Confederacy），引发美国历史上最血腥的内战。战争爆发时南方蓄奴州共有340万奴隶。此外还有四个蓄奴州（马里兰、特拉华、密苏里和肯塔基）并未退出，它们被称为界于两边的边境州。

废奴运动曲折漫长，只是临近内战人们才真正意识到奴隶制问题迫在眉睫。林肯虽以解放黑奴而知名，但是他也“倾向于渐进的、补偿式的解放，结果证明他的计划可行性不大，因为顽固的奴隶主拒绝渐进式，而自由派人士则拒绝补偿式解放”（《大美百科全书》第六卷，1994：430）。内战中解放奴隶是为了军事上的目的，林肯及其麾下的将军们和国会都意识到必须剥夺南方邦联的黑奴人力资源并加以利用才能改变战争局势。1962年4月16日国会废除了哥伦比亚特区的奴隶制并予以补偿，但在6月19日终止补偿。北方的自由黑人很快意识到内战对自己民族的意义，他们踊跃要求参军，但直到1862年7月国会才允许他们加入军队。7月17日国会讨论了黑奴解放宣言，9月22日林肯发表解放黑奴预备宣言，宣称南方邦联领域内所有奴隶将于1863年1月1日（解放黑奴宣言的确切日期）完全解放。林肯解放奴隶的正式宣言发布（1863年1月1日）

后，有75万黑奴从主人奴役下逃出，其中不少人加入北方军队，他们称北方军营为“我们的迦南！”随着战事的进展，黑人逐步感觉到社会的变迁，这令他们既充满希望又无所适从。在1864年的内战中举行的总统选举也凸显了黑人问题的严重性。民主党人利用人们对战争的厌倦，推举乔治·麦克莱伦作为总统候选人，他们宣称战争是失败的，要求与南方休战，谴责林肯“把维护联邦的战争转化成解放奴隶的战争。他们还暗示如果共和党赢得大选，将会导致黑白种族的融合，试图以此来煽动种族情感”（纳什，2008：508）。这种有关黑白融合的话题确实使许多选民深感不安。

战场上的胜利消息不断传来，奴隶们依然在苦苦等待。为了早日获得自由，他们不惜冒着生命危险，尝试突破奴隶制南方控制的边界。直到1865年6月19日（这一天也在后来称作奴隶解放日或“六月庆典”，Juneteenth），戈登·格兰吉将军（Gordon Granger）下令德克萨斯所有奴隶获得解放，全国的奴隶方才确信自己已是自由人。这比林肯总统宣布的官方时间足足推迟了两年半。这期间“奴隶主与奴隶之间为权力和生存的角逐在南方的后方战线形成持续的张力，大大削弱邦联战斗力，逐步使奴隶们坚信只有战争的结束他们才能真正品尝自由的滋味”（Marten，2003：232）。实际上还要等到1865年12月18日联邦宪法第13条修正案的通过才算真正完成废除奴隶制的法律程序。内战结束后黑人家庭尽管获得解放，他们依然作为佃农为昔日的主人劳作。由于没有自己的土地，缺乏资金和农具，获得解放的人们还是处于被盘剥的地位。特别是有些地区笼罩在三K党的阴影之下，黑人的日子更加艰难。战后南方白人还找到重新奴役黑人的方法——“囚犯租借制”。他们尽量多地逮捕黑人，然后再租借（威尔逊，1993：468）。当时人们的心情正如《等待裁决》（*Waiting for Verdict*，1867）这部小说的书名所指：“只有对自由的渴望和对拥有财产的机会是不够的，因为战后四百万前奴隶的命运依然还在等待裁决”（Lamb & Thompson，2005：257）。

3. 从奴隶叙事到废奴小说

随着废奴运动兴起而面世的废奴小说（abolitionist novel）成为美国文学一道独特景观，这类作品愈发激起公众对奴隶制的声讨，同时也招致蓄奴派的愤怒和报复。废奴小说主要指从19世纪30年代以来旨在揭露奴隶制罪恶、主张解放所有奴隶的小说作品。在废奴小说的发展中，之前的奴隶叙事作品（slave narrative）为其提供大量素材和增强可信度与感染力。奴隶叙事作品一般是由前奴隶讲述自己的经历，往往借助白人编辑的佐证获得权威性；废奴主义小说则是由其他人所讲的奴隶故事，或者从奴隶叙事获得灵感与源泉，但在创作上更加自由和富于想象。两者叙事角度不同，有一定差异，但也形成相互交织的关系。

奴隶叙事作品主要从1703年到20世纪的前40年这段时间，即到联邦作家项目（The Federal Writers' Project）中对前奴隶的采访时为止（Davis and Gates, Jr., 1990：299），包括从英国到美国的出版物，其发展在1840年之后逐步进入鼎盛时期。从18世纪70 年代到18世纪80年代的跨大西洋政治和宗教运动促进了奴隶叙事作品的出版，形成其作品主题和叙事方法，这些18世纪后期的作品揭示了保罗·吉尔洛伊（Paul Gilroy）所说的“黑色大西洋”（Black Atlantic）的跨文化国际的形成——所指的是穿梭于西非海岸、英国、美洲殖民地、加拿大东部和加勒比地区之间的身为黑人自由民或身为奴隶的流动（Fisch, 2007：11）。于1787年英国废除奴隶贸易促进会（The English Society for Effecting the Abolition of the Slave Trade）的成立和1775年开始的宾夕法尼亚废奴协会（The Pennsylvania Abolition Society）的活动都对废除奴隶制和鼓励奴隶叙事作品的出版起到重要作用。这类作品迎合了当时的政治需要，也与基督福音的传播相吻合，作品中的主人公一般都以宗教上的皈依而得到新生和精神上的救赎。宗教团体乐于资助出版这类作品，以扩大自己的影响和获得商业上的盈利。随后的有组织的废奴运动也极大地推动了奴隶叙事作品的出版。最早的奴隶叙事作品的代表作是布里顿·汉芒（Briton Hammon, 1730—1780）的《黑人布里顿·汉芒的不平常的磨难和意外的获救叙事》（*The Narrative of the Uncommon Sufferings and Surprising Deliverance of Briton Hammon, a Negro Man*, 1760）。从这类作品可以看出，奴隶们早期主要在社区教堂里向上帝倾诉内心的痛苦，希望能有摩西一样的人物，带领自己像出埃及一样，脱离所处的苦海。这也是普通人难以理解，黑奴为何表现出更加虔诚的原因。弗雷德里克·道格拉斯在1855年就简明扼要地指出，自由人无法以奴隶的眼光看事物，因为他不能，也做不到，从奴隶一样的视角去观察世界。大部分奴隶对自己的出生知道极少，他们就如同牛马牲口根本不知道自己多大岁数，而绝大部分的奴隶主也尽量让奴隶处于无知状态。奴隶们也想从宗教上得到某种启示。美国教育家和作家布克·华盛顿（Booker Washington，1856—1915）在1901年出版的《从奴隶制崛起》（*Up from Slavery*）与道格拉斯（Frederick Douglass，1817—1895）在1845年推出的《弗里德里克·道格拉斯生平叙事》（*Narrative of the Life of Frederick Douglass, an American Slave*）一书的互文性极其明显，从这些作品中可以看出奴隶叙事的发展已极为完善（Davis and Gates，Jr.，1990：xiii）。

奴隶叙事具有一种"三角特性"，强调奴隶作家、废奴主义者和读者大众的关系，同时也指非洲大陆、英国和美国之间的文化交流关系。英国的奴隶叙事更多地呈现一种精神自传的形式，如最早作品之一，格罗涅索（Ukawasaw Gronniosaw，1705—1775）的《叙事》（*A Narrative*，1772）是受约翰·班扬（John Bunyan，1628—1688）的《罪人受恩记》（*Grace Abounding to the Chief Sinners*，1666）影响而作，借助后者也更容易地进入西方文化。这类作品反映了基督教义的矛盾性，强调救赎与皈依，却又不得不面对基督教义中人们所寻求的蓄奴阐释和依据。艾奎亚诺（Equiano，1745—1797）的《有趣的叙事》（*Interesting Narrative*）是英国历史上最重要和最有效的奴隶叙事，不仅发掘这一文类的目的性，更重要的是一种对《创世记》和《出埃及》等叙事方法的回应（Sinanan，2007：64）。英国在1833年废除奴隶制后，其废奴主义者更加关注美国奴隶制现状。1831年1月1日加里森的废奴主义报纸《解放者》（*The Liberator*）的发行也源于英国废奴主义者言行的灵感，1833年加里森成为美国废奴协会的领袖。他在道格拉斯的《弗里德里克·道格拉斯生平叙事》的前言里，阐明了自己的废奴主义观点和对基督教义的矛盾心理。道格拉斯在该书里也写道："我爱纯洁的、平和的、公正的属于基督的基督教；因而我憎恨腐败的、蓄奴的、鞭笞妇女和掠夺幼儿的、充斥偏见和虚伪的这块土地上的基督教"（Fisch，2007：68）。加里森强调奴隶叙事的功能在于：黑人通过写作才能表明自己的存在（Blacks write themselves into being）（Sinanan，2007：68）。道格拉斯也是如此向外界证明自己的存在和自我意识的回归。他的作品冲破了废奴主义的限制，比后者更有力。

公众对奴隶叙事极为好奇，这类作品的需求量不断增加，道格拉斯的《生平叙事》在出版的最初四个月销售了5000本，从1845年到1847年已卖出11,000本，到1860年，即内战前一年，销量已到三万本。马萨诸塞州的废奴协会总代理约翰·A.科林斯（John A. Collins）在给威廉·L.加里森（William Lloyd Garrison）的信中写道，“公众很想听听有色人的声音，特别是奴隶发出的声音”（Davis and Gates, Jr.，1990：xvi）。这既表现出了人们的好奇心，也凸显了奴隶叙事逐步增强的影响力。通过发出自己的声音和出版叙事，昔日的奴隶才真正体会到自由和生存的意义和凸显自己的身份。这些作品与南方流行的种植园小说和蓄奴主义浪漫小说完全不同，专注于以现实主义手法揭示南方的真相，而不是对其加以掩饰。在建国后力争的文化独立中，奴隶叙事具有的美国特性和以自传体描述的新大陆上经历的磨难，在很大程度上丰富了美国文学和有助于美国民族文化的形成。

奴隶叙事作品在南方的接受不得不面临挑战。《南方文学信使》（*The Southern Literary Messenger*）在1856年刊登的一篇更为大胆的文章写道：“由于文学已经成为奴隶制的敌人在攻击中最有力的武器，我们也必须将文学当作维护自己在世界上的地位和正义性的手段”（Davis and Gates, Jr.，1990：xvii）。他们推出的种植园小说与奴隶叙事作品完全对立，向两极发展。近年来历史学家往往将奴隶叙事作品当作历史见证资料。他们花大力气辨别其中的真实性和准确性，以及编造的内容，确定它们的意义、出发点和后续影响。在做出判断时，时代的价值观总在读者的理解和原著之间形成障碍，即产生一定的时代误读。但更应看到的是，这些奴隶叙事作品大力促进了废奴小说的发展。

美国的第一部废奴小说是理查德·希尔德列斯（Richard Hildreth，1807—1865）的《阿奇·莫尔的奴隶记事》（*The Slave: Or Memoirs of Archy Moore*，1836，修改后更名为《白奴》<*The White Slave*>，1852）。在该书中他“有效地将奴隶叙事的多种要素与废奴主义者的思想观念融入感伤和动人的情节”（Fisch，2007：70）。影响更大的是斯托夫人的小说《汤姆叔叔的小屋》，可以看作是对1850年的《逃亡奴隶法》的回应。[1]该小说也更容易遭到读者的质疑，特别是拥护蓄奴的人们的攻击。斯托夫人的小说获得成功后，她不得不面对来自各方面的责难和抨击。她便用奴隶叙事来说明自己创作的源泉和必要性，强调小说来于生活。她的故事是基于奴隶叙事——约西亚·亨森（Josiah Henson，1789—1883）的自传《约西亚·亨森的生平》（*The Life of Josiah Henson*，*formerly a Slave, Now an Inhabitant of Canada*，1849）获得灵感，该书"在大众想象力播撒的（废奴主义的）种子已开始生长"（Fisch，2007：75）。尽管她在亨森第二部自传《真相比小说更离奇》（*Truth Stranger than Fiction*，1858）的前言里没有明确指出亨森是汤姆叔叔的原型，但读者此时已心照不宣。亨森1877年推出第三部自传《汤姆叔叔的故事与生平》（*Uncle Tom's Story and His Life*）更是将事实与虚构交织在一起。亨森1789年出生于马里兰，经奴隶主三次转手买卖，18岁时成为基督徒。他努力工作只为赎身，但在支付了大部分赎金后仍面临被再次拍卖而不得不选择逃亡。1830年亨森带领家人成功逃到加拿大，随后以自己的为奴经历和逃亡冒险故事获得经济上独立。他是成功的黑奴而不是汤姆那种失败者和殉道者，尽管后者可以称为精神胜利者。亨森在安大略的家于1948年建成博物馆，现作为旅游景点被称为"汤姆叔叔之家"。亨森的自传最早于1849年出版，在随后的补充和修改中越来越倾向于承认自己为汤姆叔叔的原型。亨森将其生平经历口述给塞缪尔·A.埃略特，由其写出自传。该书在加拿大、英国不断推出新版，特别是《汤姆叔叔的小屋》出版后，更多地得到读者的关注。斯托夫人也乐于承认自己的小说素材来源于这类奴隶叙事作品。为说明自己创作的真实性，斯托夫人在1853年出版了《汤姆叔叔的小屋的解密》（*A Key to Uncle Tom's Cabin*）一书，用从大量的奴隶叙事作品中收集的资料加以佐证。她的儿子与孙子查尔斯和利曼·斯托写道，斯托夫人在1850年1月曾会见过亨森，后者在自传的第四版（1878）里也承认见过斯托夫人（Davis and Gates，Jr.，1990：123）。在为亨森自传的第二版所写的序言里斯托夫人感谢他的自传给她灵感，特别是对塑造

1　1850年末《逃亡奴隶法》正式生效，非南方人对庇护从南方逃亡的黑奴负有法律责任。《汤姆叔叔的小屋》从1851年6月8日第一篇开始在华盛顿一家废奴周刊上连载，直到1852年4月1日最后一篇结束，其连载之长实为罕见。

汤姆叔叔这一人物的个性方面的帮助，尤其是不愿通过杀害野蛮主人而获得自由的经历与她的小说里仁慈的汤姆十分相近。但她在1882年写给《印第安纳波利斯新闻》编辑的信中明确指出《汤姆叔叔的小屋》不是任何人的传记（Davis and Gates，Jr.，1990：128）。随着内战的迫近，许多人，特别是南方人认为《汤姆叔叔的小屋》是反南方和反基督教义的，他们在对斯托夫人加以抨击的同时也质疑亨森的自传。同时废奴主义中的激进派也对斯托夫人和亨森的书极为不满，甚至要求南方奴隶进行武装起义，以暴力革命的方式赢得自由。亨森自传的逐步修改和承认与斯托夫人小说之间的关联，其实说明了奴隶叙事发展的必然性和功能性，显示了走向历史的文本性。废奴主义者愿意出版书信、演讲稿或者自传，这些东西用于宣传更有效。然而废奴小说却更能自由地发表引起争议的看法，而这些观点却常常在书信、日记和自传里被隐藏起来（Fulcher，1980：583）。有些读者，甚至是废奴主义者则认为斯托夫人的小说和随后的辩解起到反作用，越辩越模糊，使废奴运动遭到更多攻击。在《汤姆叔叔的小屋》里，斯托夫人将受过良好教育的白人女孩伊娃与出生为奴，受压迫的卑微、无知、劳苦又生性邪恶的黑人女孩托普西作为鲜明对比，无疑表明黑人与白人之间的种族差异不可能仅仅依靠废除奴隶制就自动消除（Fisch，2007：61）。似乎她们生来就是优劣明显的两种人，其差距自幼早已显现。这类情节设计明显反映出作者思想的局限性。

废奴小说除了描述地下铁道的成就，还提倡将黑人训练成白人的模仿者，以其善行呼唤基督徒主人的良心，最终使其自动放弃奴隶制。在善良的主人手下，黑奴似乎可以提升到白人的文化水平，能在他们身上培养出忠诚、希望、仁爱、慈善、克制、责任感、财产信赖这类清教徒具有的品质（Ferguson，1974：139）。斯托夫人笔下的汤姆叔叔就是这方面的典型。他很早便皈依基督教，极为虔诚。汤姆一生行善和对主虔诚都未能触动奴隶主的铁石心肠，最终在雷格里庄园死于酷刑，他的悲剧说明宗教的作用有限。实际上，废奴派和蓄奴派双方都能从《圣经》里找到支持自己主张的根据，并按自己的意愿加以解读。奴隶主和猎奴者常常熟练引用《圣经》典故和言辞，选用对自己有利的部分，而忽略相反的内容，显然依靠宗教的力量也难以唤醒这类人的基督徒良心。

这些作品也谴责了当时一些激进人士的做法，他们主张逐步减少黑人数量以便最终废除奴隶制。北方清教徒中许多人从优生学上考虑，认为黑人的相貌或者本质都与新大陆建设蓝图不符，难以达到白人基督教的要求，因而他们无法在白人土地上生存。他们在美国被清除的方式是：要么是在残酷的奴隶制下逐步消亡，或者消声，要么从这里运往异国他乡（Ferguson，1974：135）。北方的富人在1822年建立利比里亚作为收留自由黑人的殖民地，这在一些废奴小说中被盛赞为解决黑人问题的最终手段。许多知名人士建议由美国政府以市场价格对逃奴的主人给予补偿，然后将其运往非洲。即使后来已身处内战的林肯在1862年谈及这一建议时仍表现出无奈："因为黑人种族生活在我们中间受苦太多，我们同样因他们的存在而受苦，分开对我们双方都有益"（Ferguson，1974：145）。作为某种平衡，爱德华·琼斯在《已知的世界》里尝试描述一种特殊的奴隶制，以另类艺术手法似乎向人们证明：只要经济实力许可，黑人也能成为奴隶主。这其实是南方奴隶社会极少的现象，结果人们发现他们对同胞一样施行残酷压迫和剥削。该书叙述了内战爆发前富裕的自由黑人在白人奴隶主扶持下建立种植园的故事。这种黑人奴隶主的种植园自然很快便走向衰败。在小说的结尾，针对南北双方的分歧，书中人物卡尔文坦率地讲出许多人的心里话，他直言道："我认为还是让战争来解决问题吧"（琼斯，2010：301）。为蓄奴派所推崇的干净利落的解决方法是在《地下铁道》中的北卡罗来纳，此处的绅士们公开宣称该州已经没有黑人，也没有奴隶制问题，因为他们已经不存在了，或者被挂在树干上。《汤姆叔叔的小屋》中的托普西通过教化，最后到非洲成为传教士，富有反抗精神的乔治也带领家人到非洲新殖民地安家。这些前黑奴在美国转变成基督徒，成为使非洲基督化的生力军，并自认为是上帝所托的使命。此种安排自然符合基督教美国的利益，斯托夫人的如此设计也是对国内当时的黑人清除计划的回应。许多白人不愿与黑人分享新大陆的一切，然而大多数黑人也不愿离开。他们认为出生在此当然有权在此生活。实际上从1822年建立利比里亚殖民地（1847年独立建国）到内战时的40年间只有6000余名黑人被运抵非洲海岸（Hillstrom，2000：17）。

废奴小说也是对政府绥靖政策的质疑。美国国会在1820年就对密苏里作为蓄奴州加入联邦的请求让步，并在"路易斯安那购买地"上划线，只是在界限以北禁止奴隶制。在这著名的"密苏里妥协案"签订后，人们逐渐明白该划线其实预示了国家的分裂。对此极为忧虑的杰弗逊（Thomas Jefferson，1801—1809年任总统）曾写道："这个至关重要的问题，就像夜半响起的火警，将我惊醒，令我心悸。我猛然意识到这是为联邦敲响的丧钟。"后来的约翰·昆士·亚当斯（John Quincy Adams，1825—1829年任总统）也所见略同："我一直习以为常的感觉是：目前我们面临的问题只不过是一篇序言——一部巨大的悲剧的一页标题而已"（瓦德，2009：15）。为了安抚南方和维持某种平衡，后来出台的《逃奴法》规定所有美国人，不管是北方还是南方各州的公民都有法律义务帮助奴隶主追捕逃奴，这实际上以财产权的形式在全国再次确认奴隶制合法化。

当代文艺理论家艾布拉姆斯（M. H. Abrams，1912—2015）指出，"那些看似文学情节的艺术化解决并且给读者带来愉悦的东西事实上是具有欺骗性的，因为其功用只是掩盖未曾解决的权力、阶级、性别和各种社会群体的矛盾冲突，而正是这些矛盾冲突构成了潜藏在文学文本表面意义下的真正张力"（艾布拉姆斯，2014：246）。废奴小说以比奴隶叙事作品更丰富的想象力为特征，聚焦南北开始分离的现实，同样也刺激了这种思潮的发展。实际上分离主义思潮从建国之初在许多州就有回应，北方新英格兰地区出现得最早。在1812年与英国人的战争期间北方几个州担心自己的利益受损，便威胁要退出联邦并拒绝参战。内战前美国各州普遍认为州权高于联邦权力，人们对家乡州的忠诚度也大大高于对国家利益的保护，如1832年南卡罗来纳认为自己有权拒绝联邦的关税和退出联邦，当时的杰克逊总统也打算向该州派兵，防止这类分离思潮蔓延。他认为这无疑是叛国行为并警告说，"我们将不顾一切困难，不惜一切代价维护联邦"（瓦德，2009：20）。内战前南北双方都有许多人士探索和平分离的方法，希望北方保持道德高地的优势，而南方则可以自由施行蓄奴制，而不用走向战争和付出生命的代价，让奴隶制自生自灭，最后慢慢消亡。然而随着时局的变化人们很快意识到奴隶主不愿放弃这种可以主宰他人命运的权力和能为自己带来持续利润的廉价生产力。《逃奴法》的颁布不仅让黑奴感到前途暗淡，也令自由黑人惊恐万状，纷纷逃离美国，而北方各州都已出现自由黑人被绑架而重新为奴的现象，正如《为奴十二载》里所描述的那样。内战结束后废奴小说仍然保持强劲的发展势头，在发掘美国奴隶制根源、重建历史和反种族歧视等方面起着重要作用。废奴小说中影响最大的是斯托夫人的《汤姆叔叔的小屋》，而诺瑟普的《为奴十二载》则是介于废奴小说与奴隶叙事两者之间的作品，其创作既受斯托夫人的影响，也是对其艺术想象的佐证。

第二节 引起大战的小说：《汤姆叔叔的小屋》

在描述南方奴隶社会方面较为透彻的是斯托夫人（Harriet Beecher Stowe 1811—1896）的《汤姆叔叔的小屋》（*Uncle Tom's Cabin*，1851），该书揭示了内战前美国社会不容忽视的蓄奴制问题和暴风雨即将来临时的动荡局势。斯托夫人在原版序里指出其创作是在新时代来临之际，正值"一个美好的时代的诞生；当代文学、诗歌和艺术的主旨和基督教的主旨日趋一致。诗人、画家和艺术家们都在寻找和褒扬生活中常见的仁爱行为；小说散发着一种感化和威慑的力量，它对弘扬基督教的博爱精神极为有利"。然而她生活的年代却是美国历史上最黑暗的岁月——奴隶制盛行时期。目睹身边的血腥事实，斯托夫人无法保持内心平静。她希望能以自己的作品"激发人们对那些和我们生活在一起的非洲人的同情；揭露他们在奴隶制下遭遇的种种不公平和痛苦"（斯托，2012：1"序言"）。她将揭露南方的真相视为己任。不管林肯是否对斯托夫人讲过"这就是写作引起一场大战的小妇人"，确定无疑的是，斯托夫人的书确实使随后数十年的伟大战争文学面世（Lamb & Thompson，2005：241）。

《汤姆叔叔的小屋》是美国出版史上最大的成功之一，也是美国历史上影响最大的书籍之一。《汤姆叔叔的小屋》从1851年6月5日起在杂志《民族时代》（*National Era*）上连续40周刊登，1852年3月20日才以书籍出版。一年后在美国的销售就达305，000册，并有各种译本在世界各地售出（Sonneborn，2009：8）。从内战前到整个19世纪后期，美国人最为熟悉的三个情节画面是：伊丽莎怀抱幼儿在猎奴者的追缉下，从一块浮冰跳上另一块，跨越俄亥俄河，逃向对岸；一位名叫伊娃的小女孩临死时，家人与黑奴环绕四周，她父亲问道："伊娃，告诉我们你看到什么？"她面带微笑地说："哦！爱，欢乐，和平！"一个名为汤姆的虔诚黑奴拒绝告诉主人有关两名逃奴的藏身处。他深知自己死后会进天堂，所以即使面临死亡威胁，他依然在奉劝主人忏悔和拯救自己的灵魂。主人只是稍有迟疑，最终还是被邪恶控制而将汤姆击倒在地。关于该书的成功，里兹·桑尼博（Liz Sonneborn）认为，是“唤醒了美国良心”，并进而解释说：斯托夫人以读者熟悉的人物促使他们自省。在艾丽莎的逃亡中，读者愿意看到的是自己也不惜代价避免孩子受到伤害；伊娃之死令他们回想起身边可爱的婴儿和儿童死于疾病的场景，这在当时极为普遍；从汤姆的虔诚他们看到的是自己也能在基督的教诲下生活的愿望（Sonneborn，2009：10)。该书自面世以来一直争议不断，人们褒贬不一。战后南北之间的紧张局势也使该书遭遇冷落，因为双方都不愿重提那段令人难受的往事。特别是由于戏剧的改编，到19世纪70年代后期，该书已经变成一半像是江湖艺人的闹剧，一半像是马戏团的杂耍。在美国，“该书通常被认为是一部带有宣传色彩的小说，仅此而已。一旦达到目的，也就失去继续存在的价值，然而在欧洲却一直拥有读者和在俄国受到青睐”（威尔逊，1993：3—4)。要了解战前的美国，该书以及它的续篇《德雷德：凄凉沼泽的传说》都极为重要，它们实际上反映了当时奴隶制下一套完整的社会习俗，道德风尚和思想观念。斯托夫人以《汤姆叔叔的小屋》促使人们正视蓄奴制南方的社会问题，激起全国范围的废奴主义热情，同时也招致蓄奴派的愤怒，在很大程度上加剧了南北双方的对立和矛盾，所塑造的理想黑奴、虔诚顺从的汤姆形象则引起极大争议和遭人诟病。

1. 直面现实的斯托夫人

斯托夫人一直关注奴隶制问题。她在1850年8月的《民族时代》上发表的短篇小说“自由人之梦”（“The Freeman's Dream”）就是针对《逃奴法》罪恶的寓言故事。她讲述了一名逃奴向农场主讨要食物，后者因惧怕《逃奴法》的惩罚而拒绝帮助，最终奴隶的主人赶来抓住该逃奴。农场主罪孽深重地在噩梦中死亡，进入天堂后遭到审判为罪人，只因上帝法律要高于人间法律，而他曾拒绝为饥饿者提供食物（Sonneborn，2009：40)。斯托夫人的废奴主义思想的形成与家庭环境有极大的关系。弟弟亨利·沃德·比彻（Henry Ward Beecher）身为牧师，也认为基督教应该随时代的发展而改变，他积极筹备资金支持在堪萨斯和内布拉斯加反抗奴隶制的人士购买武器，他所在教会在随后的内战中资助了一个志愿团。1851年初他到姐姐家来时曾与其彻夜谈论奴隶制问题，两人在废奴主张方面看法一致，决定相互支持、共同参与废奴斗争，一个在布道台上，一个在小说写作上（Sonneborn，2009：40—42）。创作中斯托夫人特别注意从奴隶叙事作品中收集素材，她与废奴主义积极分子加强联系，包括与当时著名的领袖人物弗里德里克·道格拉斯通信了解他的看法。对她帮助极大的是在新泽西纽瓦克当牧师的弟弟查尔斯，他十年前曾在新奥尔良任牧师时就亲眼看见奴隶拍卖。他到斯托夫人家里讲述了自己在南方的见闻。他对一名凶恶监工的描绘后来成为《汤姆叔叔的小屋》中最卑劣的人物西蒙·雷格里的原型（Sonneborn，2009：47）。

有关《汤姆叔叔的小屋》的故事源头说法较多。在家乡州康涅狄格，斯托夫人未能直接了解奴隶制。当她随家人迁居到俄亥俄州的辛辛那提以后，尽管此处同样是自由州，她在1833年终于有机会跨过俄亥俄河，参观对岸肯塔基的种植园，真实地目睹了奴隶们的劳作。[1]其中除了到肯塔基的参观外，斯托夫人与家里黑人雇工的交谈也让她对这一群体遭受的磨难了解较多。斯托夫人认为已迫在眉睫，不得不为废奴主义写点东西。1850年3月在给友人贝利的信中她写道："我感到是时候了，即使妇女或者儿童能为自由和人性发声的就必须出来讲话"（Sonneborn，2009：43）。斯托夫人要做的是，用小说逐步揭示战前南方社会内幕。当时南方报纸常常赞美在慈悲的奴隶主管理下，奴隶可以生活得非常快乐幸福。该书特别突出的是，设计了两条背道而驰的路线，决定了人生完全不同的命运，也凸显了南北发展的走向：那就是汤姆深入南方的死亡之路与艾丽莎奔向北方的自由之路。从文学地理学上看，这种设计极为巧妙。通过对两条路线沿途的考察，当时美国的社会现实在读者面前一览无余。斯托夫人描述汤姆向南的旅程时着重揭示表层下的罪恶：富饶的密西西比河沿岸风景如画，商船上却运载着一种可怕的货物"黑奴"。岸上的庄园里有华美的大宅，奴隶正在地里劳作，他们的小窝棚聚集而成的村落与主人的花园相距较远，互不打搅。作为小说的主线，斯托夫人带领读

1 此次经历给斯托夫人留下深刻印象，其见闻也成为在小说中所描述的谢尔比庄园的素材，但她的批评者认为，这类短暂的来访无法真正了解南方社会。

者走向南方下游，逐步揭示越来越黑暗的奴隶制社会。主人公汤姆的处境随着往南，从肯塔基到奥尔良，再到红河沿岸的迁移而不断恶化，主人的变换对他也越来越不利。

2.《汤姆叔叔的小屋》中的奴隶主形象

斯托夫人对南方奴隶主加以区别看待，特地塑造了几种不同的奴隶主形象，这些人似乎由高到低逐步堕落。她首先选择的是在肯塔基的谢尔比庄园。在此汤姆的才智得到充分的发挥，他善于庄园经营，重仁义，言行举止稳重、明理，加入基督教后对上帝绝对忠诚。表面上看，主人谢尔比和善宽容，黑奴也有感情和表示忠贞，人们幻想这里简直是带有传奇色彩的家族社会，甚至充满诗情画意。正是这种类似家庭的和善令很多人忽视了严酷的现实。那就是身为奴隶，谁也无法忘记自己上面还笼罩着一种不祥的阴影——法律。依据当时的法律，黑奴们不算人，只是一种财产。一旦主人破产、死亡或倒霉，他们手中的奴隶就会陷入绝望境地，往往被卖到南方下游遭受非人的折磨。在斯托夫人笔下，肯塔基的奴隶制还算温和，"也许肯塔基人从遗传学上讲也是最和善的人，因为他们的先人来自那些居住在森林里的自由自在的猎人"。[1]但是当庄园主谢尔比面临破产时，他毫不犹豫地卖掉家里最好的、也是最值钱的奴隶汤姆以挽救自己家庭的命运，尽管此人对他们一家忠心耿耿，一直为其尽心尽力管理庄园。谢尔比在夫人的谴责下为自己辩护说，"这样的事别人天天都在干，我搞不懂为何我要为此受到责备，好像我是一个魔鬼"(25)。谢尔比代表的是南方普通庄园主，认为这一切都是法律所允许的事情，内心不必受到谴责。只要出高价，再好的奴隶，哪怕愿意为自己献出生命的也可以卖出。谢尔比夫人觉醒道，"我还相信自己可以在这万恶的制度下找寻美好的事物，太天真了"(26)！她意识到自己是十足的傻瓜，根本无法改变丈夫谢尔比的决定和汤姆的命运。此时身为奴隶主的谢尔比已接近良知泯灭的边缘，尽管时刻处于妻子的警醒下难免在良心上感到不安，但依然按照南方奴隶制惯例行事。汤姆不得不随奴隶贩子走向南方下游，踏上死亡之旅。

1 哈里特·比彻·斯托：《汤姆叔叔的小屋》，王岩译，哈尔滨：北方文艺出版社，2012年，第89页。以下引文只标明页码。

斯托夫人刻画的第二种奴隶主是有知识和宗教信仰的人物。[1]汤姆在被贩卖的途中，因为自己的善举而幸运地落到较为仁慈的主人、新奥尔良的奥古斯丁·圣·克莱尔手中。此人是奴隶主中博学并有女性化气质的人物，他憧憬唯美主义和理想主义，这显然与南方恶劣环境格格不入。克莱尔清楚地意识到南方人占有奴隶实际上是为了自己的利益和享受舒适的生活。他对教堂里的说教极为不满，认为不应该用《圣经》为奴隶制辩解。他说："宗教！你们在教堂听见的理论是宗教吗？那种能弯能直，能上能下，左右逢源，欺骗社会的东西是宗教"（159）？克莱尔尽管胸怀大志，却没能当上改革家或实验家，最后成为"一块浮木，而随波逐流"（200）。他这种奴隶主在南方极为普遍，既能享用奴隶制带来的财富，又能悠闲地满足精神上的追求，维持心理上的平衡和逃避责难。克莱尔指出英国的贵族和资本家不会有美国南方人这样的感受，因为他们没有与被蔑视的低等阶级一起生活。克莱尔抱怨道："黑奴生活在我们家里，与我们的子女一起长大。"他承认自己有一种并不清晰的渴望，也想做一名解放者，为祖国洗刷这个污点（200）。身为庄园主的克莱尔承认自己眼高手低，其理想已经跨过天国之门，而实际上却无法脱离尘世。他担心一旦解放自己的黑奴，就放弃了财产，必定使家庭陷入贫困。克莱尔曾经依靠仁慈的手段驯服过一个狂躁的黑奴西皮奥，此人甚至撕掉给他的自由证书而死心塌地跟随主人。在他这样的家庭里出现了天使般的女儿伊娃，她的言行感染和影响着周围的人们。然而这种人在南方无法生存和持久，所以很快夭折。斯托夫人此种情节安排寓意明显。克莱尔的堂姐奥菲利亚同样学识渊博、修养深厚，对历史和英国古典文学很有造诣。她决定到奥尔良帮助弟弟操持家务时，北方的亲人们极为担心，甚至认为这如同去三明治岛（夏威夷）或未开化的野蛮国家一样。显然她希望以北方的文明对南方的蛮荒加以改造，将奴隶提升为自由人。但伊娃病态的母亲玛丽却拥护奴隶制，她说"谢天谢地，我成长在一个有奴隶制的地方，我觉得这是合情合理的——真的，我觉得它一定是正确的，没有奴隶我就活不下去"（160）。玛丽认为黑人天性自私，是麻烦制

1 斯托夫人的父亲莱曼·比切（Lyman Beecher）就是公理会牧师，是被称为"第二次伟大觉醒"的美国宗教运动的领袖之一。该小说中涉及宗教主题的观点显然与父亲的影响有关。

造者。她反而抱怨南方白人才是奴隶，因为总在为手下黑奴操心。她坚信“黑人是低等种族，并且永远是下等人”。玛丽对奥菲利亚说，她发现北方人其实对黑人歧视更严重，“你们对黑人的厌恶就像讨厌毒蛇或癞蛤蟆一样，但是对他们的遭遇又让你们愤愤不平。你们不想看到他们受到任何虐待，但是另一方面你们又在竭力躲避他们”（153—154）。可惜克莱尔在为汤姆的自由办理相关文件之际突然去世，后者如同长途跋涉的水手在即将进港时却遭遇灭顶之灾，“只能从黑糊糊的浪头上看一眼自己的家乡”（282）。这种比喻恰当地反映了可怜的汤姆当时的心情。克莱尔去世后，这一家的黑奴立刻陷入恐慌，他们以前完全因为主人的仁慈才得到保障，现在没有谁能救他们。首先是萝莎被送到鞭笞所受刑，当众遭到羞辱，只因女主人玛丽不想见到她还像以往那样不分尊卑。玛丽不愿给黑奴自由，认为他们必须在主人的管制下才会好好干活。她将汤姆和其他黑奴一起送到黑奴交易所拍卖，换取金钱以供自己的享乐。汤姆被再次卖出后，落入南方下游的黑暗深渊。

斯托夫人最后描述的雷格里种植园才是她真正想暴露于世的南方现实，残酷而灭绝人性的奴隶主雷格里代表的是奴隶社会普遍存在的邪恶。这如同孤岛般的魔鬼庄园，四周方圆几十英里都是沼泽地，几乎与世隔绝，被称为黑暗之地。在外观上就是一处破旧、衰败，用于榨干奴隶最后一滴血的场所。这里有为虎作伥的黑奴帮手桑博与昆都，以及追捕逃奴的猎犬。这些帮凶“经过长时间的残酷而凶恶的训练，人类善良的本性在他们的心里早已被渐渐磨灭，以致完全消失。他们现在就像恶狗一样凶残无情”（303）。汤姆在此走向人生终点，其实他一来到这里就发现整个庄园都笼罩在罪恶和兽性的压抑中：

> 只有愁眉不展、抑郁凶狠的男人和万分沮丧、虚弱不堪的女人，或者说根本不像女人的女人。弱肉强食——这种人类的生存本能，如同动物一般赤裸裸的自私在他们身上展露无遗。……主人像对待牲畜一样对待他们，他们早已丧失人类的尊严和情感，早就堕落到了几近禽兽的地步。（305）

斯托夫人的描写使人尤其担心的是，在如此恶劣的环境里汤姆这种从没有受过任何教育的人怎样才能生存下去。她写道，汤姆暗自下决心：

"要永不停止地拼命干下去，他要把自己交给公正的上帝，以求上帝能够给自己一个妥当的安排，减免自己的苦难，找到一条脱离苦海的路"(309)。汤姆一生忍辱负重，即使在生命最后的关头，只是害怕失去宝贵的灵魂而与雷格里这类人同流合污。连混血女奴凯西也劝汤姆，"你必须放弃善良和执着，只有这样他才会让你活着"(320)。但汤姆宁愿选择死亡，也不愿助纣为虐。汤姆同时拒绝了凯西要他帮助杀死雷格里的请求，认为这样做同样违背上帝的旨意而成为罪人。斯托夫人在此强调的是，在汤姆最艰难的时刻宗教的力量更大。该书其实也说明了黑人为什么倾心于依赖宗教获救，是因为他们没有其他的路可选择。身处异国他乡，毫无援助和依靠是黑人更加依赖上帝的根本原因。斯托夫人希望能以基督教教义对人性加以感化，从而废除奴隶制，她始终认为"人类自由这一伟大事业始终掌握在上帝手中"(序2)。汤姆遭受酷刑临死之际，桑博和昆都两个残暴的黑奴凶手似乎也良心发现和被感召，这也是汤姆的信仰所起的微弱作用。乔治·谢尔比为了赎回汤姆的自由而来到这里，可惜来晚一步。他到汤姆身边时，后者已即将步入天堂。目睹朋友的遭遇，乔治在汤姆坟前发誓："我会尽我所能让这个充满血腥的奴隶制在我的国家里彻底毁灭"(378)！他代表年轻一代发出的怒吼声预言了废除奴隶制的内战即将来临。由于汤姆付出的生命代价，凯西和艾米丽终于逃出魔掌。

3. 奴隶制下的生存状态

斯托夫人着重表现的是，在如此恶劣的环境中，怎样保持人性和生存下去对各种人物都是考验。为此她塑造了几种典型人物。最具争议的是汤姆，其忍辱负重、甘愿为奴，一切让上帝裁判的思想和言行均遭到废奴主义者的谴责，同时他对逃亡奴隶的帮助也难逃蓄奴主义者的惩罚，因而其最终的悲剧不可避免。应该看到，汤姆对其他奴隶的生死相救也是出于自己的基督徒良心，而不是废奴主义思想。他实际上早已接受或者说习惯于奴隶制下的生活，这种安于现状的黑奴正是主人所看重和欣赏的。令废奴主义者极为反感和愤怒的正是斯托夫人在该书中所着力颂扬的汤姆的隐忍而伟岸的男人气概和高尚品行。他对主人一家的忠心耿耿和宗教上的虔诚，使其不愧为一种理想黑奴和足以令其他人效仿的典范。汤姆叔叔的小屋被描绘成黑奴的心灵庇护所。这间小木屋前面有一块整齐的小菜园，水果蔬菜长势喜人，四周各种鲜花盛开。在园子里忙碌的克洛大婶是庄园里有名的厨师。汤姆身材魁梧，胸膛结实，皮肤黝黑有光泽。小屋布置得干净整洁，成为奴隶们聚集的宗教场所，向上帝祈祷的精神家园。黑奴们每周的宗教会议都在此举行，布道、唱诗和歌颂天国。汤姆一直是大家的领导者和主心骨。斯托夫人强调指出，"汤姆具有黑人突出的可悲特性，那就是生性善良、温和、顾家，而这也正是导致汤姆不幸的原因"(79)。虔诚的汤姆也渴望获得自由，甚至拥有自己的财产。他对自由的理解是："我宁愿穿破旧衣服，住破旧房子，只要是自己的，再破烂我也愿意；穿得再讲究，吃得再好，只要是别人的，我也不愿意"(267)。可惜如此善良的汤姆也逃不脱注定的命运。

斯托夫人在书中特地设置了并行的情节，形成鲜明的对比：汤姆叔叔的小屋里大家正在歌颂主的圣恩，其乐融融，而谢尔比的客厅里却在商谈卖出汤姆的事宜，这将使汤姆与妻子和孩子永远分离。妻子克洛大婶想不通的是，当灾难来临时汤姆有主人的通行证却不愿逃跑，他竟然还担心主人被自己牵连而破产，这与自己信奉的基督教教义不符。女奴伊丽莎的决定就截然不同，躲在壁橱里听见男女主人的谈话后马上决定逃跑。克洛大婶也比汤姆看得清楚，她明白是主人将事情搞得一团糟，却卖掉已经承诺给予自由的汤姆抵债。她对丈夫直言道："为了让自己摆脱困境，竟然不假思索地卖掉我们的亲人，使得你背井离乡，我们的家庭从此不再完整。上帝不会饶恕他的"(80)。老实忠厚的汤姆信仰的是"主人们活着就要被人侍候，仆人们理应把事情安排妥当"。他认为卖掉自己能为主人解忧，也是不错的安排 (80)。除了与亲人的分离，黑人们对南方下游有着天生的恐惧感，因为那是去了就不可能回来的地方。从汤姆叔叔的经历可以看出，奴隶制下最大的灾难是命运的不确定。当黑奴在慈悲的主人家接受了环境的熏陶而养成高贵的情操后又落入另一残暴的奴隶主手里，斯托夫人生动比喻为如同"豪华客厅的沙发流落到庸俗低级的场所一样"(294)。

与汤姆形成鲜明对比的是乔治·哈里斯。他在受雇期间遇见仁厚的奴隶主威尔森，在他的工厂里黑奴乔治却有用武之地。威尔森发现这名混血儿奴隶聪明能干，居然还发明了新的机器，究其原因是继承了肯塔基名门望族的血统，难怪他既聪明又显高贵，肤色也足以乱真。重要的是，他远比一般黑奴觉悟高，而且并不认可美国是自己的国家，一心只想早点逃离。乔治坦言道："国家！除了埋我的坟墓以外，难道还有什么国家而言吗"(93)？他代表的是向往回归非洲、具有伟大理想的新黑人。他对美国的唯一要求就是让自己平安地离开。他完全不相信《圣经》里的教诲，只打算用武力对付那些迫害他的人。他的生父（奴隶主）在临死之前将他和家人与牲畜一道卖给别人，使整个家庭四分五裂。乔治对威尔森说，"我要为自己的自由而战，你们的祖先就是为自由而战的，我也这么做，难道错了吗"(96)？乔治的妻子伊丽莎美貌惊人，女主人特地为这名女奴主持婚礼，但夫妻两人作为财产分属于不同的主人，所受到的待遇也截然不同。丈夫乔治·哈里斯作为第一代混血儿，尽管身为黑奴却有机械天赋，在租借给工厂主时发明了净麻机。然而乔治无法忍受主人的残暴，他与伊丽莎的婚姻也得不到主人的认可，只因这个国家没有奴隶结婚的法律，主人可以随意将奴隶夫妻分开，没有谁能阻止。乔治被主人强行从工厂带回农场，因为他不愿看见自己的奴隶有权发明机器而大出风头，总认为必须遏制这种行为。自我意识极强的乔治开始反抗奴隶制，他直言道，"主人！是谁赋予他当我的主人的？他凭什么骑在我头上？我们都是人，我比他有能力，经营管理比他强。……他说要驯服我，让我卑躬屈膝，借此凌辱我，要我屈服"(12)。尽管妻子伊丽莎劝他服从主人，不然当不了真正的基督徒，他还是坚持逃亡。书中特别给人印象深刻和令人震撼的场面是女奴伊丽莎怀抱儿子，从冰上跨越俄亥俄河的情景：她跳上去后发现身下那块绿色大冰块摇晃不止，还吱吱作响，可是片刻间，她大叫着运足力气，在冰块之间跳来跳去，居然像山猫一样跨到河对岸。这足以说明在逃亡之路上无比艰险也需要勇气，她的成功在于觉醒及时，决定果断，对所谓的仁慈的奴隶主不抱幻想。所幸的是，他们一家在逃往印第安纳河谷地区的途中均得到教友会同情者的帮助。伊丽莎常常在梦中看到一个美好的世界，"这是一片安详、宁静的乐土，有着绿色的海岸，令人舒适的岛屿，波光粼粼的海水"，最主要的是那里还有一栋他们自己的房子（120）。她渴望的其实是一种极为平常的生活，可惜对于黑奴家庭而言已是奢望。即使他们逃到印第安纳这一所谓的自由州，此时外面依然张贴着抓捕他们一家人的公告，根据《逃奴法》在此处人人都有义务将他们抓住送还主人并获得奖金。丈夫乔治是一位勇敢的战士，从不向命运低头。一踏上逃亡之路他便将自己看作自由人，充分体味到掌握自己命运的重要性。一心希望依靠自己的努力获得自由的乔治认为美国政客只是关注国家的自由和独立，并未惠及到所有人。“对于一个国家而言，只要是光荣宝贵的东西，对一个人而言难道不是同样光荣宝贵吗”（342）？乔治认为上帝偏向奴隶主，而奴隶们一无所有，不可能得到上帝庇护。他对周围黑人安于现状极为不满，因为这些人对眼下盛行的奴隶制加以容忍和妥协，总认为“上帝的眼睛现在是被乌云遮蔽，总有一天他会重新看见光明”（99）。乔治成功逃到加拿大后又到法国求学，最后在非洲海岸发现了希望，认为黑人应该去的地方是利比里亚。他希望看到的未来是，用基督精神和文明，在非洲海岸建立众多富强的共和国。乔治终于带领全家踏上非洲的土地，妻子也成为基督教传教士。斯托夫人在小说中的这种安排也符合当时许多白人有关处理黑人问题的主张，即从根本上减少美国黑人的比例，逐步达到人种净化的目的。

在该书中斯托夫人还将改变南方的希望寄托在庄园主谢尔比的儿子乔治·谢尔比这些下一代身上，但愿这类罪孽不再延续下去。乔治从小在汤姆的关怀下成长，对后者感情颇深。小乔治得知汤姆一家被迫骨肉分离的悲剧后直言道：“今天我身为肯塔基州人而感到羞耻”（87）。他长大成人后特地前往南方各地寻访和拯救汤姆，只是来得太迟而无力回天。当他打听到汤姆的消息时后者已濒临死亡。深感遗憾的乔治最后给予家中奴隶自由，他说，“不管何时，人们看到汤姆叔叔的小屋，就会将其看成一块纪念碑”（394）。他鼓励大家为消灭奴隶制和争取自由而努力。斯托夫人特意描述了出身完全不同的两个小孩的成长过程以说明南方向着正确方向发展的可能性。书中的伊娃和托普西代表了社会的两个极端：一个在贵族家庭出生，肤白胜雪，眼睛深陷，一头金发，宽阔聪明的前额，举止文雅；而另一个则肤色黝黑，机灵狡黠，表现得畏畏缩缩，但是行动上非常敏捷。伊娃如同小天使但生命短暂，她对汤姆的命运常常感到无能为力。她一直尽力劝说家人给与汤姆自由，在几乎成功时却突然离世。黑奴托普西自幼显得自暴自弃，她经常说：“我学好有什么用呢，我永远是一个小黑鬼，假如能把我的皮肤剥掉换成白色的，那我就一定会学好的”（245）。所幸的是，她最后在伊娃的感召下开始改变。斯托夫人同样强调奥菲利亚用《圣经》对她进行的教育和所起的作用。最后羸弱的伊娃早早离世，而托普西获得自由后则成为芭蕾舞演员。

作为奴隶制社会邪恶势力的代表，除了狠毒的庄园主雷格里以外，斯托夫人主要以奴隶贩子海利一类角色的言行举止揭示奴隶制下人们的虚伪，同时指出南方人对其纵容已成为一种常态。此人掩饰罪恶的口头禅是："人道主义方针是我经营的精髓"(5)。其实他比一些南方绅士更坦率。当人们对其谴责时，海利向他们指出，"像你们这样的绅士需要奴隶，我不过是满足了他们的需求，难道贩卖奴隶的人比购买奴隶的人更卑鄙下流吗"(87)？斯托夫人认为海利已经将自己的肮脏事业做到极致，并以讽刺的口吻说他甚至达到一种完美的境界，似乎克服了人性中的弱点与偏见，居然宣称"为了伟大国家的利益，一个光荣的目标就是尽力让整个北方对这种事情都习以为常"(111)。在政府的支持下，海利一路畅通无阻，他认为在美国"抓捕逃奴已成为一种合法的、甚至是爱国的职业"(58)。人们一般以为海利这类奴隶贩子不配进入上流社会。该书探讨的问题是，到底是谁创造了他们？谁应该负责？显然那些支持产生奴隶贩子的制度的文明人应该负责。由于法律的许可，不少人认为从非洲进行奴隶贩运是罪孽深重，但从肯塔基贩卖奴隶又另当别论。斯托夫人在此是对颁布《逃奴法》的政府和整个社会对奴隶制的容忍，甚至同流合污的抨击。

4. 蓄奴与废奴的分歧

斯托夫人在该书中也反映了普通美国人在奴隶制问题上的分歧。她特地塑造了理想化人物，如约翰·范·特隆普先生。这位拥有众多奴隶的庄园主突然良心发现，大发慈悲，将手里的黑奴全部解放，还赠送他们田地，自己带领全家到乡下过上简朴自由的生活。但也有态度模糊动摇的人物，如议员伯德，此人尽管举手拥护追捕逃奴的法案，却在妻子的鼓励下帮助伊丽莎和儿子逃亡。他曾在议会上指责那些把几个可怜逃奴的利益凌驾于国家之上的人们，现在自己却要参与"地下铁道"工作，亲自驾车帮助护送逃奴。有些北方人在奴隶制问题上的心态是默许以求从中牟利，这从黑奴艾米丽母女的遭遇也可以看出。她们是纽约一个基督徒的财产，拍卖她们所得的款项将汇到他的名下。此人收到汇款后像往常一样去参加他的救主（也是她们的救主啊）的圣餐礼拜，然后把此事忘得干干净净（287）。在当时的美国只要付得起价钱，再邪恶下流的主人都可以占有艾米丽的精神和肉体，而委托他人拍卖她们母女的北方绅士同样邪恶。其实在黑人中间因为肤色深浅、从事劳动的分类和与白人的关系亲疏等方面的差异，他们在自我身份意识上也有分歧。黛娜就对混血儿萝莎指出，“她（托普西）也不比你的肤色黑多少，你说话就像自己是个白人似的，说穿了你既不属于黑人，也不属于白人。我倒宁愿自己是个纯正的白人或者黑人”（207）。斯托夫人在书中对一心模仿白人，欺压其他黑人的混血儿奴仆持否定的态度。针对这种他者的心态，后殖民理论家法农在《黑皮肤，白面具》里指出：“首先有黑人和混血儿之分。前者只有一种可能和一桩心事：变白。后者不仅想变白，而且要避免倒退”（法农，2005：39）。斯托夫人对黑人内部的争斗尤为愤恨和惋惜，书中的汤姆叔叔最终也死在一心讨好主人、助纣为虐的黑奴帮凶手下。不难看出，长期处于奴隶制下的黑人群体中一些人深受主人的影响和遭遇人性的扭曲。法农只想告诉自己的黑人同胞，“黑人和有色人种在思想、素质、智慧和体能各方面并不比白人逊色，他们需要的并不是‘白面具’，而是对自我本质属性的自觉和对自身命运的把握”（刘象愚，1999：58）。黑奴最重要的应是在内心获得自由。

人们在奴隶制看法上的分歧受到的宗教影响极大。书中神父坚信可以从《圣经》里找到人天生分为主与仆的根据：“迦南当受诅咒，必给他兄弟作奴仆的奴仆”（《圣经》创世纪 9：25）。似乎上帝早就决定了这一切。该神父解释说，“毋容置疑，很久以前，上帝一高兴就决定叫黑人生生世世为奴，我们也不能违背上帝的旨意吧”（106）。其实根本原因是不少南方人担心放弃奴隶制自己就会成为乞丐，所以竭力用宗教和《圣经》加以辩护。他们相信黑人在智力上要低得多，现阶段需要白人主人的指导才能在美国生存下去。即使较为仁慈的克莱尔同样担心奴隶真正获得自由后，也许更难得到应有的教育。他说：“要是明天我们的国家就解放了所有的奴隶，那么谁来教育无数的黑奴呢，谁来教导他们怎样使用自己的自由权利呢”（274）？为了证实教育是否对黑奴有益，克莱尔交给奥菲利亚一个十分顽皮的黑人小女孩托普西，进行教育实验。自然他不相信这种教育对黑人小孩有作用。托普西在奴隶贩子身边长大，认为自己从来就没有出生过，不知道父母是谁和自己多大的岁数。她坚信“没有谁创造我，我是自己长出来的”(209)。所幸的是，托普西在伊娃天使般榜样的影响和基督教思想的感召下逐步转变，成为独立坚强的自由人。然而斯托夫人这种宗教启蒙的成效也饱受质疑。

关于黑奴的未来，斯托夫人相信“如果将来有一天非洲人民能够发展成一个先进的文明种族的话，他们肯定会在人类进步的伟大历史中大显身手的”(155)。显然这是与当时美国殖民协会为黑人重返非洲建国的主张极为相符的思想的流露。斯托夫人特地称赞黑奴也有审美观，认为“黑人是世界上最富有异国情调的美丽国家的臣民，在他的内心深处埋藏着对所有华丽、珍奇之美的深深的爱”(140)。斯托夫人还以十分无奈的笔调揭示在奴隶制容许下，残暴的恶徒和真正的绅士贵族一样拥有数量众多的奴隶。她在小说的尾声里写道：“美国自由的人们始终对奴隶制抱有宽容的态度，而自己也蓄养黑奴，在纵容奴隶制的合法化”(397)。斯托夫人对国家前途深感忧虑，因为“对于一个缺乏正义而且也不准备伸张正义的国家来说，必定存在着可怕的隐患”(401)。斯托夫人甚至预言了战争的迫近，她借书中人物克莱尔表达了许多人一样的想法。此人坦率地指出，全国都在奴隶制下呻吟，“全世界的群众都在积攒力量，最后的审判早晚会来临”(201)。在《汤姆叔叔的小屋》最后一章，斯托夫人期望北方人欢迎逃奴的到来并以礼相待。此时许多北方人正对《逃奴法》深感愤怒，因为“此法要求他们参与追缉逃奴，从此他们再也无法避免被奴隶制的罪恶所玷污”(Sonneborn，2009：38)。

5. 斯托夫人文学创作的影响

《汤姆叔叔的小屋》自出版以来影响巨大，但引起的争论也经久不息。当时许多文化名人就认为，斯托夫人的描写是有问题的。波士顿绅士和纽约派男性作家，包括从纳桑尼尔·霍桑（Nathaniel Hawthorne，1804—1864）到亨利·詹姆斯（Henry James，1843—1916）这些著名人物，都强烈抵制斯托夫人。他们从严肃的文学考量出发，联合起来攻击这类流行的女作家，认为她们“没有写出纯粹审美的和克制的、未被说教冲动所妨害的散文”(多克特罗，2010：32)。在对该书的评价中，最多的是强调其政治性而贬低其文学性。许多人将其看作重要历史文献而不是一部伟大小说。更加猛烈的谴责来自南方，很多读者深感愤怒，认为一名北方妇女居然有胆量写书谴责他们的生活方式和文化。他们认为奴隶制对黑人是有利的，是慈善社会的一部分，因为黑人天生低人一等。没有好心的白人帮助，黑人不能照料自己。在他们看来，汤姆的形象虚假，因为黑人的智力难以达到那种水平，真正做到像汤姆一样理解和拥抱基督教。他们坚持认为黑人天生头脑简单，乔治·哈里斯超乎寻常的智力（发明机器）也是斯托夫人小说中明显的夸大其词和构思缺陷。为此斯托夫人于1853年特地推出《解密汤姆叔叔的小屋》，提供大量资料说明自己的创作并非毫无根据。其实这些资料中大部分她也是在小说出版之后才接触到的。但她在给朋友登曼（Lord Denman）的信中说，"这比我原来想象或梦见的还要糟"（Sonneborn，2009：60)。《解密》一书同样遭到南方人责难，他们认为其中关于奴隶制社会的描写不合实际，特别是诸多涉及男主人与女奴之间的强迫的性关系描述更让他们十分恼怒，将这类文学作品看作是对妇女的玷污。

尽管如此，《汤姆叔叔的小屋》还是赢得读者的普遍赞誉，尤其在戏剧改编获得成功后更是引起轰动效应。据统计，"出版几天内就卖出一万本，第一年的销量就超过三十万本"（Gossett，1985：164)。在逃奴法案的启示下，斯托夫人表达的是对自由的渴望和以私有财产的拥有来阐述的自由定义。她最初的小说副标题"作为一个物件的男人"便希望说明奴隶汤姆实难获得做人资格，也不可能真正拥有居住的木屋，更谈不上与克洛大婶的合法婚姻（Lamb and Thompson，2009：241)。重要的是，该小说明确指出，是在美国当时法律的庇护下奴隶制才得以保留，问题的症结也在于这种法律的制定。1853年由乔治·艾肯（George Aiken）改编的该剧在纽约国家大剧院上演时，演员在台上大声宣布："我宁愿要破衣裳、烂房子、一切可怜的东西，只要是我自己的，也不需要属于他人的最好的东西"（Lamb and Thompson，2009：243)。奴隶们已经意识到只有获得拥有财产的权利才算有真正的自由，这种思想对身处奴隶制的黑人特别具有鼓动性。

为对抗《汤姆叔叔的小屋》的影响，南方作家很快就推出相应作品，它们被称为"反汤姆小说"（anti-Tom novels)，实际上是种植园小说（plantation novel）[1]中比较极端的例子，如玛丽·H.伊斯特曼（Mary H. Eastman）的《菲丽斯大婶的小屋》（*Aunt Phillis's Cabin*，1852）和罗伯特·克里斯维尔（Robert Criswell）的《汤姆叔叔的小屋与白金汉厅的对比：种植园主之家》（*Uncle Tom's Cabin Contrasted with Buckingham Hall, the Planter's Home*，1852）等。这些小说中的奴隶主往往心地善良、为人正直，他们的妻子也温柔漂亮。他们手下的奴隶则分为两种：一种对主人绝对忠诚，即使临死时也会感谢主人长年尽心的照顾；另一种则是反抗主人的奴隶，他们性情粗暴、头脑简单，太愚蠢而不知自己在奴隶制下过得如此幸福（Sonneborn，2009：58）。在"反汤姆小说"中，废奴主义者常常被描绘成不切实际的空想家，或别有用心、爱管闲事的煽动者，他们参与废奴运动的主要目的是勾引女奴隶满足自己的私欲。这类小说还特意模仿斯托夫人书中的情节，如重现伊娃教汤姆阅读《圣经》的场景，其中笑料不断，所嘲讽的是"黑人居然也能被教会阅读、思考或理解基督教信仰的想法"（Sonneborn，2009：60）。"反汤姆小说"的影响一直持续到20世纪初，其中最明显的是北卡罗来纳的小说家托马斯·狄克逊（Thomas Dixon），他坚持认为《汤姆叔叔的小屋》对南方的恶劣影响应得到纠正。为此他特地推出《豹斑》（*The Leopard's Spots*，1902）和《同族人》（*The Clansman*，1905）两部小说。在《豹斑》中他刻意戏仿斯托夫人书中的人物和情节；以这些小说为主要素材拍成的电影《一个国家的诞生》产生更大的影响。该片虽在电影史上成为里程碑作品，但其种族主义倾向也遭到普遍的批评。费纳斯（J. C. Furnas）也特地推出《再见了汤姆叔叔》（*Goodbye to Uncle Tom*，1956）作为回应，甚至认为斯托夫人的小说应为美国长久的种族问题历史负责（Sonneborn，2009：101）。黑人作家对斯托夫人小说的影响同样充满怨言。祖父是黑奴、父亲是种植园工人的理查德·赖特（Richard Wright，1908—1960）认为汤姆叔叔的形象应该加以改变，他根据自己的经历创作了《汤姆叔叔的孩子们》（*Uncle Tom's Children*，1938）一书，展示了黑人的真实生活，聚焦美国种族歧视的现实。作为一种反馈，他继而推出了著名小说《土生子》

---

1 种植园小说主要指颂扬内战前美国南方社会，并对蓄奴制下的贵族式生活加以理想化和粉饰的作品，最早的有约翰·P.肯尼迪（John Pendleton Kennedy, 1795—1870）的《燕巢》（*Swallow Barn*, 1832）。

(*Native Son*，1940)，书中主人公托马斯就具有典型的“反面汤姆叔叔”(anti-Uncle Tom) 形象。

废奴主义者对《汤姆叔叔的小屋》同样不满意，他们特别反感的是该书最后关于乔治·哈里斯带领全家到非洲的利比里亚的结局，认为所宣扬的自由黑人不得不离开美国的殖民安排正是白人的种族隔离策略，而黑人不应该为奴隶主的罪行付出离开美国的代价。废奴主义者主张奴隶解放后融入美国社会。当时著名的废奴主义领袖道格拉斯对此感到恼怒，并在给斯托夫人的公开信中写道：“亲爱的夫人，现实是我们已经在这里，我们可能一直待在这里”(Sonneborn，2009：56)。许多废奴主义者认为斯托夫人根本不了解美国黑人的现状，她自己也很快意识到其小说的缺陷，并为曾经赞同这种殖民安排深感遗憾。她在1853年，即小说出版一年后就承认，“如果可以重来，根本不会在书中提及殖民一事”(Sonneborn，2009：56)。其实斯托夫人在小说中更多地强调美国白人应对黑人加以理解和同情，因为人们在读该书之前一般认为黑人的智力低于普通人。在内战的第二年林肯总统邀请斯托夫人到白宫，不管他是否说过“你就是那位写出书来引起这场大战的小妇人”，这一邀请本身也说明了斯托夫人的小说有巨大的影响力，它触动了一个民族的良心，也改变了历史的进程 (Sonneborn，2009：11)。斯托夫人在她的第二部小说《德雷德，阴暗的大沼地的故事》(*Dred: A Tale of the Great Dismal Swamp*，1856) 中叙述了基于纳特·特纳领导起义事件的故事。该书也是对人们关于汤姆叔叔这一人物的消极性批评的回应。她将主角描写为北卡罗来纳种植园逃进大沼泽的黑奴，是主张对奴隶主以暴力复仇的激进分子。

总体上看，《汤姆叔叔的小屋》对社会变革具有积极意义。德福雷斯特在1868年1月9日在《民族》杂志上发表题目为“伟大的美国小说”的宣言性文章，在阐述标志着美国小说发展过程中新的起点时他认为“最接近这期望中的大功业的乃是《汤姆叔叔的小屋》”，尽管该书有一些缺陷，但“描绘的画面有一种民族的广度，对人物进行了真实的勾勒，语言自然，还洋溢着强烈的情感”(威尔逊，1993：574—575)。有的评论家还指出，斯托夫人对历史的理解是将其作为意识形态影响下的一种话语，“《汤姆叔叔的小屋》和《德雷德》不是以简单反映历史上的事实为目的，而是重写美国历史，以激励人们通过对历史上罪恶的场景做出积极的反应而获得争取自由和尊严灵感”（Elias，2001：39）。《汤姆叔叔的小屋》在国际上得到普遍赞誉，到1853年在英国的销售已达150万本，甚至超过美国国内（Sonneborn，2009：63）。该年斯托夫人开始到欧洲巡回演讲和促销自己的小说，会见包括王公贵族的各阶层人士，还有幸与她所喜爱的作家查尔斯·狄更斯（Charles Dickens，1812—1870）面谈。在斯托夫人来访的推动下，英国妇女发起请愿活动，呼吁声援美国妇女起来反抗奴隶制。她们陈述该制度的罪恶在于摧毁奴隶的家庭，贬低奴隶之间的婚姻，禁止奴隶接受成为虔诚基督徒必要的教育，最后在挨家挨户的征集中得到多达50万人的签名（Sonneborn，2009：65）。英国人赠送斯托夫人的金手铐上面刻有英国废除奴隶制的日期，并为美国留下空白处，希望能在废奴成功之日补上日期。斯托夫人在接受该赠品时十分担心自己有生之年是否能见到国内奴隶制废除的那一天。这些活动对后来内战中英国国内反对美国奴隶制和停止支持南部邦联政府的社会舆论的形成有极大的作用。内战爆发后，斯托夫人认为机会来临，1862年12月2日带着女儿哈蒂（Hatty）应邀到白宫面见林肯夫妇，她的主要目的是使其保证履行诺言废除奴隶制。尽管预备宣言早已发布，但斯托夫人仍然像当时许多人一样，十分担心林肯随时都会改变决定。

由于《汤姆叔叔的小屋》的成功，北方各地陆续涌现出被称为“汤姆戏”（Tom Shows）的表演。根据托马斯·戈瑟特（Thomas F. Gossett）的《汤姆叔叔的小屋与美国文化》（*Uncle Tom's Cabin and American Culture*，1985）一书记载，在1902年曾有表演团在宣传画上表明，观众能从他们的舞台上看到“演员多达80名，马、猴、骡和牛等动物30只、凶猛的猎犬15条、三个乐队——20支短号、14人的非洲人鼓乐和横笛、12名少女的克里奥尔吹奏乐队”（Sonneborn，2009：95）。这类演出从正规剧场到走街串巷的马戏团都有，既有忠实于小说的严肃剧，也有不乏庸俗低级的滑稽戏，甚至采用当时流行的以白人演员的“黑脸剧”（black-face）形式展示非洲裔的日常生活，最后连“汤姆叔叔”这一称谓也逐步成为自我贬低、迎合主子、出卖同胞的愚忠可笑的小丑代名词。斯托夫人对这样的滑稽演出，既感到愤怒又无可奈何。不幸的是，许多人是从观看戏剧而不是从小说阅读了解汤姆，自然他们得到的是一个被搞笑和扭曲的形象。另外，从1903到1927年，《汤姆叔叔的小屋》

就有九个版本的电影拍成。特别是1927年版本的成本达到美国默片中投资最多的第三位，制片商为了保障其经济利益和迎合南方观众，删掉了所有会引起反感的情节，最后斯托夫人惊奇地发现：该片表现的是对战前南方文化的大力赞扬，而不是她在书中予以的尖锐批评（Sonneborn，2009：98）。这令她深感遗憾和无奈，但这些影片也在很大程度上扩大了小说的影响。当年正是在斯托夫人和其作品的触动下，所罗门·诺瑟普（Solomon Northup）随后推出的《为奴十二载》则以亲身经历揭示南方的真相，该书显得更加生动和更具说服力。

第三节 自由的代价：《为奴十二载》

在传记小说《为奴十二载》（*Twelve Years a Slave*，1853）里，所罗门·诺瑟普（Solomon Northup，1808—1864）讲述了身为北方黑人自由民被人绑架为奴的经历，编者戴维·威尔逊（David Wilson）以诺瑟普口述整理的形式写成。该书于1853年出版，一年之内就售出25,000册而引起轰动，极大促进了当时的废奴运动。斯托夫人在阅读该书后指出："《汤姆叔叔的小屋》中的人物和场景，可以确切地在本书中找到原型。"[1]一个多世纪后，根据该书改编的影片荣获2014年奥斯卡最佳影片奖，可见人们依然关心这类话题。《为奴十二载》以奴隶叙事的形式讲述了诺瑟普这段痛苦经历，通过他的双眼可以入微地观察内战前的美国社会。诺瑟普1808年出生在自由州纽约，过了三十多年自由生活却在1841年被绑架为奴卖到离家千里之外的南方，在种植园里历经磨难，九死一生，直到1853年才在白人同情者帮助下回到自由之地纽约与妻子安妮和儿女团聚。《为奴十二载》出版时全国正陷入有关《汤姆叔叔的小屋》争论的漩涡之中，但该书与后者有明显的差异，也与经典的奴隶叙事作品不同，并不像道格拉斯的自传那样有着"自我表述、自我克制和自我促进"特点。由于是经威尔逊代笔的作品，其可信度也受到质疑和削弱。该书被看作是对奴隶制的讽刺作品，诺瑟普所要表现的是"对正义本质和个人身份的理解"（Worley，1997：243—244），该小说揭示了南北之间差距和

---

1 所罗门·诺瑟普：《为奴十二载》，常非译，北京：北京大学出版社，2014年，封底页。

逐步走向分裂的倾向，谴责了南北双方在制定法律共同对付奴隶的一致性，着重强调自由的珍贵和可能付出的代价，发出的是对美国社会整体的呐喊。

1. 自由黑人的美国梦

在《为奴十二载》中，诺瑟普强调了黑人在美国成功的可能性。他首先描述了自己在北方的家庭和自由生活。在谈及自己家族历史时，他指出其父辈曾像道格拉斯那样依靠个人奋斗获得自由和地位，沿袭的是奴隶成功的经典模式："靠自律、自我改善，以及勤奋劳动从贫穷走向富足"(Worley，1997：247)，他们依靠对主人的忠诚、聪明的头脑，赚有足够的钱财供子女接受教育和赢得选举权。在一般的奴隶叙事中，奴隶们往往对自己出生的准确日期、籍贯、姓氏（一般由主人确定）、家庭其他信息知之甚少，也未受教育。诺瑟普却深知自己家族的来源，《为奴十二载》里都有详细记录，因而该书被看作是介于奴隶叙事和冒险小说之间的作品，具有一定的历史价值。诺瑟普的姓氏来于曾经为奴的主人，他们犹如旁系亲戚，表现出一种附属关系，这正说明了黑人在美国社会的边缘性。慈善的奴隶主在去世时，在遗嘱里使所罗门·诺瑟普的父亲、这位罗德岛的奴隶获得自由。诺瑟普尤其赞颂这种前奴隶的家庭世代都能与主人家族保持的和谐关系。该家族里身为律师的亨利·诺瑟普就将所罗门·诺瑟普的家人看作远房亲戚友好相处，他后来在所罗门的解救中发挥了重要作用，给人一种家族的归属感。诺瑟普也十分欣赏妻子安妮·汉普顿的血管里混杂着红白黑三支血统（印第安人、白人、黑人)，这赋予她一副独特而迷人的面容，这显然强调的是一种混血儿的优势和与白人似乎更加亲近的关系。诺瑟普希望自己的后代会在这种混血的过程中不断变白，从而脱离黑人种族，所流露出的也正是法农加以抨击的"一切男人向白皮肤和光明攀升"的那种后殖民心态（法农，2005：148)。这种明显的他者意识其实贯穿于整部小说。

从诺瑟普充满感激之情的叙述中，可以看出他们这些自由民在前主人家族的照应下，正在逐步实现自己的梦想。他尽管干着放木筏、赶马车、经营农场、演奏小提琴这些平凡普通的工作，家里也其乐融融。在工作之余他可以带领全家在萨拉托加街道和丛林里散步，感觉十分惬意，几乎接近白人的生活："只要在孩子们身边，我就觉得幸福。我把他们抱在温暖而充满柔爱的胸膛里，他们身上那层暗色的皮肤就像白雪一样洁白无瑕。"[1]只是一场意外打乱了诺瑟普一家的生活，将他投入悲惨的奴隶制困境。

诺瑟普被迫为奴的经历说明了在美国社会中命运的不确定。该书"在内战前的奴隶叙事作品中别具一格的是情节发展的轨迹：是从自由走向奴役"（Kaisary，2017：97）。由于奴隶制的存在，即使人们身在北方并有自由民身份，同样会遭遇厄运，从天堂到地狱的坠落也是转瞬之间的事情。1850年通过的《逃奴法》在国内引起极大反响，该法偏向于蓄奴派，让奴隶主和逃奴猎人在北方自由土地上肆意妄为，自由民被绑架的事件经常发生。普通人也被强加的追缉逃奴的义务所限定，他们不得不在蓄奴与废奴之间做出选择，要么遵纪守法地违背自己的良心，要么资助逃奴而受到惩罚。《为奴十二载》在这对北方黑人自由民构成极大威胁的法案通过的三年后出版，正是对其作出的一种回应。诺瑟普的经历说明绑架黑人为奴并贩卖到南方的罪恶行径早就在美国盛行。之前他对南方根本不了解。他父亲虽然出生为奴，但遇到仁慈的主人而未能体会奴隶制的残酷，只希望后代都将一切托付给仁慈的上帝。诺瑟普在美利坚饭店工作期间，常常看见随主人从南方来的奴隶，"他们衣着光鲜，配饰齐全，明显过着轻松舒适的生活，也许偶尔烦恼萦怀"（9）。一直生活在自由州的诺瑟普根本不懂这些奴隶的心情，居然认为他们满足于身为奴隶的处境。单纯的诺瑟普受邀到南方演奏小提琴，并在首都华盛顿被人绑架。具有讽刺意味的是，两个骗子还先陪诺瑟普参观首都各个景点，让他在失去自由前好好享受自由的滋味。诺瑟普只是在酒醒后才发现自己被人带上镣铐，宣布为来自佐治亚的逃奴。这无疑反映出华盛顿的另一面。诺瑟普详尽地叙述了自己亲眼所见的1841年华盛顿的威廉奴隶监狱。身陷牢笼的诺瑟普不由感叹道，"更古怪的是，居高临下俯瞰这座房子的正是国会大厦。爱国人士高呼自由平等的声音和奴隶身上镣铐的碰撞声混合在一起。国会大厦的阴影中就有一座关押奴隶的监狱"（23）！在此奴隶贩子博奇和同伙用酷刑逼迫他接受奴隶身份，忘掉自己的过去。

1 所罗门·诺瑟普：《为奴十二载》，常非译，北京：北京大学出版社，2014年，第10页。以下引文仅注明页码。

诺瑟普此刻才发现与其命运相近的人还有许多，如女奴伊丽莎和女儿艾米莉、儿子兰道尔的遭遇就同样悲惨。伊丽莎曾经享受富裕生活，只因奴隶主家庭的突然变故而被拍卖，最后不得不与儿女分离。这使她倍感从人生的巅峰突然跌入深渊，实在难以接受命运的挫折。离开首都前往蓄奴州时，诺瑟普悲愤不已：

> 我们戴着镣铐沉默地走在华盛顿大街上——穿过这个国家的国会大厦，它告诉我们这个政府所建立的理论基础，是人类不可剥夺的生命权、自由权和追求幸福的权利！欢呼吧！哥伦比亚特区，这里的确是幸福的土地！（35）

这座城市根本不像联邦的首都，更像南方奴隶社会的中心，早已成为奴隶贩卖的集散地和庇护所。那时北方各地对自由黑人的绑架成风，如石匠亚瑟的遭遇和诺瑟普一样，他在回家的途中也被人绑架卖给奴隶贩子。北方的执法者只相信白人奴隶贩子的话，而黑人的证言没人采信，监狱管理者和警察也能从追捕和贩卖奴隶中赢利。他们自然放纵这样的恶行，让其愈演愈烈。

2. 亲历为奴的生活

诺瑟普以自己在南方的经历揭示了奴隶社会的残酷性以及远非常人能理解的内幕。他分别用奴隶主常用的刑罚加以说明。奴隶主对违抗命令和敢于反抗的奴隶随意施行私刑，只因他们有权任意处置自己的财物。诺瑟普因为反抗而激怒主人，几乎被施以绞刑。马库斯·伍德（Marcus Wood）在《隐蔽的记忆》（*Blind Memory: Visual Representations of Slavery in England and America*，*1780—1865*）一书中指出“加以私刑和吊死的黑奴，无论是用绞索、挂钩或者铁链悬挂起来，都是最常见的和臭名昭著的奴隶制暴行的文化符号和象征”（Kaisary，2017：106）。在诺瑟普被主人提毕兹和两个同伙捆住双臂拖向树林吊死的时候，他悲痛地想到自己的死期已到，再也看不见新的一天的阳光和孩子们的脸，“我将挣扎在令人恐惧的痛苦死亡之中！无人为我哀悼，也无人为我复仇”（89）。他知道自己的尸体也将被扔进沼泽让爬行动物啃噬。南方的奴隶经常受到的是鞭刑，而所使用的刑具——九节鞭令人心惊胆战。在书中诺瑟普不仅讲述了所遭受的鞭刑，也坦白自己曾替奴隶主对其他黑奴施以鞭刑。在诺瑟普冒着自己受罚的危险，拒绝继续对赤身裸体的女奴帕茜鞭打后，主人艾普斯自己抓起鞭子，用上十倍的力气："帕茜被打得惨不忍睹，毫不夸张地说，她被剥了一层皮。鲜血浸透了皮鞭，顺着她的身体两侧流到地上"（215）。言外之意，由诺瑟普执行鞭刑可以使其他奴隶免去更重的体罚痛苦。

诺瑟普特地说明身为黑人在南方这种草菅人命的环境里生存下来的不易，而且逃离更难。由于无法忍受绞刑或鞭刑，奴隶们总想逃亡，但这是更大的冒险。诺瑟普叙述了自己曾经的一次逃亡，特别是陷入沼泽地这种必须孤独面对四周充斥敌意的环境。他逃进"大帕库堆沼泽"后发现：

> 方圆三四十英里没有人烟，除了野兽——熊、夜猫、老虎，还有大型爬行动物，黏糊糊地到处乱爬。……我看到了上百条水蛇，它们出现在一个又一个沼泽地里，挂在倒下的树干上，我不得不脚踩手攀地经过这里。（111）

在这如同地狱般的可怕境地，许多逃奴由于无法生存，担心自己死于野兽和毒蛇之口，只好再次回到奴隶主庄园忍受折磨。

诺瑟普在叙述自己的遭遇时，逐一列举了奴隶主们的不同表现，尽管他们有所差异，但信奉和坚持奴隶制的合法性是共同点。诺瑟普首先遇到似乎仁慈的主人威廉·福特，此人既是浸信会的牧师也是奴隶主。尽管许多北方人不赞同奴隶制，会认为宗教人士参与这种人肉交易与他们的道德观念完全无法相容。但在南方蓄奴现象极为普遍，由于周围人士的影响，人们看不清奴隶制的根源和本质，甚至从未意识到这种制度的罪恶。诺瑟普也认为如果奴隶主都像福特这样仁慈，奴隶制的苦涩将会减去一大半，福特的种植园还被描绘成荒原里的世外桃源。每到安息日，福特将奴隶集中起来讲解圣经，对他们灌输对人的友爱和对上帝的信仰，此种情形竟然感人颇深："仆人们诚挚地望着那个好心人的脸，听他讲述造物主的慈爱和未来的生活。祈祷者的声音从他的嘴巴升向天堂，那是打破这片寂静之地的唯一的声音"（74）。诺瑟普认为福特对奴隶的友爱总能得到回报，大家纷纷卖力干活，超额完成任务报答他。在他的眼中，福特是一位和善、高尚、正直的基督徒。但由于周围环境和朋友的影响，此人对奴隶制的罪恶同样熟视无睹，从未怀疑过将人屈服于人的道德和权利。诺瑟普也明白对于奴隶制不能从个别人士的水平上理解（Kaisary，2017：101）。当时的宗教人士从未因良心上的责备而自愿放弃蓄奴。诺瑟普的另一主人特纳也是位教堂执事。身为奴隶主他常常引用《圣经》上的话规训奴隶和为自己的行为辩解："仆人知道主人的意思，却不预备，又不顺从他的意思行，那仆人必多受责打"（路加福音12：47）。此人对奴隶比福特更严厉。

主人福特陷入经济困境后将诺瑟普转卖给残忍的奴隶主提毕兹，他真正的苦难开始了。由于反抗而与主人厮打，诺瑟普几乎被处死。在福特的营救下，他暂且逃脱死亡。为了表达感激之情他居然认为南方的奴隶哪怕受主人的鞭打，只要能得到主人的保护，"比北方自由的有色人种居民更加幸福"（94）。他已将福特当作自己理所当然的主人，而不愿服从提毕兹。此时他思想上已被驯化，内心有选择地默认了奴隶制。诺瑟普只是担心自己的生命受到威胁，他回忆当时的情景时说，"我渴望自由，可奴隶的锁链绑住我，无法撼动。我只能忧愁地凝视着北方，想着横亘在我和自由之地之间的数千里路，这是一个黑皮肤的自由人无法跨越的距离"（99）。绝望之际，诺瑟普几乎放弃逃离南方的努力。他的新主人艾普斯常常手握皮鞭，驱赶奴隶跳舞取乐，尽管他们白天累得筋疲力尽，只想倒地休息片刻，却不得不强颜欢笑。累了一晚不能休息，第二天照常出工，要摘的棉花一点不许少。这个言行举止粗鲁的人被称作"奴隶阎王"，他以在精神上征服手下奴隶而闻名。诺瑟普只因会演奏小提琴而过得比一般奴隶舒适，也获得精神上的缓解和免除部分肉体上的折磨。后来在改编成电影时，导演特别突出了黑奴诺瑟普的音乐天赋，可以说"《为奴十二载》的小说和电影中的主角、黑人音乐家所罗门·诺瑟普的表演，展示了奴隶制下黑人音乐的文化影响和白人的音乐消费"（Jin，2016：78）。

3. 奴隶制下的个体抉择

诺瑟普在书中以极为内疚的口吻说明在奴隶制下人性的扭曲不可避免。他曾经身为自由民，在被迫进入奴隶社会后其反应与生来为奴的汤姆叔叔完全不同。汤姆叔叔的胜利是在精神上，他逐步形成自己的信念，战胜内心的恐惧，相信自己远比奴隶主及其帮凶在精神上更富有，最终会进入天堂而不再惧怕尘世间的痛苦和折磨。令人深感悖论的是，"奴隶制确切地适合天意的表达，因为奴隶极少可以把握自己的命运"(Worley，1997：250)。汤姆将自己的死亡和必须经历的磨难归咎于天意，因为在恶劣的社会环境里他只好逆来顺受，总希望通过自己的努力和对宗教的虔诚，使自己成为圣徒。这种强调忍耐和顺从天意的思想贯穿于斯托夫人的小说。与这些奴隶叙事作品不同的是，诺瑟普强调"对奴隶制下繁重体力劳作和黑人痛苦情感的生动描写，而不是像斯托夫人的《汤姆叔叔的小屋》和道格拉斯的《叙事》里的那种更普遍的赎罪叙事(narrative of redemption)"(Jin，2016：78)。他不想依赖宗教的力量仅仅获得心灵的安抚，而是希望依靠法律得到身心完全的自由。诺瑟普刚到南方时与逆来顺受的、著名的汤姆叔叔不同，懂得奋起反抗，甚至不计后果。在主人一开始对他施以鞭刑时，他就敢于夺过鞭子抽打主人，"我抬起一只脚，踩在他的脖子上。……说不清我打了他多少下，一下接着一下，越来越快，重重地挥在他扭动着的身体上"(85—86)。这对于南方普通奴隶来说，是不敢想象的。他的反抗几乎使其付出生命代价，只是在善良的原主人福特的庇护下，他才躲过一劫。但随后持续的折磨迫使诺瑟普不得不暂时接受命运强加的一切，他承认自己不可能像汤姆叔叔那样"用基督徒的坚韧和勇敢反抗主人"(187)，只有接受主人指派的任务才能活下来，并摆脱汤姆叔叔承受的那种磨难。他最后同意为奴隶主效劳，成为监工下面的工长并奉命鞭打其他奴隶，还帮主人围猎过逃奴。诺瑟普不愿承认恶劣的环境已经产生的影响和自己人性上的扭曲与异化，他其实非常担心若不及早逃离，难免同流合污而成为奴隶主的爪牙。相比之下，女奴帕茜比他更坚强。她常常身处主人的性欲和女主人的妒忌之间，命运更悲惨。她对上帝只有模糊的认识，在她看来，"幸福就是不挨鞭子，不用干活，远离主人和监工的残酷折磨。对她来说，天堂般的快乐仅仅就是休息"。诺瑟普在该书中用一位忧伤的吟游诗人的诗歌表达了这种奢望：

我并不想要高高在上的天堂，

对地上那些被剥夺了关怀与照料的人来说，

我渴望的唯一天堂

是休息，永恒的休息。(217)

诺瑟普深刻体会到奴隶具有知识的重要性。他作为曾经的自由民，接受过教育，甚至有一定音乐造诣，陷入这人间地狱后更能理解自由的涵义。到了南方他才发现以前被认为是野人而生活在丛林里的印第安人，其实是真正享受自由的民族。他们鲁莽但无害，整体自由自在地过着野性的生活，"对开阔的地带和河湾两岸的空地并不感兴趣，更喜欢把自己藏进森林的树阴里，他们崇拜大神，喜欢威士忌，知足常乐"(77)。这让终日劳作的奴隶十分羡慕，从而诱惑不少黑奴逃往他们的部落安身。一些白人错误地认为奴隶们不理解自由的概念。其实最无知的奴隶也知道自由的意义。那就是，"自由能够让他们获得自己的劳动果实，确保他们享受家庭的欢乐"(218)。这也是诺瑟普在残酷折磨下逐步悟出的道理。经过一年的劳作和奴隶主的鞭挞，奴隶们在圣诞节可以获得三天休假和狂欢，享用足够的食物和彻夜的音乐舞蹈。然而从他们的歌词里同样可以看出奴隶制的影响，一些人甚至自己也希望成为奴隶主：

滚滚奔流的哈伯河，

亲爱的，我们永世住在这里，

在这世上我想要的，

是美丽的娇妻和一间大种植园。

（和声）橡树旁，小河边，

两个监工和一个小黑奴。(182)

在争取重获自由的过程中，诺瑟普深知身份的重要性。被绑架后，诺瑟普很快发现自己的身份变化带来了巨大灾难，他突然置于完全孤立的环境，隔断了经济、社会和亲情的联系，真正体验了从自由人到奴隶的坠落过程。这对于曾经享受过自由的人而言，尤为痛苦，远比生来为奴的人感受更深。奴隶主和帮凶对人性的摧残，是既要获得最大限度的经济效益，也要占有对他人命运的绝对主宰权。尤其令人难以忍受的是对其身份的否定，诺瑟普每次拒绝强加在自己身上的奴隶身份和尝试证明自己是自由民都会遭到严刑毒打。他在进入南方前已接受一定的教育，学会了放木排等技能，所具有的生存能力超过一般黑奴，并对未来的获救满怀希望，这些也是他能熬下来的主要条件。他对奴隶主的妥协也是暂缓之计，在内心还是不忘自由民身份，渴望有朝一日得以恢复。

如果说汤姆叔叔试图依靠宗教信仰保持自己的理智和得到上帝的眷顾，诺瑟普则认为国家法律才是可能获救的保障。他在加拿大人帮助寄信和在白人朋友亨利·诺瑟普律师的直接干预下成功获救。但令他极为失望的是，他认为应对实施绑架的奴隶贩子加以惩罚，却发现当时的司法体制依然偏袒这类罪犯。诺瑟普终于明白“在他们的头脑中，奴隶贩子的言论分量比我的重。我只是一个黑人，属于一支被践踏的堕落民族，发出的卑微声音是不会被压迫者们留意的”(270)。到最后，绑架犯和奴隶贩子被判无罪而且当庭释放，诺瑟普几乎以诬陷罪入狱。尽管他重获自由，却依然愤恨地目睹加害者在法律纵容下，未受任何惩罚而逍遥法外，继续从事这种罪恶勾当。

在阅读该书时人们主要的感受是，诺瑟普特别强调了自由的珍贵和可能付出的代价。人们一旦失去自由而陷入地狱般黑暗的奴隶制社会，将被迫终日劳作、毫无报酬，随时处于奴隶主和监工的鞭挞和酷刑的威胁之下，其生死也在主人和帮凶的一念之间。在如此可怖的环境里诺瑟普的觉悟得到提升，更加深刻地体会到自己民族的悲惨命运，期望在不久的将来奴隶制必然灭亡：

> 那些无视自己的罪恶，一味地认为奴隶们下贱无知的人大错特错了。他们认为背上还带伤流血，跪倒在地的奴隶们一旦站起身来，只会变得温和顺从、不念旧恶，那么他们也错了。总有一天，若是奴隶的祈祷被上苍听到，可怕的复仇之日将会到来，那便轮到主人们徒劳地痛哭流涕了。(208)

奴隶制在美国南方的持续和向西部的蔓延表现出社会整体上的堕落，需要用改革甚至是战争才能从根本上摧毁奴隶制和改变人们的观念。《为奴十二载》在1853年出版时，[1]全国已陷入分裂的浪潮，源于废奴与蓄奴之争的堪萨斯血案（1856年）也将上演，内战的爆发指日可待。毋庸置疑的是，诺瑟普与斯托夫人的作品都深刻揭示了战前的南方社会现实，实际上为废奴主义者与蓄奴派思想上的博弈和随之而来的南北双方的决战造势。

第四节　梦幻之路：《地下铁道》

描写奴隶逃亡这种艰难抉择和冒险经历的作品众多，其中特别具有创意的是科尔森·怀特黑德（Colson Whitehead，1969—）在新世纪推出的《地下铁道》（*The Underground Railroad*，2016）。在这部获得美国国家图书奖（2016）和普利策奖（2017）的作品中，怀特黑德以后现代手法重建内战前黑奴逃亡的历史，生动再现那一时期美国的社会现实。他详尽地叙述了身为南方女黑奴的祖孙三代的经历，揭示她们从顺从、觉醒、逃亡到反抗的过程。该书以环环相扣的故事情节讲述了内战前黑人群体在美国社会的他者地位和发出被压抑的呐喊，展示了一条他们渴望逃离奴隶制的梦幻之路。

怀特黑德出生于纽约市，哈佛大学毕业后成为自由专栏作家，他在创作风格上既注重发扬光大非裔美国作家的传统，又像托马斯·品钦（Thomas Pynchon）和唐·德里罗（Don DeLillo）这些后现代作家一样专注于文学实验，大胆尝试各种艺术手法，以荒诞反讽和丰富的想象力闻名，推出的小说作品还有《直觉主义者》（*The Intuitionist*，2006）、《约翰·亨利的日子》（*John Henry Days*，2001）等。在新世纪怀特黑德重新审视美国奴隶制历史而获得创作灵感，推出佳作《地下铁道》。内战前废奴主义者组织的地下铁道和所进行的伟大事业其实是民间道义与国家法

1 2012年由朱蒂丝和丹尼斯·弗拉丁所推出的奴隶叙事作品《被盗入奴隶制：自由黑人所罗门·诺瑟普的真实故事》，提供了一些珍贵的图片和文件对诺瑟普小说的真实性加以佐证。参见：Judith and Dennis Fradin, *Stolen into Slavery: The True Story of Solomon Northup, Free Black Man*, New York: Random House, 2012.

律之间的较量，其力量的悬殊不言而喻。为此怀特黑德在小说中特地虚构了一种真正的地铁，承载着南方黑奴穿越各蓄奴州，奔向自由北方，反映了内战前黑奴对自由的向往。该书故事情节看似荒诞，却是处于奴隶制悲惨境地的黑人内心真实感受：总是渴望有一条可靠、安全的希望通道。《地下铁道》讲述了内战前逐步形成反抗意识的女黑奴科拉在新来的奴隶西泽的鼓励下，终于觉醒并一起出逃。在地下铁道志愿者的帮助下他们从佐治亚州的种植园一路向北逃亡。他们不愿相信奴隶制对整个国家严密控制的现实，不断从地下铁道的出口上来查看外面的状况，因而亲历了南卡罗来纳的虚伪接待、实质上对黑人的系统绝育实验、北卡罗来纳对黑人的整体灭绝行动以及印第安纳居民对废奴主义者农庄的袭击等，最后只能选择逃往未知的西部。在小说创作中怀特黑德重新审视那段不堪回首的美国历史，明确区分地上与地下两个截然不同的世界，用后现代手法描述的逃亡之路揭示在奴隶制社会此种反抗的艰辛和徒劳，以及蔓延整个国家的罪恶，着重说明从根本上摧毁这种制度的必要性。

1. 孤岛式的生存环境

怀特黑德在书中首先描绘了黑奴在南方种植园的恶劣生存环境，呈现了一处由奴隶主严密控制的邪恶领地：一个由沼泽合围的孤岛式种植园——兰德尔庄园。此处与外界几乎完全隔绝，足以使奴隶们彻底断绝逃亡念头。在这孤岛上，奴隶主的野蛮统治不受外界干扰，他们掌握着对黑奴生死予夺的绝对权力，任何反抗和出逃都会带来灭顶之灾。四周充满嘶鸣和溅落声的沼泽象征着对生命的猎杀和弱肉强食的黑暗。读者不难联想到马丁·路德·金所说的美国黑人的生存状态，即在这繁华的社会里所居住的贫困孤岛。更有甚者是，这里不仅仅是贫困，还四处布满杀机，人们可以感觉到的是真真切切对生命的威胁。

在这南方下游地区，奴隶制的残酷情景时刻展现在人们眼前，处处都对可能的逃亡加以警示。小说中的女主人公科拉亲眼看见男人吊在树上，任由秃鹰和乌鸦啄食，女人被九尾鞭打到露出骨头。那些活的身体和死的尸首统统在柴堆上慢慢烧灼。有的人双脚被砍掉以防止逃跑；有的双手被斩断以阻遏偷盗。科拉在保护一个男孩免遭毒打时，被主人用银牙拐杖揍得头破血流。南方奴隶主的虚伪与残忍在小说中一一展示。对付逃奴的刑具上特地装饰有人身牛头的弥诺陶洛斯[1]和乳房丰硕的美人鱼，雕刻有珍禽异兽在木头上嬉戏寻欢。刑具装设于前草坪，四周绿草如茵。奴隶主特伦斯·兰德尔可以一边宴请宾客，一边对抓回的逃奴施以酷刑：

兰德尔的客人们啜饮着加香朗姆酒，大安东尼身上泼了油，烧烤开始了。看客们听不见他的尖叫，因为他的男根在第一天就给割掉了，塞进他的嘴巴，又做了缝合。刑具冒着烟，烤焦了，烧坏了，木头上的人鱼鸟兽在火焰里扭动，好像活了一样。[2]

具有讽刺意味的是，兰德尔还在被迫观看这种杀一儆百表演的黑奴面前大谈种植园的改革计划，规定奴隶们今后所有的婚事都将由他亲自安排和批准，以确保男女般配和优生优育，这自然是为了培育更多值钱的小奴隶。他讲话时，在众目睽睽之下走到女奴科拉面前，把手滑进她的衣服，握住乳房使劲捏，科拉一动不动。显然他只是将其当作一件自己的物品而已，根本没有在乎她作为一个人的感受。在场的所有奴隶聆听主人的讲话时甚至没人捏住鼻子，以抵挡大安东尼的肉烧焦时发出的臭味。这一切无疑显示出南方奴隶主为所欲为的绝对权威。

在这种环境下生存的黑奴的结局是可悲和可怜的。怀特黑德特地以老黑奴乔基这一人物的描写反映了在种植园历经磨难之后的境况："他是大伙平生所见最老的有色人；他熬过了大大小小的白人策划和施加的一切折磨。他两只眼睛雾蒙蒙的，他一条腿是瘸的，他一只废掉的手永久地蜷缩着，仿佛仍然紧握着铁锹，但他是个活人"(30)。这样生不如死的活着揭示了南方黑奴注定的命运，从他身上大家不禁联想到自己的未来。极具讽刺意味的是，兰德尔允许庄园的黑奴每年聚集在一起为乔基庆祝生日，希望他们都心甘情愿地成为这种劳累一生、为主人献出一切的黑奴。其实大家心里明白，黑奴所能得到的只是终日艰苦的劳作，简陋的生活环境，残暴的镇压和非人的虐待，以及草菅人命的处理方式。能像乔基那样熬下来、活到老，即使只剩下残缺不全的身体也不是一件容易的事。

1 弥诺陶洛斯（Minotaur），古希腊神话中残暴凶狠的牛头人。
2 科尔森·怀特黑德：《地下铁道》，康慨译，上海人民出版社，2017，第53页。以下引文仅标明页码。

2. 缓慢的觉醒之路

关于黑奴的未来，怀特黑德在该书中则以三代人为奴的经历描述了一条缓慢的觉醒之路。他聚焦黑人女性的遭遇，指出非洲裔奴隶家族是靠女性血缘勉强维系根基，因为家族中的男性总在不断变换，被卖向四面八方而漂浮不定、不知所终。女主人公科拉从外祖母阿贾里的顺从中觉醒，并受到母亲梅布尔逃亡的鼓励，终于下定决心行动。外祖母从非洲一路过来，历经艰辛，认为在这个国家任何地方黑人都不能自由生活，出逃没有意义，只有顺从才能生存下去。作为第一代黑奴，阿贾里被人绑架后从维达港（在现今的贝宁共和国）登上运奴船。在底仓浑浊有毒的空气和幽闭的昏暗中，阿贾里只听见拴在一起的奴隶整天发出的尖叫，这几乎将其逼疯。在底仓关了六个星期之后年幼的她还是被船员强奸，她曾两次试图自杀都被阻止。上岸后阿贾里多次被转卖，她的主人们如同遭遇诅咒，总是走向破落或死亡，她来到兰德尔种植园后才再未离开。在奴隶市场上，一个来自良种部落的青壮男子常常让买家争得头破血流，而正值生育期的奴隶少女则如同铸币厂，能为主人带来更多财富，他们的价值决定自己的命运。阿贾里饱受折磨后逐步理解自己为奴的处境，认为“知道了自己的价值，你就知道自己在等级次序中的位置。逃离种植园的地界，就是逃离基本的生存原则：毫无可能”(9)。这就是老一代黑奴的心态，他们不相信美国其他地方会更好，而且逃亡之路的艰辛难以预料。

直到第二代黑奴、科拉的妈妈梅布尔才有所觉醒和开始反抗。梅布尔暗中准备，突然逃走，其壮举在黑奴中反响强烈，令奴隶主惊慌失措。她尽管早已消失在沼泽地，其榜样作用却激励其他黑奴效仿。母亲的行动为科拉指明了方向，使她懂得反抗和选择逃亡。梅布尔出逃前做了精心准备，她对自己的意图从未露出任何迹象，因为她知道自己身处一个充满了叛卖天性和告密者的村子，为了逃避九尾鞭的撕咬，黑奴同样可以将最亲爱的人出卖。在梅布尔之前没有人能从兰德尔种植园逃脱，他们总会被抓回来或者遭到朋友的告密和背叛。回来后逃奴先要饱受虐待，然后才获准赴死，亲人们还被迫在恐惧中目睹他们走向死亡。直到作为第三代奴隶的科拉才真正完成这一使命，历经千辛万苦赢得自由。

怀特黑德在该书中尤其强调，使黑奴生活更为艰辛的是他们内部的争斗。他指出，“白人会吃掉你，但有些时候，有色人的同胞同样会把你生吞活剥”(61)。白人忙于在法官面前争执，为的是几百英里之外一块块已经在地图上瓜分完成的大宗地产，而奴隶们同样以死相拼的是为脚下巴掌大的地块，他们在此可以栽种一些蔬菜作为补充。科拉刚刚步入青春期就被同样为奴的黑人轮奸，没有谁施以援手，反而被当作坏女人而无人同情。那种冷漠使被母亲抛弃的科拉感到更加孤独。她常常遭受奴隶主宠爱的女黑奴欺负，最后为争夺她那小块菜地，有人竟然巴结工头将她赶进伶仃屋。科拉逐步从忍气吞声到奋力反抗，从斧劈黑奴的狗屋到公开对抗主人和保护弱者，即使受罚也心甘情愿。怀特黑德描述了科拉曲折漫长的成长过程和性格的改变。她在饱受磨难后，终于决定踏上逃亡之路。

3. 逃亡路上的艰辛

奔向自由是黑奴们的梦想，但如何逃亡却是不得不深思熟虑的现实问题。在废奴小说创作中作家们总在尝试提供一些解决方案。首先推崇的是为解救南方黑奴而组建地下铁道的直接行动。[1]当时黑奴逃亡之路一般有三种：一是到北方州成为自由黑人，但是《逃奴法》出台后依然危险重重；二是继续北上直到加拿大，获得完全自由；最后一种是选择最近路线，反向逃亡到佛罗里达，进入印第安人部落寻求保护，或者进入由印第安人、黑人以及其他混血人种构成的自由部落。据统计，超过四万逃奴在地下铁道的帮助下胜利抵达加拿大，而该组织遍及各州的家庭庇护站多达七千个（Douglass，2015：24）。在最早由逃奴写成的小说《英勇奴隶》(*The Heroic Slave*，1853）中，废奴主义者领袖道格拉斯（Frederick Douglass，1818—1895）就描述了地下铁道成员和同情者对逃奴的救护过程和冒险经历，以及1841年11月双帆船“克里奥尔人”(Creole）上的奴隶叛乱（北美最成功的奴隶起义）故事。在废奴小说的发展中，作家们综合运用各种艺术手法进行创作。怀特黑德在新世纪推

---

1 “地下铁道”（Underground Railroad）是指主要从1830年到1860年之间为黑奴提供的逃亡路线，它们其实是以一系列的偏僻小道、河流和废奴主义者的庇护点所组成，参与人员也被称为司机和站长。历史学家认为地下铁道正式出现在报刊上是在1842年。参见：Michael Burgan, *Slavery in the Americas: The Underground Railroad*, New York: Chelsea House, 2006, Preface, p.50.

出的《地下铁道》中则尝试用后现代手法，借助一种虚拟的地下铁道网络来表现当年奴隶逃亡的艰难历程。

如果说《汤姆叔叔的小屋》和《为奴十二载》是向南步步走向黑暗中心，《地下铁道》则是由南到北揭示奴隶制对美国整个社会的影响，尤其强调北方也并非黑人的天堂，逃亡的旅途始终凶险。在女主人公科拉逃亡起点佐治亚，那里的兰德尔种植园与《汤姆叔叔的小屋》里的雷格里种植园一样，是暗无天日的人间地狱。怀特黑德以四十多页描述了种植园的苦难之后突然转向，大胆地以荒诞戏谑的艺术手法让女主人公乘坐真正的地下火车逃走。他描述了真实可见的铁轨，车站和月台，甚至还有一套独立的列车时刻表。它们只在深不可测的隧道里向前延伸，从不在地上冒头，没人知道它们的起点和终点。怀特黑德用真正的铁路和火车替代"地下铁路"那种有组织的行动，旨在以另类的方式考察主人公经过的每个州是否有所不同。他打破时空限制，将美国历史上发生的事件移植到女主人公经过之地和到达之时，如科拉在北卡罗来纳所见闻的种族隔离和对黑人的私刑其实在美国许多地方都存在。怀特黑德采用了一种"推测性反讽"（speculative satire）手法描写美国奴隶制社会，看似荒诞却直面现实，"从小说开端就能明显看出其深受哈丽雅特·雅各布森（Harriet Jacobs）和托妮·莫里森（Toni Morrison）描述女性在种植园常常遭受残酷迫害的影响"（Dischinger，2017：88）。有的评论家认为，阅读《地下铁道》自然会感觉到它在"提醒我们过去的并未过去太久。如同托妮·莫里森的《宠儿》一样，不得不想起那些死者，该书促使我们在当代仍需追寻奴隶制传说的踪迹"（Li，2019：7）。怀特黑德自己也承认，在动笔写《地下铁道》之前仔细阅读了《宠儿》（Li，2019：9）。显然莫里森对历史的深刻反思和具有魔幻现实主义的丰富想象力给他的创作提供了足够的灵感和鼓励。

在这部后现代废奴小说的创作中，怀特黑德大胆想象，虚拟了一种类似真正的铁路系统，以满足黑奴们长期的愿望。女主人公科拉突然置身于如此巨大的工程面前，不由惊叹这需要多少人力物力方能完成：

前面就是隧道了，赞叹二字已远远无法形容眼前的景象。台阶尽处是一座小型月台。巨大隧道黑洞洞的入口分居两端。这里少说也有六米高，墙面铺了石子，组成深浅相间的图案。一定是不折不扣的产业化劳动，才让这样的工程变为可能。科拉和西泽注意到了铁轨。两条钢铁的轨道由木制的枕木固定在地面，在他们可以看到的隧道内延伸。铁轨想必是南北走向，从某个不可思议的源头出发，通往一个难以置信的终点。(75)

科拉发现供逃奴所乘的列车也在不断升级换代，从佐治亚开出的是刚刚连通的支线，所用的只是摇摇晃晃的货车车厢，从南卡罗来纳开走的是平板货车，而从田纳西到印第安纳的则是名副其实的旅客车厢——设施齐全，安静舒适，"里面有足够三十人使用的座位，宽大而柔软，烛光所及，黄铜的配件闪闪发亮"(293)。工作人员对乘客许诺的是，在这一头是走入地下之前的你，而到另一头就是一个爬出来迈进阳光里的新人了。可惜科拉并未在地下铁路上奋力向前，而是在不同站点钻出地面，只想早日获得自由和享受幸福。她在逃亡之路上的延宕说明，只是因为身处奴隶制太久，对自由的渴望太强烈，而容易得到满足和心存幻想，总是希望在美国这块大地上会有容身之地。她每次出来的冒险，都给身边的帮助者带来灾难，甚至杀身之祸。科拉和同伴西泽无论逃到哪里，总是难以摆脱在种植园所受到的伤害，同样的悲剧也在重复上演，而以前的悲惨生活还不时再现，一有机会就将他们拉回到过去。作者还以蒙太奇手法不断闪回、插叙，说明这些逃奴时时刻刻感到往事不堪回首，其心理创伤难以愈合。

4. 蓄奴制在全国的蔓延

怀特黑德以科拉等人由南往北的逃亡之旅逐一揭开奴隶制在美国社会蔓延的真相。他在书中详尽描述了四个出口：南卡罗来纳、北卡罗来纳、印第安纳和北方某地，以说明无论是蓄奴州还是自由州对黑奴都一样，潜在的威胁最终都会演变成流血惨案。怀特黑德重点选择这几个州加以考察，特别是进入所谓自由天地（北方各州）之后的状况，结果发现逃奴的命运同样悲惨。每次科拉找到庇护所后便放弃逃亡，迫切希望停下来享受难得的自由，可是最终都是灾难接踵而至，她不得不再次上路逃亡。旅行开始后，表面的平静之下往往暗藏更大危机，总会让人付出更大的代价。科拉她们首次乘坐地下铁道的列车时，黑人司机在科拉和西泽登车后说道，“如果想看看这个国家到底是什么样子，跑起来后朝外瞧，就能看到美国的真面目”。开车后他们只见外面一片漆黑：“只有黑暗，一英里又一英里的黑暗”(78)。这正意味着地面上世界的真实状况，暗示只有藏身于地下才有暂时的安全。钻出地面，他们居然被心中的美国梦迷惑，认为在新的地方总会有新的希望，然而迎接她们的却是一次次绝望。

科拉和西泽从第一站南卡罗来纳钻出来后才重见阳光，他们在此立刻享受了幸福时光，以为自己获得了真正的自由而不愿继续前行。西泽到工厂上班，科拉找到家政工作，业余时间还能参加学习班读书识字。她连走路也开始学自由民那样昂首挺胸，认为恰恰是这些细节的东西曾将她们与普通人区分开来，社会地位的提升自然需要言行举止做相应的改变。科拉在南卡罗来纳逐步发现此处对黑奴友好的真相，各地医生涌入该州医院开展医学试验，将向往自由的奴隶如家畜一样圈养，在人种上加以弱化，根除他们的反抗血统，减少其暴力冲动基因，以便保护白人妇女不受伤害和消除白种男人的担忧与恐惧。这里实际上进行着一种“战略绝育”，最终目的是保持白人在数量和质量上的优势。科拉后悔自己和西泽没有继续逃跑，如果他们当初明白这些的话，早已到了自由州。她们后悔自己“为什么要相信两个低贱的奴隶理当受到南卡罗来纳的盛情款待？为什么要相信新生活如此之近，一过州界便唾手可得？这仍然是南方啊，你逃不出恶魔的手心”(163)。在付出血的代价（西泽被害）后，科拉侥幸逃脱。

来到下一站北卡罗来纳，科拉发现尽管此地更靠近北方情况反而更糟。当科拉钻出地下铁道，跟随当地的废奴主义者马丁走在被称为“自由小道”的路上时，眼前的一幕令人震惊，如同给她个下马威：

一具具尸首挂在树上，好像正在腐烂的装饰品。有些完全裸露着，其余的也是衣不蔽体，裤子污黑的，是因为肠子没了，脖子断了。离她最近的那些，有两个刚好被站长的提灯照亮，皮肉上都带着严重的创口和伤痕。一个遭到了阉割，丑陋的嘴巴大张着，嘴里塞着自己的阳具。另一个是女人，她的肚子隆起着。对一具尸首里面是不是有小孩，科拉一直不太擅长做出准确的判断。他们鼓凸的眼珠子，好像在责备她凝望的目光。(171)

科拉方才得知北卡罗来纳人正在有意识地消灭黑人，他们宣称："黑人种族是不存在的，除非吊在绳子上"（175）。科拉听见种族主义者贾米森在集会上说，"为了我们一手锻造出来的这个自主的国度，为了不受北方的干涉和少数种族的污染。黑色的种群已经被击退了，多年以前在这个国家诞生时犯下的错误正在得到纠正"（179）。该州新的种族法禁止有色人踏上北卡罗来纳的土地，拒绝离开家园的黑人自由民要么遭到驱逐，要么惨遭屠戮。整个北卡罗来纳处于白色恐怖的阴影之下，到处都在举报白奸（指帮助黑奴的白人）。人们甚至借此清除自己在商业上的竞争对手，或者报复有世仇的邻居，连孩子们也学会告发父母，还将女教师讲授的煽动性言论对号入座。科拉发现此地还不如南卡罗来纳，她被迫整天藏身阁楼，直到最后的悲剧上演。在阁楼上最初的几个星期，科拉对北方的幻想只是一幅草图："一间明亮的厨房，孩子们一闪而过，总是一个男孩和一个女孩，还有个丈夫，待在相邻的房间，不见其人，却满怀着忠诚"（193）。这便是她对获得自由后的生活的想象。在随后几个月的监禁生活中，她感到阁楼恰如牢房，自己像老鼠一样活着。她意识到"无论是在棉田，在地下，还是在阁楼上的一间斗室，美国始终是她的监牢"（194）。从躲藏的阁楼看见白人家庭在下面公园里游玩，科拉内心更加难以平静。她所见的情景正如法农在《黑皮肤，白面具》里所描述："在白人周围，上面，天空在争夺老子天下第一，大地在我脚下嘎吱嘎吱作响，这是白人的歌声、白人的。整个这种白色烧灼着我……"（法农，2005：86—87）这些人享受着美国允诺的自由，而她却被监禁在此无法逃脱。眼看白人在暮色渐浓的公园里游荡，科拉认为他们如同鬼魂，"陷在两个世界之间，一个是他们罪行累累的现世，另一个是他们否认这些罪行的来世"（199）。她深知自己与白人实际上处于两个不同的国度，有着天堂与地狱之别。最终科拉看见接待她、庇护她的马丁和妻子埃塞尔等地下铁道工作者遭到杀害和家园被毁，她有幸被同情者所救而逃脱。在被绑架离开北卡罗来纳时，她亲眼看见了马丁夫妇受刑场面，真正体会到种族主义激起的全民疯狂：

> 他们启程时，她看见了马丁和埃塞尔。他们已经让人绑到绞刑树上了。他们哭泣着，被吊起来了。疯狂的群众里三层外三层地围着，市长

贴着他们的脚边钻到里面。一个金发女孩捡起一块石头，朝埃塞尔掷过去，正好砸在她脸上。埃塞尔尖声惨叫，一堆市民哈哈大笑。又有两个孩子捡起石头，砸向这老两口。市长叫啊，跳啊，更多的群众弯下了腰。他们扬起了手臂。市民们蜂拥向前…… (212)

这种绞刑加石刑的公开处决表现了奴隶制和种族歧视对人们思想上的毒害之深，特别是孩子们的热衷参与更令人不寒而栗。怀特黑德所要强调的是，这个国家没有未来。在下一站，科拉她们历经艰险来到所谓的自由州印第安纳。这里尽管处于北方，科拉进城时却感觉这里的人们和南方蓄奴州一样。她说："一瞅他们眼里那神色，我就知道" (311)。这不只是她领教过的特伦斯、康奈利和里奇韦，不只是那些残暴的人。她在北卡罗来纳的白天见过同样面孔，入夜以后他们为了施暴而聚集在一处。她认为那一张张圆圆的白脸仿佛田野里无尽的棉桃，但他们在骨子里则完全相同。在印第安纳的瓦伦丁农场举行的黑人大会上聚集了曾经遭受奴役的人们，大家一起述说自己被殴打、烙印和强奸的经历，表现出成为自己命运主人的自豪感。这些黑人欢聚一堂，忘记了自己还在美国，仍处于危险之中。到最后，当地白人居民血洗了这座废奴主义者农场，显示了他们身为欧洲裔的行事方式：如果控制不了，就加以毁灭。在印第安纳的遭遇让科拉等人彻底绝望：

美国也是一个妄想，是所有妄想当中最壮观的一个。白种人相信，发自内心地相信，夺取这块大陆是他们的权利。屠杀印第安人，发动战争，奴役他们的兄弟。统统都是他们的权利。如果天下还有一丁点儿的公理，这个国家就不应该存在，因为它建国的基础是谋杀，盗窃和残忍的恶行。(320)

印第安纳发生的血案和突然成为暴徒的白人邻居使黑人们梦醒：他们逃得还不够远，美梦也做得太早。最后在伪善的本地白人居民血洗农场时科拉再次落入猎奴者手中，同伴也惨遭杀害。怀特黑德以科拉在途中的一系列事件展示了美国社会从南到北整体上的黑暗，说明黑人奔向自由的逃亡之路越来越凶险。追踪而至的猎奴者到处都能得到司法机关的协助，逃奴们则是以个人的力量与强大的国家机器较量，命运注定悲惨。怀特黑德在谴责奴隶制时明确指出："真正的恐怖在于这是普遍的不幸"(116)。他不仅仅指南方实行的黑暗制度，深感焦虑的还有北方在法律上的纵容。科拉最后发现自己每次停留都会遭遇幻灭，其逃亡之路总是给沿途带来灾难。她在绝望中放弃了向北的逃亡，而是朝西奔向或许还有希望的未知领地。

作为对实行奴隶制的报应和惩罚，怀特黑德描写了田纳西州遭遇瘟疫打击的场景，人们所到之处恰如人间地狱。他以此表达了人们对允许奴隶制的存在并加以合法化的美国社会的憎恨，因为大家相信所有支持和纵容这一罪恶制度的地方和居民都应遭到诅咒。怀特黑德借女主人公科拉之口指出：

> 她把田纳西所遭的毁坏——火灾和疫病——归因于正义的伸张。白人得到了应得的。因为奴役她的人民，因为屠杀另一个种族，因为窃取脚下这片土地。让他们受着火焰和热病的灼烧吧，让毁坏从这里开始，一亩一亩地游荡吧，直到死者的冤也伸了，仇也报了。(241—242)

在该书中怀特黑德对奴隶制存在的根源加以深究，从思想上剖析人们对奴隶制的认可。南北各地有不少人都像猎奴者里奇韦一样，认为美国的奴隶制是命里注定的，希望所有人都应该认命：

> 如果黑鬼该有他们那种自由，断然不会披枷戴锁。如果红鬼该保留自己的疆土，那他们理应仍然在这片土地上当家作主。如果白人不是命中注定要将新大陆据为己有，那他们现在也不会在此称雄。这才是真正的大神明，连接一切人类宏图的天赐之线——如果你把它留住，它就是你的。你的财产，你的奴隶，你的大陆。这就是美国的天命。(90—91)

对于猎奴者里奇韦这种人物，怀特黑德在书中尤其加以谴责，因为这些人在南北双方任何地方都享有法律赋予的极大权力。他们可以超越各州界限，到处都能得到司法机关的支持和协助。恶名昭彰的里奇韦对科拉这些逃奴形成极大威胁，远远超过凶恶狠毒的奴隶主。此人总是带着几名帮凶，其中一名印第安人打手居然佩戴一条由人耳穿成的项链。里奇韦自己的手提包里装着两颗逃奴的人头，准备向主人领赏。南方不断有逃奴事件发生，他的生意越来越兴隆。他们对那些同情黑人的白人废奴主义者也绝不留情，给他们涂柏油、粘羽毛，常常以私刑处决，这往往都能得到包括北方各州警察的默许。奴隶主和猎奴者还尽力斩断地下铁道的各条线路和摧毁其联络站。他们在政府发布的两个有关逃奴的法案允许下，从南到北肆意妄为。不管科拉她们逃到何处，里奇韦等人总能获得消息而跟踪过来，其追捕也能在当地司法机关配合下一致行动。当然警察和法官们自然能从猎奴赏金中获得分红。《逃奴法案》颁布后各地成立的巡逻队其实是白人借以迫害黑奴和自由民的工具，他们横行乡里，滥施淫威，将追捕逃奴变成一种狂欢：

> 每当传来奴隶逃跑的消息，他们便会投入欢乐的行动，追踪猎物，对种植园发动突袭，审问成堆哆哆嗦嗦的黑鬼。自由民知道要发生什么，会把值钱的东西藏好，白人打烂他们的家什，捣碎他们的玻璃时，他们还会哼唧几声，暗自祈祷，只求毁物，莫要伤人。(85)

这些白人的所作所为在其他国家可能被看作是犯罪，然而在美国却是法律许可的正当行为，因而这类组织招募而来的尽是品行恶劣的街头混混。他们为每次能祸害有色人群体的机会欢呼雀跃。这些巡逻队“扫荡奴隶的村落，洗劫自由民的住房，连偷带抢，恣意强暴”(70)。

怀特黑德同时指出，与双手沾满奴隶鲜血的南方奴隶主相比，一些北方人更加虚伪和卑鄙，他们标榜自己是高唱自由之歌的人士，每当有机会继承南方亲戚的遗产时，总是一边贩卖作为家产的奴隶获利，一边端着鸡尾酒大谈特谈废奴主义。他们将美国的奴隶卖掉后回到欧洲老家颐享天年，内心从未感到愧疚和不安。长久以来人们相信在纽约这种自由州里黑人都能魔法般地获得自由。然而他们忘记了，这里一直存在着道德高尚的白痴与金币的力量对抗：为了讨几个赏钱，纽约市的法官可以把新入狱逃犯的信息透露给里奇韦这类猎奴者，他们匆匆忙忙地签发命令将黑奴释放后交出去。不等废奴分子从床上爬起来，黑奴们已经被人带走，早已在穿越新泽西的半路上了。

除了司法机构的协助外，白人奴隶主还从宗教上获得支持。他们总是在黑奴面前强调按照《圣经》上的说法，告知他们是可怜的含的后代，所以不得不给其他人做奴仆。[1]佐治亚种植园的工头康奈利一边鞭打违规的奴隶，一边背诵着经文："你们做黑鬼的，要听从你们肉身的主人，不要只在眼前侍奉，像是讨人喜欢的，而要用诚实的心，好像听从基督一般"(206)。他飞舞着九尾鞭猛烈地抽打，仿佛在强调着每一个音节，而与之唱和的则是那受刑者的哀号。显然康奈利能熟练地从《圣经》中找到奴役他人的根据。即使同情黑奴的白人妇女埃塞尔也在奴隶制问题上认识模糊，这也许是当时不少普通人的看法。她对科拉解释说，"一个希伯来人不能让另一个希伯来人做奴隶。但是含的子孙不属于那个家族。他们受到诅咒，长了黑皮和尾巴。《圣经》里确实谴责了人对人的奴役，可是压根儿也没说到对黑人的奴役呀"(205)。经常闻听这些论调的黑人只能自嘲，以表示对命运的无奈。科拉也认为受人奴役正是因为这样的诅咒。她逐步明白当人们看到白人受奴役，奴役便成为罪行，可是轮到非洲人就不一样，只因为人们尽管强调人人生而平等，却并不承认黑人是人。

白人心目中理想的黑奴，就是要向命运妥协。此种典型就是书中的一个小黑奴霍默。他作为猎奴者的帮手，即使获得自由后也不愿离开主人，每天晚上坚持用手铐将自己锁到座位上才能安心入睡。猎奴者里奇韦解释说，霍默跟着他走南闯北见识很广，比其他人更了解这个国家，"他见得够多了，他知道黑孩子没有未来，不管有没有解放证书。在这个国家他是没有未来的。肯定有些下流胚还会抓住他，一转眼就卖掉"(227)。科拉不知道应该怎样对付这种自愿为奴的人，她深知这个国家确实有不少黑人不愿意或者不敢起来反抗和逃亡。在小说结尾处，当科拉与里奇韦进行生死搏斗时，总是沉默寡言的霍默却愿意为主人拼命搏斗。

有的白人尽管不赞同奴隶制，却认为黑人在智力上低人一等，靠自己无法生存，一生都需要白人的指导。西泽以前的主人加纳夫人就是如此，她总以为非洲部族有明显的智力缺陷，相信"奴隶制是一种必不可少的恶。一下子解除黑人的奴隶身份，必将造成灾难性后果——没有细心和耐心的眼睛给他们指路，他们怎样管理自己的事务呢"(55)？加纳

1 据《旧约·创世记》，挪亚生三子：闪、含、雅弗，日后各自成为亚、非、欧三洲的祖宗。含生四子：古实、麦西、弗、迦南。含因为看见父亲的下体，而使迦南受到挪亚的诅咒："必给他弟兄做奴仆的奴仆。"又有具体的诅咒：做闪的奴仆和雅弗的奴仆。

夫人以自己的方式提供帮助，教她的奴隶认字，好让他们用自己的眼睛接受上帝之道。加纳夫人去世之后西泽的好日子也到头了，他被处理后事的亲戚卖到南方受尽折磨。西泽逐步醒悟，不再相信白人的慈悲，所以才多次催促科拉和他一起逃亡。

5. 反讽的创作手法

该书的另一特点是怀特黑德运用仿像手法设计的故事情节极具反讽性，使人更能感受到现实的残酷和社会的冷漠。科拉在逃亡的途中，被要求在博物馆扮演女黑奴的角色，重现当年奴隶贩运到美国的历史和随后的生活，这让她倍感羞辱。她发现参观者甚至在欣赏黑人的苦难。鲍德里亚（Jean Baudrillard，1929—）在有关仿像与仿真的理论（simulacrum and simulation）的文章中指出，“今天，整个制度都在不确定性中摇摆，一切现实都被符号模拟的超现实所吞噬。如今控制社会生活的不再是现实原则，而是模拟原则”（Poster，2002：120）。这类模拟所呈现的超现实产物旨在模糊其与现实的界线。《地下铁道》中的历史博物馆的主题展览正是如此，它掩盖和扭曲黑奴的悲惨历史，反而将其纳入文化娱乐范畴，供世人欣赏和满足他们对异国情调的好奇。这一过程并不是废奴主义者想象的那样有利于科拉的疗伤，而是在其伤口上撒盐。仿像和仿真“支撑着社会系统、社会经济结构和社会意识形态——换句话说，就是支撑着权力”（卡瓦拉罗，2006：198）。身处展览厅的科拉由此更加懂得《独立宣言》里有关人人生来平等的涵义，即不包括黑人在内。现在黑奴耕种的土地本是印第安人昔日的家园，然而白人却夸耀大屠杀多么见效。白人来到新大陆是为了全新的开始和逃离旧大陆的暴政，就像逃离残暴主人的自由黑人一样。白人坚持自己的理想，却否定别人同样的理想。在兰德尔种植园时科拉曾多次听到人们背诵《独立宣言》，那种声音像愤怒的幽灵在全村飘荡。科拉注意到白人常常挂在嘴边的“生而平等”这几个字，她认为写出这些话的白人想必对此并不理解，因为“所有人”并不真的意味着所有人。奴隶主们夺走属于别人的东西，无论那是能抓在手里的，比如泥土，还是抓不住的，比如自由。仔细想来，到处都是“用偷来的身体在耕作偷来的土地”（132）。这里自然是指使用黑奴耕种本属于印第安人的土地，身为盗贼的奴隶主却在此掌握生死大权。科拉在历经旅途的艰险后又被置于展览台上，她尽管无法向观众传达内心的想法却愈发懂得这些道理。在这种场景里，“现实被夸大成超现实——比现实还要现实；真理被模仿所代替——比真理还真”（卡瓦拉罗，2006：200）。当时的南方被神秘的面纱遮盖，如怀特黑德指出，其真相“就是商店橱窗里不断变换的展品，在你看不到的时候有人摆弄着，看上去很美，可你永远够不着”（132）。科拉在逃亡开始时在一位地下铁路成员的家中看到他收集的各种对付黑奴的镣铐，这些正是南方奴隶制的最令人恐怖的东西：“几千条，挂在墙壁的钉子上，真是令人毛骨悚然的收藏，手铐，脚链，用于手腕、脚踝和脖子的枷锁……有一排儿童专用的镣子和小铐子和小铁环”（73）。这种展示才更接近现实。在科拉这类黑奴看来，美国社会本身都具有虚幻性，因而不管是口头禅一般的《独立宣言》还是科拉曾经参与表演的仿像艺术的展厅，都只是可供消遣娱乐的东西，黑奴们能够想象的是那深藏地下、现实中并不存在的为逃奴服务、直达自由天地的专用列车。

这宏伟壮观的地下铁道同样是一种仿像展示，表现的是逃奴内心的希望。在该书中怀特黑德实际上描写了两条地下铁道，一条是幻想之路却同样强调其艰险：无数人挥舞镐头，劈向岩石，抡起大锤，敲击道钉，挖掘了数百万吨的岩石和泥土，奋战在大地的心腹，只为解救像科拉这样的黑奴。怀特黑德“希望读者能相信这种与逃亡相矛盾的幻想，如果奴隶们真能建成这样的铁路网络，他们也不需要自由了”（Li，2019：3）。如此浩大的工程在现实中是不可能的，不免带有魔幻现实主义的意味，怀特黑德的描述使人想到的是，“为驱动美国这部巨型机器运行必须喂入的黑人躯体”（Li，2019：4）。他更加关注的是另一条地下铁道：即现实中由并肩战斗的人们——站长、列车员和同情者组成，他们把逃奴领进家门，提供饮食，一段又一段地护送到北方，甚至为其牺牲生命。这些地下铁道网络的运行反映了废奴主义者和普通民众尚存的良知和人性。怀特黑德基于大量资料和细致分析当年局势，用后现代夸张甚至荒诞的手法加以表现，旨在说明地下铁道虽然可以拯救一部分奴隶，但在充满敌意的国家机器面前其作用依然渺小，废奴主义者即使冒着生命危险做出的努力也不过杯水车薪。奴隶制导致人性的堕落，从南到北控制整个国家。怀特黑德以深藏地下的梦幻之路与地面上残酷现实社会之间的不断交替呈现，说明虚幻安宁只能深藏地下，残酷的现实在地上则处处可见，而黑奴的逃亡梦想难以实现。从科拉的行动轨迹看，她寻找的是其民族的可能和未来，但最终明白自由的概念是模糊和虚幻的（Dischinger, 2017：93—94）。怀特黑德用推测性反讽的手法创作该书，其推理性将科拉追寻自由的行动表现为可能，但其讽刺性则揭示了现实的残酷和可能性的消失。

内战爆发后黑奴逃跑的数量大、方法多，地下铁道组织的作用逐步减弱。许多黑奴只需直接逃到附近的北方军营就可获得自由。联邦军队的本杰明·巴特勒（Benjamin F. Butler）将军就拒绝把黑奴归还自称有财产所有权的主人，他直接将这些人称作“禁运品”（contraband），因为具有战争价值而予以没收。黑奴获得自由后也乐于为北方军效力，后来大家干脆将逃奴统称为禁运品而接纳。随着战事的进展，到1863年只有很少黑奴还依靠地下铁道获救，此时该网络的功能开始改变，主要任务是将南方反对蓄奴和分裂的白人营救出去，以免他们遭到私刑和殴打等迫害，如当时田纳西州就有许多人通过地下铁道组织安全抵达北方（Nofi, 2000：52）。地下铁道组织中许多人后来都在国家政治舞台发挥重要作用，如被俗称为地下铁道总检察长（attorney general）的威廉·西沃德（William Seward）就进入林肯内阁任国务卿，他之前曾在许多为逃奴赢得自由的案子中据理力争。地下铁道工作者在内战中主要充当北军的向导和侦查员，或带领解救出来的黑奴为军队服务，其中最著名的有哈里特·杜布曼（Hariet Tubman）。她在伴随北方军队行动时，极大地提升了黑人的参军热情，吸引不少人踊跃加入摧毁奴隶制的战斗。从参与的人数和组织的规模以及所起到的重要作用和影响看，地下铁道在美国历史上前所未有。在新世纪里怀特黑德以丰富的想象力描述当年黑奴依靠该组织奔向自由的旅程，生动地表现了他们所处岁月里的危机四伏和曲折艰辛。在白人至上主义沉渣泛起、重新抬头的今天，种族歧视的阴影不但没有消退，而且比以往更甚，《地下铁道》这类作品自然极具现实意义。

第五节 他者的另类叙事：《已知的世界》

深究美国奴隶制的产生和蔓延的根源是许多作家反思内战爆发的着

眼点。在这方面爱德华·琼斯（Edward P. Jones，1950—）另辟蹊径，对黑人奴隶主的可能性加以探索，展现了南方极为罕见的场景，揭示了白人奴隶主的操控和黑人内部的纷争和其上层的丑恶。琼斯1993年才在美国文坛崭露头角，出版第一部作品——短篇小说集《迷失在都市》（*Lost in the City*），2006年他的小说集《夏甲姨妈的孩子们》（*All Aunt Hagar's Children*）获得"马拉默德笔会优秀短篇小说奖"。琼斯最重要的作品是其长篇小说《已知的世界》（*The Known World*，2003），该书一举赢得普利策小说奖和全国书评人奖。在该书中他着重探索内战前奴隶制下特殊的人群——拥有自己同胞为奴的黑人奴隶主的生存状态。琼斯讲述的是一种另类的奴隶故事，揭示了被边缘化的非裔美国人"种族内部的奴隶制"（intra-racial slavery），以及这一制度对黑人种族本身的人性异化。

琼斯在《已知的世界》里叙述了一个黑人奴隶主家庭的兴衰过程，美国黑人历史中的这种奇特的现象令人感到震惊。琼斯在书中虚构了弗吉尼亚州的曼切斯特县，以1855年的美国南方为背景描绘了内战来临前的种植园生活。他从黑人奴隶主亨利·汤森之死回顾其从黑奴到自由民，再到奴隶主的蜕变过程，以及死后妻子继续经营种植园，直到内战彻底摧毁奴隶制为止。黑奴亨利·汤森由父亲的资助赎身成为自由民，并在原主人罗宾斯的帮助下逐步上升为奴隶主，拥有了自己的种植园和黑奴。从此他在南方奴隶制中赢得一席地位，认为已实现自己的美国梦。亨利曾经幻想做一个理想的奴隶主，但最后还是变得与白人一样残暴。他在对待敢于反抗和逃跑的奴隶时并不手软，毫不留情地施以酷刑。亨利31岁时去世，他的妻子无法控制局面，奴隶们开始逃亡，该黑人种植园逐步衰败。原本是亨利的奴隶和监工的摩西试图复制亨利的成功之路，却在即将达到目的时功亏一篑。而亨利的父亲身为多年的自由民依然被白人治安员毁掉身份证明而绑架卖为奴隶，最后在南方下游被害。《已知的世界》因其独特的叙事角度和奇妙的情节设计，被看作是一种极富创意的文学实验。许多学者主要聚焦"该小说关于修正、挑战或者重写奴隶制下的主人叙事和非裔美国人的斗争过程"，称其为后现代新奴隶叙事作品（Ikard，2011：64）。琼斯创作该小说旨在探讨身为他者的黑人在奴隶制下实现美国梦的可能性，以及赞同蓄奴或成为奴隶主将会带来怎样的后果。该书标题为"已知的世界"，其实揭示了美国社会一种未知或罕见的小天地。

1. 黑人奴隶主的产生

在美国南方奴隶制社会里黑人成为主人并奴役同胞的现象确实存在。米歇尔·贝根在《美洲奴隶制：地下铁道》一书中就指出，密西西比的威廉·约翰生（William Johnson）等人在成为自由民后，为了尽其所能保护家人不受奴隶制伤害而将其纳入自己的奴隶，同时也将其他黑人作为财产占为己有而牟利（Burgan，2006：11 "Preface"）。有关黑人奴隶主的相关记录在艾拉·贝林（Ira Berlin）的《无主的奴隶：内战前南方的自由黑人》（*Slaves Without Masters: The Free Negroes in the Antebellum South*，1974）、迈克尔·P.约翰森（Michael P. Johnson）和詹姆斯·L.洛尔克（James L. Roark）的《黑人主子：旧时南方的自由有色人家》（*Black Masters: A Free Family of Colour in the Old South*，1984）、拉里·科吉（Larry Koger）的《黑人奴隶主：南卡罗来纳的自由奴隶主，1790—1860》（*Black Slave Owners: Free Black Slave Masters in the South Carolina*，*1790—1860*，1985）等书中都有详尽的说明（Chukwumah，2018：92）。被称为黑人历史之父的卡特·G.伍德森（Carter G. Woodson，1875—1950）身为奴隶的后代，1912年获得哈佛大学博士学位，并于1915年成立黑人生活与历史研究协会，还在1916年出版杂志《黑人历史》。他在1924年和1925年推出有关"自由黑人"的研究成果，揭示了黑人奴隶主和其家庭构成的内幕（Pressly，2006：82）。伍德森根据1830年人口普查中获得的资料归纳出如下数据，足以说明当时美国黑人奴隶主的出现尽管罕见还是存在的（Pressly，2006：86）：

1830年自由黑人奴隶主和拥有的奴隶数

	自由黑人奴隶主	拥有的奴隶数量
美国全国统计	3776人	12907名
	拥有20—84名奴隶的共54人（大约占黑人奴隶主总数的1%）	2172名（大约占拥有奴隶总数的17%）
	拥有10—19名奴隶的共172人（大约占黑人奴隶主总数的5%）	2126名（大约占拥有奴隶总数的17%）
	拥有1—9名奴隶的共3550人（大约占黑人奴隶主总数的94%）	8609名（大约占拥有奴隶总数的67%）

基于类似的文献资料，琼斯在小说中描述了在其虚构的弗吉尼亚一个小县里一些特殊黑人的状况：在1855年共有34个身份自由的黑人家庭，其中有八个家庭拥有奴隶，有一人所拥有的奴隶只是他的妻子、五个孩子和三个孙子。到内战爆发时，此处拥有奴隶的黑人家庭下降到仅剩五个。根据1860年的人口普查，全县共有2670名奴隶，而黑人拥有的奴隶只占其中极少部分。琼斯承认自己创作该小说的政治目的不是要让人们关注美国黑人奴隶主这一罕见的历史事实，而是要探索身为黑人依然具有的各种可能性——当时和现在——“人们为了私利而与同类为敌”（Ikard，2011：66）。琼斯专注于南方奴隶制中的这种怪异现象，以探究在奴隶与自由民身份的转变过程中人性的变化。他实际上是从新的视角对《飘》以来的奴隶叙事加以反拨，以其独特的创意和对奴隶制社会的另类描述揭示内战前的历史。琼斯用虚假的人口普查、虚构的历史学家和子虚乌有的曼切斯特县等描写消解历史真实的宏大叙事。该书是将历史作为不可靠叙事，期望读者能以小说文本接触到真实事件，以及发生的过程和结果（Ryan，2008：196）。

2. 白人治下的黑人奴隶主庄园

琼斯在《已知的世界》中描述了一种由白人奴隶主操纵的实验，旨在检验黑人的智力，看看他们是否有成为奴隶主和在蓄奴制下成功的可能性。法农指出，“在‘西方人’的集体无意识中，黑人——或如果愿意，称作黑肤色——象征邪恶、罪孽、贫困、死亡、战争、饥荒。天下乌鸦一般黑”（法农，2005：149）。在当时的社会环境里，白人群体总体上对黑人的智力加以贬低，在方方面面都对后者加以严格限制，认为这类实验注定会失败。尽管如此，琼斯依然热心于刻画一种黑人奴隶主形象，其目的在于探索奴隶制对人性的影响，不管是白人还是黑人。他质疑当时美国南方奴隶制的合法性，以及在该制度下是否人人都有致富和实现美国梦的机会和可能。

萨以德在《东方学》里指出：“身份的建构与每一社会中权力运作密切相关”（萨义德，2000：427）。白人奴隶主罗宾斯认为在他的权力操控下，足以改变亨利的身份，因而全盘设计了黑人奴隶主庄园的实验，他的野心其实是在探寻一种不同的、可持续的奴隶制。琼斯以新奴隶叙事的手法描述了罗宾斯的忠实信徒亨利·汤森从黑奴转变成黑人奴隶主的过程。“新奴隶叙事”（Neo-Slave Narrative）这一术语最早由伯纳德·贝尔在《非洲裔美国黑人小说及其传统》一书中提出，指用遗留的口述形式表现从奴役逃往自由的现代叙事；现在主要指采用内战前奴隶叙事的形式、风格和第一人称方法的当代小说，它们因20世纪后半期的种族文化政治和相关论争而面世（Chukwumah，2018：90）。在《已知的世界》里，庄园主罗宾斯在弗吉尼亚享有盛誉，希望建立自己的理想王国：一个处于大弗吉尼亚中的小弗吉尼亚。在罗宾斯的支持下，亨利想做的是与别人不一样的奴隶主，一个上帝一直希望的那种牧羊人。他的想法并不具体，大概是，“要给他的奴隶提供良好的食物，不用鞭子抽打他们，让他们在田里干活的时间又短又愉快”。[1]在妻子看来，亨利是个善良的奴隶主。但他的丈母娘茂德认为上帝是在让世界和她们作对，最厉害的对手就是那些能够听、说和思考的奴隶。茂德这种女主人对奴隶更加残忍，她在丈夫打算解放名下所有奴隶时不惜将其毒死，通过一次次往馅饼和咖啡里加入少量砒霜，慢慢剥夺其生命从而保住家庭财产——奴隶。她的所作所为给亨利邪恶的示范，影响极大。原先的主人罗宾斯很早就从小奴隶中选择了亨利，开始培养和教会他懂得金钱和劳动的价值，指导他在成年后通过不断积累财富和购进奴隶而成为当地有名的黑人。他希望向人炫耀改造奴隶的成功更是自己的成功。他告诫亨利：物质基础才是人的地位的根本，只是随身携带自由民的证件是不够的，黑人必须在经济上独立才有可能获得真正的自由。罗宾斯直截了当地对亨利说，你得有属于自己的人，而拥有奴隶才能使自己不再感到孤独。在主人的教导下亨利逐步完成从奴隶到奴隶主的蜕变。法农在分析经济地位与上层建筑的关系时就坦率地指出：“因就是果：因为是白人而富有，因为富有而是白人”（法农，2005：7）。这简洁明了地说明财富的积累有利于身份的改变。亨利正是以自己的经济实力爬升到社会上层。重要的是，罗宾斯教会他注意与自己的奴隶保持距离和尊卑，学做主子，而不是与奴隶混在一起。罗宾斯所做这一切是希望亨利与自己和女奴生下的孩子生活

1 爱德华·琼斯：《已知的世界》，曹元勇、卢肖慧译，上海：上海文艺出版社，2010年，第191页。以下引文仅标明页码。

在同一世界里并相互照料。他与黑人女奴菲落墨娜有两个孩子。按照美国联邦的人口统计，路易斯和朵拉既是他的儿女，也是他的奴隶。他们从不叫他父亲，而是称他“威廉先生”。罗宾斯的黑人妻子认为自己有自由民证件，丈夫不能将她再当作黑奴卖掉。然而罗宾斯说，“在人们都相信一个谁也看得见的上帝的世界里，在大伙都假装风就是上帝的声音的世界里，证件屁用都没有，它最多只能代表他罗宾斯愿意赋予它的权利”(155)。他在与黑人妻子的关系中始终维持的是奴隶主与奴隶的关系。像他妻子这种自由民拥有的只是一种虚假的自由身份，若遭遇家庭的变故或罗宾斯去世，极有可能会重新成为奴隶。琼斯在小说中强调的是，奴隶转变为自由民更重要的是靠财产的占有，而不是简单的一纸证明。黑人奴隶主实验的重点就是财富的积累。

在该小说中琼斯还是对自由黑人阶层的形成加以赞扬。他指出虽然这些自由民没有白人拥有的那些权力，但所接受的熏陶让他们相信自己“是舞台两侧等待出场的统治者”(298)。这些黑人认为自己比绝大多数白人优秀得多，而白人早晚都会意识到这一点。亨利·汤森靠父亲奥古斯特的木雕手艺赚钱赎身，他作为自由黑人的代表受过一些教育，逐步拥有了33个奴隶和五十多英亩土地，其社会地位比本县许多白人和黑人都高。在琼斯笔下的自由黑人，特别是黑人妇女，可以有较高的文学修养，能从《圣经》或者莎士比亚和弥尔顿等人的作品里获取养料，像白人一样有很好的教养。亨利的妻子卡尔朵妮亚·汤森出生时就是自由黑人，接受教育更早，文化知识方面要高于丈夫。她是从另一黑人妇女冯·艾尔斯登那里接受的教育，此人与丈夫有12个奴隶。卡尔朵妮亚的母亲很早就忠告她，千万不要和身份比她低的人结婚，意思是不要和皮肤比她更黑的人结婚。身为老一代的黑人自由民，她指出人类不应该倒退，只能往前走，因为家族里一些人已经变成白人了，“消失在有色人种界线的另一边，而且再也不会回头望一眼”(81)。这实际上也是当时部分黑人内心的想法和奢望，他们希望借此提升自己的社会地位和摆脱种族意识的束缚。

南方社会其实难以容忍黑人奴隶主的出现，这在黑人内部也引起极大的争议。在当时的许多人看来，白人拥有奴隶似乎很正常，而黑人拥有奴隶是不可思议的事情，如同拥有自己的家人为奴一样。在黑人的想象中一些里士满的奴隶可以有自己的奴隶，即出现了奴隶的奴隶这种奇特的现象，因而这座城被认为如同《圣经》中遭到耶和华毁灭的淫乱城市索多玛（Sodom）一样糟糕。亨利的父亲听说儿子成为奴隶主后并不感到高兴，反而非常失望。他的母亲也对亨利教诲道："在上帝带你走出埃及之后，千万不要再回到埃及"（147）。目睹自己的儿子从黑奴成为自由人，近而转变为奴隶主，他们只觉得罪孽深重，这让身为父母的他们难以理解和容忍。特别具有讽刺意味的是，奥古斯特用拐杖痛打儿子时，告诉他这就是奴隶的感受；然而亨利用力折断父亲的拐杖并宣布，这就是做主人的感受。

琼斯在《已知的世界》里除了亨利夫妻，还讲述了当地的黑人奴隶主群体，包括冯·艾尔斯登等人的故事，以说明这种可能性的存在。他们都是拥有奴隶的黑人，也像白人奴隶主一样认为这是上帝允许的事情，只要经济条件许可他们也能心安理得地加入奴隶主阵营。最后当加拿大人安德森询问到这一奇异状况时，冯就直言相告："我们黑人当中没有一个人会做我们不被允许做的事情"（117）。琼斯在创作中尽管基于历史资料艺术加工而成，但最后也表明这种黑人奴隶主的实验终将归于失败，因为"奴隶主肤色的简单改变并不能改变地理空间和在此行使的法律条规"（Ardoin，2013：644）。亨利的原主人、现在的精神指导罗宾斯所传授的一些人生经验是可疑的，甚至是错误的。他说："上帝住在他的天堂里，大多数时候他是不操心的。人生的诀窍就是要知道上帝什么时候不操心，然后做所有你需要背着他做的事情"（151）。言外之意是，也许如此行事人们便能逃避惩罚，在心理上不会感到遭受责难。这位白人奴隶主的示范作用其实同样强调：即使成为奴隶主，黑人还是被指导的对象。在罗宾斯的长期教诲下，亨利已完全改变。他甚至同情弥尔顿的《失乐园》里的魔鬼，宣称自己宁可像撒旦一样统治地狱也不愿服侍天堂，可以凌然决然地将后背转给上帝。当时的法律不让亨利自己购买奴隶，因为白人们担心"谁知道一个黑鬼到底计划跟其他黑鬼一起干些什么呢"（56）？亨利主要通过罗宾斯代买黑奴，他还从后者那里学会了对付黑奴的软硬兼施的手段。亨利在自己的种植园里完全像南方其他奴隶主一样行事。他同意自己的两个奴隶的婚姻，还为他们选择结婚的日子，看起来十分大方和仁慈，其实他明白，"正在发生的事情胜过了锁链。他是一举两得，既把一个强壮的汉子跟一个长着一条歪腿的女人拴在了一起，又没有使用看得见的锁链”(111)。只因为亨利曾经为奴，更懂得奴隶的心思。

琼斯在该书中揭示了黑人群体里竭力效仿白人主子的他者心态。许多黑人在内心深处承认白人的优越地位，在言行上竭力模仿白人以便实现自己社会地位的提升。亨利就是其中具有代表性的人物。弗朗兹·法农认为事实上“一些黑人想不惜一切代价向白人证明自己思想丰富，自己有同样的智力”(法农，2005：4)。这种一心指望白人的评判的想法所流露出的正是黑人自我意识中的从属和他者的思想。亨利基本上做到言听计从、不折不扣地按照原主人的教诲行事。他不断买进奴隶和置办地产而成为奴隶主，罗宾斯的影响力显然远大于他的父母。获得自由后亨利极力向他证明自己同样能利用蓄奴制发家致富和像白人一样奴役他人。在南方出现黑人奴隶主并获得成功是极少的例外，但此种行为在黑人中造成极大影响。琼斯的小说中另一人物摩西就是亨利的效仿者。亨利死后，奴隶们非常担心自己的命运，害怕被女主人卖掉。亨利的妻子接手管理种植园和三十多个奴隶，但由于奴隶的反抗和逃离，这座黑人种植园逐步衰败。黑奴摩西作为监工却觉得机会来临。他精于农活，擅长管理，一心想复制亨利那样的成功。亨利一去世他便竭尽全力，逐步赢得女主人的欢心，甚至发生关系。他想以此获得解放证书，只等身份问题解决后再真正取代原主人。他精心安排妻子和孩子与艾丽斯一起逃走，排除了自己人生上升途中的障碍。尽管与女主人的感情在不断升温，摩西感到主仆之间的差距还是存在，认为自己地位提升的进展太缓慢而十分焦虑。最终他在出逃时被抓住和割断脚腱而成为瘸子，所遭受的这类刑罚在南方极为常见。摩西未能像亨利那样获得成功，下场反而十分悲惨。书中另一特别悲惨和失败的人物是亨利的父亲奥古斯特。他已是获得自由多年的黑人，到老年时反而被巡逻队肆意绑架卖为奴隶。最具讽刺意味的是，巡逻队员当面将他出示的自由民证件咬碎吞下，然后公然否认其身份。奥古斯特在享受了多年自由后无法忍受再次陷入奴隶制的囚禁和劳役，他坚持抗争直到被新主人杀死。他悲惨的一生实际上说明在当时南方社会黑人自由民根本无法获得自由生活的保障。儿子亨利的黑人奴隶主庄园的衰败也证明这种由白人操控的实验的失败是历史的必然。

3. 荒诞的另类世界

琼斯在小说中着重描绘一个另类的世界，旨在从更深层次揭示南方社会的实质。在他虚构的故事里，一切本来就荒诞无稽，而这与以民主自由为立国根本的土地上还盛行蓄奴制的荒诞一样，可以被称为一种“真实的虚假”（true falsity）（Ardoin，2013：638—639）。这种地理空间上的虚构，显然与真实、稳定和自然的空间相悖。特别具有象征意义的是，书中的治安官约翰·斯奇冯顿在他的小监狱里悬挂着那幅过时的地图，上面标明“已知的世界”。尽管该地图与现实相差甚远，但他并不关心，因为天下一切都没有改变，还是富人、奴隶主和政客们掌握权力。这其实说明空间与权力话语的有机结合才是重要的。在斯奇冯顿看来，在曼彻斯特县黑人奴隶主的出现只是将法律弄得更加复杂。此处发生的一切没有谁能真正理解。当亨利买下摩西时，也让后者特别感到迷惑。摩西花了两个多星期才明白：“一个不是跟他开玩笑的人，一个地地道道的、比他还要黑两倍的黑人，成了他和他可能生养的所有黑鬼的主人。”他觉得“这个把他变成一个白人的奴隶的世界本来已经够奇怪了，可上帝居然让黑人拥有他们自己种族的人为奴隶，他倒真的是让这个世界瞎胡转、瞎胡扭呀。天国的上帝还在专心干事吗”（11）？这些奴隶感到周围的世界发生的变化令他们无法理解，尤其难以服从黑人奴隶主的控制，总想尝试反抗或逃走。最后他们发现黑人奴隶主同样残酷凶狠。黑奴埃利亚斯试图逃走而被抓回来后，亨利依然对其施以酷刑，特地请印第安人代劳割掉他的耳朵。按照南方人的理解，逃跑的奴隶实际上是一名小偷，因为他偷走的是主人的财产——他自己，主人怎样惩罚也不为过。奴隶主亨利之死没有给他的奴隶带来自由，妻子照旧维持种植园的运作和对奴隶的控制。

《已知的世界》的故事情节看似荒谬，书里的描述却条理分明，逻辑性强，反而令人信服，这在后现代小说创作中极为少见。该书表现出的这种“和谐连贯的动荡性正是作者对当代小说最重要的贡献”（Ardoin，2013：639）。在这似乎怪异荒诞的小天地里，奴隶制社会的各种机构同其他地方一样运转自如。此处的法律机关极力照料的是白人奴隶主的利益，对于黑人的生死并不在意。那些巡逻队本来的职责是保家护院，却成为拐卖自由黑人的犯罪组织，而法律对此无可奈何。治安官斯奇冯顿组建的“夜间帮手”巡逻队所干的正是这类勾当。他本人虽不愿拥有奴隶，但在尽力维护奴隶制方面并没有什么心理障碍，因为按照他的理解，《圣经》里的上帝都认可这种制度。他从父亲那里学会把上帝的律法与凯撒的律法分开，“把肉体交给凯撒们，可是要记住灵魂属于上帝”(48)。当地成为自由民多年的奥古斯特大家都十分熟悉，他的儿子也是有名的黑人奴隶主，他居然被巡逻队员当面吞掉身份证明而卖往他乡。奥古斯特被绑架拐卖后，治安官也曾质疑过，却迟迟不愿行动，其根本原因是他拿不准政府的真正意图，担心没有谁去关心一个黑人的命运。身为治安官同样迷惑不解的是，“一个生来为奴的人，即便他有过那么些年的自由，他真的能永远、完全地割断身上的束缚吗？难道他的肤色不是注定了他的命运吗”(324)？这无疑表达了当时许多白人的看法。琼斯在涉及黑人的悲惨命运时明显流露出叹息和无奈，只好以魔幻现实主义（magic realism）[1]的手法加以描述，如心有不甘的奥古斯特因反抗而被新主人枪杀后，灵魂居然飘升起来，飞回家里并钻进妻子心中。这也使妻子感受到外界的敌意和死亡的威胁，彻底摧毁了他们曾对美国社会的幻想。参与绑架和贩卖奥古斯特的奴隶贩子达西后来因为作恶太多而被捕和被判刑五年，他手下的帮手奴隶斯泰尼斯则被拍卖作为对一些被拐卖奴隶主人的补偿。然而对于被拐卖的黑人自由民，如奥古斯特一家，弗吉尼亚政府却不提任何补偿，只因“这类人的价值实在是一文不值”(389)。显然治安官斯奇冯顿对政府的态度的猜测没错。其实很久以前，靠自己的手艺赎身的奥古斯特就对黑人的自由有确切的感受：“我对这种获得自由的情形有过一点点经验。它既重要又渺小，既是肯定又是否定，既是升腾又是坠落，全都发生在同一时刻”(55)。这番话点明了黑人命运的不确定，他们即使成为自由民也深知自己的性命微不足道，归根结底不过是有着不同称号的奴隶。根据美国的法律，南方黑人的自由无法得到保障，奥古斯特的悲剧也在意料之中，人们对此类事件的发生早已见惯不惊。

1 魔幻现实主义是20世纪40年代产生于拉丁美洲的一个文学流派，代表作家加西亚·马尔克斯（Gabriel Garcia Marquez,1928—2014）1982年获得诺贝尔文学奖，他的小说《百年孤独》（*One Hundred Years of Solitude*, 1967）被认为是魔幻现实主义流派的巅峰之作。这类作家的特点是，“在不断转换的模式中，将再现寻常事件和描述性细节的深刻的现实主义与奇异的、梦境般的成分以及来自神话、童话故事中的素材天衣无缝地结合在一起”。参见：艾布拉姆斯、哈珀姆：《文学术语词典》，第517页。

这足以说明南方社会的黑暗和法制的混乱，琼斯在该书中旨在强调奴隶主和巡逻队的残暴和执法者的纵容。外表上具有绅士风度的罗宾斯在对待黑奴时也毫不手软，即使黑人奴隶主亨利同样认为对付逃奴可以使用酷刑。耶西与四名奴隶逃走后，被治安官抓住，主人当场在沼泽地将其开枪打死，并将脑袋割下钉在苹果树上，还用锋利的尖刀割断四名奴隶的脚腱，使他们成为跛子，难以再逃亡。治安官只是在报告里写下："耶西的主人不得不永远记住，他弄死的财产在一个有利于卖方的市场上很容易卖到500美元，这也让他受到足够的惩罚了"（31）。然而该奴隶主并未因杀人而受到任何惩罚，只是随意毁掉自己的财产而自认倒霉。

琼斯在该书中尤其指出奴隶制对整个社会的危害。他在访谈录中说道，"奴隶制侵害了每一个人，有的人能够超越，而有的人却被压垮了"（402）。他特别描述了黑奴监工摩西的堕落过程。此人最终踢开妻子和孩子，只因他们是自己成为卡尔朵妮亚丈夫的障碍，极有可能使他处心积虑的上升努力功亏一篑，所以他最后遭到惩罚也显得罪有应得。琼斯用"已知的世界"作为该书的书名，揭示的是一个鲜为人知的世界，或者说注定要毁灭的世界（奴隶制的天下），更重要的是探索奴隶制对人性的扭曲而形成的邪恶的内心世界。为此琼斯解释了书中人物摩西的蜕变，并以他为例说明奴隶制的影响：

> 摩西是奴隶制所造成的另一种现象。我相信当摩西赤条条地站在约翰·斯奇冯顿的治安所里，诉说他和贝茜是"一起的"、是"一家子"时，他绝对不是多年以后那个恶毒的、利欲熏心的、遭通缉的人。(402)

琼斯也以白人治安官约翰·斯奇冯顿的变化说明在蓄奴制的背景下，没有谁能真正摆脱其影响。此人常常在良心上倍感煎熬，"尽力挣扎着在奴隶制道德腐败中做到洁身自好，以基督教义的指导使自己在道义上保持正义，然而他越是挣扎，在蓄奴制的肮脏泥潭中陷得越深"（Chukwumah，2018：100）。斯奇冯顿尽力维护法制，但所做的一切其实是为了让奴隶制在南方延续下去，直到最终悲剧来临而死于非命。他的命运对于南方社会普通白人具有极强的警示意义，说明奴隶制对他们同样具有毁灭性。

4. 白人至上主义的危害

琼斯同样关注奴隶制带给白人的焦虑和白人至上主义思想的危害性。当时各蓄奴州以法律的形式禁止黑奴学习识字。该书中的白人妇女发现奴隶居然识字而大为震惊，因为“这种事情比她走进马房，看见骡子唱赞美诗、口占神谕，更让她惊讶”（258）。人们将黑奴变坏都归咎于他们懂得太多而不再安分守己。从1844年以来当地人一直为奴隶暴乱深感焦虑。有的南方人把它称为家庭纠纷，认为是外人煽动的暴力行为。琼斯在该书中逐一列举了一些骇人听闻的事件。据说有守寡的白人妇女被手下的两个女奴隶囚禁而饱受折磨，很久以后这两名奴隶才被卖掉或依法处死。也有传言说奴隶厨子将玻璃碾成细末，拌入主人的饭菜而被捕。这类事件足以引起一些奴隶主家庭恐慌，他们开始惧怕那些曾一起生活了几十年的奴隶，认为“这个世界正在变得一塌糊涂”（162）。书中的女奴隶主克拉拉·马丁为防止遭受自己唯一的黑奴拉尔弗的伤害，长期以来都枕着刀子睡觉，但她直到去世也不愿放弃这种危险的蓄奴生活。尽管她每晚都准备与自家黑奴拼死搏斗，还是愿意维持这种主仆关系。正如丹尼尔·卡瓦拉罗所指出，这种对他者的恐惧常常导致“一种盲目的仇恨：法西斯主义，种族主义，种族灭绝”（卡瓦拉罗，2006：125）。尽管处于主人的地位，克拉拉还是对黑人奴仆这样的他者充满恐惧，她表现出的白人身份焦虑，其根源在于白人至上主义的思想（white supremacist ideology）。这早已渗透内战前美国社会的种族和文化结构，如同“二手烟一样污染”，白人可能仁慈地对待非裔美国人的良好想法，甚至激起白人之间的非人道和致命伤害行为（Ikard，2011：64）。著名黑人作家詹姆斯·鲍德温在其《下一次是烈火》（*The Fire Next Time*，1963）里对白人至上主义的批评，就有助于理解《已知的世界》的创作动机。鲍德温将白人至上主义看作社会癌症，认为它同样撕裂白人美国的道德架构，使其难以控制对黑人的非人道和盘剥的行为，最终也会扩大至用于对付其他白人（Ikard，2011：67）。曾获诺贝尔文学奖的非裔作家托妮·莫妮森在她的《黑暗中的游戏：白色与文学想象》（*Playing in the Dark: Whiteness and the Literary Imagination*，1992）一书里就有对鲍德温看法的回应。她特地列举马克·吐温的《哈克贝利·费恩历险记》（*The Adventures of Huckleberry Finn*，1884）中的哈克贝利与黑奴吉姆之间的关系为例。即使哈克贝利被白人社会抛弃和边缘化，也会像寄生虫一样依赖所想象的黑人劣等性以确立自己的种族身份和人性。马克·吐温塑造逃奴吉姆的人物形象时，其种族歧视倾向严重。此人承认自己身为黑人的劣势，表现出无限的爱和对主人的忠诚，即使是哈克贝利这样的小孩也足以作为他的主人，因为“白人就是白人，优越和成熟”(Morrison, 1993：56—57)。《已知的世界》里的黑奴拉尔弗也一样，他一生都对克拉拉忠心耿耿，即使后者从不信任这唯一保留下来的奴隶。克拉拉始终表现出白人的优越，坚持以主人和奴隶的关系相处，时刻担心其背叛和加害自己。琼斯揭示的这种扭曲的种族主义和白人至上主义心理，反映出南方普遍的现象和奴隶制的根深蒂固。内战结束后，拉尔弗尽管知道自己早已成为自由人，却依然坚持像黑奴一样服侍克拉拉直到后者去世。拉尔弗的坚持更加凸显一种扭曲的心理，他为维持与前奴隶主之间这种罪恶关系而妥协，也许是为奴太久而愿意放弃奔向自由的任何打算。这的确令人既感到悲哀，又不免加以责备。为进一步说明奴隶制对整个社会的渗透，琼斯特地在该书中强调，即使印第安人也学会了蓄奴。相比之下，这些土著人的地位比黑人高得多，他们可以在周围的丛林里悠闲地生活，而让黑奴为其劳作。一些黑人哪怕获得了自由也是胆战心惊地过日子，因为弗吉尼亚州特地颁布法令，要求获得自由的黑人必须在一年内离开本州，以免他们将“不应有的想法”灌输给其他奴隶。如果黑人自由民没有及时离开，可以被重新卖为奴隶，所以不难理解奥古斯特被绑架一类事件的发生。在如此残酷的生存环境里奴隶们看不见未来，他们甚至对被雷劈死的乌鸦都感到嫉妒，希望分享这种死亡和得以解脱。

5. 现实与虚构之间

就其创作特色而言，琼斯的小说在虚构世界与现实世界之间架起桥梁，“随意操弄时间，并以空间上的安排，形成一种富有成效和可信的，不管是直接的、还是文学的方法，来陈述一种虚构的事实”(Ardoin, 2013：640)。正是因为所展示出的可信和所达到的深度，这种虚构比现实本身更令人震惊。该书强调的边界跨越——白人与黑人，奴隶主与奴隶之间，只是一种文学尝试，让读者可以从另一视角观察和体验当时的南方。《已知的世界》描绘了一个令人难以理解的世界，其中发生的种种事情都让人惊奇，甚至超越人们的想象：

就在子弹打碎密尔德莱德心脏的那一瞬间，她立刻在门廊里站了起来。夜已经很深了，她怎么也想不起自己先前一直身在何处……接着，她发现奥古斯特躺在他们自己的床上，也睡着了；她上了床，安然依偎在他的臂弯里。(375)

要知道此时她已被治安官枪杀而倒地身亡，鲜血洒满一地，其魂魄却依然能站立而起，走过去与已经去世的丈夫相聚并共眠一床，还满心欢喜地感受窗外吹拂进来的微风。琼斯的用这种“艺术复活”手法（artistic resurrection）似乎给人以安慰和对残酷现实的化解（Berman，2009：236），愈加凸显人们对南方奴隶制下草菅人命的见惯不惊。

该小说在地理位置上的虚构和空间上的不确定，以及时间上的碎片化，凸显奴隶制对整个社会的影响已渗透生活的方方面面。琼斯在访谈录中承认自己从2002年1月开始写作时，只是把郁积心底的想法诉诸文字，在几个月里就完成了。他谈及自己的创作灵感时说：“或许作为一个创造故事人物的‘上帝’，我可以望见他们开始和最后的日子，以及其中他们所经历的日日夜夜，那些人在我的眼里没有循序渐进的一生”(401)。琼斯也像其他作家在奴隶叙事中多次给出确切的日期，但总体上还是跳跃性的和随意的，即使有的历史人物和事件是真实的，如提到的菲尔莫尔总统（Millard Fillmore，1850—1853在位），也只是为了提升小说的可信度而已。这种现实与虚幻的交织增添了小说的艺术魅力。他采用的新奴隶叙事手法，打断了线性的叙事，将读者全身心地沉浸在战前南方的混沌之中，感受和体验那种难以描述的黑暗世界的凶险叵测。对于黑奴而言，时间是不重要的，南方的日子还在延续。琼斯在小说开端时就点明，主人死了，阴影依然笼罩着每个奴隶，此种绝望感贯穿整部小说，展现的是一种令人窒息的社会制度，可见此种结构上的安排别具匠心。

令人欣慰的是，琼斯在该小说中还是塑造了一个目标明确、对未来充满希望的人物——疯女人艾丽斯。她非常自信有能力赢得美好和自由的未来。艾丽斯始终保持清醒，她对黑人奴隶主的本质看得比谁都清楚。她假装疯癫，其实总在计划和寻觅逃跑的机会。艾丽斯努力掩盖自己真实想法和目的的言行举止早就被摩西看穿，他深知这名女奴比其他人更有雄心和魄力。最后摩西安排她带着自己的妻子和儿子成功逃往北方。此种情节设计也表现出琼斯对黑人命运的担忧和期望，同时也反映出一种可能性，这也是使他们能够在残酷的奴隶制下保持生存信心的根本。琼斯以黑人奴隶主亨利精心建立的种植园逐步衰败的过程和曾经拯救他出苦海的父亲被非法绑架并再次为奴的命运，质疑奴隶制的合理性和对容忍其持续下去的人们加以谴责。

从这类废奴小说不难看出，人们为解决奴隶制问题和避免国家分裂做出种种尝试，甚至包括《已知的世界》中黑人奴隶主庄园这类实验，但在早已陷入动荡与混乱的美国社会都无济于事。蓄奴派势力的蔓延不断激化矛盾，使国家加快走向战争。针对南北双方的分歧，《已知的世界》中比较开明的人物卡尔文坦言道，“我认为还是让战争来解决问题吧”(301)。内战的前兆在这类作品中已十分明显。1859年爆发的约翰·布朗起义正是内战的预演，也标志着南北分裂不可避免。基于该事件的小说作品众多，其中特别具有创意和代表性的是詹姆斯·麦克布莱德的《上帝鸟》。

第六节 内战的预演：《上帝鸟》

随着西部开拓，南北冲突加剧，走向战争已成为最后选择。一般认为对萨姆特要塞的进攻（1861年4月12日）标志着内战的爆发，其实这之前在1859年发生的约翰·布朗起义使人感到战争迫在眉睫。詹姆斯·麦克布莱德在《上帝鸟》中以荒诞幽默的口吻重新讲述那段历史，该书荣获2013年美国国家图书奖时的颁奖词称其“选取了美国历史上的一个关键的、混乱的事件，并以马克·吐温式的滑稽和真实，重述了整个故事”。[1]奥巴马总统2016年特地授予麦克布莱德“全国人文勋章”，以表彰他的作品“以人性化的方式探索了复杂的美洲种族问题，用独一无二的方式展示了美国历史上的那些动人故事”(麦克布莱德，2017：扉页)。约翰·布朗起义尽管失败却意义重大，与之前的堪萨斯血案一道预示奴隶制终将带来的恶果，也使人真正意识到国家分裂的可能。麦克布莱德在《上帝鸟》的创作中采用奴隶叙事写作手法，特地设计了一篇

1 詹姆斯·麦克布莱德：《上帝鸟》，郭雯译，上海：文汇出版社，2017年，封底。以下引文仅标明页码。

名为《罕见黑人历史资料重见天日》的序言，用黑人教堂毁于大火而意外留下有关个人历史记载的情节，以加强小说创作的真实性。该书以约翰·布朗事件的参与者和唯一幸存者亨利·沙克尔福德的口述和教堂执事查尔斯·D.希金斯的记录创作而成。麦克布莱德从黑人少年亨利的视角审视约翰·布朗起义事件，以幽默口吻讲述了这位废奴主义领袖带领儿子们和追随者从中西部到东部的征战，以及最后上绞刑架的过程。该书着重探索南北分裂的根源，人们在蓄奴与废奴之间的分歧和冲突，还有黑人内部的问题，特别是对追求自由的态度与方法，以及约翰·布朗起义失败的原因。

出生于纽约的非裔作家麦克布莱德兴趣广泛，1980年毕业于哥伦比亚大学，获新闻学硕士学位，曾从事记者、音乐人等职业，之后成为纽约大学的驻校作家。他在1996年推出的传记《水的颜色》（*The Color of Water*）里详尽描述了自己的成长过程和与母亲的关系，该书成为畅销书和学校的阅读教材。他的第一部小说《圣安娜奇迹》（*Miracle at St. Anna*，1983）讲述了第二次世界大战中美国黑人士兵在意大利的经历，主题涉及种族歧视、阶级矛盾和战争冒险，该书改编成电影后获得一致好评。他在第二部小说《待唱之歌》（*Song Yet Sung*，2008）中主要讲述了临近内战前马里兰的废奴主义者的地下铁道组织和黑奴逃亡的故事。在第三部小说《上帝鸟》里麦克布莱德的笔调诙谐但话题凝重，将读者拉回内战前夕的动荡岁月。他首先关注的是堪萨斯血案。1856年废奴与蓄奴两派力量在堪萨斯以自由州或蓄奴州进入联邦的问题上斗争激烈。5月21日，蓄奴派激进分子攻占和洗劫了堪萨斯的劳伦斯，酿成杀人和破坏建筑物的惨案；24日约翰·布朗率领包括四个儿子在内的废奴主义武装为劳伦斯事件报复，杀死五名赞成蓄奴的居民，随后整个堪萨斯准州陷入动乱。富兰克林·皮尔斯总统在该年底的国情咨文中哀叹堪萨斯之所以变成战场时指出，“与其说是由于该准州内部存在相互对立的派别或利益集团，不如说是因为全体美国人民中间存在相互抵触的情绪”（林顿，1984：160）。这位总统深感问题的棘手和国家面临分裂的危险。紧随其后发生的约翰·布朗起义打破了僵局，促使南北双方加快走向战争的步伐。聚焦该事件的《上帝鸟》是一部以传统奴隶叙事手法创作的“身份误置小说”（misidentification novel）（Naughton，2018：348），裹挟其中的主人公、浅肤色的混血儿黑奴少年亨利（洋葱头）在约翰·布朗对堪萨斯的袭击中意外获得自由，但被当成女孩拉入队伍里，最后成为布朗在哈泼斯渡口起义活动中幸存下来的见证人。他因身份的突然改变（自由了但是性别变了）而难以适应。就其本人而言，他并不喜欢这样的改变，甚至渴望回到从前，哪怕是作为奴隶。成为自由民，没有他人的指示，他反而觉得生活无所适从，对未来也感到可怕。正是由于他的身份可疑，也使所见证历史的真实性遭到质疑。这其实反映了1854年“堪萨斯-内布拉斯加法案”的通过对该地区及周边带来的动荡和不确定，废奴与蓄奴的双方势力和游击队轮番入侵，让居民们难以选边站队而苦不堪言，周围的暴力事件时有发生。约翰·布朗只是将洋葱头当作吉祥物带在身边，强迫他一道征战各地和参加废奴分子的活动。亨利还与布朗一起会见其他废奴主义领袖和积极分子，如到纽约拜访道格拉斯和到加拿大看望哈里特·杜布曼等人，以及到波士顿参加为起义筹款等。麦克布莱德从被动卷入废奴活动的黑奴少年亨利的视角展示历史上的真实事件和人物活动，这种在性别与种族身份双重焦虑下的滑稽表演，既有反讽意味又拉近与当代读者的距离。

1. 黑人内部的分歧

在《上帝鸟》中，麦克布莱德首先聚焦黑人内部，强调他们在对自由的看法和赢得的方式等问题上分歧极大。他以天真无知的黑奴少年亨利的口吻描述周围发生的一切。从艺术手法上看，麦克布莱德采用的是一种结构性反讽（structural irony），或者通篇性反讽，来表现人们对约翰·布朗的废奴主义言行的不理解。这种反讽指作者不是偶尔运用讽刺反话，而是采用一种使双关意义和评价通贯全文的特殊篇章结构，其常见的一种文学手段是塑造一位愚偶或天真单纯的叙述者或代言人，“他们天生的单纯或愚钝导致他们对情况的不断误解，而心领神会的读者则能深入并共享那些天真单纯的第一人称背后所隐含的作者观点，并在作者的引导下对其加以改变和更正”（艾布拉姆斯，2014：371）。故事从1856年春天开始，自幼为奴的亨利根本不懂白人废奴主义者约翰·布朗所从事的伟大事业。在亨利看来，布朗带着几个儿子和随从是到西部流浪和杀人，因而被称为堪萨斯地界的第一号流氓和杀人狂魔。他认为是布朗等人的袭扰导致了父亲在暴力事件中丧生，使自己成为流浪儿，甚至还被裹挟进入布朗的波特瓦特米步枪队的生活。身为不明事理的小黑奴，亨利只是发现“自由比当黑奴饿多了”(21)，因而认为自由狗屁不值。即使他跟约翰·布朗这种名人混，肚子也饿得咕咕叫，而在“当黑奴的时候从来没挨过饿，现在自由了却在垃圾桶里找食”(39)。亨利被人抓住再次成为黑奴时并不难受。他已尝过自由的滋味，相比之下他不愿做自由民，反而觉得当个奴隶更安心。他直言道：“没错，我的确又戴上了枷锁，然而，假使你融入这种生活，习惯成了自然，也并不十分令人苦恼。碗里的饭不要钱，头上的屋顶不要钱。自然有人为你的生计操心”(141)。这显然是南方蓄奴派对奴隶内心的猜测和为奴隶制正当性的辩解。麦克布莱德在此抨击的是部分黑人天生的奴性。他尤其感到可悲的是，黑人群体中的倾轧和对白人主子的谄媚。他写道：“那年月，黑人们总是互相告发，跟白人一个德性。有什么区别呢？都是背叛，说不上哪个罪过更大些。黑鬼用嘴巴作恶。可那也毕竟同样是罪恶”(166)。黑人为了活命而不惜一切手段，其实他们所害怕的是蓄奴制这张铺天盖地的大网。亨利承认自己常常打定主意逃跑，但有时觉得在奴隶制的温室里过得太舒服，害怕到大草原上讨生活和对付寒冷、蚊虫和嗷嗷叫的狼。亨利的这种态度正是许多黑奴被解放后常常表现出来的，也足以说明在心理上逃出奴隶制更为重要。这些人只因在奴隶制下生活太久而默认“黑人得扮演黑人的角色：躲躲藏藏，笑脸相迎。假装身上有枷锁算不了什么，可枷锁终有解开的一天，之后呢？自由又有什么用？跟白人一样？白人的生活都是对的吗”(342)？不难看出内战前的黑人群体对未来的生活（继续为奴还是做自由人）尚未做好准备。

麦克布莱德所强调的是，黑人群体亟需提高自己的认识，从心理上战胜奴性并争取其他白人的支持。书中所谓的“上帝鸟”其实就是常见的啄木鸟，据说它的羽毛可以让人明事理。他用上帝鸟作为小说之名旨在说明，黑人只有觉悟提高之后才能起来战斗。约翰·布朗在起义过程中才发现众多黑人并不理解和支持他，不相信他真能给人带来幸福，担心其仓促行动只会使大家陷入更加悲惨的境地。没有广泛的群众基础和拥护，布朗的起义最后无人响应，这便是他们很快归于失败的原因之一。其实布朗等人与美国政府和军队的抗衡无疑是以卵击石，力量对比上不足一提。为了说明蓄奴主义者势力强大，作者特意描述了后来在内战中成为著名南方指挥官的罗伯特·李上校和骑兵军官斯图尔特受联邦政府指派，直接参与对布朗起义的镇压。耐人寻味的是，作者以讥讽的口吻说，这些南方军人死后必然会在天堂遇见手捧《圣经》的布朗，后者将对他们历数蓄奴制的种种罪恶，使其恨不得下地狱。实际上，他在此却预言了维护奴隶制的南方后来在内战中的失败。

2. 黑奴解放之路的探索

在该书中麦克布莱德探讨的另一话题是，为了自由和解放人们到底应该采取何种方式，非暴力的渐进式还是武装起义。这些都是当时的废奴主义者和黑人领袖们不得不考虑的。中部小镇的人们曾告诉布朗："我反对蓄奴制，上尉，可我也反对杀人"（202）。他们并不赞同布朗等人以暴力对付奴隶制的行为。许多南方人对布朗怕得要死，害怕他的思想与害怕他本人一样。麦克布莱德在小说中刻画了两种废奴主义人物。第一种是黑人领袖弗雷德里克·道格拉斯。此人因组织废奴运动而成为大贵人，享受着舒适安逸的家庭生活和令人仰慕的社会地位。他的家里有两位太太，奥蒂莉小姐是德裔白人，安娜是南方黑人，一黑一白，真的是二女共侍一夫，也许这便是其美国梦的现实版。尽管有些烦恼，道格拉斯却能掌控，"两位夫人明争暗斗，都想控制这位丈夫，可他却一视同仁地把她们看作畜生，要不就是炸弹"（214）。身处黑人的上层，道格拉斯一家的养尊处优生活甚至超过富裕白人，家里应有尽有，与在外奔波的约翰·布朗的生活迥然不同。道格拉斯家里一顿饭比堪萨斯30个定居者三个礼拜的食物还多，屋里随处都有各种饮料和琼浆美酒。他一方面像富裕白人一样享乐，一方面指导废奴运动，并深受广大黑人和奴隶的爱戴拥护。他对蓄奴主义者的谴责和对黑奴的教诲总是振振有词和令人信服。他指出，黑人不过是他乡的异客，就算有了自由身，有了房产，也依然为奴（219）。他希望大家不要放弃斗争，要在心理上战胜黑人的为奴天性，同时谴责奴隶主只是将黑人看作私人财产，而不关心他们向往自由的心灵。道格拉斯从事的废奴运动既舒适又安全，令人羡慕。在《上帝鸟》中麦克布莱德"像黑人女作家托妮·莫里森一样注重对历史事件的重新想象，书中的道格拉斯的人物塑造是对那位影响极大的作家和演讲者的形象的挑战”（Li，2019：6—7）。当时的道格拉斯在废奴群体中掌握着极大的话语权，但在酒醉时他一心所想的却是如何利用自己的身份和势力，诱惑洋葱头这名混血少女（男扮女装）。对于此类荒诞的情节设计，麦克布莱德解释说，“注意，不要见你的英雄，如果见到了，总会让你失望的”。[1] 他的这些描述对英雄形象的消解十分明显，所强调的是，黑人群体对这些领袖的看法是模糊和矛盾的。在随后的内战冲突中，这些人自我分裂成一面面反映国家不幸遭遇的镜子，而整个国家的分裂也成为一面大镜子，在这里面“每个人都能看到他自身具有的那种深刻的分裂”（瓦德，2009：6）。尽管在《上帝鸟》讲述的故事里内战尚未来到，道格拉斯一类人物在这风云变幻之际早已遭遇自我分裂，他们这些废奴主义者领袖的价值和作用显然都值得怀疑。

第二种人是崇尚武力的废奴主义者约翰·布朗。这位放弃优渥生活的白人到处鼓动人们参与解放黑奴的运动，终年在西部流浪奔波和进行游击战，最后到联邦实力最强的东部举行武装起义和决战。布朗与道格拉斯截然不同，他认为，“道格拉斯先生只适合在客厅里发表演讲，穿着丝绸衬衫和头戴精致的高帽，披着亚麻外套和系着领带”（326）。布朗主张采取直接行动，他将自己比作开矿者：“我为开采人们的心智，开采国家的良心，要在这荒谬的制度里开出黄金”（310）。他的口号常常令人震惊，他甚至宣布：“我要用鲜血净化美利坚的罪恶”（241）。与奴隶主常常从《圣经》里找到奴隶制的根据不同，布朗所找到的却是反奴隶制的教义。他指出，“你那奴役人类的勾当，你的灵魂将陷入死牢，其状可怖，你绝不能想象。独独我被挑选出来，行使我主的意志，我必将完成这一使命”（89）。布朗总是以上帝的名义杀人和救黑奴。他说，“我前来此处，为了传播救世主的公正，解救他的人民。要向屠杀、绑架黑人为奴的人们施加我主上帝的报复”（46）。布朗自以为黑人早已做好准备，只需发动战争就会有人响应。他坚信自己可以用手下这13人的兵力向美国政府宣战，因为长期在奴隶制下受苦受难的黑人一定会揭竿而起、踊跃参战，他们需要的只是一个战斗的机会。布朗指出，“现在时机

1 James McBride, “*The Good Lord Bird* Gives Abolitionist Heroes Novel Treatment,” Interview, NPR: *NewsBank* 17 Aug. 2013.

已到，应该让黑人加入解放自己的事业中来”（204）。许多白人，甚至黑人都不理解布朗的行为，认为他放着东边的花花世界好日子不过，而是跑到草原上为黑人打抱不平。当时的美国政府给出高额赏金捉拿布朗，而后者则轻蔑地讽刺说，“我特此向军中士兵为布坎南总统的脑袋悬赏两美元五十美分。他操纵着一个野蛮的制度，不配坐在这极神圣的王位上”（199）。他与同伴夺取了哈珀斯费里军械库，用以武装准备起义的黑人主力军，可惜觉醒太晚的黑人们并没有响应他的召唤。心有不甘的布朗在上绞架时没讲一句话，只是在交给看守的一张纸条上写道：“我，约翰·布朗认准了：只有鲜血才能洗刷掉这片罪恶土地上的所有罪孽”（瓦德，2009：12）。他希望以死唤醒黑人们起来战斗。布朗起义尽管失败，却使人们真正意识到内战的可能。目睹国内风云变化的著名作家爱默生对布朗的遭遇深表同情，他总结说，奴隶制对所有美国人都是伤害，因为这是一种“共有的遗产”，它会同样留给白人和黑人的下一代。如果拒绝打破它的锁链，人们必将受到命运的严词警告：“阵阵剧痛是你播下的种子，藏进虚假和平是你胆小鬼头颅，我将使收获时节马上来临”（Fuller，2011：134—135）。内心焦虑的爱默生用“丰收时节”喻指矛盾的激化和风暴的来临，他明白奴隶制问题必将成为内战爆发的导火绳。麦克布莱德深知约翰·布朗的所作所为有极强的示范作用，“毕竟没有什么东西比一群黑鬼摇晃着手枪争取自由让美国南方人更胆寒了”（402）。这实际上揭开了即将到来的内战的序幕。

3. 历史感悟与文学创新

麦克布莱德在艺术手法上有所创新，与之前的奴隶叙事不同。他深谙奴隶叙事的自传传统和约翰·布朗故事的历史性，选择将其描写成小丑闹剧，把奴隶叙事改编为悲喜剧式的旅游杂记，“将文学传统中的经典用于闹剧效果”（Lupton，2016：54—55）。有的评论家在文章中将麦克布莱德称作“推理奴隶小说家（a writer of speculative fiction of slavery）”，因其表现出当代非裔美国小说中虚构历史的特色。这类新奴隶叙事的推理作品是对奴隶制历史看法的极大转变，小说中的虚构艺术并不在意将奴隶制当作“另类历史”表现，而是看重其历史创伤，同时也作为民权运动的积极挑战（Dubey，2010：780—781）。有的评论家认为《上帝鸟》是一部后历史小说（posthistorical fiction）和后种族小说（postracial fiction）的代表作，以这两种讽刺不断交织的手法，展示哈泼斯渡口起义事件的当代和历史的存在（Naughton，2018：346）。后现代理论家鲍德里亚（Jean Bauderillard）认为，随着历史的终结，人类已经退出了历史，进入到一种新的后历史存在方式，“真实的、具有游戏规则并拥有可供大家倚靠的稳固篱桩的场景不见了”，在他看来，不再有任何稳定的结构、因果联系、具有重大意义的事件或某种确定的形式可供我们去描述历史的轨迹或发展道路，“一切都受制于不确定性和难以逆料、让人迷惘的偶然机缘”（王先霈、王又平，2006：771）。后历史小说更注重探索的是历史进程中的不确定性和各种可能。麦克布莱德在重新审视历史进行创作中，以这种后历史小说的手法更加自由和大胆的想象展示约翰·布朗起义事件[1]，拓宽了读者的视野和赋予其新的意义。如果称其为后种族小说，是指在新世纪里，似乎种族问题早已解决，人们更应看到未来而不是重提旧事，这类小说主要说明种族问题已成为历史。特别是2008年随着巴拉克·奥巴马（Barack H. Obama，1961—）当选美国总统，人们普遍认为黑人已获得与白人一样的平等地位，这标志着进入了后种族时代。其实不然，种族问题依然存在，只不过被人们有意识地掩盖与忽略。麦克布莱德以幽默滑稽的口吻揭示历史的内幕所喻指的是残酷的现实。他在小说构思中极富创意的手法使人质疑《上帝鸟》中相关历史的真实性，如书中对废奴主义斗士道格拉斯的描写就引起争议和令人反感。其实作者是用戏谑和玩笑的手法揭示当代美国的种族问题，颠覆人们对历史和奴隶制的想象。最终麦克布莱德的小说并未使读者远离历史的噩梦，而是使历史与大家更近。他不厌其烦地提及约翰·布朗，弗里德里克·道格拉斯，或者哈里特·杜布曼，麦克布莱德还是将这些人，以及奴隶制历史带入当代读者亲身感知的语境。关于写作的风格，在访谈中麦克布莱德说，“漫画是通向真理的直线，它取消了单调乏味。《上帝鸟》中的事大致都发生过，怎么证明？不可能”（Naughton，2018：347）。尽管在当代“黑人的命也是命”（The Black Lives Matter）的运动风起云涌之际，

---

1 拉塞尔·班克斯（Russell Banks）1998年在小说《穿云者》（*Cloudsplitter*）中也讲述了约翰·布朗幸存下来的儿子的故事和从此人视角解密当年布朗起义的内幕。

谈及后种族这样的话题似乎有些不合时宜，麦克布莱德的回忆录《水的颜色》（*The Color of Water*，1998）中有关在布鲁克林的成长经历早已涉及“后种族”的话题。他讲述约翰·布朗的故事，是将其作为一出史诗性的闹剧，讽刺的对象既是历史小说，也是历史事件本身（Naughton，2018：346），其现实意义不言而喻。

小结

仔细阅读这些废奴小说不难看出，奴隶制使美国走向分裂，任何绥靖和妥协都无济于事，南北双方已形成两种不同社会制度和逐步演变成两个不同的国家，甚至可能出现第三个国家，因为中间势力极为强大，而西部未决地区也在不断加入中间势力。对于当时已处于分崩离析的合众国而言，走向战争甚至成了唯一的选择和必然。斯托夫人的《汤姆叔叔的小屋》促使人们直面奴隶制问题，揭示了南方社会的真相，引起国内外人们关注新大陆这块理想之地存在的罪恶制度并依然在逐步向全国蔓延的社会现实；随后《为奴十二载》的亲身经历的叙述则让所有人都感到恐惧，自由民的身份也无法保证生存的自由，随时都可能坠入为奴的深渊而遭受非人的折磨；《地下铁道》的作者用后现代手法将昔日奴隶的逃亡之路描绘成充满希望的梦幻旅程，而书中人物在途中遭遇和目睹的艰辛挫折和血腥杀戮都能由当年“地下铁道”的组织和参与者的冒险经历得以佐证；《已知的世界》从黑人成为奴隶主的可能性方面加以探索，以另类的叙事手法揭示和强调奴隶制对人性的扭曲和美国梦的幻灭；《上帝鸟》则用滑稽反讽的口吻重讲约翰·布朗起义的故事，旨在说明国家已走到分裂的边缘，内战的爆发不可避免。从这些作品中人们也意识到美国内战其实是真正完成统一和融合并迈入现代国家必经的重要步骤。废奴小说描述了内战即将来临前的动荡局势，预言了随后的决战。尽管已过去多年，这类小说没有随着内战结束和奴隶制的废除而消失，进入21世纪后还有新作面世，作家们仍在尝试重建内战历史，以各种艺术手法不断探索美国奴隶制的产生和内战爆发的根源。

第二章
内战的毁灭性[1]

我所听到和看见的可不仅仅是布条，

我听到军队的沉重的步伐，我听到盘问的岗哨，

我听到千百万人的欢呼，我听到自由！

我听到擂响的战鼓和劲吹的军号……

——沃尔特·惠特曼[2]

内战终于爆发，其惨烈程度远超人们的想象，如何呈现战争场景和阐述战争的意义，是作家们在创作中聚焦的话题。克莱恩在《红色英勇勋章》里表现了普通青年在内战来临时的激情和冲动，以及真正见识战争机器的毁灭性时的惶恐和无助；萨拉父子在《杀戮天使》内战三部曲里对宏大的战争场面的全面展示，让人们真正意识到这场浩劫的规模和国家悲剧的代价；多克特罗的《大进军》则以谢尔曼率领北方大军在横

1 本章部分内容作为阶段性成果“分裂与疗伤：美国南北战争小说的发展”在《外国语文》2019年第2期上发表。

2 沃尔特·惠特曼：《草叶集》，楚图南、李野光译，北京：人民文学出版社，1994年，第494页，《黎明时的旗帜之歌》。

扫南方大地时战争洪流的摧枯拉朽表现兄弟相残，用众生像的方式揭示被迫卷入内战的形形色色的人物的生存状态；希克斯的《南方的寡妇》凸显的是小镇居民突然面对数以千计的人员伤亡和尸横遍野的局面时的无奈和无助；比尔斯则用短篇小说逐一展示普通人和家庭在内战中的生活。这些作家以各种艺术手法描写从未预料到的巨大战役规模，众多的参与部队和随之而来的大量死伤人员的惨状，着重强调的是内战的毁灭性。这类作品既关注运筹帷幄的领袖和将军们的抉择和指挥对战役的影响，也聚焦战争给普通士兵和平民带来的灾难和创伤以及如何疗伤等方面。作家们尤其注重揭示人们在内战中的生存状态和人性异化的过程。

第一节 兄弟相残的现代战争

罗伯特·佩恩·沃伦（Robert Penn Warren，1905—1989）指出，“在内战之前，从最根本、最内在的意义上说，我们没有历史”。另一位作家谢尔比·福特（Shelby Foote，1916—2005）也认为，要了解美国就必须了解内战，因为内战确定了美国人的属性，他坦言：“假如你想理解二十世纪的美国性格，你就有必要去了解发生在十九世纪的这场浩劫。这是决定我们前途命运的一个十字路口。”[1]内战来临时没有谁预料到将会发展成如此大的规模。南方分裂主义者起初认为，北方人永远不会动员起来阻止国家的分裂，或者说北方人不过会做一些短暂且无力的抵抗。南卡罗来纳参议员詹姆斯·切斯纳特（James Chesnut）大胆承诺，他会喝干因南部邦联宣布独立而流的所有鲜血。但战事的扩大超过所有人预期，在1861年到1865年之间，大约有210万北方人与88万南方人拿起了武器。特别是南方的四分之三服兵役年龄的白人男子都成为士兵，而在美国革命期间，整个军队的人数也未超过三万（福斯特，2015：1—2）。人们渴望的一场英雄主义的、荣耀的军事冒险，却演变成一场经历痛苦、损失惨重的战争，其规模前所未有。内战带来重大人员伤亡的另一原因是，

1 乔弗里·瓦德等著《美国内战》，王聪译，北京：华夏出版社，2009年，第2—3页。罗伯特·佩恩·沃伦，小说家，主要作品有《天使帮》（*Band of Angels*, 1955）等。谢尔比·福特，小说家、历史学家，主要作品有《夏洛》（*Shiloh*, 1952）、《内战叙事》（*The Civil War: A Narrative*, 1958—1974）等。

这期间有许多新式武器投入使用，远比美墨战争（1846—1848）中广泛使用的武器先进。到战争中期南北士兵都抛弃了精确打击的射程只有约100码的滑膛枪，几乎都装备了射程达300码的来福枪，到战争末期联邦部分军队还引入后膛枪，士兵可以使子弹快速上膛，进一步增加了致命性。另外，北方联邦军充分利用铁路的快速投送能力，大大提高了部队的机动性，这些足以使内战成为名副其实的第一次现代战争。

1. 内战爆发的原因

内战爆发的根本原因之一是由来已久的分裂思想。从1787年制宪会议[1]以来，联邦的分裂一直在人们心中激起最为沉重的焦虑，大家不由得担心国家的未来。“分裂”一词引人担忧的是：“极端党派之争、专制暴戾、地方主义、经济衰退、外国干涉、阶级矛盾、性别骚乱、种族冲突、暴力和无政府主义泛滥直至内战的恐惧。”这被看作是上帝对美国社会道德沦丧的惩罚，也意味着国家的解体和开国先驱们建立稳定政府努力的失败（Varon，2008：1）。在内战前的美国政治中，分裂的预言时时警醒人们：他们已违背之前有关建立“山上之城”（City on a Hill）作为世界指路明灯的承诺，背叛了作为国家安全根基的宪法契约。按照《圣经》所说，“你们是世上的光。城建在山上，是不能隐藏的”（马太福音 5：14）。在山上之城的人们要为世人做表率，要用光照亮他们，让人们看见自己的好行为。现在已弄得国破家亡、四分五裂，何以做表率？人们提到“分裂”便联想“怪异、病态、巨兽、暴风、苦海、皮鞭、利箭、毒药、烈火、灾难时光和诅咒”（Varon，2008：6—7）。北方废奴主义者和南方蓄奴主义者中的极端分子，都相互称对方为分裂分子。北方工业依靠自由劳动力，担心南方发展中以更廉价的奴隶劳动力使其在市场竞争中处于劣势。实际上北方当时也有不少人同意南方蓄奴派代表人物卡尔霍恩的看法，认为废奴主义极端分子如果不严加控制，将会使国民分裂成两个民族。长期以来的分裂思想导致人们对党派政治的幻灭和对妥协的不信任，到19世纪50年代大家逐步意识到只有暴力行动才能“一劳永逸地解决奴隶制争端”（Varon，2008：16）。尽管奴隶制不是国家分裂的唯一原因，但也起到导

1　1787年9月17日，出席费城会议的12个州共39名代表投票通过宪法。该份美国联邦宪法是世界上最早的成文宪法。

火绳的作用。它阻碍了南方物质生产发展，限制了教育机会，令其失去对移民的吸引力，最终会耗尽白人社会和整个国家。作为第二党系统的辉格党在1833年出现，但它对根本问题——奴隶制熟视无睹，因而在1856年其影响逐步消退。新出现的共和党的口号是“自由的土地，自由的劳动，自由的人民”（Grant，2012：166）。他们虽然没有公开宣布废奴主张，但南方已经感到威胁来临，因而分裂问题愈加严峻。

特别富有讽刺意味的是，交战双方都声称是为捍卫开国元勋们传承下来的自由而战。他们坚信自己维护的是1776年那些先辈崇尚的原则，但在他们为之而战的自由里并不包括黑奴（Cooper，Jr. and McCardell，Jr.，2009：1）。尽管战前的现实是，共有15个州和哥伦比亚特区实施合法的蓄奴制，但人们似乎对此视而不见。北方人宣称支持政府和反对动乱，南方人则要阻止北方的迫害和侵略，双方引用的都是宪法赋予的权利，自由的事业和美国革命的传统，都将自己看作真正的继承者。在北方人竭力寻求保留难得的联邦时，南方人居然能将扼杀自由的蓄奴制辩称为自由的权利，奴隶主们认为拥有奴隶的权利就是自由的基础，即使一些没有蓄奴的南方人也认为自己“因白种的肤色同样可以保留这种权力和维持与奴隶主同样的地位”（Eckman，2013：2）。内战前各地居民普遍认为美国不过是由许多松散的州结成的联盟国家，都有自由退出的权利。林肯当选总统后，南方人将其比作大英帝国乔治三世（George William Frederick，1738—1820，在位1760—1820）一样的人物，此人尽管参加反法同盟打败拿破仑一世，阻挡其称霸欧洲的步伐，但在美国独立战争中却一败涂地而失去对新大陆的殖民统治。倾向脱离的各州认为他们同样需要摆脱北方佬的压迫和统治，其性质和当年的独立战争一样。佐治亚的分裂主义者就宣称南方人“要么留在联邦里为奴，要么脱离联邦为自由人”（Cooper，Jr. and McCardell，Jr.，2009：1—2），杰弗逊·戴维斯在离开参议院的“告别演说”（Farewell Address）中说，自己多年来一直奉行的是“各州的一项基本权利就是退出联邦的权利”，他直言要像父辈一样为宪法赋予的崇高的自由重新做出牺牲（Finseth，2006：35）。说到底，他们就是要为蓄奴的自由而战。林肯1863年在《葛底斯堡演讲》中则用“自由的新生”（a new birth of freedom）表明其开国先驱们关于自由的含义有了新的注解，并再次强调国家统一的重要性。

2. 内战的巨大代价

内战爆发初期没有谁预料到南北双方将要付出如此巨大的牺牲，而且最令人痛苦的是数以千计的年轻人会客死异乡。除了战斗极其恐怖外，士兵们更害怕死于疾病。一位艾奥瓦的士兵说，疾病带来的死亡，“与战死沙场一样恐怖，但却没有战死沙场所带来的荣耀”。内战中因疾病而死的士兵数量是死于战场上的两倍（福斯特，2015：2）。依靠宗教激励双方猛烈厮杀交锋是内战的另一特点：他们都以同宗同源的基督教教义鼓舞人们英勇杀敌。临上战场时神父们启用上帝的名义动员官兵，用所谓“为国家、上帝、与战友尽义务的华丽辞藻，将这场毁灭性战争的暴力美化为履行民族主义与基督教重要义务的工具，从而使之合理化：士兵们是在为上帝与国家尽忠”（福斯特，2015：4）。威廉·科尔比神父（William Corby）在联邦部队进军葛底斯堡前就曾为一个旅举办集体赦罪仪式，并将赦罪的规模扩大到南北双方人士，旨在让士兵们安心杀敌，而不必担心上帝的惩罚（福斯特，2015：5）。本来杀戮违背了《摩西十戒》第六条，士兵们担心战场上的战斗“也许是世界上最亵渎上帝的事”，但南北双方的牧师在战前的布道中都强调正义的战争早已获得上帝的认可。南方人还常常将反侵略自卫当作战争正义性的根源，而在1862年之后，北方人则越来越多地将奴隶制的罪恶当作动武的正当宗教理由（福斯特，2015：31）。

随着战争的持续，无论南方还是北方的民众都意识到：此次内战是富人的战争，打仗的却是穷人，因而南北双方都爆发过较大的反战抗议。最显著的反战抗议是1863年在里士满发生的食品暴乱，这次集中体现了南方妇女的反战激情（Bynum，2010：4 “Introduction”）。而同年在纽约市的反征兵暴动也有相当的规模，甚至大肆骚扰该市的黑人群体，暴露出北方普遍存在的种族歧视。即使内战中的南部邦联也不是铁板一块，其控制范围内就有三处有名的反叛地区。这些区域内没有多少种植园，居民中许多人支持北方政府，如北卡罗来纳的皮德蒙特高原（the North Carolina Piedmont），密西西比的皮内伍兹（the Mississippi Piney Woods）和德克萨斯东部的大丛林（The East Texas Big Thicket）。这些地方的普通百姓认为他们的敌人是邦联的收税员、乡团士兵和特种民兵（Bynum，2010：5 “Introduction”）。北卡罗来纳的“贵格会地带”（Quaker Belt）和密西西比的“琼斯自由国度”（Free State of Jones）在反击南方分裂势力的战斗中最为著名，也被称为“内战中的内战”（the inner civil wars），或者称为“分裂中的分裂”（secession within secession），但反对者也称其为匪徒的合法外衣。当地反南方邦联的游击战引起的争论和分歧极大，如在曾经建立“琼斯自由国度”的琼斯县，许多居民认为该叛乱起义并不光彩，为与其划清界限，1865年12月便将其更名为戴维斯县，以纪念南部邦联总统杰弗逊·戴维斯，直到1870年才再次改回为琼斯县。类似的还有该县所在地艾利斯维尔（Ellisville）曾被更名为“李斯堡”（Leesburg），以此纪念邦联将军罗伯特·李。从这些现象足以看出，对于内战美国人都未做好心理上的准备，而在国家分裂的现实面前分歧极大、手足无措，许多人在惶惶不安、摇摆不定中度过战争岁月。

战争结束后，人们不知道如何应对这种兄弟相残留下的局面。豪威尔斯谈及内战时指出，“美国公众总想的是悲剧要有欢乐的结局”。[1]就内战的后果而言，到1865年联邦依然面临宪法危机。怎样看待南部11个叛乱州的地位成为联邦政府的首要问题。北方拒绝南方的脱离要求，大家为此付出了四年内战和60万人生命的代价。林肯政府的态度是，联邦“与生俱来是牢不可破的”，南部各州可以被看作从未离开过联邦，它们只是丧失了与联邦应有的适当关系（纳什，2008：518）。战争结束后林肯认为自己身为总统有权恢复这种关系。后来也证明内战重大的意义在于“1865年以来没有谁再严肃地谈及这种分裂的权力，也不再质疑美国是一个不可分裂的国家”（Cooper，Jr. and McCardell，Jr.，2009：vii）。许多内战小说家在创作中尤其强调这一内战意义，同时着重探讨人们当时的参战动机，更多地关注其毁灭性和带来的战争创伤，以及如何疗伤。

第二节 战争与激情：《红色英勇勋章》

出乎人们预料的是，在众多的内战小说中，没有参加战争的斯蒂

1 David W. Blight, *Race and Reunion: The Civil War in American Memory*, Cambridge, Massachusetts: The Belknap Press of Harvard University Press, 2001, p.1. 豪威尔斯（William Dean Howells 1837—1920），小说家、文学批评家，1909年担任美国文学艺术学会第一任主席，美国现实主义文学奠基人，其代表作为《塞拉斯·拉帕姆的发迹》（*The Rise of Silas Lapham*, 1885）。

芬·克莱恩（Stephen Crane，1871—1900）尝试写出的《红色英勇勋章》（*The Red Badge of Courage*，1895）却占有重要地位。克莱恩1871年出生于新泽西州纽瓦克市一个牧师家庭。出版该书时他才23岁，但在28岁时便因肺病去世，宛如流星一样在美国文坛划过，令人叹息。在短暂的文学生涯里，克莱恩完成了三部小说（第四部生前已写完大部分初稿，后由其他作家补充整理出版）、两部诗集和一些短篇小说的创作，成果不多却影响很大，评论家门肯甚至认为现代美国文学应从1895年的《红色英勇勋章》算起。[1]海明威也曾高度评价说："《红色英勇勋章》是唯一经久不衰的真正有关我们内战的文学作品。"[2]在该书中克莱恩着重讲述了青年亨利·弗莱明的参战激情和从军生涯。内战开始时，弗莱明以为是人生难得的机会，他对军旅生活充满幻想以摆脱平日生活的枯燥乏味。他不顾家人的反对加入北方联军，梦想一举成名。但在第一次上战场时就成为逃兵，幸好被其他逃兵打伤而被误认为英勇负伤，犹如获得一枚"红色英勇勋章"。在以后的战斗中他不得不更加勇敢，最后成为部队里的最勇猛的旗手和战士，成功掩饰了曾经身为逃兵的懦弱并摆脱了内心的悔恨。克莱恩以自然主义手法描写了内战对年轻人的吸引力，以反讽的手法表现主人公的英雄主义，质疑内战意义和参战动机与激情，对人们为战争的狂热和不理智言行加以抨击。该书实际上确立了美国战争小说的模式，尤其在强调战场上的自我保护，忽略战争的正义与非正义和凸显道德的模糊感等方面对以后的战争小说创作产生较大影响。

1. 单纯的参战动机

克莱恩着重从普通青年的心理探讨当时人们的参战动机。他对内战爆发的原因避而不谈，完全没有提及维护国家统一或废除奴隶制等重要话题，而是从个体参战者的角度着手分析。尽管对内战的看法南北双方不同，但在开战初期，人们的参战激情却是出乎意料的高涨，特别是年

1 John Berryman, "Crane's Art," in Harold Bloom ed, *Bloom's Modern Critical Views: Stephen Crane*（updated edition）, New York: Infobase Publishing, 2007, 7—28, p.24.门肯（Henry L. Mencken,1880—1956），美国评论家，代表作为《美国语言》（*The American Language*, 1919）。

2 Amy Kaplan, "The Spectacle of War in Crane's Revision of History," in Harold Bloom ed, *Bloom's Modern Critical Views: Stephen Crane*（updated edition）, New York: Infobase Publishing, 2007, 75—101, p. 100.

轻人都纷纷踊跃参军。参战双方似乎都有足够的理由鼓励士兵们走上战场："假如北方人是在执行上帝的意志，那么南方人是在从商业化和北方社会的物质享受主义和市侩庸俗之中拯救他们的神圣理想——骑士精神、贵族式的自由、优雅举止和豪华奢侈的生活"（威尔逊，1993：357）。北方人坚持认为自己是为维护国家统一而战，南方人则要保护家园，为自由和独立的权利而战；北方认为战争的正义性在于废除奴隶制和阻止国家的分裂，而南方则认为北方是压迫者，企图强迫自由的人民接受一个独裁政府的控制。南北双方的年轻人自愿加入军队的最重要因素是强烈的爱国主义，自然他们心目中的国家所指不同，一个是联邦，一个是邦联；此外入伍后津贴的诱惑以及喜好冒险的心态也是强烈的动机，"但当战争在他们所预期的时间内尚未结束时，他们的热忱就随着津贴的缩减而衰退"（《大美百科全书》第六卷，1994：418）。

该书带有极为明显的浪漫神话特点，凸显了当时年轻人渴望冒险和成功的激情。弗莱在《批评的剖析》指出，浪漫故事的情节的基本因素是冒险，是对成功的追寻，这类浪漫故事中的主人公"与从上界降临的富有神话特征的弥赛亚或救世主十分相似"（弗莱，1998：226—227）。主人公弗莱明像当时许多人一样，在冲动之余盲目进入战场，更多地是要及时抓住难得的浪漫冒险机会。他一直梦想打仗，在他的想象中，流血战斗只是用那横扫一切的炮火。这曾使他激动不已，在梦中"他目睹自己参加多次战役，乡亲们在他鹰一般的保护下安然无恙"。[1]起初弗莱明特别担心内战会很快结束，生怕自己不能见识一场真正的战斗，他与其他年轻人一样希望有机会在这场战争中获得荣誉。尽管这种急迫的心态显得有些愚蠢，但也不难理解，这在当时几乎成为一种潮流，人心所向。弗莱明从报纸上天天看到胜利的消息，似乎人们都在那里打得很精彩，而自己却像胆小鬼一样在家围着老母亲，眼看就会错失千载难逢的出名机会。当他终于一身戎装告知家人准备上战场时，却发现母亲并不开心，他无法理解家人的看法，在此氛围里他甚至为自己参军的各种目的羞愧难当。然而到学校后，弗莱明发现大家又吃惊又羡慕，看出自己与他们

1 斯蒂芬·克莱恩：《浪漫勋章》（《红色英勇勋章》的该版本译名），黄建人译，漓江出版社，1996年，第5页。以下引文仅标明页码。

之间的鸿沟，内心膨胀，充满骄傲。他和穿上蓝军装的伙伴们几乎被殊荣淹没，“这滋味真好受，个个趾高气扬”（8）。弗莱明几乎相信自己已经成为英雄，感到一切都是如此简单。他原以为真正的战争就是一连串的殊死搏斗，现在看来似乎并不费事。克莱恩注意从年轻人的角度看待这场战争，他其实明确指出亨利这些年轻人的参战动机源于激情和虚荣，主要是为了个人的目的。

2. 战争中的自我保护

克莱恩在小说中着重探讨有关战争中的自我保护问题。只有亲临战场，弗莱明才对战争的实质开始了解。上前线不久他渐渐明白自己根本没有为参战做好思想准备，也并非完全自愿，“而是被无情的政府生拉硬拽地弄到战场上，现在又要被拖去挨宰了”（29）。许多像他一样的新兵根本不理解，战争其实是血腥的畜生和嗜血的妖精。当他随大伙儿全神贯注地前进时，枪声骤起，“狂乱的人群刹那间对战争的恐惧，使青年感到连上帝的大手也无法使他留在原地，只要他头脑清醒，还能控制双腿的话”（41）。他的天性促使其成为胆小鬼和逃兵。针对士兵在战场上的这种无知心态，朱迪思·赫尔曼（Judith Herman）在其专著《创伤与复原》（*Trauma and Recovery*，1997）中就指出遭受战争蹂躏而幻灭的假象是：参战是男人的至高荣誉，但战场上真实的处境却令人难以忍受：

> 连续暴露在战场壕沟之中，处于极端恐惧的状态之下，使得面临精神崩溃的军人数目大增。受困的绝望、不停地遭受死亡的威胁、还要被迫目睹战友的残废与死亡而无任何得救的指望……（赫尔曼，2015：37）

这便是战争的真相。战斗打响后弗莱明真正意识到战争的残酷和无情。他猛然觉醒，认为自己已被大自然抛弃，即使他马上牺牲，一切依然存在：“环顾四周，只见蔚蓝纯净的天空，阳光照耀下的树木田野。刹那间，青年惊愕万分——怪哦，自然母亲在这天翻地覆的恶作剧里竟如此安详宁静地继续她金色的旅程”（51）。弗莱明立刻吓得哇哇乱叫，跟寓言里那只吵闹的小鸡一样。他不知什么方向才安全，只觉得四面八方全是灭顶之灾。他一转身背对战场时觉得死神就在身后，因而恐惧便无限扩大。他发现“要在双肩之间打倒他的死神比在双眼之间出手的死神更加可怕”(55)。于是他拿出短跑选手的疯狂，决心把别人都抛在后面，开始了自己为拯救生命的竞赛，拼命逃离战场。关于此类逃兵的心态，朱迪思·赫尔曼认为，从传统主义者的观点而论，一个正常的军人应该为能投身沙场而自豪，并且不能有任何的情绪性表现，当然更不该向恐惧屈服。那些产生创伤神经性官能症（traumatic neurosis）的军人，说得好听一点是天生的低等人类，说得难听一点则是“诈病者和懦夫”，当时的医学文章作者甚至称这些患者为“道德残障者”。一些军方高层则主张这些男人根本就不配被视作病患，应该将他们交付军法审判或不光荣除役，而不是给予治疗照顾（赫尔曼，2015：38）。但克莱恩并未将弗莱明的表现看得如此严重，他所描写的亨利在战场上的表现是新兵初次临战时常见的现象，或者说是一种天生的自我保护的反应。当然弗莱明深知一旦被人发现当逃兵的后果。

《红色英勇勋章》凸显的这种自我保护意识逐步成为影响随后美国战争小说创作的基本要素之一。新兵弗莱明在心底为自己的逃跑进行辩护，认为保全自己没什么错，因为他也是军队的一小部分。在紧要关头只要可能的话，每一小部分都有责任保护自己。他是按照十分正确和值得称道的原则办事，坚持认为其逃跑非常明智，非常有策略，堪称自己是“一位大师两条腿的杰作”(61)。克莱恩在该书中着重探讨的是个人主义与英雄主义的关系。他笔下的主人公弗莱明总在对自己的勇气进行检验，时刻盯住自己的两条腿，“看看它们到底是勇敢坚定还是缺乏骨气”(16)。弗莱明渴望找到一个跟自己一样缺乏自信的人，既可以比较同病相怜者的看法，又能获得某种自我安慰。他发现这世上有许多无名之辈却具有看不见的勇敢（19）。克莱恩从新兵弗莱明的视角详尽描述了战争的恐怖：“战争好比一架巨大而吓人的机器，吱吱嘎嘎地转动，其复杂、其力量、其无情的进程，都吸引着他。他必须走近些看看它如何制造尸体”(69—70)。弗莱明既想逃离又想免除责任。他最担心自己被人发现是个逃兵，尤其妒忌那些伤兵。在他看来，那些伤痕遍体的人们好像还特别快乐。他祈祷自己也有一处伤口——一枚“红色英勇勋章”。弗莱明在战场上的表现十分滑稽可笑，但又令人可怜。他时而转过身来发泄对战争的突兀刻骨的仇恨，却看见此时的红日贴在天空竟然犹如一块圣饼，这对他无疑是一种嘲讽。只是见到大家都在撤退，他心里才感到一些平衡，觉得自己还不算太坏。他发现周围“所有大喊大叫、乱骂乱嚷的人都在向他渲染这场大战的危险与恐怖”（91）。这足以让他在人生道路上吃了败仗还能转弯抹角为自己辩解。最令他后悔的是，当他逃离战场后发现自己这一方却顶住了敌人进攻并且获胜。这使他不得不拔腿朝战场奔去，虽然明白这样急急赶往好不容易逃脱的地方是一种绝妙讽刺。弗莱明努力以某种方式证明自己的逃跑是因为具有超人远见。他相信能预报洪水的严肃预言家应当是第一个爬上大树的人，这足以说明自己确系先知。尤其具有讽刺意味的是，弗莱明心里并不怕自己这一方军队战败，反而担心战友们取胜，甚至赌咒自己队伍随后的胜利。他尤其担心大家在胜利之时可能发现他做过逃兵，那意味着他人生的彻底失败。克莱恩在书中以亨利开战后慌忙逃走，却又急匆匆回归战场的举动，将这种愚蠢心态展现得淋漓尽致：“他安慰自己说，地球与月亮若真要相撞，肯定许多人也会爬上房顶看看热闹的”（68）。克莱恩显然意指那些远离战场的人们根本不理解真实战斗的残酷。在该书中他尽管没有点名弗莱明和战友参战的具体细节，但从所描述的地理细节上看，所指的应是内战中极为血腥的钱瑟勒斯维尔之战，该战役给南北双方都带来极大的伤亡。[1]

3. 个人英雄主义和激情

克莱恩在该书中探讨了个人英雄主义对当时年轻人的影响。19世纪末世界各地爆发的战争和军事行动刺激了美国人对武装暴力和军事思想的消费。这给克莱恩的小说创作带来灵感。美国自然主义作家弗兰克·诺里斯在其处女作小说中指出，“每个盎格鲁—萨克逊人心底都藏有其维京祖先的那种掠夺成性的本能”。[2]这种中世纪勇士形象来于原始的男子气概与现代人对盎格鲁—萨克逊部族的纯洁性的呼唤。尽管克莱恩创

---

1 钱瑟勒斯维尔战役（Battle of Chancellorsville）指1863年4月30日至5月6日在弗吉尼亚中北部的莽原之战，北方的胡克将军发动进攻时，罗伯特·李手下英勇善战的“石墙将军”杰克逊应战，南方军最后获胜。北方死伤达17,275人，南方也损失12,821人，但“石墙将军”杰克逊在此役因部下误伤而丧生。

2 Amy Kaplan, “The Spectacle of War in Crane's Revision of History,” in Harold Bloom ed, *Bloom's Modern Critical Views: Stephen Crane*（updated edition），New York: Infobase Publishing, 2007, 75—101, p. 80. 弗兰克·诺里斯（Frank Norris, 1870—1902），美国自然主义作家，主要作品有小说《章鱼》（*The Octopus*，1901）、《“莱蒂夫人号”上的莫兰》（*Moran of the Lady Letty*，1898），以及文艺论文集《小说家的责任》（*The Responsibilities of the Novelists: and Other Literary Essays*，1903）等。

作该书时本人并未见识过一场战役，当时“在美国和欧洲日益增强的军国主义思想与内战的历史记忆一样有助于他的小说创作”（Kaplan，2007：76）。克莱恩将年轻人置于战场上的考验，其实是对个人英雄气概的表现加以测试，他认为双方士兵一样勇敢，都有为国而战的决心。显然克莱恩注意在南北双方之间维持某种平衡，他笔下的士兵只是执行上级的命令，他们并不关心政治，也无法左右军队的行动。

仔细分析亨利·弗莱明的英雄成长之路，可以看到他从战争旁观者到战争亲历者的转变过程，他其实是被迫英勇。克莱恩关注的正是这种普通青年在战争中的表现和内心活动。上战场之前，弗莱明已在心里无数次对战争场景加以揣测和想象，将自己可能的表现一幕一幕地在内心重现，越来越逼真，这种心理投射（psychological projection）自然影响到他在现实中的行动。亨利从战场上逃跑，后来又朝战场方向跑去，这一过程其实是年轻人都可能的正常表现，所以亨利后来一直在为自己的行为辩护并急迫地以实际行动向战友们证明。他曾渴望受伤，看到一排排伤兵，心生妒忌，他并未想到伤痛，只想到的是伤口的“象征价值”，[1]所期望的是可见的伤口，一种战争的标志，一种英雄的标记而已。他所做的是要从对英雄行为的幻想到践行。真是天赐良机，混乱中溃败下来的士兵给亨利的一枪托，终于让他如愿以偿，得到了英雄标志，这大大有助于他掩盖自己的逃兵行为，使其一举转变为令人羡慕的英雄。然而此种成长过程值得仔细斟酌，克莱恩在书中情节设计的巧合也令人质疑。所幸的是，他在随后的描述中逐步揭示笔下人物的心理活动，强调弗莱明一直在思索如何使自己内心获得真正的安宁，并成为当之无愧的英雄。纵观整个战场弗莱明发现最吸引人们注意力的是冲锋在前的旗手，他期望自己也能如此。最后机会来临时，他毫不犹豫地接过军旗带领战士冲锋。军旗与受伤都可以为亨利提供成为英雄的条件。在亨利手里军旗有着特别的意义，成为一种象征：

猛烈冲锋时，他体内生出一种爱，一种对军旗不顾一切的挚爱。这面旗帜就在他旁边，是美与不可战胜的造化，是一位光彩照人的女神，俯身

1 Kevin J. Hayes, "Image and Emblem in *The Red Badge of Courage*" in *Bloom's Modern Critical Views: Stephen Crane*(updated edition) , New York: Infobase Publishing, 2007, 193—200, p.197.

向他，摆出迫切的姿态。它是个女人，炽热纯洁，恨爱交织，以他所希望的声音呼唤着他。因为它不能受到伤害，他赋予它力量。他不离它左右，仿佛它能成为生命的救星。他从心底里向它发出恳求。(156—157)

弗莱明甚至以几近疯狂的勇敢参加战斗，连他自己也难以理解的是，这种疯狂举动反而使自己在战场上既战胜了恐惧，又避免了死亡。如此这般的幸运在真正的战场环境里是罕见的和不可能的。克莱恩这种描写的反讽意图十分明显，正是对年轻人最初的参战动机和激情的质疑。

战斗中的混乱意外地使弗莱明成为英雄，他成功逃出道德困境，反而被人当作楷模。但他知道母亲和留在学校的那位女生以为自己心爱的人驰骋沙场，居然会毫发无损的女人思维方式太可笑、太愚蠢。有时面对平静的战场，他同样产生虚幻的安全感，认为与在家乡一样安全，甚至感到敌人的友好。在孤独的夜晚里弗莱明甚至听见对面的敌人的赞扬："北佬，你真是个好伙计。"这种表现情谊的话静静地飘过来，使他一时竟对战争抱恨不已(12)。像他这样的年轻士兵想法简单，他明白跟啥样的敌人开战并不重要，只要有仗可打就行，根本不用考虑为啥而战或为谁而战，虚荣心就足够在战场上起到激励作用。弗莱明随后突然勇敢起来，甚至被战友们称为战争狂人。他可以不知危险和疲倦地战斗，以换取众人的敬佩，他显然认为做个英雄如此容易。弗莱明的顶头上司中尉看见手下冒出的这种人物，不由得眉飞色舞，为胜利而陶醉。他冲着青年大喊："老天呀，我要是有一万个你这号疯猫，不出一礼拜就能掏光这场战争的肚肠"(141)！自认为已经成为勇士的弗莱明在后来的战斗中无所畏惧，总是高举军旗冲在最前面。他空着的一条胳膊撒野式抡着圈，尖声号召着、呼唤着并不需要激励的战友，因为扑向敌人险恶枪口的蓝军士兵已"变得大公无私，激情豪迈"(180)。克莱恩在小说中揭示了在这种英雄主义感染下士兵们普遍表现出的激情。另一方面，他对英雄主义也有独特理解。他同样认为像弗莱明这样的士兵完全是被战争机器裹挟而无法逃离，其命运受到群体思想的操控，而并未太多联想到国家兴亡和废奴主义这类大事。弗莱明这种士兵不过是战争机器的一部分，其勇敢也是克莱恩着重质疑和嘲讽的：

他忽然不再关心自己，忘记注视咄咄逼人的命运之神。他不再是独立的人，而是一名成员，一种东西——一个团、一支军队、一项事业，或一个国家的一部分，而这个东西正面临危机。他被紧紧结合到一个共同的人格中去，只受一个愿望制约。现在他无法逃跑，好比小指头不能革一只手的命一样。(45)

尽管如此疯狂和失去个人理智，弗莱明依然意识到上了战场同伴的友情更为重要，他在精神上也更多地依靠来自战友的支持："他时刻感到同伴的存在，感到微妙的战友之情比他们为之战斗的事业更为强大。这是一种产生于死亡烟雾与危险的神秘友情"(45)。克莱恩在此着重探讨的是集体无意识的作用和个人英雄主义对大家的影响。

该书在一定程度上揭示了英雄的烦恼，并强调战争的净化作用。成为英雄之后，弗莱明依然为自己在首场战斗里的逃跑行为深感羞愧，这已成为他一生都难于启齿的心底阴影："头一场仗里临阵脱逃的幽灵出现在眼前，鬼影幢幢。对此事，脑海里响起一阵阵呐喊。刹那间他面红耳赤、灵魂之光摇曳着羞耻"(190)。经历战争洗礼之后，弗莱明似乎获得新生。他渐渐鼓起勇气，把这种罪孽远远搁到一边，终于睁开双眼接受新的东西，发觉"自己敢于回顾早先信条的厚颜无耻和装腔作势，并把它们看得非常透彻"(193)。当他艰难地离开那血与火的战场时，觉得早已换了灵魂，甚至有足够自信认为这个世界是为他而创造，其个人英雄主义似乎上升到极致。

4. 浪漫主义的小说传统

在《红色英勇勋章》的创作中克莱恩沿袭欧洲骑士小说（knight novel）传统[1]对残酷的战争加以浪漫化，因其强烈的反讽意味，该书情节犹如堂吉诃德式的个人浪漫冒险。当时除了少数几位著名作家以外，美国小说家在创作有关内战题材的作品时基本上受到苏格兰小说家沃尔特·司各特的影响，"大家习惯将战争描述成骑士格斗和一系列浪漫经历，核心人物总是一位爱国英雄"。[2]刚刚踏入文坛的克莱恩也像当时许多美国作家一样处理内战主题，因为19世纪后期的内战小说"主要用

1 尤指15、16世纪流行于西班牙的有关游侠骑士的小说，主人公富有见义勇为和杀富济贫的精神，但主要为个人的事业而冒险。

2 Stephen Crane, *The Red Badge of Courage*, ed. by Paul Sorrentino, New York: The Belknap Press of Harvard University Press, 2009, "Introduction" by Paul Sorrentino, pp.ix—x.

浪漫主义情节表现战争场面，以促进南北双方的和解”（Kaplan，2007：78）。克莱恩创作《红色英勇勋章》的素材来源《内战的战事与领袖人物》（*Battles and Leaders of the Civil War*）丛书就特别表现出有意促进双方达成和解的倾向。1884年由《世纪杂志》（*The Century Magazine*）的编辑邀请联邦和邦联的老兵在一起座谈，讲述他们在主要战场上的经历，其目的是借此机会表达对曾经的敌方的尊敬，以达成和解。通过不断的见面和交谈“使他们相信国家在精神上已恢复过来，双方都为新的人类和平作出了自己的贡献”（Kaplan，2007：77）。随后的小说作品为了这一目的，已开始淡化奴隶解放事业的重要性，书中的英雄往往很少谈及奴隶制的罪恶，而那种往事偶尔的提及也只是作为一种娱乐玩笑的话题。

从该小说独特的艺术特色看，克莱恩在创作《红色英勇勋章》一书时电影正逐步成为大众文化的娱乐方式（Hayes，2007：193）。这种艺术的问世无疑影响了他的思路，大大激发了他的想象力。就在一年前（1894）爱迪生发明了电影视镜（又称活动放映机，爱迪生专利名称），随后由卢米埃尔兄弟加以改进。最早的电影是法国路易斯·卢米埃尔（Louis Lumiere）在1895年拍摄的《火车到站》（*Arrival of Train at Ciocat Station*）和《婴儿的午餐》（*Feeding the Baby*）（卫克斯曼，2012：2）。令人惊奇的是，克莱恩在整部小说的用词上居然已经表现出电影观赏的两种特点：投射方式与活动影像的可视性。在写作上克莱恩更多地考虑亨利内心有关自我形象的投射，这如同电影镜头在观众面前的荧幕上闪过一般（Hayes，2007：195—197）。

克莱恩开始创作时并没有战场经历，完全依靠想象力的发挥。他多次对当时西部小说家哈姆林·加兰（Hamlin Garland）说，自己对战场的了解主要来自足球场，因为“人们的心理活动是一样的，对方球队就是敌方”（Kaplan，2007：79）！克莱恩后来前往古巴和希腊做战地记者时才真正目睹战场的场景。他告诉约瑟夫·康拉德，自愿做战地记者就是想看看以前的战场描写是否准确。[1]然而布鲁姆认为，克莱恩担任战地记者后尽管能亲眼观察，但所描写的战事反而没有超过《红色英勇勋

1 Christopher Benfey, “Introduction to the Double Life of Stephen Crane” in Harold Bloom ed, *Bloom's Modern Critical Views: Stephen Crane*(updated edition) , New York: Infobase Publishing, 2007, 103—110, p.104.

章》里的丰富想象（Bloom，2007：2 “Introduction”）。真正让克莱恩的作品打动读者的是，他坚信在文学创作中不用考虑所谓经典写作方法和规则，重要的是表达自己对现实的感受。克莱恩在收集素材时，仔细翻阅《内战的战事与领袖人物》丛书，特别注意其中主要记录的各次战役的细节，反而省掉有关内战的文学性描写，他需要的是战场经历如何对士兵们在情感上和心理上产生影响。他对朋友说道："我不明白的是，这些人并未讲出自己的感受，只是谈及做过什么，他们像石头一样没有感情"（Wertheim and Sorrentino，1994：89）。作为补充他特地采访了纽约第124志愿团的老兵，深入了解他们当时的经历和感受，他极有可能以此作为后来描写钱瑟勒斯维尔的素材。[1]

克莱恩在短篇小说写作中同样注重创新，他重新定义战争小说和贫民窟故事，是一位具有现代心理意识的文学开拓者（Gandal，1999：97）。在他的作品里主要人物总是笼罩在被放逐的焦虑中，担心不被社会认可。实际上从其文学生涯的开始，"克莱恩的作品都受到被放逐的幽灵所困扰，直至死亡降临"（Gandal，1999：101）。从他的诗句里同样可以找到相应的心理活动和创作动机，如他在"战争是仁慈的"（The War is Kind）和"传说"（Legends）等诗歌里就有这类思想的表述。克莱恩的长篇小说和短篇故事中的总体行为可以看作是"一种为获得赞扬或者自我崇拜的零和游戏：他笔下人物总在为自我提升不断挣扎"（Gandal，1999：101）。人们认为克莱恩也是一位擅长运用颜色的作家（colorist），其颜色的运用在于突破沮丧的心态（Gandal，1999：123）。他的代表作问世时才23岁，在人生的最后一年却为躲债和求得生活的宁静，便与爱人来到英格兰南部乡村，周围有邻居约瑟夫·康拉德和亨利·詹姆斯等文人做伴。克莱恩在1897年给友人的信中说，他希望人们能将《红色英勇勋章》一书理解为"对恐惧的心理描写"（Smith Jr.，1971：17）。为此，他特地写出短篇小说"老兵"（"The Veteran"，1898）讲述《红色英勇勋章》中主人公弗莱明的后续故事，此人老年时勇于承认自己在内战中的懦夫表现。当火灾来临时他为抢救邻居的牲口而英勇献身，以实际行动表明自己早

1 Stephen Crane, *The Red Badge of Courage*, ed. by Paul Sorrentino, New York: The Belknap Press of Harvard University Press, 2009, "Introduction" by Paul Sorrentino, p.x.

已摆脱当年逃兵的心理阴影，真正成为人们心中的英雄和赢得一枚货真价实的红色英勇勋章。《红色英勇勋章》一书既反映了当时普通青年的参战心理，又阐释了多年以后人们对内战意义的理解。

第三节 鏖战中的将军们：《杀戮天使》三部曲

内战小说中真正直接描写严酷的战争场面的并不多，迈克尔·萨拉（Michael Shaara，1928—1988）的《杀戮天使》（*The Killer Angels*，1974）一书在这方面却极具代表性。他聚焦决定性的葛底斯堡战役，对参战双方的首领们在这场南北命运大决战中的表现和心理轨迹加以入微描述，将读者拉回到当年血腥屠杀的战场，该书荣获1975年普利策小说奖。迈克尔·萨拉以宏大的战争场景表现这次具有转折性意义的战役，讲述了当时在阻止南方军队将战火烧到北方的入侵行动中，双方投入主要兵力进行事关国家命运，决定联邦的统一是否能得以恢复的博弈。迈克尔·萨拉的小说与儿子杰弗·萨拉（Jeffrey M. Shaara）后来推出的《诸神与将军》（*Gods and Generals*，1996）和《最后一搏》（*Last Full Measure*，1998）一起构成讲述南北双方将领内战经历的三部曲，全面展示了他们在几次主要战役里的抉择和表现，聚焦其从日常生活到生死关头的言行举止和情感变化，尝试从亲历者的视角反思内战的根源和毁灭性。

迈克尔·萨拉1929年出生于新泽西的泽西城，父亲是热衷于政治的意大利新移民，母亲来自开国之初就在南方扎根的传统家庭。父母这种差异极大的家庭背景使萨拉在创作中努力保持与南北双方的接触，尽量理解各自的诉求。萨拉还创作了多达75个短篇小说，并擅长科幻小说的写作。曾经作为佐治亚第四步兵团一员参战负伤的曾祖父留下的信件给萨拉带来创作灵感，1966年他与家人到葛底斯堡战场参观游玩更增强了小说写作的信心。《杀戮天使》1975年获得普利策奖后并未引起太多注意，只因当时人们正为越南战争带来的创伤焦虑，而不是欣赏一部战争小说的最佳时机。萨拉于1988年去世，“还需再隔五年当该书改编成电影上映时，这种盛誉才会降临”（Bailey，2000：4）。《杀戮天使阅读指南》（*A Killer Angels Companion*，1996）的作者司科特·哈特威格（D. Scott Hartwig）指出，“萨拉的故事讲得太好，人物刻画令人信服，一些读者可能认为自己所读的就是历史”（Bailey，2000：99）。《杀戮天使》讲述了从1863年6月到7月之间发生在葛底斯堡的决战。当时罗伯特·李率领七万大军渡过波托马克河进入北方领地，准备彻底击溃北方军和结束南北持续对垒的僵局，至少达到和平谈判实现独立的战略目标。他们在宾夕法尼亚的葛底斯堡与有九万多人的联邦军队相遇，一场大战不可避免。李将军带领一批悍将，如朗斯特里特等，加紧围攻北军扼守的高地。在南军即将获得全面胜利之际，北方军的张伯伦在生死关头突然发起反冲锋，一举击败南军，使其功败垂成。7月3日李将军再次集中兵力作拚死一搏，朗斯特里特也不顾手下的抗议，悍然发起攻击，以“皮克特冲锋”这种近似于自杀性的冒险孤注一掷，最后还是在付出更大伤亡后被迫撤出战斗。在7月4日——美国独立日这一天，南北之间的交锋终于暂停，此役实际上标志着南北之间的胜负和国家前途的大局基本确定，而付出的代价是双方死伤共计多达43,000人。萨拉在小说中聚焦罗伯特·李、朗斯特里特和张伯伦等人在这一战役中的表现，以及对双方军队下级官兵命运的影响，充分展现了内战的残酷和悲壮。

1. 决战葛底斯堡

萨拉在《杀戮天使》中着重探讨内战的必要性与正义性，生动刻画了内战中的领袖人物和将军们的形象。在该书的扉页上他就对这次战争的性质做了简明扼要的说明，借用美国第28任总统伍德罗·威尔逊的话指出，“当人们拿起武器去解救他人，这样的战争就有了神圣崇高之意”。萨拉还对约翰·布朗的起义事件给予正确的评价，事实上这也是对战争的正义性的肯定。布朗在被捕受审时为自己的行为辩护说：“你们违背上帝和人性犯下大错……任何人只要出手阻止你们，去解救那些被你们肆意、不公正地奴役的人，做的都是极为正当之事。”[1]为了探讨内战的根源，萨拉特地从新旧大陆的对比说明美国的特点。他认为欧洲人对新大陆了解不足。美国太大，相比之下英格兰如同一座可爱的小花园。这里却无边无际，“空间”这一概念在此有了新的含义：“温差巨大、幅员辽阔，他们认为有些夹生——就像肉没做熟一样”（169）。美国南方与英国

1 迈克尔·夏拉：《决战葛底斯堡》（《杀戮天使》的中文译本名），付满译，南京：译林出版社，2015年，扉页。以下引文只标明页码。

更接近，这里的人算得上英国人，然而北方人却不是这样，这或许是国家分裂和内战的起因。北方有令人讨厌的大城市和五花八门的宗教，他们唯一的贵族就是那些有钱人。北方人不在意传统、血统以及他们“原来的国家”，甚至仇恨“原来的国家”（169）。

欧洲人认为美国南方没有脱离欧洲，只是移植到这里，与北方的差异和纷争是必然现象。实际上，南方是个奇怪的地方，礼仪周全却又暴力横生。尽管施行残酷的奴隶制，南方富有的白人认为自己的修养更像欧洲的贵族。在最初的时候，“贵族指的是一批杰出人物，也就是说一个卓越的群体。辉煌的过往，赋予他们一种超越时空的道德光环”（芒雄-里高，2018：2）。然而随着时代的变迁，这些奴隶主早已成为突破道德底线、内心凶残的绅士。耸立在青山上的一排排白色房屋——奴隶主的豪宅（如同欧洲遗留下来的贵族城堡）与阴暗山谷里破败的棚屋——奴隶的栖身之处莫名并存。萨拉指出：“那是一片非黑即白的土地，没有灰色。南方就像一个出身显赫、风度翩翩、受过教育的人，向你发出决斗的挑战”（172）。从美国南方看，这里与欧洲人心目中的理想天地反差太大，新大陆居然已蜕变为连旧大陆的人们都逐步摆脱的奴隶制社会的黑暗深渊。

为此，萨拉特地以南方黑人的生存处境揭示了这场战争的意义。他将不幸陷入奴隶制的黑人比作“一匹健马扭动着身子，惊恐不已”（177），他们在异国他乡孤独地生活，被视为异类，任由白人主人和怪异的机器驱使。他们硬生生地被人从熟悉的非洲土地带走，在暴力和死亡的威胁下，被塞进黑暗污浊的狭小空间里远渡重洋，来到一个做梦都想不到的地方。在这陌生环境里周围全是用枪逼迫他拼命劳作的人，口里讲的是他们根本听不懂的语言，尽管这些人看起来是同样有血有肉的人类。萨拉在书中强调奴隶制和种族歧视已渗透南方社会，他特地以一位浸礼会牧师为例，此人将黑人比作动物。他责备北方人不理解黑奴问题：“你不明白的，除非你跟黑人生活在一起。假设我的园子里养了匹优种马，突然一个北方的废奴主义分子跑来要求我放了这匹马。这实在让人莫名惊诧！我就是这样看我所拥有黑人的，而且我讨厌你们的无知”（183）！萨拉严厉谴责这类宗教人士“怎么能面对一双人的眼睛把他变成奴隶，然后还能面不改色地引诵《圣经》”（183）。富有正义感的北方军的张伯伦上校在目睹黑人的惨状后，更加明白自己最初的投笔从戎举动也不再仅仅为了国家的统一，还具有解放黑奴的使命。他目睹眼前的黑人在逃亡途中被葛底斯堡一名妇女用枪打伤，仅仅因为她不愿人们看见自己和黑人在一起而已。

关于这场战争的意义和参战的目的，南北双方将领的看法差异极大。一些南方军官认为南方各州被英国统治要比被北方统治好，他们希望再次成为英国臣民。如果他们赢了，美国“就会形成两个国家，就像欧洲的法国和德国一样，边界那里会戒备森严。西部会形成第三个国家，起到平衡的作用”(185)。罗伯特·李说，“这是个老问题了，我们能选择做别的吗？如果他们愿意战斗，我会跟他们一起作战。谁输谁赢真的重要吗”(351)？南方军人并不承认自己是为奴隶制而战，他们坚持的是各州的权利和独立的自由，尽量让自己相信这场内战同独立战争一样伟大。罗伯特·李1863年7月3日在葛底斯堡为此次战役做最后一搏时所想的是，“如果我们在他们的独立日，从他们手里赢得我们的独立，是不是有点讽刺呢”(271)？北方的代表人物张伯伦说，“我想不明白，永远也不明白，这些南方士兵，怎么能那么拼命呢？就为了保留奴隶制”(355)？如果询问那些战俘，他们都否认是为奴隶制而亡命。其实这些普通士兵对内战的意义并不明白，将军们也同样迷茫，罗伯特·李承认是为家乡州战斗，张伯伦仅仅不愿在国家分裂之际当一名旁观者。葛底斯堡的参战者其实是一边鏖战，一边反思。但在当时双方的勇士们都只能像罗伯特·李所做的一样：战斗到底。

在小说中萨拉塑造了对立双方的主要人物形象。当脱离联邦的消息传来时，阿灵顿的街道上一片欢腾，烟火绽放，罗伯特·李感到的却是心情悲伤，他知道终究不免一战。他身不由己，只好放弃联邦军职回到家乡参战。被南方人敬仰的罗伯特·李生活简朴、没有恶习，不蓄奴，也不认可奴隶制，不过他也不认为黑人“在目前的发展阶段”应当与白人平等（2)。在欧洲人心目中，美国人的印象是在蛮荒之地生活的人群，但他们钦佩罗伯特·李这样的绅士。此人的感召力足以让南方军队聚集在一起，人们似乎是在为李将军打仗和拼命。其实罗伯特·李将军也质疑南方分裂的正当性，但他还是将州权放在第一位，他说，“弗吉尼亚赋予我们的责任更重要，那才是排在第一位的”(196)。

李将军的副手朗斯特里特尽管也有军事天才，但总是处于前者的阴影下而难以发挥自己的特长。特别是在葛底斯堡这一决定性战役中，他不同意北进行动，认为在敌人的地盘上作战使人感觉异常，总希望能说服李将军改变战略。他明白此次战役的失败早已决定，无人有回天之力。对于朗斯特里特这种职业军人而言，他的使命就是打胜仗。他深知这场战争是一场噩梦："你必须选择一方参战，一旦选定就只能埋头向前直至胜利"(68)。朗斯特里特在讲述自己的参战目的时说，"我们是为自由而战，是为摆脱一个对我们来说是外国政府的统治而战"(71)！南方军人中不少人正是因为将内战看作美国独立战争一样的正义之战，才在战场上奋力拼搏，避而不谈为奴隶制而战的话题。内战开始后，大多数英国人也认为是奴隶制问题导致了战争，但南方人依然坚持是有关《宪法》的分歧和退出联邦的自由受限而引起的。

作者萨拉尤为欣赏的是北方军队的约书亚·劳伦斯·张伯伦团长。此人原本是鲍登学院的修辞学教授。他的祖先从欧洲的奴役和迫害中逃到新大陆，自己在成长过程中一直认为这里是自由的发端之地，并将扩展到全世界。但他发现"奴隶制居然在这片美丽、干净的土地上存在，实在是骇人听闻；更糟糕的是，南方居然把旧欧洲的恐怖——等级的魔咒移植到此，形成新的贵族阶层，出现了一群奢华光鲜的人"(30—31)。眼下欧洲很多地方的奴隶制早已消失而美国却顽固保留，他认为必须粉碎这一切，为每个人的尊严而战，为人类而战和为自由而战。张伯伦认为手下队伍的人员是自愿参战的，尽管有的是为联邦而战，有的只是想出来寻找刺激，有的认为这样做光荣，更多的人是认为自己在做一件正确的事。他深感自豪地说，"我们是一支解放别人的部队"(33)！张伯伦相信这是为彼此的前途而战，他切身感受到具有的力量是所从事的事业赋予的。萨拉赞扬张伯伦具有的眼光和正义感，因为"他似乎在虚空中看到了历史上黑暗的城堡以及长达数百年的野蛮和迫害"(34)。在张伯伦这位能言善辩的教授的鼓动下，那些曾打算放弃战斗回家的缅因州士兵也自愿归到他的麾下参战。

在塑造这些左右战局的重要人物的形象时，萨拉注意揭示他们身为普通人的一面，特别是双方军队高级指挥员之间的情感联系。在《杀戮天使》中，萨拉不是简单地记录历史，他所做的是通过讲述个人的经历来表现葛底斯堡那场伟大战役，是“从这些参战人物的视角、思想和感情着手讲故事。这是一种不同的方式，也许是这类小说的首创”。[1]双方军队的首领中不少人是昔日的好友，或者是曾经生死与共的战友，现在却兵戎相见，必须在此一决高下。战争开始时，没有谁预料到真的会在战场上生死相搏。萨拉特意设置了分别属于南北双方的将军们临战前最后告别的聚会情节，讲述他们马上要各奔东西，昔日的战友即将成为战场上的对手，但这并不妨碍他们一起聆听朋友的妻子玛丽弹奏钢琴。大家深知在此一别，很难再像这般其乐融融，不由得感叹道：“可能多年不得聚首，可能永生不再相见”（324）。命运最终将他们都带到葛底斯堡，可惜这群好友各为其主，展开厮杀，甚至付出生命代价。阿米斯蒂德临死前也不忘托人向眼前的对手和昔日的好友汉考克致歉，表示自己的进攻是命运所系，不得已而为之，随后他才宁静地走向死亡：“力气用完了。他已是气若游丝。但那坠落的感觉是缓慢的，宁静的，看似静止实则在动。黑暗包围，光亮远去，消失了”（341）。萨拉以极为遗憾的口吻表达了在场众人的感受，强调的是内战作为兄弟之战的残酷和无情：撕裂国家、毁掉亲情。

2. 宏大的战争场面

在该书中萨拉着重描述的是内战的残酷性，这远远超出人们预料。1863年6月15日，罗伯特·李率领的南方劲旅“北弗吉尼亚军”渡过波托马克河，开始入侵北方。这些反叛者和志愿者组成的军队，虽然衣着简单装备一般，却是由纯种白人新教徒（White Anglo-Saxon Protestant，WASP）组成的能征善战的队伍，他们在开战以来的各次战役里都占绝对优势。当这些南方叛军接近哈里斯堡时，给北方居民带来了恐慌、愤怒和绝望。而随后到来的北方军队“波托马克军”装备更好，但因囊括了各色人等，特别是以前的奴隶，他们在优秀的纯白人的南方军队面前被认为不堪一击。但这支军队是为国家的统一和废除奴隶制而战，他们坚信这是结束内乱的最后一战，所以士气高昂。比较而言，南方高层在道义上的模糊感，以及英法等国的犹豫都给他们的前途蒙上阴影，严重影响了官兵的情绪和对所

1 Jeff Shaara, “To the Reader”, *Gods and Generals*, New York: Ballantine Books Trade Paperbacks, 2011.

参与事业的信心。尽管不少欧洲使节和新闻记者云集在南方军队观战，朗斯特里特将军环顾四围也看到英国人、奥地利人和普鲁士人表示出的热情，但他知道这些国家不会帮助南方战斗，其借口是无法为维护奴隶制出力。他明白这些外国人根本靠不住，“他们只会在你不需要的时候才介入，就像你不欠债的时候银行才借给你钱一样”（57）。身为罗伯特·李的副手，朗斯特里特将军比众人更加清醒，深知南方在这种代价高昂的战争中无法取胜，他个人能做的只是尽量避免付出更大伤亡。

萨拉极为生动地描写了内战中这场最重要的战役，宏大的战争场面令人震撼。北方少将布福德认为竖立有天使雕像的小镇葛底斯堡太安静、太漂亮，在这里开战简直不可思议。如果这一仗打输了，今后要到南方旅行就得出国，再也不方便随时去钓鱼和过冬了，但战斗还是不可避免地打响了。萨拉借张伯伦之口描述了极为壮观的一幕：“如潮的蓝色人流构成了令人心潮澎湃的景象：成千上万的人默默行进，肩上的步枪在阳光下闪着寒光，彩旗飘扬，军官们骑着高头大马”（180）。张伯伦居然在这一战场上看到最美的场景，甚至认为这种美无法用文字表达出来，作为修辞学教授他发现自己也难以用言辞描述这种感觉。他从山顶俯瞰蜂拥而至的南方大军时并未感到害怕与恐惧，而是对这种拿破仑式的冲锋必将带来的伤亡深感惋惜。萨拉对这样的决战总结说：“真正面对悲剧时，你感受到的不是痛苦，不是喜悦，也不是仇恨，而是一种时空停滞的感觉，仿佛通往黑暗永恒的大门已开启，那血腥的阵地化身为一个至关重要却无法解答的问题”（354）。根据战后的统计，该战役联邦部队85,000多人中伤亡23,049人；南方邦联部队约65,000人中伤亡和失踪人数达20,451人（林顿，1984：188）。

葛底斯堡战役实际上成为内战的转折点。到此时，进行了两年的战争令人难以忍受，而民众不知这种鏖战还将持续多久。国家分裂的代价如此沉重，早已出乎人们预料，也让大家开始觉醒。由于阵亡人数太大，战后葛底斯堡的居民只好将尸体50具到100具不等，排列起来，埋进三英尺深、七英尺宽的沟壑里，联邦军和邦联军各埋一条沟壑，以便今后辨认处理。不幸的是，有些尸体被农民后来在犁地种庄稼时损坏，或被野猪和其他动物拱出啃食（Bailey，2000：100）。萨拉借用莎士比亚的戏剧《哈姆雷特》里的台词讽刺说：人“在行为上多么像一个天使”，当张伯伦的父亲听到这一句时，就直言道："如果人真是天使的话，那么他应该是杀戮天使"(122)！朗斯特里特亲眼所见战争的残酷："他从一辆战地医院的马车旁骑过，看到了成堆的人的四肢，在夜色中发出白惨惨的光：一堆是大腿，还有一堆是胳膊，乍一看去就像一群肥大的白蜘蛛"(129)。他极为后悔自己盲目信仰和追随李将军使南方人付出沉重代价，只因为在很长一段时期罗伯特·李在他们心目中取代了上帝的位置。朗斯特里特清醒地认识到，问题是南方的军队越来越少，而北方的兵源取之不竭，这也许是最终决定战争胜负的根本。朗斯特里特认为"光有名誉没有头脑会带来灾难。只为名誉，可能会输掉这场战争"(138)。南方军队轻敌也是这次战役失败的原因之一，他们总是认为北方不是自己的对手。大家经常在一起欣赏每次大战前的时光，甚至担心战事很快就会结束，又得过无聊的和平日子。他们根本没有想到南方也会战败。

萨拉在叙述每场战斗的布置和实施的过程中，特别强调双方的领袖和将军根本不在乎手下军队的伤亡。在他们眼中这些不过是一串串数字而已，是战争必须付出的代价。罗伯特·李就坦率地指出，军人职业里有一个大陷阱："要成为好军人，你必须热爱部队；但要成为好的军官，你必须愿意命令所热爱的部队走向死亡。"他认为这是为什么好人那么多，而成为好军官的又太少的原因（197）。在面临强敌固守山顶的情况下，朗斯特里特依然坚持执行李将军的命令，否决了胡德从右绕行的计划，迫使后者冒险进攻并付出高昂代价。他内心遗憾地看着手下发起自杀性冲锋："胡德双眼圆睁，盯着他。朗斯特里特感到一阵悲伤袭上心头：这是逼他们走向死亡啊"(206)！但身为军人，他认为自己无法选择因而部下的牺牲也不可避免。

葛底斯堡战役最后的决战在墓地山，这一名字具有某种特别含义：对双方而言都是生死之战。作者以极为沉重的心情描述了在最后决战的前夜，南方首领们欢聚一堂，饮酒狂欢，其实他们都难以掩饰深知注定失败的焦虑。他们中不少人都清楚："在下午惨烈的战事和明早的生死未卜之间能有这样的一个夜晚，实在是件奢侈的事。这片刻的欢愉，每分每秒都如宝石般珍贵"(269)。朗斯特里特宣称：国家的命运在此一役，当然他所指的是南部邦联。关于该战役的惨烈，萨拉特地详尽描述了令人恐惧的战斗中突如其来、吓得人们魂飞魄散的炮轰声：

那巨大的声响是由上千种不同的撕裂声交汇而成的，那声音是他从未听过也从未想到过的，就像一首死亡交响乐，交织着各种死亡的声音。炮弹划过空中，有的如马的嘶鸣，有的则如人的惊声尖叫，合在一起简直像某个奇怪的物种不时叫喊，如泣如诉，让人恐惧。(321)

目睹战斗失利的惨痛和孤立无助的愤怒使朗斯特里特产生了一种强烈的厌恶之情。他无计可施，明白那些人死得毫无意义，而他就是派他们去死的人。紧随其后（1863年7月3日下午）发起的该战役中有名的“皮克特冲锋”（Pickett's Charge）只是表现了南方邦联的叛逆决心。读者可以从张伯伦的视角看到对方疯狂的进攻：

他无法理解他所见到的一切：长达一英里的军阵带着腾腾的杀气，一步步往绿色的山地逼来，沿途不断有人倒下、死去，炮弹犹如转瞬即逝的白色花朵在他们的头顶爆炸，军旗猎猎，隐隐地能听到鼓乐声，接着是军官们的喝令声，然而惊恐之余心底感受到的是无法言喻的美感。(354)

皮克特将军手下的一个师约12,500名士兵在此自杀式冲锋中几乎丧失殆尽，这在世界军事史上也成为孤注一掷、愚蠢莽撞的典型。实际上在随后的战役中这类大规模的集团冲锋再也很少出现。南北双方在葛底斯堡的决战和付出的代价令人震惊。著名女诗人艾米莉·迪金森（Emily Dickinson，1830—1886）当时（1863年战争期间）特地为那些消失在此的鲜活生命作诗悼念：

他们雪花般飘洒

他们如星星坠落

像花瓣从玫瑰散开

忽地横穿六月

微风从指尖滑过

他们消失于茂密草丛……（Finseth，2006：115）

萨拉在《杀戮天使》的结尾着重说明南方分裂事业的失败是注定的。尽管战事惨烈、死伤无数，但山河依旧，似乎还特地抹去人间罪孽的痕迹。在葛底斯堡战役结束的当晚，“天似裂了一般，暴雨倾盆而下，浇灭了篝火，涨满了血红的溪流，冲刷着岩石、草地和死者的森森白骨，用干净的雨水浸泡并且清洗了大地，把鲜血冲到深深的地下，让它随着植物的根一起生长，伸向天堂”(367)。葛底斯堡战役后，南方军队再没有发起过大规模的进攻，只是在自己边界内固守下来直至内战结束。尽管又拖延了几年，罗伯特·李也逐步认识到所有问题都已经通过像葛底斯堡这样的战役解决了，上帝的审判明白无误地体现出来。他最后率部投降以避免双方进一步的伤亡。张伯伦因在此役中的突出表现而晋升为少将，战争结束后当选为缅因州的州长并连任三届，最后回到鲍登学院做院长，致力于现代化教育改革。这些领袖和将军们都陆续回归平民生活，这也是萨拉在描述激烈战斗的同时所想表达的人们一直期望和平的意愿。

《杀戮天使》一书的不足之处在于没有描述如此巨大规模战役对当地居民的影响。实际上在战斗打响后，人们纷纷躲进地下室，但仍有一些妇女不得不在厨房做饭而被流弹击中。大战结束时，北方军队撤退后他们又要冒着生命危险将北方士兵和伤员藏起来，还要照顾那些遗留在战场上被大雨淋透又遭七月骄阳炙烤而大声呼救的伤员，以及掩埋数以千计的死者尸体。他们眼前曾经肥沃的农田菜地早已变成钢铁碎片和人畜肉块混合的烂泥，美丽的树林只剩下残枝断桩和山火硝烟。他们还得接待络绎不绝、来自各地到此搜寻失踪者或照顾伤兵的亲属们。

史密斯指出，“民族的友情是通过其国民为保卫祖国所付出的牺牲而获得，这被看作民族不变的基石和神圣的土壤，它的历史文化因此而发展”(Smith，1999：156)。葛底斯堡战场和墓地对再度团聚的人们的国家认同的形成起到极大作用，林肯战后在此的讲演尤其强调了这些人牺牲的意义。这些都有助于形成“民族景观”(ethnoscapes)，其过程是典型的“记忆的领地化”(territorialization of memory)(Grant，2005：511)。林肯最后死在布斯的手上，对美国人而言，“似乎是联邦之血为国家的需要最终付出的牺牲”(Grant，2005：521)。他被暗杀实际上将其神圣化，成为国家认同的象征和历史文化记忆的基石。《杀戮天使》在1993年改编拍成电影《葛底斯堡》后引起强烈反响，可惜的是，由于导演的另类理解，反而着重颂扬南部邦联军人的悲壮，它“最终成为自《一个国家的诞生》以来名副其实的颂扬奴隶制和叛乱行为的影片”（Woodworth，2003：1123）。这显然有悖于小说作者的初衷。

3. 葛底斯堡之前的故事

在《杀戮天使》的成功的影响下，迈克·萨拉的儿子杰弗·萨拉（Jeffrey M. Shaara）于1996年推出小说《诸神与将军》（*Gods and Generals*）作为《杀戮天使》的前传，该书也于2003年拍成电影。杰弗·萨拉在《诸神与将军》中主要讲述了罗伯特·李、托马斯·“石墙”·杰克逊、温费德·汉考克和约西亚·张伯伦四位将军在葛底斯堡战役之前的故事，强调这些军官如普通人一样被迫卷入残酷的内战。杰弗·萨拉指出，“在1861年，每个美国人都不得不面对自己年轻的国家遭遇分裂的惨状，每个士兵和大多数的公民都要做出艰难的选择，这是涉及忠诚、原则和责任的问题。这些个人的决定在许多方面也改变了国家的历史”。[1]该书的故事情节从1858年后期到1863年的葛底斯堡战役之前，详尽描述了这些将军带领手下军队在内战最初阶段的浴血奋战。

在《诸神与将军》中杰弗·萨拉描述了罗伯特·李拒绝斯科特任命他为北方联邦军队指挥的建议，他明确表示自己对所在州的忠诚度要高于对国家的责任。他说：“我的决定是，我不能举剑指向自己的同胞。如果我继续留在军队里，将会要求我那样做，我也会奉命辞职”（Shaara，1996：104）。罗伯特·李认为斯科特显然不明白，军人的忠诚将被不同的忠诚替代，比如对家乡和对家庭的忠诚。杰弗在该书中对李将军的思想变化进行了入微的描写，他在最初阶段不愿相信国家分裂的现实，也质疑内战的可能性，但还是从对国家的忠诚转而对州权利的保护，最后成为内战中南方军队的领袖。关于北方军队的领袖人物，杰弗选择了汉考克和张伯伦。他详尽地描写了汉考克从上尉到将军的成长过程。内战即将来临时，汉考克正在加州驻军部队里。他看到的是人们在思想上的混乱，军队面临分裂的状态，以及各种势力对他这样的军人的拉拢和诱惑。满眼望去，汉考克只见自己房顶上还孤零零地插着联邦的旗帜，而

1 Jeffrey M. Shaara, “To the Reader”, *Gods and Generals*, New York: Ballantine Books, 1996, p.x.

其他地方早已布满代表加州独立的灰熊旗帜。而另一位，约西亚·张伯伦在战争来临时，果断放弃大学教授的学术生涯，投笔从戎成为美国历史上最勇猛的军人之一。

杰弗·萨拉详尽描述了葛底斯堡战役之前，南北双方在钱瑟勒斯维尔（Chancellorsville）等战役中的拼死搏斗。南方军队尽管获得暂时的胜利，罗伯特·李手下的猛将“石墙”杰克逊将军却因部下士兵的误伤而死于并发症，被认为是对南方事业的沉重打击。在《诸神与将军》的结尾处，罗伯特·李带领众人向葛底斯堡进军，但他自己也开始怀疑这一事业成功的可能性。该书主要突出了“石墙”杰克逊在内战中的表现，但在改编成电影时却有意识地选择了弗里德里克斯堡的战役，这样既可承接《杀戮天使》中的主角约西亚·张伯伦的故事，又能展示杰克逊的勇敢。该片拍摄时也特地省略了安提塔姆战役，因为后者不免涉及林肯发出的关于黑奴解放的宣言，只因导演不愿让人将内战与奴隶制联系起来。在此不难看出改编成电影时人们的观点，他们只想将“石墙”杰克逊塑造为圣人，颂扬南方“失败的事业”（The Lost Cause）的神话（Fahs & Waugh，2004：16）。从历史上看，南方人根本不承认自己战败，他们关于“失败的事业”的定义是：内战不是因奴隶制，而是为了捍卫州权所引起；南方军队从来未被打败，只是在人数上寡不敌众；南方军人勇敢、真诚，他们响应的是“失败的事业”的保护神——弗吉尼亚完美无缺和血统高尚的绅士、罗伯特·李将军的召唤。在《诸神与将军》里，作者很少谈及奴隶制与南方邦联事业的关系，强调这些人不仅不反对自由，而是为自由和独立而战。该影片里的黑人基本上幸福快乐，只是希望在不定的未来的某一天获得自由，而在当下却对主人表示忠诚和支持南方事业，他们竭尽全力保护主人的财产，抵抗北方佬的入侵，而成千上万的渴望自由、支持北方军的黑奴在影片中并未出现（Woodworth，2003：1124）。令人叹息的是，该片主要歌颂的是“石墙杰克逊”这类英雄在钱瑟勒斯维尔战役中的表现，旨在说明他们的努力几乎使南方独立和将其变成美好天堂的梦想实现。这种选择性的改编和扭曲的历史观十分明显。由于许多人是观看该影片而了解这部小说，杰弗·萨拉在书中的本意或多或少也被曲解。

4. 大决战后的命运

1998年杰弗·萨拉又推出《杀戮天使》的后传《最后一搏》(*Last Full Measure*)，终于完成和父亲的小说构成的内战三部曲。在该书中杰弗将人物刻画的重点放在罗伯特·李、尤里斯·格兰特、约西亚·张伯伦等人身上，叙述了他们带领南北军队在葛底斯堡战役之后又转战各地，直到李将军在阿波马托克斯（Appomattox）宣布投降。杰弗在该书的扉页上引用约西亚·张伯伦的话说，“战争对参战者而言，是一种人格的检验，它使坏人更坏，让好人更好”。[1]然而，杰弗在书中对这些军队高级将领更多的是颂扬之词，强调了李将军的个人魅力和幡然醒悟，格兰特的目标明确、力排众议的坚持，以及张伯伦冲锋陷阵的实干精神。

杰弗·萨拉在《最后一搏》中每一部分之前特地引用林肯的《葛底斯堡演讲》中的语录，强调国家统一的重要性。他更多地描述了葛底斯堡战役后双方因遭受重大损失，逐步放弃大规模的拿破仑式集团冲锋战略，都在尽量减少伤亡和希望在持续的战争对峙中消耗对方。新近补充的兵源甚至来自有钱人雇佣的替补或者被强制征兵而入伍的人员。这些人不但没有战斗力，反而在部队里起着相反作用，一上战场就会当逃兵，严厉的军法惩处也无济于事。该书的另一特点是，杰弗像萨拉在《杀戮天使》中一样，注意描写这些将军的人性化的言行举止和家庭温情，体现他们作为普通人的一面。双方的军人都已从最初的豪情和狂热冷静下来，深知可怕的战争还会持续，更多的伤亡和流血不可避免。

《最后一搏》详尽叙述了1863年7月以后南北之间的重大战事，特别是在1864年5月间的莽原战役。这是继葛底斯堡大决战以来北方军队主动出击，迫使南方应战，双方投入重兵的大战。在经过较长时间修整后，双方都有希望以最后一战结束内战的想法。在此战役中北方的战斗意志受挫，伤亡惨重，但南方罗伯特·李的部队也付出惨痛代价，特别是手下猛将斯图尔特负伤后去世使李将军明白南方事业的成功机会已经丧失。北方军队的伤亡尽管巨大，但总能得到补充，而南方随着战争的消耗，已经难以获得新的兵源。杰弗·萨拉在长达五百多页篇幅的故事中传达的信息其实简单：持续太久的内战使人们不再像最初阶段那样对前途充

1 Jeffrey M. Shaara, “head page” *Last Full Measure*, New York: Ballantine Books, 1998.

满信心，厌战情绪日益高涨。他在叙述战事时更多地阐述人们对内战看法的变化。即使作为南方军队的统帅，罗伯特·李也流露出对局势的悲观，他在抑制自己对斯图尔特死亡的悲哀时，就为不得不表现出的铁石心肠感到无奈："他静静地瞪着那灯光，想的是，这支军队。这才是重要的事……我们没有奢华到考虑个人的得失，想念自己的同伴，这种事太多了，我没有权利……为任何人悲伤。我得安排……找个人接替他。时间太紧"（218）。罗伯特·李目睹身边的将领逐一消失，南方在军事人才上后继无人的现状使他倍感绝望，心里明白随着时间的流逝，北方总会占据上风，自己只是在做最后一搏。杰弗详尽分析了当时人们普遍的想法："如果南方获胜，这个国家会一分为三：北方、南方和加州，可能还需另一场战争来决定西部的边界。德克萨斯人在言谈中总将自己州看作独立的国家"（547）。他笔下的人物张伯伦将军甚至联想到欧洲，那些小国家容易冲动和发起战争。美国如果分裂的话，也是一样，很可能出现亚拉巴马王国、弗吉尼亚大公国等等。

《最后一搏》在描写内战的残酷方面尤其以著名的被称为"巨坑战役"（The battle of crater）为例，生动再现士兵的肉体与战争机器的较量。那是在1864年7月30日的彼得斯堡战役中，宾夕法尼亚的北方军队里的一批挖煤矿工朝南方军阵地之下掘出一条长隧道，最后引爆3629公斤黑色炸药。形成这一巨大弹坑的爆炸使南方军伤亡达数百人；北方军队却因自己未能协调好进攻而反遭挫败。许多为躲避枪弹而掉进巨坑里的士兵则遭到赶来的南方军队的屠杀，其伤亡更加惨重。该战役结束后，罗伯特·李特地到爆破口现场查看，这位身为工程师的将军见到如此巨大的弹坑，感到极为惊讶，在坑边他见到地下宽敞的裂口，如同一幅画，"带色的细条纹与土壤混在一起，金属呈扭曲状"，可以想象现场的那些军人的惨状。他真想会见完成这种令人惊叹工程的人们（320）。在这场战斗中，北方死亡达4000人，南方约1500人。

杰弗·萨拉在该书中也描述了黑人士兵在内战中的表现。在内战接近尾声时，北方军开始投入大量的黑人部队，这对战事的发展有较大影响，但更重要的是在参战的白人士兵心理上的影响。在彼得斯堡战役中，南军冲到巨大的弹坑边缘高喊"投降"，他们准备伸出手来将掉进坑内的北方军士兵拉上来当作俘虏处置时，突然发现这些人中有许多黑人。他们被这一情景吓住了，从来没有谁如此近距离地遭遇过类似的令人惊奇的场景。实际上当时南方的白人士兵忌讳与黑奴有身体的接触。他们发现北方人真正将黑奴投入战斗，也不知所措。其实许多北军士兵同样感到吃惊，只见在他们周围大叫的原来是最后一批冲过来的费雷罗（Edward Ferrero）的黑人部队。南方军队因而拒绝接受对方士兵的投降，他们认为与黑奴一起战斗的白人不值得尊重。北方士兵也不愿与黑人士兵一起被俘，担心自己被关押在一起，所以将怒火发泄在并肩作战的黑人身上。他们一旦发现黑人同样表现出投降意愿，就会加以攻击。可怜的黑人士兵不是倒在敌人的枪口下，而是被旁边的战友杀死，四下呈现的完全是“令人恐怖和盲目的疯狂”（311），这也是种族歧视最真实和直接的表现。杰弗在此强调的是战争已使人性扭曲，而黑奴的参战只会使人们更加疯狂。这些人的表情传递开来的是恐怖、野蛮、和野兽一样的丧失理智，他们作为人的最后的、脆弱的善良之心早已被抛到一边，相互之间只有以屠杀才能平息的仇恨。

杰弗·萨拉在《最后一搏》中以极其沉重的口吻谈及内战结束时人们的反应，更多地关注南北双方的和解。他细致入微地描述了罗伯特·李投降时复杂的心情。李将军在解释自己的投降决定时说道：“到时你总会停止杀戮，西点军校不教这些，只有指挥官的内心才能感受到。死亡是必要的，这是战争的一部分，但是要为值得的东西而战斗，却不是为了明天可以接着干就让你的军队遭到屠杀”（514）…… 显然他早已决定放弃继续战斗，从而避免部下更多的伤亡。这也是后来人们对李将军极为推崇的原因之一。在停战谈判中罗伯特·李通过短暂的交流就发现格兰特礼貌随和，双方见面时都尽量保持绅士风度。他起初感到吃惊，格兰特表现真诚，完全没有许多人想象的那种疯狂和冷酷，“他并不是恶魔，只是讲究效率”（514）。李将军终于意识到现在这里只有一个总统，一个国家。他明白林肯不会对他人构成威胁，也会控制一切而不会对南方人复仇，因此战争创伤定会治愈。罗伯特·李回顾内战时说：“正是历史教会了我们去期待”（550）。

内战已过去了许多年，葛底斯堡也成为民族和解的象征，许多总统在该战役纪念日的讲话都强调这一点。在美国神话中人们已将葛底斯堡看作这一民族史上最伟大、最英勇和流血最多的战役。一些评论家甚至有些夸张地说，“没有葛底斯堡的胜利，美国不可能存活下来，随着其消亡，全球的民主梦想也将不复存在”（Desjardin，2003：6—7）。葛底斯堡其实早已被神圣化，此处发生的一切可以看作内战的最高潮。1913年伍德罗·威尔逊（Woodrow Wilson）这位内战后的第一位南方人总统在纪念葛底斯堡战役的演讲中说道：“身着蓝色和灰色军装的老兵将来到这里，庆祝各地所有情绪和冲突的终结。”当时为了民族的和解，国会为每位愿意前往葛底斯堡的老兵都提供路费和安排住宿，希望能最终解决战后人们相互对立冲突的问题，最后一共有53,407名老兵以及众多观众参与该地长达一周的纪念活动（Blight，2001：8）。从迈克尔·萨拉和杰弗·萨拉的内战三部曲可以看到葛底斯堡战役前后的一系列大规模战争的场面和惨烈景象，重要的是，这些史诗性作品详尽描述了如此悲壮的战役怎样从根本上改变整个国家的命运。

第四节 战争洪流中的众生像：《大进军》

在以宏大战争场面反映内战的小说中，多克特罗（E. L. Doctorow，1931—2015）的《大进军》（*The March*，2005）也尤为突出。与《杀戮天使》三部曲不同的是，该书描写了多达200位人物，以众多人物的画廊全面展示内战对人们命运的影响和对各地的毁灭。该小说获得2006年国际笔会/福克纳奖。出生于纽约的俄裔犹太人作家多克特罗，以虚构与历史人物和事件相互交织和对话的手法，重新审视美国社会文化和历史上的重大事件，极富新历史主义特色，使人耳目一新。多克特罗着重描述了内战中北方著名将军谢尔曼率领部队深入南部邦联的属地，将其分割开来，在摧毁南方军队的同时，彻底毁掉其城市、村庄和交通设施，以及在心理上摧毁南方人的战斗意志和战斗能力。此举开创的总体战（total war）模式在国内战场上罕见，对后来各国的军事策略影响极大，其残酷性和非人道方式长期以来遭到人们的抨击和谴责。多克特罗尝试以文学手法重建这段历史，从独特的视角描述内战中这类血腥的军事行动，以及在战争洪流中人们的生存状态，特别是获得解放的黑奴如何适应新的生活。

《大进军》讲述了内战结束前最后几个星期发生的故事。北方联军的威廉·特库塞·谢尔曼将军（William Tecumseh Sherman，1820—1891）率领大军占领亚特兰大，跨越弗吉尼亚、南北卡罗来纳，向大海进军，横扫南方残余的抵抗部队，给叛乱的南方带来彻底毁灭。多克特罗在该书中并未聚焦重要人物，而是将视角扩大到众多普通人身上，以全景式画面展现内战快要结束时人们的反应。小说故事开始时，奴隶主约翰·詹姆森夫妇在弗吉尼亚的种植园被前来的北军烧毁和抢劫，他们匆忙逃走时留下不知所措的黑奴。约翰与女奴生下的白皮肤混血女儿珀尔对这样的解放或者说抛弃，并不感激任何人，只求上帝能教会她怎样自由地生活。珀尔与其他黑奴一道随着谢尔曼的军队向大海行进，一路上逐步适应新生活。她在成长过程中收获了爱情，学会原谅别人，甚至帮助原奴隶主的妻子在丈夫死后返回家乡重建种植园。多克特罗还以侦探小说的手法叙述了南方间谍的故事。混入北方军的叛军士兵阿里在摄影师死后，冒充其身份，企图在为谢尔曼照相时将其暗杀，最后阴谋暴露而被处决。这其实预示了林肯总统被暗杀事件的发生。多克特罗在小说中特地设置有关摄影师的情节，因为这是用摄影术记录下来的首次现代战争，“在展现重大文化和政治事件方面，美国内战与过去截然不同”(Seymour and Barrett，2007：49)。在超越叙事和绘画的限制后，摄影使公众可以直接看到战场上的血腥场面，这带给他们前所未有的震撼。在该技术的影响下，多克特罗注意采用摄影的全景视角展示内战最后一段时间里北方大军对南方的毁灭过程。

1. 横扫南方的大军

多克特罗在《大进军》里首先聚焦内战对南方的毁灭性。在小说开端他就详尽描述了一座南方种植园遭遇战祸的经历。谢尔曼率领的北方军到达之前，庄园主约翰·詹姆森就在收完庄稼后安排卖掉了十几个强壮的黑人。他们被捆着交给奴隶贩子，戴上脚镣手铐装上大车运走时，庄园主的妻子马蒂“用双手捂住耳朵，好使自己听不见楼下圆木小屋里那些人家妻离子散的痛哭声”。[1]约翰对她的解释是，决不让自己的黑鬼穿上联邦的军服。他们早已将地毯卷起来，从墙上摘下各种艺术品，所

1 E. L.多克特罗：《大进军》，邹海仑译，北京：人民文学出版社，2007年，第5—6页。以下引文只标明页码。

有值钱的东西都打包运走。临走时他们射杀自己家的牲畜，点燃饲料仓库，将母牛赶到池塘淹死，对黑奴中的老弱病残弃之不管，即使亲生的混血女儿也不想带走。奴隶们“从逃跑的老爷、太太眼睛里看到的恐惧，告诉他们解放的日子已经到来”（8）。北方军队的征粮队抵达后，对整个庄园加以掠夺和焚烧。他们杀猪宰牛，用斧头劈开家具，把窗帘撕下来，往所有东西上倒煤油，“士兵们已经把火把从窗户扔进屋里，现在第一股浓烟已经从房顶升起，火舌开始在披叠板外面闪耀”（12）。如此惨状在当时的南方四处可见，佐治亚的一名妇女在日记里就描述了谢尔曼进军的情形：

从斯巴达到戈登，一路上几乎没有留下一处栅栏。土地被践踏，道路上横七竖八躺着马、猪和牛的尸体，侵略者肆意射杀这些牲畜，但他们既不能吃光也无法将这些畜体带走，他们的目的就是用断粮的手段迫使人们屈服……各处的住房都遭到掠夺，每一个农场……都是焦土一片。（纳什，2008：502）

北方军在谢尔曼将军率领下对南方进行了毁灭性打击时，所到之处狼烟四起，期望从心理上彻底摧毁南方的反抗意志。多克特罗形象地描述了在谢尔曼手下的滚滚向前的北方军队声势浩大，如同一个浮动的世界：

一个巨大的多节的物体在以每天十二或者十五英里的速度收缩和扩张运动，一个有十万只脚的动物。它的身体是管状的，它的触角触摸着它行走过的道路和桥梁。它派出骑兵就好像伸出它的触角。它吃光前进路上的一切。它是一个巨大的有机体，有着一个小小的脑袋，就是谢尔曼将军。（51）

谢尔曼驱动着这种巨型怪兽给南方带来浩劫，毁掉所经过领地上的一切，只因他相信必须对平民百姓的心理发起战争，才能使南方人产生畏惧感。他深信变得贫穷可以促使人们祈祷和平。谢尔曼横穿叛乱的南方向大海进军的壮举为联邦军队赢得最后胜利起到极大作用，但这种对南方的彻底毁灭也在美国历史上争议不断。在当时的旁观者看来，“这不仅仅是一支正在移动的军队，而是一种被连根拔起的文明，似乎全人类都搬到这条大路上”(203)。被拯救的黑人对这支队伍是赞许的，他们看到这些北方军人远离家乡和亲人，坚毅不拔地行走在南方土地上，就如同在家乡一样。他们明白这些人到南方来是为了国家的统一和解放奴隶，有着正当明确的目的。

然而在南方白人、特别是奴隶主的眼中，这支肩负国家统一和解放黑奴的使命的北方军则被称为是由叛徒率领的野狗军队。他们将谢尔曼看作一头心底冷酷、没有半点同情心的野兽，抱怨他忘恩负义，烧掉曾经热情招待过他的城市。书中的老种植园主目睹北军给自己带来的毁灭，将眼前通过的部队称作“一群乌合之众，一群偷盗抢劫的拦路强盗”(185)。他认为北方佬不可能给黑奴带来真正的自由，并告诫他们今后将比那些流浪的犹太人强不了多少，也许死后在世界上连躺下放自己脑袋的地方都没有，除非倒在阴沟里让乌鸦收尸。他对奴隶们说：“你们就走吧，去接受它吧，你们的这种自由。也许上帝会怜悯你们这些黑鬼的灵魂”(186—187)。在他的恐吓下，庄园里只有少数奴隶选择离开。显然奴隶主不愿放松对奴隶精神上的控制，这在北方的解放者看来是一种令人难以容忍的侮辱，更能激起他们的报复。沿途的城镇和乡村在遭遇洗劫后往往被纵火焚烧，这种焦土政策在南方人心理上留下巨大创伤，一直难以治愈。

2. 卷入战争的黑人

多克特罗在书中详尽地描述了内战中黑人的言行和思想上的变化。对于谢尔曼大军在南方的军事行动，黑人的态度是鲜明的，他们将其看作是解放大军。黑人们认为林肯的宣言应许的自由是，把他们从奴役的统治下解放出来，并且置身于自由之地，使其能够得到自己的劳动果实，能够照顾自己，并且帮助这个维护自由的政府。谢尔曼甚至颁发战地将军令，这令人很受鼓舞。他许诺建立黑人定居地，认为“每个黑人家庭的家长将有权获得四十英亩适于耕种的土地，还有种子和农具”(102)。被解放的奴隶希望美国在战后能出现黑人伊甸园，盼望拥有自己的财产，特别是土地，因为拥有自己土地的人才是真正的自由人。他们明白：“说到底，这么多年来白人为什么总是主宰一切，还不是因为他们拥有土地”(108)？但多克特罗在书中强调让黑人真正明白自由的意义还有待时日。他们中许多人突然获得自由却无法适应新的生活，如书中人物威尔玛·琼斯便是如此。此人虽被解放，但是发现在心里自己居然还是奴隶，他慢慢意识到重要的是学会如何做一个自由人。在跟随大军行进的过程中，黑人的视野逐步开阔，尤其发现在大城市黑人更加自由，因为人人都在忙于生活，没有工夫来干扰你，“你创造自己的生活，你是自由的”(106)。黑人对奴隶制也有不同的理解。书中的黑人老者说，“我们是黑色的同胞，由于我们的天性比这些欧洲的美国人更优秀，由于我们的忍耐克制也比他们更高贵，他们曾把我们锁上锁链，鞭打我们，把我们送到田野去”(220)。黑奴获得解放后逐步明白：奴隶制就是依靠不可抗拒的权势，未经别人同意就取得人家的劳动。他们同样质疑谢尔曼的诺言，希望大家依靠自己的努力获得真正意义上的解放：

如果你指望那位将军保护你，那么你依然没有自由。自由应该充满你的心，并且鼓舞你的精神。但愿你不要指望白人给你食物、给你房屋和拯救。要指望你自己，上帝会给你一切，上帝会把那条路展示给我们。(221)

书中那些近乎全白的混血儿的遭遇也令人深表同情。他们意识到如果南方占了上风，仅仅依靠白皮肤将不能保证自由人的身份。任何人都可能受到奴隶契约的限制，被戴上脚镣手铐在拍卖场卖掉，奴隶制才是罪恶的根源。这便是大量被解放的黑奴追随谢尔曼大军积极参加战斗的原因。

在北方大军横扫南方城镇向大海进发的过程中，不断有黑人加入，他们跟随部队一起行进，载歌载舞，高声叫嚷着赞美上帝。其实这些随行的奴隶心底里依然迷惘，担心如果没有军队保护难以真正成为自由人。多克特罗描写了一位被战争裹挟的女奴珀尔。北军军官克拉克在行军途中发现这位白皮肤的黑人姑娘站在路边，就将其拉上马一路前行。克拉克常常感到奇怪为什么当时不感到荒唐，竟然特别邀请她。在马背上她紧紧搂着他的腰，他难以描述自己的感觉，只觉得那种需要指挥军队的沉重责任已离他远去。他感觉到她双臂的温暖和那紧紧的拥抱。她把自己的脸颊贴在他的肩膀上，她的眼泪透过他的上衣流下来。显然多克特罗揭示了刚刚获得自由的黑奴的感恩心理。令人欣慰的是，珀尔已经开始学习如何适应新的生活。她一有机会就用心倾听和模仿白人说话，努力训练自己争取有像他们一样的谈吐举止。珀尔很高兴人们为她争吵，她从来没有过这种自由人的经历，甚至她还在想念那座带来种种磨难的种植园，只是因为那里有她所热爱的田野和树丛。其实那里根本算不上她的家乡，因为黑人在美国没有家乡的概念。珀尔对未来有自己的希望，愿意读书和上医学院。内战结束后她特地到北方，将曾拯救她的克拉克中尉临死时托付的给家人的信交给他们之后便开始自己的新生活。她同样有爱的权利，可以和并不歧视自己的士兵斯蒂芬在一起，此人一直鼓励她学习做一个像白人一样的自由人。不少黑奴获得解放后，难以理解自由的感觉，只觉得非常奇妙，但又深感迷茫，不知今后的道路怎么走。他们总是担心是否真的可以决定自己的命运，或者想去哪里就去哪里，甚至再次选择做奴隶。多克特罗在书中塑造了许多这类人物，尝试从各种角度探讨黑人当时的心态，努力刻画一种新的、获得自由的黑人，以考察他们对新生活的适应程度。

3. 对内战意义的质疑

在《大进军》中多克特罗同样质疑内战的意义，其反战思想十分明显。他尝试站在中间立场上看待此次浩劫，还借书中人物记者普赖斯的观察和口吻指出，“这既不是作为冒险的战争，也不是为了严肃事业的战争，这是最纯粹的战争，一种无心的巨大怒火与任何事业、理想或道德原则毫无关系”(251)。多克特罗也尝试从南方奴隶主的角度看内战，他们总是将自己当作受害者，大军过去之后他们发现“这场该死的战争摧毁的不仅是他们的乡村，还有他们对人的自尊的全部想象”。他们认为是上帝干了这一切，“并用北方军作为他的工具”(46)。开战之前，没有谁预料到南北双方会真刀真枪如此血腥地厮杀，多克特罗特地详尽描述了战争场面的恐怖和人们对被称为兄弟相残的执着：

> 人们尖叫着，发出哼哼声，子弹砰砰地打得原木和石头横飞。他能感受到众多喷火的武器发出的热浪。战争改变了天气，染白了白昼——一股刺鼻的烟雾从他面前飘过，好像死者的灵魂在匆匆飞向天国。……一行行的人正在他下面交手肉搏，相互把对方摔倒在地上，挥舞着军刀、

刺刀，在头上抡动着步枪，绝望拼杀使他们从身心深处发出协力合一的声音，就像教堂风琴发出的和声。(250—251)

显然这场战争中的双方早已将彼此看作不共戴天的死敌，而不再是兄弟。谢尔曼大军所过之处已是断壁残垣、尸横遍野。

针对内战的残酷性和毁灭性，多克特罗明确指出为战争疗伤的重要性。他在小说里尤其强调医务人员的作用。他将那些随军医生比喻为谢尔曼大军这一巨型有机体的自我治疗的工具。在他们的眼里每天死亡的士兵不过是这庞然大物的细胞，不断有新的细胞生成，以取代旧的死亡的细胞。医生已成为交战双方共同的需要，是跨越南北界限和超然交战派别之上的职业，他们好像是“试图阻止人类灾难泛滥的神祇”(48)。人们从这些医生护士身上可以看到世界的希望，他们的在场说明这疯狂的世界还有文明的控制，并非全是火焰、疯狂和死亡。在详尽描述了谢尔曼大军对南方的打击后，多克特罗同样关注南北双方的和解。在小说的结尾，在一些军营里战士们实际上已经开始亲如兄弟般的接触，衣衫褴褛的叛军士兵溜达进来，不带武器，和他们的北方军同行们围坐在营火周围，一起分享食物和谈论曾经发生在他们身边的事。即使大家感到畏惧的谢尔曼将军也表现出其性格的另一面。他爱穿邋遢的军服，喜欢分享普通士兵的艰苦。谢尔曼同样有温情人性的流露，如他听说邦联将军哈迪的儿子战死后，还给后者写信以示安慰。他写道：“我咒骂我们颠倒的时代，当着成千上万的我们，这些父亲和母亲，已经把我们的孩子给了这个该死的叛乱的战争的时候。我盼望我们的几代人能够死得合乎上帝给与的身份的一天”(267)。针对人们就谢尔曼大军在亚特兰大的毁灭行为的谴责，多克特罗在该书中也采取了某种平衡的方式，他特地描述了南方军队烧毁自己的哥伦比亚城的过程。

在《大进军》中，多克特罗以独特的艺术手法将真实人物和历史事件与虚构人物的经历相互交织，尝试重建内战历史，凸显一种新历史主义的倾向。新历史主义宣称，“许多文学文本都是由各种各样不和谐的声音构成，这些声音不仅表达了正统的思想，也表达了文本产生的时代中那些从属的和具有颠覆性的力量”(艾布拉姆斯，2014：246)。多克特罗特别注重为那些被压抑的人物发声，在揭示战争的伤害和困苦方面更加关注普通人，特别是奴隶、妇女、儿童和黑人。他有意识地模糊事实与虚构的界线，表现出对话语霸权的挑战。在谈及他的作品里历史与虚构的关系时，多克特罗直言道："真的没有什么虚构或非虚构小说，只有叙事"（Bloom，2004：12）。他在情节设计中就将虚构的刺杀谢尔曼的阴谋与现实中林肯的被害并置，反映了长期以来人们对前者的责难和对后者的敬仰，也许是要满足人们所希望的是谢尔曼的死而不是林肯遭殃。多克特罗所关注的是当时这类极端行为对内战进程的影响。林肯被刺让人们担心内战是否会延长，国家的分裂也许更加严重。林肯是第一位被害身亡的美国总统（1865年4月14—15日），然而这种恐怖行为在美国历史上却有更久的传统。早在1835年第七位总统安德鲁·杰克逊（Andrew Jackson，在位1829—1837）就在国会山遇刺，幸好未受伤。林肯之后也有多名总统被暗杀，有的幸免于难。林肯遇刺"将不适合的人物（安德鲁·约翰逊，Andrew Johnson）在错误的时刻送进白宫，使许多北方人长期不再信任南方，极有可能延迟国家真正意义上的统一，加剧了下个世纪种族关系的恶化"（Marten，2003：254）。林肯总统死于胜利在望之际给人的感受如同1945年罗斯福的去世一样，人们叹息领袖们终究未能亲眼看到战争的结束与和平的降临。林达·哈钦在《后现代诗学》中谈及多克特罗的作品时指出，"对于但丁和多克特罗来说都一样，文学文本和历史文本是一种公平的游戏"（Hutcheon，2004：124）。哈钦在此将多克特罗的作品归类于历史编纂元小说（historiographic metafiction），因为历史与文学之间没有明显的界线，它们揭示了一种意识形态方面强有力的影响，他质疑历史的客观呈现，促使读者重新解读历史（Ghanbari and Ramin，2018：44）。多克特罗还被比作是马克·吐温一类的作家，因为他常常质疑美国的思想观念，所表现的是被腐败侵蚀的国家（Bloom，2004：12）。多克特罗在小说创作中也注意采用对话和复调结构，消解权力话语，恢复被忽略、被遗忘、被压抑的声音（Ghanbari and Ramin，2018：49）。一个多世纪之后多克特罗才着手创作《大进军》，重新审视当年内战中纵横南方的军事行动对美国历史进程的影响，强调废除奴隶制和维护国家统一的重要性，依然具有极大的现实意义。多克特罗在小说中聚焦强大的战争机器的毁灭性，这在《南方的寡妇》一类的作品中也有更加具体和详尽的描述。

第五节 创伤与疗伤：《南方的寡妇》

罗伯特·希克斯（Robert Hicks）根据真实故事创作的小说《南方的寡妇》（*The Widow of the South*，2005）展示了美国内战中发生在富兰克林小镇的战役。[1]南北双方在此突如其来的决战给当地人留下的只是不得不应付的尸横遍野和伤兵哀嚎的局面，怎样对待如此众多的死者和伤兵已成为超乎人们想象的难题。希克斯在该书中刻画了一个令人难忘的女性形象，详尽叙述了“南方的寡妇”、女主人公卡丽在独特环境里顽强生存，善待死者、安抚伤员，执着追寻精神归宿和充分表现出对南方土地热爱的故事。卡丽被塑造为一种新女性偶像，她的伟大在于照顾好死者以抚慰生者，她的经历揭示了内战带来的创伤和人们尝试疗伤的过程。

希克斯特别关注的是普通人的生活被突然降临的战争彻底改变。内战中最为激烈的战役之一在富兰克林爆发后，种植园主约翰·麦加沃克的家被征用为战地医院。因丧子之痛而卧病在床多时的卡丽·麦加沃克夫人的平静生活被打乱。她与小镇其他居民一样，不得不在一天之内面对多达9000名士兵的死亡，还要照顾躺满了她家每一寸地面的伤员。这些人中有一名特别粗暴的中士卡什维尔。此人在战斗中极其英勇地举起战旗冲向敌人的阵营，在枪林弹雨中毫发无损，但在被敌方抓获后出逃时挨了几乎致命的一枪，最后送到了卡丽的战地医院。卡什维尔与卡丽在此相遇后无法自拔地陷入一段痛苦的爱情，不时处于内心的激烈对抗中。卡丽为了保住在那场战争中牺牲的年轻人（包括南北双方的阵亡将士）的墓地而进行不屈的斗争。战事之后她的想法极为朴实，认为“不能放弃她的这一小部分战争，不能让战争说来就来，说走就走，一点痕迹都不留下，好像不需要得到惩罚，这么大的罪行赎无可赎似的”。[2]富兰克林这场仅仅持续了五个小时的战斗从根本上改变了无数人和家庭的命运，希克斯在该书中聚焦的正是这种持续的影响。

---

1 指1864年11月30日在富兰克林小镇的战事。当时由胡克率领的南军在此攻击托马斯的部队失败，并牺牲了6000名士兵，其中包括5名将领。参见：《大美百科全书》（第六卷），第426页。

2 罗伯特·希克斯：《南方的寡妇》，张建平译，北京：人民文学出版社，2007年，第8页。以下引文只标明页码。

1. 惨烈的小镇鏖战

《南方的寡妇》着重呈现了内战的惨烈和重大伤亡，凸显极强的反战意识。这场战争死亡人数的影响与意义超越了死亡者数字本身，只因死亡对于内战一代的重要意义也源于“它有悖于关于生命正常终结的普遍预设——谁应死去，在何时、何地以及何种情况下死去”（福斯特，2015：4）。希克斯强调的是，内战超乎预料的残酷已难以用当时人们常说的“兄弟之争”，或“家庭的分裂”来形容，持续数年的战争已使双方的对峙和仇恨达到极点。在小说的结尾，希克斯引用伊萨克·舍伍德将军在其著作《战争的回忆》里的话指出：“富兰克林的战斗……就其涉及的人的数量而言，是四年战争中对人类生活最具毁灭性的，富兰克林给邦联挖了坟墓”（356）。希克斯在书中以特别遗憾的口吻讲述人们大战前的心情，可惜这些人中有许多人将会在这美丽宁静的小镇走向死亡。在1864年11月30日的战斗未打响前，三个纵队的邦联军队向富兰克林进发，他们看着这片美丽祥和的土地，“一心只想着能住在沿马路的一栋房子里，过一种安静、虔诚的生活，侍弄庄稼，带着发福的妻子和樱桃脸的孩子，骑马去木结构的小教堂”（14—15）。书中数千人整齐列队的宏大场面，是人们见过的最美的画面：“他们在远处微微闪光，暖和的天气让他们看上去像梦一般波动，像来自另一个世界……但愿他们永远待在那里，把那壮观的场面冰封住”（44）。作者在此甚至强调战争也有其美丽的一面，但他指出必须用正确的方法来看，才能欣赏这种美丽：“一旦你看惯了一排人倒在开阔地里的场面，你甚至就会开始像欣赏一幅罕见的油画一样欣赏这种场面，这是一种你再也不会去看的东西，一种完美的、绝对的东西”（210）。随后残酷的大战彻底破坏了这样的美景，很快许多人在此命丧黄泉或者残肢断腿。在当天短短几个小时里胡德将军麾下的邦联将士便伤亡达6000人，其中1500人的尸体就地掩埋。在战斗结束后，人们往往像处理牲畜的尸体一样，用铁锹将死尸铲入沟中，一堆一堆地就像死鸡一样。“他们以自己的冷漠践踏着生者与死者的人性。内战的死亡使人与动物的界线濒于消亡”（福斯特，2015：8）。在希克斯的笔下，富兰克林小镇突然变成一个怪物，“好像天打开了，上帝伸下手来把他的创造物——建筑、树林、人——扭曲，拧断，拍死，就是为了看看会发生什么”（127）。造成如此严重的伤害也是由于当时的战争形势所致，卡什维尔中士和同伴们事后回忆说：

我们在来复枪的射程之内，但是他们并没有开枪，而是要等我们靠近些再说，就在这时，北佬发出群射，子弹像闪电般朝我们呼啸而来，队伍中在我前面的人一下子就倒下了，他们就像刈倒的草那样整整齐齐地一排排躺着。……一秒钟内，他们都死了，一百个人，甚至还不止。(62)

战争的毁灭令人触目惊心，而历经浩劫的南方人给人留下的印象同样糟糕，他们“饥肠辘辘，衣衫褴褛，神情恍惚，筋疲力尽”(181)。战争结束后，人们纷纷逃离，只想到那些未被战争把一切都弄得如此糟糕的地方去。希克斯全景式地展示了遭遇浩劫的富兰克林小镇：

战争把这里弄得一片荒凉，好像我们是一座处于波涛汹涌的大洋中的孤岛，就像一个死人。我没有感觉到战败的耻辱，但感觉到了空荡荡的农场房舍、孤寂的公路、荒芜的土地的恐惧。一英里又一英里的野草疯长，疏于维护而变灰的房屋，像空洞的眼睛一样没有窗帘的窗子。(262)

似乎上帝用一双无形的手将健康的士兵都变成残疾人和逃兵，将军队领袖变成躺在门廊上的死尸。人们看到的那些伤员面目可憎：“他们是动物，是舌头在外、眼睛暴突的食尸鬼，他们是上帝制造的，又由人将其毁灭”(212)。这些可怜的伤兵没有什么未来，只剩下在伤痛中苟延残喘、抱憾终身。根据后来相关统计，尽管战后国家和各州建立了士兵之家一类的机构收留内战中的伤兵，也仅有百分之二在这些机构度过晚年。他们大部分都回归社会，其中许多人在战后几年内就因伤或因病去世。“创伤后应激综合征”(post-traumatic stress syndrome) 现象[1]开始在相关医院记录下来时，枪炮声早已静默很久，然而全国各地疯人院周边愤怒和迷茫的人们对战争的恐惧和回忆还要持续一代人（Marten，2003：276)。

1 也称“创伤后应激障碍”(PTSD)，指患者经历或目睹严重创伤事件后，如战争、地震、严重刑事案件、交通事故或死亡威胁等，通常受到较大的冲击，使其有可怕和痛苦的回忆，会在事件之后延迟或持续地出现部分反应。

2. 精神抚慰与疗伤

经历了如此血腥的战斗和目睹悲惨的结局，应该如何疗伤是希克斯在该书中重点涉及的话题。朱迪思·赫尔曼指出："精神创伤夺走了受害者的力量和主控的感觉，复原的指导原则在于恢复其力量和主导权"（赫尔曼，2015：234）。女主人公卡丽站在四周堆满伤员和死尸的院子里，她决心向世人表明要用自己的方式应对战争和处理后事，以证明自己是一位不容忽视的南方寡妇，就让人们"对传统习俗、南方人无与伦比的适应能力和战争的荣耀去说三道四吧"（8）。希克斯着力塑造的是内战中的新女性。战前的南方女性如同动物园里的动物，被精心保护在外形优美的围栏里，战后她们才逐步走出来。卡丽意识到曾经那么骄傲自负的南方已无可挽回，永远地发生了变化，南方人必须适应内战环境和战后生活。战争记忆终将被时间冲淡，人们不得不学会变得更加理智，所有死者也将得到尊重，甚至当作英雄。这些死者，"特别是阵亡者，对民族主义的形成起着重要作用，这对美国来说更是如此"（Grant，2005：509）。人们对阵亡将士的敬仰和对战场墓地朝拜，只因为他们深知：内战中失去的是人的生命，挽救的是民族的命运。卡丽·麦加沃克希望能以自己的方法为战争的受害者不仅提供治疗身体伤残的便利，还为抚平其心理上的创伤有所作为。她本人最后也因此成为人们纪念内战的活古董和民族化身。

女主人公卡丽认为，"那天战争找到了她身上，来得那么突然，具有一种非现实世界的执着，而不是她自以为所理解的万能上帝的所作所为"（8）。她难以理解这种突然降临的浩劫。面对满目疮痍的南方，作者希克斯有恰当的比喻："它如同一棵被雷电击中而伤口可以自我愈合的栎树：从外表看它还是一棵树，还能生长，抽枝，结果实，但中心已是空荡荡……早已不是原先那棵树了"（348）。这显然是指内战对南方的改变，一切都与之前完全不同。富兰克林小镇的战斗结束了，后果却很严重，留给卡丽和其他居民的是战后的惨状，这实际上涉及南北双方士兵在各地的家庭。朱迪思·赫尔曼指出："精神创伤后的重建工作，绝不可能百分之百地完成；在生命的各个阶段里，新的冲突和挑战，势必将唤起创伤患者创伤的回忆，并发掘出创伤经历中的新层面，使她用新的角度审视自己的创伤经历……创伤患者要面对的工作，是重建现在的生活和追求未来的抱负”（赫尔曼，2015：284）。卡丽要做的就是尽力安抚相关者，让他们有信心走向未来。如何安葬这些去世的军人关系到能否给他们的家人心灵上安抚和治愈内战带来的创伤。卡丽深知：“那些死人是拴着活人的链条……他们把活着的人一次次地拉回战争，拉回那块战场，重演它的那些老套路和小冲突，直到他们全都死去”（326）。善良的卡丽将妥善处理战争的后事当作命运赋予自己的使命。她耐心接待来自各地的死者家属，让他们看到亲人在异乡得到相应的照料，灵魂也有归宿。她对待南北双方士兵时毫无区别或歧视，一心所想的是给活着的人们极大的心理安慰，因而被称为民族的化身。她的名声远播海外，即使著名作家奥斯卡·王尔德1882年到美国旅行时也宣布其行程包括访问“阳光普照的田纳西，会见一下寡妇麦加沃克，死孩子庙宇的高级女祭司”（361）。多年来卡丽都坚持通过细心照料后院的墓地给予死者亲属疗伤，让他们在心理上获得安宁。其中一个典型的例子是来自佐治亚的一家的经历。父亲一直认为儿子为了自己并不理解的事情而死去，相信这种事情（参战）是人对天堂的又一种冒犯，是人不甘心让事情顺其自然的表现。他们对儿子客死他乡既感到愤怒又悲痛不已。在各地寻觅多年后他们才得知儿子在此，原打算将遗骸运回家乡重新安葬，后来发现他在此已得到妥善掩埋。第二年他们特地从家乡运来泥土添加到墓地，让其得到在家乡一样的安抚，这也了却了家人长期以来的心愿。在卡丽的影响和感染下，人们逐步理解和学会正确对待死亡。希克斯写道：“我们在死亡中洗净我们的罪孽、任性和生活中的重重纠纷……随着那些怀念被时间冲淡，变得更加理智与简单，直到所有的死者都成了英雄”（349）。

为了疗伤，希克斯在小说中深入探讨造成战争创伤的根源。关于内战南方各阶层人士分歧很大，希克斯注意到他们所发出的不同声音。卡丽的丈夫约翰·麦加沃克上校尽管反对国家的分裂却拥护奴隶制，他担心北方军来到会夺走其财产，而主要财产就是所拥有的众多的黑奴。他似乎有先见之明，在战争开始时就将大部分奴隶送到南方，借给不受战事影响的朋友使用，而自己则亲自下地干活。虽然后来他接受了北佬的占领，在心底还是祈祷他们被打败。另一庄园主贝勒既反对南方分裂也反对内战，总认为是战争使他丧失儿子，因而仇恨所有鼓吹战争和参战人员。在贝勒看来，这个世界要为他儿子的死负责。他深知罪魁祸首是那些鼓动他人参战的罪犯，这些人需要付出代价。作为报复和谋取利润，他与卡丽的想法截然相反，打算深耕庄稼地，将埋葬在他家地里的上千士兵尸体作为肥料种上玉米和豆角，用他们的血和尸骨牟利。他明确指出，“我不会让那些经营那场战争的人，以及你们这些袖手旁观，任其发展，等到想阻拦已来不及的人，不受惩罚就溜进新时代”(317)。贝勒将那些发动战争的人称作江湖骗子，失败者和怪人。他们的花言巧语和刚愎自用让他失去儿子，牺牲在荒唐和邪恶的祭坛上。黑奴玛丽亚则认为这些人死得活该，假如南方邦联胜利了，她的儿子就无法获得自由，也不会有自己的鞋店。她希望内战能废除奴隶制，给人们带来自由。希克斯尽量传达各种人物对内战的看法。他甚至轻松地描写到：“小男孩们从街上跑过，玩弄着缴来的来复枪。……他们从死人头上摘下帽子戴上，一个个露出兴奋异常的表情”(127)。人们无奈地面对现实，在战后南方随处可见战争留下的痕迹，倒下、烧焦的树木，树桩，仓库墙上的弹孔。有的人却装作战争好像从未发生过，大家可以一如既往地生活，只有黑人在不知所措地面对新生活。

希克斯还以卡什维尔中士的战斗经历说明参战的无目的性和无意义。此人承认自己在战场上的表现并不是勇敢而是只想了结：“我在做白日梦。以为自己跟死神和平相处，但是北佬毫不含糊地打败了我们，让我从梦中醒来”(62)。他抢过倒地战友的旗帜，扔掉手中的枪奋力冲上去，跳进敌人的战壕，只想战死了事，却成为俘虏。在他们这些参战士兵看来，死亡太简单、太普遍，人们甚至希望早日死亡获得解脱。富兰克林战役死的人太多，你可以“踩着尸体走过整个战场，脚都不用沾地。也有人形容说，死人堆得就像堆积材，或一捆捆的玉米，一袋袋的玉米粉”(97)。许多人无法想象如此残酷战争的目的，甚至认为是一个天大的笑话，是毫无意义的杀戮。当死神逼近的时候，就连最铁石心肠的人也会“向往那种隐姓埋名、离群索居的生活”(15)。人们在麦加沃克家的门廊里同时看见四位将军的尸体，这极不平常。在此大家感觉到的只是死亡和孤独。一场伟大的战役就在小镇周围进行，然而人们却孤独得就跟“站在海洋中的 ·块浮冰上一样”(125)。那种回天乏力、无可奈何的绝望感渗透每个人的心底。对于那些目睹了这场战争使人身首异处、面目全非的美国人来说，肉体会在“最后审判”那天复活与归位的传统观念愈益令人难以置信（福斯特，2015：8）。希克斯淋漓尽致表现的正是小镇居民面对人间浩劫时的绝望和无助，以所留下的无数伤亡人员惨状揭示战争的真相。

3. 绝境中对奴隶制的反思

希克斯在该书中特别注重描述人们目睹突然降临的人间悲剧而不得不反思南方奴隶制的罪恶和内战爆发的原因。从该书中可以看出，种族主义思想已渗透社会各方面。在一些南方白人看来，黑奴算不上人类，自然无法享受与自己一样的平等权利。书中人物约翰谈及和表兄们一起到黑人小屋里玩弄女奴的过程时就坦言："我从没想到过问一声那个黑人姑娘是谁。我从未想到过她是个人。她是一种感觉，一种气味，一个事件。"他回忆说在整个过程中，这姑娘始终没有睁开眼睛，于是他自己也只好闭上眼睛。女黑奴没有挣扎，但也没有默许。他感到她的身体是僵硬的，……这一过程令人感到羞愧。然而正是这种羞愧刺激着他这样的白人青年，使他感到愉悦，尽管内心深处也承认这样的事非常卑鄙（191）。其实他们习惯了这种娱乐，玩弄黑人女奴时并未想到丝毫的尊重和平等。希克斯这种描写旨在指出，南方许多人早已人性扭曲，对这类行为司空见惯，显然这种社会不得不面临彻底的改革和巨变。但他们对眼前黑人的变化还是感到吃惊和惶恐。约翰的邻居们尤其对自由黑人这一概念感到困惑，最让约翰惊讶的是黑人居然因为自己是黑人而感到骄傲。在白人眼中，"他是个黑人。他低下，他没有名誉，哪怕他的衣服是定做的，他的女人在法国避暑"（190）。在南方对黑人的处境表示同情是危险的。卡什维尔中士曾尽力挽救一名遭受虐待的黑人奴隶，反而导致此人的死亡，最后被人用铁路上的夹具夹住脖子扔进河里，连他自己也遭到人们的追杀，差点被吊死。最后他意识到个人的干涉带来的只是灾难，他无可奈何地说："苦难有它自己的航线图，总是出其不意的出现"（263）。内战中发生的极端事件也反映了南方种族歧视的影响，如在1864年4月12日福雷斯特将军率领邦联骑兵攻陷皮洛堡（Fort Pillow）后，下令将俘虏的黑人士兵杀死（其中大部分被害），结果酿成内战期间最残酷的种族主义事件。希克斯较为全面地描述了处于奴隶制阴影下的南方社会，旨在说明亟待打破的僵局和不得不面对的现实问题迫使人们最终走向战争。不幸的是，南北双方之前都未预料到内战持续时间如此长久和付出的代价如此巨大。

内战给黑人带来解放，但他们对未来深感迷茫。获得自由后一些黑奴依然愿意为奴，害怕跨出关键一步。玛丽亚这种黑人女仆就比较典型，这是父亲当年作为礼物送给卡丽的女奴，一个克里奥尔人。北军来后玛丽亚像所有黑奴一样获得了自由，但她反而无所适从，特别是接近战争的结束更加感到困惑。她不知道今后的路在哪里，因而她并未急于离开原主人的种植园。在逐个离开的黑人看来，玛丽亚内心依然是奴隶，还想过旧时的日子，跟在白人后面做饭烧菜，洗洗涮涮，害怕生活的改变。当其他人相信这世界上还有别的事情可以做的时候，玛丽亚却不愿砸断锁链——心里的锁链，她自然遭到其他奴隶的嘲笑。所幸的是，她的儿子狄俄波利斯这一代开始懂得如何过上自由的新生活。他到镇上的鞋店干活，最后有了自己的鞋店。他害怕成为母亲那种无知的黑人，渴望走出一条新路，学会自己照顾自己。

尽管南方人希望证明他们“失败的事业”的正当性，但经历过内战的煎熬，人们从血的教训中体会更深。战斗结束后，斯泰尔斯教授又回到大学任职，钻研古文物学和希腊罗马历史，开始发掘印第安人古墓。他专注于考古，不愿回忆或承认参加过这里的战斗。满眼望去，卡丽家的墓地密密麻麻全是墓碑，触目惊心。但在斯泰尔斯教授看来，富兰克林小镇的这些捐躯者还不如几千年前的那些印第安人的遗骨值钱。希克斯在书中娓娓道来的是有关普通人和下层官兵的故事，而对那些将军们的生死并不关心，也未像人们希望的那样将这些死者神化，只是展示内战真实的一面。对于那些经历过内战的人们来说，当时他们都与死神如影随形。战争结束后，他们共同经历的苦难已超越人们在种族、公民身份和国家认同上的分歧，对那些死者的纪念也成为国家再次统一的基础，因为“死亡不仅改变了数十万遭受丧亲之痛的个人，它也改变了美国”(福斯特，2015：5)。对内战死者的正确看法有利于对历史的理解，也有助于疗伤和南北之间达成和解。希克斯基于原始记录和南方寡妇的故事创作该书，着重揭示内战对人们随后命运的影响和在美国文化记忆中的重要性。在描述这类普通人的战时生活方面，比尔斯的短篇小说更加全面，涉及的人物更多。

第六节 内战中的普通人：比尔斯的短篇小说

以内战主题进行创作的作品中，短篇小说是反应最快的。各地文学杂志争先恐后发出自己的声音，在1861年到1876年之间就有300篇以上的有关内战的短篇小说在代表东北部、南部和西部的主要文学杂志上刊出（Finseth，2006：9）。在这方面亲自参加了战斗的作家安布罗斯·比尔斯（Ambrose Gwinnett Bierce，1842—1913或之后）的创作特别突出。他出生于俄亥俄州，内战爆发时正适龄参军，很快便作为联邦士兵参战，之后成为记者、短篇小说家和讽刺作家。人们从他影响极大的《魔鬼词典》（*The Devil's Dictionary*，1911）中更能感受到他的幽默。比尔斯特别擅长短篇小说创作，常常以辛辣讽刺的笔调表现死亡主题。他一生都在嘲讽、谴责、抨击那些腐败政客、名人，从总统、将军、著名诗人到工业巨头，参与和激发了黑幕揭发运动（muckraking）（Elmer，2015：446）。他于1913年前往墨西哥国内战场，随后在战斗中消失。他在给侄女的信中写道："如果你听说了，我背靠墨西哥的一块石墙被射得体无完肤时，我认为那是告别这个世界的一个很好的方法。它胜过老年，疾病或从地下室的梯子上跌下去的结果……那是一种无苦楚的死亡"（威尔逊，1993：520）！像现实中热衷于战争体验一样，比尔斯在创作中也着重探讨战争恐怖环境里人们意识上的怪异反应。

1. 强烈的反战思想

比尔斯的作品中最明显的是其反战意识。1861年内战刚爆发，他就以第二名在印第安纳参加志愿队，随后几年的军旅生涯为其创作积累了丰富的小说素材。初次上战场时列兵安布罗斯·比尔斯（1862年才升为中尉）听到呼唤上阵的号角吹响时就激动不已，他称之为"像酒一样浸入心田，像美女之吻使人热血沸腾"（Fuller，2011：71）。但经过战争洗礼后比尔斯的看法已完全不同。他在"我在夏洛看到的"（What I Saw of Shiloh）一文[1]中就对19世纪这场战争有最令人恐惧的描述：

1 该文收入《孤独的幸存者：自传叙事》（*A Sole Survivor: Bits of Autobiography*）一书。

死神对这草丛挥舞镰刀，烈火卷过这片田野……四下躺着躯体，一半埋在灰烬中，有的因中弹突然死亡而随意摆出的姿态丑陋，更多的是表情痛苦，源于火焰的煎熬。他们的衣物一半被焚毁——头发和胡须一根不留。大雨来得太晚，他们的指甲也未能幸免，有的肿胀两倍，有的被烧焦缩成一团。因伤的程度，他们的脸有的浮胀黝黑，或蜡黄干瘪。肌肉萎缩，手指弯曲成爪，表情厌恶，令人诅咒。(Bierce，1909：114)

比尔斯在处理内战主题时正如1892年推出的首部短篇小说集《士兵与平民》的标题一样，特别关注的是普通人的战时经历。在这些作品中他强调“平民与士兵的世界相互渗透，两者之间的交流基于共有的极度愚蠢，这使人沦为微不足道却又自由自在”，只是士兵可以处于一种更有利的地位去理解这一切（Elmer，2015：454）。经历了内战的比尔斯已从热血青年逐步向具有一定政治头脑的思想家转变。在幻想作品《灯塔的灰烬》中，他对1861年的回忆呈现出一种噩梦，从中“他看到地方性的战争将以更大的灾难和动乱导致美国的分裂”。就比尔斯的政治观点来说，“内战粉碎了共和政体理想的价值，分裂了合众国，也动摇了比尔斯对共和政体目的的信仰”（威尔逊，1993：514—515）。

比尔斯首先关注的是人们对内战看法的分歧和所导致的家庭分裂，其实当时整个国家都被形容为“分裂的家园”（a house divided）。针对民众就战争爆发的争论和引起的后果，比尔斯在短篇小说《空中骑兵》（“A Horseman in the Sky”）里描述了1861年内战开始时西弗吉尼亚居民家庭内部的矛盾。当时该州西部居民无法就支持南方还是北方达成一致，经过激烈争论后他们干脆另立新州并宣布忠于联邦政府。该地区许多家庭还出现父子反目和亲友背叛的情况。比尔斯基于这类现象，讲述了在战场上尽职的儿子将父亲击毙的故事。他笔下的西弗吉尼亚荒凉贫瘠的乡村已成杀戮的战场。卡特·德鲁士在与父亲谈到自己将加入北方军时，父亲直言道：“既然你背叛了弗吉尼亚，这个地方也就不再需要你了。”[1]他实际上将儿子赶出家门，表现出在家与国的问题上已不容半点含糊。他们父子之间的分歧无法调和，原有的亲情使其更加痛苦，离家时“卡

1 安布罗斯·比尔斯：《鹰溪桥上》，程闰闰译，重庆：重庆大学出版社，2013年，第83页。以下引文只标明页码。

特·德鲁士向他的父亲深深地鞠了一躬，而老人则回以一个庄严的军礼以掩盖他那破碎的心”(83)。故事结尾时，卡特坦承自己早已从外形轮廓上看出远处马背上的敌人正是父亲，他虽然犹豫很久还是决定开枪。随后他平静地向上司报告亲手将可能是南军侦察兵的父亲从悬崖上击毙。令人深思的是，他在犹豫中居然想起父亲临别时的嘱咐：“无论发生什么事，一定要完成你心目中应尽的职责”(86)。他把这番话当作神圣的命令而终于开枪。比尔斯详细地描绘了卡特开枪前的内心活动（他将瞄准的目标从人移向马）和这位父亲临死时的样子。父亲坠落前的“空中骑兵”形象与躲藏在暗处打冷枪的儿子形成鲜明对比：

在空中，几缕长发从骑兵已近秃顶的头上飘起，像羽毛般在空中飘荡着。他的右手藏匿在马匹飘起的鬃毛里。马的身体几乎全部伸展开来，好像每一只马蹄都铆足了力气在蹬离地面。(87)

父子之间发生的一切成为某种新的启示，表明他们各为其主，只有尽忠职守灵魂才得以飞升。比尔斯的故事旨在说明，将骨肉相残变成自觉行动要么是愚蠢至极，要么则需要极大勇气。从比尔斯的这些小说看，“内战更像一场兄弟之战、父子之战、夫妻之战，而不是北部联邦和南部邦联之间的战争”(李公昭、胡亚敏，2003：67)。

比尔斯尽管在战争爆发时积极参战并在战斗中表现勇敢，但在后来的创作中却始终质疑内战的意义。他在《诸神的儿子》(“Son of the Gods”)里讲述了一位英勇战士在战场上的壮举，但在结尾时他却写道：

啊，那些不必要的亡者们！那具英勇灵魂的尸体平躺在那边，在那片枯草遍地的山坡上显得格外清楚可见——他本可以不去经历那徒劳献身的痛苦吗？只是突如其来的一场意外就这样给那神圣献身的永恒完美带来重创吗？(106)

比尔斯认为战士们在厮杀中应该想到他们的敌人是和自己一样的男人，而不是另一种类，也是同样在这地球上生活的人。比尔斯要指出的是，战争已使人变成杀人机器，他们对同类的死亡表情淡漠。基于自己的战争经历，他深知对于这些坚定顽强的人类杀手，令人畏惧的死亡只是每天都会看到的和熟悉的事实，他们睡在山上，“身体随着大炮的声响而颤动，在漫天的枪弹之中餐饮，在他们最亲密的朋友已经死亡的尸首中间玩扑克游戏”（101—102）。在比尔斯的作品中故事情节发展快，人们的情绪日趋激烈，但人物的意志却逐步消沉下去。在《士兵与平民的故事》（1891）和《这种事情可能吗？》（1893）两本短篇小说集里，“比尔斯描绘了满目疮痍和战事四起的现代荒原，一片没有未来的荒原”（埃利奥特，1994：436），他强调的是恶劣的战争环境对人们意志和希望的毁灭。在比尔斯的战争故事里“许多主人公总是像白痴一样行事，特别是那些勇敢人物”（Elmer，2015：453）。他们往往徒劳地以虚荣替代勇气，而最终付出生命的代价或遭受命运的惩罚。比尔斯其实已明确指出，内战中许多牺牲是不必要的，如在《命丧瑞斯卡》（“Killed at Resaca”）里他就讲述了一位军官在战场上率性而为的故事。中尉赫尔曼·贝勒只因一位女士在来信中责备其战场上的懦夫行为，他深感内疚便在敌人的炮火中故意冒险，结果导致自己的死亡还连累许多人丧生。比尔斯悲叹道：“正是这些文字在那个阳光灿烂的下午，在相距很远的另一个地方让一百多名士兵丢了性命。女人是弱者吗”（126）？比尔斯最后谴责了该女士的可憎行为对战事的影响，并以极具讽刺的口吻指出这位勇敢的军官是被毒蛇所害（指死于该女士恶毒的来信）。更为可憎的是，战争中一些邪恶的事件同样导致伤亡。在《峡谷事件》（“The Affair at Coulter's Notch”）中，比尔斯谴责了北方军的上将公报私仇，执意命令库尔特上尉将炮位设在自己家门口，结果使其妻子和孩子在对方火力的报复中死亡。在这些作品中比尔斯旨在说明普通士兵与平民才是内战中最大的受害者。

2. 超前的生态意识

在同时代的作家中比尔斯也凸显其强烈的生态意识。他的许多作品的主题都涉及人与自然的战争，并将自然描绘为一种“惩罚性的、随时准备伤害或摧毁粗心大意和不适于生存的人们”的力量（Berkov，2002：38），他的作品表现出一种对大自然的生态恐惧（ecophobia）。西蒙·艾斯托克将生态恐惧定义为“一种不理智和无根据的对自然世界的仇恨，如同我们日常生活和文学作品里对同性恋的厌恶、种族歧视和性别歧视一样存在和微妙”（Estok，2009：208）。内战期间丛林被用于掩护部队的军事行动，从而招致敌方炮火的攻击，常常折断树干和引发山火，战役之后成为一片焦土。比尔斯的笔下总是呈现一种具有哥特小说氛围的、怪异的丛林环境，表达的是大自然对人类战争的憎恨和冷漠。人们认为他的战争经历早已将其改变为一个原生环保者（protoenvironmentalist），却忽略了“他最好作品的核心是充满敌意的大自然”。尤其值得注意的是，比尔斯的小说不是提醒人们有责任去保护自然，而是表现出一种对危险的自然界的恐惧，促使人们加强对其的控制（Myers，2020：3）。对于内战的生态主义批评来说，这也是新的研究方向。丽萨·布兰迪在《对大地的战争》（*War Upon the Land*，2012）中指出，战争对自然界的毁灭必将激励保护运动：“也许战后的荒野运动（wilderness movement）是美国人对于战争的大规模毁灭与流血而尝试创造的一种新的社会话语”（Brady，2012：138）。从比尔斯的短篇小说中可以体味到他对大自然的敬畏，但也有难以言述的恐惧，甚至敌意，这恰恰反映了内战中普通士兵在浓密的丛林里作战的心理。他在创作中选择故事素材的特点之一就是总有不祥预兆的丛林，将其从美好的风景转变为危险之地，揭示了他的生态恐惧的真正目标：“丛林掩盖着潜在的死亡”（Myers，2020：4）。比尔斯最生动的人与自然的战争描写是在短篇小说《奇克莫加河》（“Chickamauga”）中。手舞玩具木刀的小男孩在森林里游玩，他将一切都假想为敌人，勇敢地投入战斗。男孩其实代表的正是内战中无知的成年人，他们为了所谓高尚的目的参加战斗，最终遭到惩罚。在《奇克莫加河》中比尔斯从六岁男孩的视角描写战争的残酷。在森林里迷路的男孩遇见刚刚发生战斗而遗留下的无数受伤士兵。他以为是森林里的某种动物，最后才发现他们是一群人类，正用手和膝盖匍匐爬行，“他们只用双手，拖着双腿；他们只用膝盖，胳膊悬在身体的两边毫无用处。他们挣扎着要站起身来，却在尝试中倒下”（93）。手握玩具刀的小孩像首领一样带着庞大的伤兵部队在林中前行，将战争与游戏混为一谈。他无法理解这种情形，只觉得游戏有趣。他在匍匐在地、艰难爬行的伤兵身上跳跃前行：

他从后面靠近其中一个爬行的身体，灵活地一跃而上，双腿跨在那人的身上。身下的人顿时往下陷，前胸着地；接着，又直起身来，像一匹从未被骑过的小马一样猛烈地把小家伙从背上摔到地上；随后，转过一张向上抬起的脸庞——没有下巴——从上牙床到喉咙的位置是一大片红色的窟窿，上面还挂着些许的碎肉和已成碎屑的骨头。(94)

比尔斯以此说明战争本身就如同愚蠢的小孩游戏，无视给他人带来的痛苦和伤害。可惜这名男孩在尽兴游玩之后，才发现刚刚这场战斗已将他们家的庄园毁灭，燃烧的房子旁边躺着母亲的尸体："前额被大面积地撕裂，脑浆已从锯齿状的伤口处溢出来，流经太阳穴变成灰色的泡沫，上面是一层深红色的气泡——脑盖儿已破裂"(97)！面对如此的惨景，男孩只能痴呆地发出动物一般的怪声，原来他是一名聋哑儿。显然他无法区分战争与游戏，他还太小，根本理解不了成人的世界，而又聋又哑则表明即使懂得，也难以发出自己的声音。这同样喻指对于内战，许多人的态度和言行不过如此，形同聋哑儿童一般，只能默默忍受外界强加的一切而无法反抗。大军在森林里激战，小男孩目睹伤兵部队的惨状，但大自然却依然如故、无动于衷：

林间的鸟儿在他（小男孩）的上空愉快地鸣叫；松鼠摇着它们的大尾巴从一棵树蹿到另一棵树上，并没有意识到其他；远处的某个地方发出一阵奇怪的闷响，就好像鹧鸪们在庆祝大自然战胜了她远古奴役者的后代。(92)

比尔斯这种对内战总结性的说明在于揭示战争中人们的悲剧和大自然作为旁观者表现出的漠视。特别令人震惊的例子是，在著名的葛底斯堡大战后的第二年（1865年）人们在此处桃园看到个大、汁多、极甜的桃子，比往年更红，毫无疑问这是因为勇士们的血液滋润了土壤。人们难以想象"大自然如此平静，暗暗地利用了所有一切！不管是驴子的尸体还是在那光荣的时刻被砍倒的长相如神一般的战士，它并不知道两者之间的区别，只是直接将其转变为新的生命和美景的形式"(Coco，1995：48)。大自然显然最会利用这类战争产物，其冷漠与无情被比尔斯形象地描绘出来，更加令人震撼：曾经英勇参战的士兵在战争中变形，他们在森林里四处涌现爬行，可怜地"像甲壳虫，像猪，像波浪一样在大地上流动"(Dawes，2002：7)。目睹这些非人类惨状的聋哑小孩，在酣畅淋漓地游戏之余发出一阵非人类的呼喊，表明世人也只会像他一样反应而无法理解这场战争。在大自然面前人类是渺小和脆弱的，其生死也如蝼蚁。

3. 永恒的死亡话题

对比尔斯而言，死亡就是一种象征，如同他常常摆放在办公桌上的人类头骨一样，并不是要使读者远离尘世的虚荣和走向永恒，而是让人牢记死神和大自然的最终胜利和人类的超越企图的悲惨结局（Myers，2020：10）。作为内战的亲历者，比尔斯更能体会死亡的威胁和参战者内心的恐惧。他在《惨烈的厮杀》（“A Tough Tussle”）中描述了在内战初期的1861年，一名北方军军官因对夜晚战场的恐惧和焦虑，从情绪失控逐步演变成与南方军士兵死尸交锋并死亡的事件。在西弗吉尼亚的丛林里，少尉布瑞拉德·拜瑞夜里孤独地面对一具死尸，在恐惧中自由联想，甚至将其当作进攻的敌人。他无法熬过内心的焦虑，经历了一番搏斗后选择自杀。对于这种艰难的处境和毫无意义的牺牲比尔斯既同情又加以批评。他明确表达了自己对死亡的看法：“死亡本身就是一种应该憎恨和厌恶的东西。它并不生动，也没有柔和与庄严的一面——它是一种可怕的东西，不管赋予它怎么样的外在，都掩盖不了它本质的丑陋”（215）。尽管那具死尸早就在丛林里，但它依然具有威慑力，而发生过鏖战的场所总是充斥着鬼魂。克里斯蒂娃（Julia Kristeva，1941—）在《恐怖的力量》（*Powers of Horror: An Essay on Abjection*，1982）一书就将尸体看作人的终极卑微（the utmost of abjection），指出它是死亡对生命的侵袭，因为尸体可以产生一种生态恐惧，代表着人与自然之间可以相互渗透的边界，“是想象中的不可思议，又是确确实实的威胁，总在向我们招手和最终吞噬我们”（Kristeva，1982：4）。比尔斯故事里那具遗留下的尸体作为战争恶果的象征使人更加强烈地意识到生命的脆弱性和人的自然属性。

在描述内战中的生死博弈时，比尔斯尤其关注人物的心理活动。他在故事《失踪的士兵》（“One of the Missing”）中讲述了被埋在瓦砾中无法逃生的士兵面对自己枪口时的内心恐惧。北方军的神枪手杰罗姆·斯尔宁在埋伏狙击敌人时，只因对方炮手在无聊之际随意开炮，使斯尔宁藏身的整栋楼倒塌，而陷入难以脱身的境地。斯尔宁发现自己动弹不得，他那早已子弹上膛的枪口却调转过来指向自己的脑袋。这类困境正是普通人卷入战争而无法逃脱的命运，发生在士兵斯尔宁身上的这一切象征着战争中的不确定和最终惩罚。当他哥哥来到时，只发现一具灰色军装的尸体，其实是房子倒塌时他的军装改变了颜色，以致最熟悉的亲人也未能辨认出来。斯尔宁临死时还想到自己的葬礼，妻子的痛苦和孩子的表现。他凝视着枪口，甚至可以感觉到死亡来临时的疼痛："什么都无法让他的目光从那只小小的金属环以及黑洞洞的内部移开了。他额头上的伤口疼痛剧烈，没有间断。他感觉到这种疼痛正在慢慢地穿透他的大脑，越来越深，直至最后他的死亡，这种过程才会彻底终止"(117)。此处的枪口代表的是死刑执行者，是对人们以往行为的惩罚。不断爬出的老鼠即将对他露出废墟的脑袋发动进攻的恐惧也使他失去活下去的信心。在比尔斯的作品中，死亡是随意和无法逃避的，大自然阻碍人们的逃脱企图。对他而言，战争加快了死亡和回归自然的进程，这是人类都不得不面对的现实。基于恐怖控制理论（Terror Management Theory），布里恩·迪尤认为，当超越自然界的文化方式不灵时，死亡焦虑就出现了。他将生态恐惧看作"一种人们原生的、很大程度上有预感的（或者潜意识的）动物属性：即无法逃避的脆弱性和致命的特征"（Deyo，2019：443)。持久的内战对生态的破坏和使人处于恶劣的环境正是生态恐惧产生的根源。

基于内战的残酷性，比尔斯主要采用超现实主义和极为荒诞滑稽的手法加以表现。他在著名的短篇小说《鹰溪桥上》（"An Occurrence at Owl Creek Bridge"）里就讲述了阿拉巴马州农场主佩顿·法可尔为南方自愿参战的故事。此人坚信的格言是："不择手段在爱情和战争中都是合理的"(5)。他盼望能亲自参加战斗却未能如愿成为一名军人。无法施展抱负的境地使他十分恼怒，"他渴望着自己能大展拳脚，渴望军旅生涯，渴望出人头地的机会。他认为在战争年代，人人都能得到那种机会"(5)。打听到有机可乘时，法可尔为了帮助南方军而独自前去炸桥。他被抓住后就在该桥上处以死刑。他的思想在绞刑中游离开来，甚至冲破肉体的束缚，飞奔回家。他站在自己家的门口，发现所有的一切都和他离开时一模一样，在清晨的阳光下一切是那么明亮绚丽。在他即将与漂亮妻子相聚时才遭遇死神的突袭：

他伸开双臂冲过去，正要和那美丽的女人拥抱时，他感觉到自己的颈后遭到重重的一击，随着一声大炮的轰鸣，他的四周亮起了炫目的白光——接着，一切都陷入了黑暗和静寂。(13)

比尔斯在此极富想象力地描述了人之将死时的感觉和对生的渴望，以及内战的无情。他使读者明白现实的残酷，在大家都以为或者说希望法可尔能逃脱绞刑，与家人团聚时，他已成为吊在桥上的一具折断了颈部，正在轻轻摆动的死尸。比尔斯的《鹰溪桥上》着重揭示人们濒临死亡时的意识，以及战争对人彻底的毁灭。法可尔走了，周围的景色在清晨阳光下依旧美丽。比尔斯在此强调的是，此人为"失败的事业"的牺牲毫无价值，他拼命捍卫的蓄奴制必将废除。比尔斯的这类作品也被称为超自然恐怖小说（super-natural horror fiction），"结构精巧，故事离奇，语言辛辣，显然受到爱伦·坡的影响"（黄禄善，2003：246）。在这些作品中他习惯用这种有形或无形的恐怖杀手强化内战对士兵和平民生活的摧毁力。

4. 难以治愈的创伤后遗症

内战的毁灭性在美国历史上前所未有，尤其在心理上对参战军人和普通百姓的创伤巨大。比尔斯的小说注重检测创伤的程度并尝试提供疗伤的方法。他在作品中不断将读者拉回战场，迫使他们反复体验内战时期的种种人间悲剧。比尔斯特别强调，即使战争已经结束，参战者仍然陷于当时的恐怖事件而无法逃离。在《重生的生命》（"A Resumed Identity"）中，他描述了一位患有战争后遗症的老兵，此人不知战事早已过去数年，依然难忘当时的情形，总会在幻觉里发现行进中的部队：

在那昏暗的阴霾之中，他看到了一队骑在马上的士兵正往北行。骑兵的身后是按方阵行军的战士，隐隐可见斜扛在他们肩头上步枪闪烁着光芒……冗长的队伍从南边朦胧的雾中走出来，又走进北边那团迷雾之中，没有发出一点声音，没有马蹄声，没有车轮声。(257)

老兵始终无法摆脱这类战争幻觉，即使医生细心解释他也难以接受。他沮丧地发现后人为当年他们参加的那次战役所立的纪念碑在长年的风雨中已被磨平棱角，四周长满青苔杂草，而自己依然陷入战争的困境之中。在心理上他始终处于23岁时的参战状态，最终因恐怖和难以承受的压力倒在水塘里溺亡。这无疑是内战的创伤记忆导致的悲惨结局。凯西·克鲁丝指出，创伤事件对人心理上的伤害使其“对时间、自我和外部世界的感知产生断裂”（Caruth，1996：4）。从创伤理论的视角看，比尔斯在这简短的故事里其实提出了三种疗伤的方法，并以其作为三部分的小标题。首先是回顾，老兵的脑海里详尽演示了当年的场景：行进中的千军万马；其次是老兵以新的身份向专业人士——医生的求助；最后是在池塘的清水（如同镜子）面前看清自己的面容和了解现状，以便抛去幻觉、回归现实。赫尔曼认为，“创伤事件摧毁了人与群体之间的联系，创伤的幸存者意识到他们对自我、价值和人性的感知必须依赖与他人之间的联系。群体的团结才是抵御恐怖和绝望的最有力的保障和对付创伤经历的最有效的解药”（Herman，2015：214）。比尔斯描述的这位孤独的、自我封闭的战争创伤患者，终日如同从疯人院逃离的病人四处游荡而拒绝他人的帮助，也不相信医生这种专业人士的解释，直至最后悲剧的发生。在阅读过程中，人们不由得深表同情并期望有这类创伤后遗症的老兵能早日脱离困境，真正获得新生。然而老兵所受伤害太深，难以将他拉回战后的和平世界，他的死亡也是对其行尸走肉般生存的了结。

从这类作品中足以看出比尔斯的反战思想对其创作的影响，他不断尝试以新的甚至怪异夸张的手法表现战争，以警示人们避免悲剧的重演。内战让比尔斯意识到现代工业社会生活对环境的威胁，他的战争经历引起的强烈的心理反应是，大自然已成为必须用现代科学和技术加以控制的敌人（Myers，2020：15）。对于比尔斯来说，亲自参加的内战也不过是其不断嘲讽与贬低的对象。他的传记作家加雷·麦克威廉斯认为其独特性格更有趣，他理解比尔斯的超前思维并总结说“这样的人出现在美国是一种时代的误置和希望”（Elmer，2015：446—447）。比尔斯最热衷的话题是战争，但他只是反对内战本身而不偏向哪一方，所揭示的是战争的残酷性和对普通士兵与平民生活的影响。在他的创作中，战争是怪异和无法理解的，人们如同那聋哑小男孩一样，并不真正了解战争，对其带来的伤害也无法躲避。内战影响了比尔斯的心理取向，迫使他努力挖掘生活的意义，“内战在两方面起作用，把他从平凡琐碎解放出来，令其直面死亡的伟大黑色音乐，激励他去理解生活的无聊和怠惰”（Elmer, 2015：451）。詹明信在谈到比尔斯的小说时曾引用萨特（Jean-Paul Sartre）论述禁欲主义者（Stoics）的话说明其宿命论的倾向：“每个人都是自由的，但骰子已经掷出（Everyone is free，and yet the die is cast.）”（Jameson, 2009：1534）。总体上看，比尔斯笔下人物的自由是有限的，他们面对无法逃避的命运时只是思想自由，其结局依旧悲惨。

小结

内战终于爆发，其毁灭性和必须付出的代价远远超出人们的预料，作家们从最初的惊恐、迷茫和沉寂中逐步复苏并陆续推出作品，以展示战争对国家和民族的摧残，表现身处难以言述的劫难时的心路历程和促使人们加以反思。《红色英勇勋章》聚焦年轻人的盲目参战激情和自我保护意识，用浪漫主义演绎内战故事；《杀戮天使》的三部曲详尽描绘了葛底斯堡南北决战的宏大场面和讲述了该战役前后的故事，更多地关注双方领袖人物和将军们在决定国家前途命运的博弈中的运筹帷幄的智慧或身先士卒的表现，以及他们像普通人一样的有血有肉和富于深情；《大进军》尝试以新历史主义的手法重建内战历史，用众生像的画廊形式展示了内战洪流将各色人等纷纷卷入其中而被迫经历浩劫的过程，全面反映了北方首领谢尔曼将军亲率大军穿越南方的摧枯拉朽的攻势对人们命运的改变；《南方的寡妇》则聚焦发生在富兰克林最为惨烈的战事，为双方伤亡数千人员的悲剧突然降临这宁静小镇的战争创伤哀叹和尝试探索疗伤的途径，着力展示了普通百姓、特别是妇女在面临国家分裂、兄弟相残的灾难时的表现；比尔斯在其短篇小说中聚焦内战时期民众生活的细节，尤其关注普通人的生存状态和战争所带来的后遗症，以及家庭成员在奴隶制等原则问题上的分歧和冲突。在这些着重表现内战毁灭性的小说中，作家们从宏大的战争场景到普通家庭内的亲情泯灭，甚至刀剑相向，都旨在揭示战争对所有人，无论是将军、普通士兵、平民还是黑奴的前途和命运的影响和述说他们在突如其来的灾难面前的抉择和遭受的创伤。他们特别凸显内战的毁灭性，促使人们不断反省和探索战争的根源，以避免悲剧的重演。

第三章
内战小说中的家与国

在探讨美国内战爆发的根源时首先想到的是奴隶制问题，其实建国不久的美国人在国家认同感上的缺失同样是走向分裂的重要原因，当代许多内战小说家在创作中尤为突出这一话题。作家们揭示了内战前各州居民总是强调家乡州的权利，对国家统一的重要性认识不足。实际上，奴隶制问题亟待解决的紧迫性与国家认同上的焦虑相互交织，加剧了南北分裂，使其朝不同方向发展，才导致最后的悲剧。这类作品着重表现家园意识对国家认同的影响，反映了内战小说发展中的新的趋势和特点。

内战前的美国人主要从家园视角和家乡州的立场看待与当时较为松散的联邦政府之间的关系。他们对国家体制是否优越合理关心不足，一般认为只要不干涉本州利益、能保障舒适浪漫的生活就不反对施行奴隶制。南方种植园主依靠廉价的奴隶劳动维持欧洲贵族式的生活方式，而北方的工业巨头则在对南方妥协和绥靖策略下保持发展趋势和盈利。随着西部新领地开拓，这种平衡被打破，奴隶制的废除与保留使国家逐步向两个极端发展，开始成为水火不容的两部分，内战爆发不可避免。一些内战小说家在这方面进行了深层次的探讨。米切尔在《飘》里描写了南方可爱家园的浪漫生活被内战打断，理想乐园在战争中毁于一旦，该书中的主要人物认同的是美国南方而憎恨北方。布鲁克斯的《马奇》则从北方人视角揭示南方的真相，展现与《飘》中家园截然不同的场景，淋漓尽致地揭露奴隶制下的黑暗与残暴，认为南方已成罪恶之地，强调北方家园的优越性和所占据的道义上的高地。杰克斯在《北方与南方》三部曲中讲述了南北两个家庭在内战时期因国家的分裂所经历的爱恨情仇。在《冷山》中弗雷泽凸显的则是无根的流浪、家园毁灭和国家的悲剧，从根本上否定国家认同的可能。在这些小说的创作中作家们以几种不同家园的描写实际反映了人们在国家认同上的纠结和困惑，也从更深层次探索和反思国家分裂、内战爆发的根源。

第一节 家乡州与国家认同

安东尼·史密斯指出："国家认同感通过集体人格和独特文化的棱镜，提供一种有力的定义和定位个人在这世界上的方式"（Smith，1991：17）。内战爆发前的美国尽管已经独立，但尚未形成独特的民族性和文化，松散联盟的各州只能依赖自己特点选择发展道路。内战前的南方由于奴隶制的存在，人们享有对他人生命和财产的所有权，这在北方人看来是非法的和无法想象的。在经济体制上，南方基于奴隶制的种植园经济可以从黑奴身上获得巨大的利润而不必付出劳动报酬，他们根本不愿放弃这种利益和对他人生命权利的控制；北方施行工业化城市经济，必须付给产业工人薪资；南方人反而认为他们的黑奴比北方劳工的生活更有保障，甚至美其名曰"快乐的黑人"（happy darkies），从而掩盖黑奴被剥夺人身自由和劳动选择权利的真相。在历史和文化记忆方面，北方逐步放弃欧洲旧大陆的观念，希望在新大陆创建自己的准则，而南方坚持欧洲贵族社会的价值观并保留欧洲各国开始放弃的奴隶制。

1. 国家认同感的模糊

国家认同涉及外部认同与内部认同两方面。欧洲的变化和对美国的态度在很大程度上决定了内战的进程。欧洲各国因美国南方主张的奴隶制属于过时的、罪恶的政治制度，在道义上无法公开支持这一叛乱政府，尽管大英帝国依然希望看到这昔日殖民地的内乱和对她的呼救。从内部看，当时虽然已建国近百年，美国人内心还是缺乏凝聚力，松散分裂的联邦制的致命弱点在国家的快速扩张中逐步凸显。南北双方对故国的看法也不相同。北方人并不在意欧洲的旧生活，只想在新大陆创造一个完全不同于欧洲的国家，而南方则将欧洲的模式搬到美洲，竭力维持贵族生活方式，成为一个礼仪周全但又充斥暴力的，由贵族社会与奴隶制社会交织的矛盾体。史密斯在《国家认同》一书中总结说，“国家概念可以定义为一特定人群共享历史领土，他们有共同的神话和历史记忆，大众文化，以及共有经济、合法权利与义务”（Smith，1991：14）。在内战前的美国，民族文化还未形成，对欧洲的历史记忆存在分歧，而对新大陆的认识尚不清晰，自然在国家认同方面不强。当时南北双方正朝着不同方向发展，使这松散的联邦成为差异越来越大的两部分。双方逐步认识到难以维持和谐的国家，必须一战，正如著名历史学家弗朗西斯·福山（Francis Fukuyama，1952—）所指出，“国家认同缺失的极端表现就是国家的衰败和内战”，因为被削弱的国家认同无法为公民提供安全保障（Fukuyama，2018：9）。在国家走向分裂的关头，人们只好依赖家乡州的强大和庇护。

2. 家乡州观念与国家认同的冲突

家乡州观念在美国社会中尤为独特和强烈，体现了人们对出生地具有的特殊情感。身处美国这种文化杂糅的移民国家，在民族性形成初期，民众对家乡州的忠诚度远远高于对国家的认同。这种观念源于美国人所推崇的家园意识。对于背井离乡到新大陆的移民来说，首要大事则是建立自由幸福的家园，然后才会考虑国家的未来。“家”意味着“庇护所（提供保护）、壁炉（温暖、欢迎归来的感觉）、私密（个人空间）、根（出生地）、住所（轻松的环境）、乐园（理想化的地方）”（Mallett，2004：81—82）。文学作品中“家”常常描写成避风港和避难所，是人们可以退却和放松的地方，也是当初闯荡世界的出发地。既是出生地，也是人们期望的归宿。对许多人而言，特别是流放他乡的难民，家园追寻成为其人性中基本成分之一。在家的定义中，主要指家庭成员居住的房子，还涉及被看作一个人的出生地、早年居所或令其感到亲近的地方，如国家、城市等，也指人的居住环境（Mallett，2004：62）。“家”一词的意义是逐步扩大的，德语中“家”（heim，ham，heem）来自印欧语系的“kei”，意指躺下和感到亲切或喜爱的东西；英语的“家”（home）来于盎格鲁-

撒克逊语的“ham”，意指村庄、房屋或乡镇。“家乡”（homeland）一词在使用上逐步接近国家的概念——祖国。这在早期便被统治阶层用于激励民众的民族主义和爱国主义，以保护其土地、财富和权力（Mallett，2004：65）。内战前的美国人更多地将家园的涵义扩大至家乡州，究其原因是由于各殖民地的建立先后不一，尔后才逐步加入合众国，居民们因此更关心的是本州事务而不是国家利益。

许多美国人认为，其国家记忆中占据主导地位的是从1861年到1865年的这几年，而不是独立战争。这段时间的经历被称为美国人的“荷马时代”（瓦德，2009：253）。内战促进了整个社会的融合同化，最大的影响是对国家的整合，在人们心中真正形成一个国家的概念，将复数的合众国变成单数。内战前的美国对大部分公民而言，只是一个松散的联盟，在关键时刻他们需要忠于的只是自己出生的家乡州，州权因而凌驾于国家权力之上。内战爆发时，人们深受家园观念左右而进行政治上的选择。1861年1月8日，杰弗逊·戴维斯[1]在国会参议院起身发表离职演说时说道：“与我一起在此服务的参议员都明白，我多年来一直主张州权力的根本内容之一就是各州有退出联邦的权力”（Foote，1986：6）。戴维斯强调他所代表的密西西比州居民继承的是美国革命传统，所捍卫的也是自由和独立的权利。他比喻说当年的英国是一只雄狮，现在的联邦将是一头棕熊，不得不加以反抗：“我们将像父辈依靠上帝免受狮子的伤害一样，从上帝获得力量使我们避免熊的毁灭，因而要对上帝充满信心，也要相信自己强大的内心和坚实的臂膀，尽最大的努力捍卫自己的权利”（Foote，1986：7）。

南方军事首领罗伯特·李也是这方面的典型。他自己也曾坚信联邦的永恒。在培养合众国卫士的西点军校担任督学的罗伯特·李原本是林肯政府精心挑选的北方联邦军队的首领，然而在弗吉尼亚宣布分裂出去时他毅然决定担任叛乱的弗吉尼亚军团统帅。他给出的理由是：

我无法与我的出生地、我的家园、我的家乡子弟兵戎相见。最最重要的是，我希望我们之间的分歧能够得到和平解决……无论是什么样的

1 杰弗逊·汉密尔顿·戴维斯（Jefferson Hamilton Davis, 1808—1889），曾担任美国战争部长，内战时期任南方邦联“美利坚联盟国”总统。

结局，我预计这个国家将经历一场浩劫，这是对我们国家的罪孽所作的必要的清算。但愿上帝指引我们从良向善，也保护你们和你们所拥有的一切。（瓦德，2009：39）

显然罗伯特·李将家庭的责任凌驾于国家之上。从道义上看他远不如格兰特，因为后者率领军队解放了黑奴和挽救了国家。其实内战的正义性是逐步显现的。黑人废奴主义者弗雷德里克·道格拉斯看得更清楚。他指出，尽管美国民众和华盛顿政府可以暂时拒绝承认这个事实，但是这些无法调和的逻辑混乱最终将会迫使他们面对这个事实："正在这片土地上兴起的这场战争是拥护奴隶制和反对奴隶制两大力量之间的战争"（瓦德，2009：46）。具有反讽意味的是，罗伯特·李在随后的征战中对国家破坏极大，最后成为率部投降的败军之将，但在小说家笔下总能得到较多颂扬之词，甚至在战后历史评价中也处于优势。北方将士虽然赢得胜利，却常常被贬低。许多内战小说作家从家园视角看国家政治制度的优劣，对内战前的南北双方不同的体制加以评判，因而其作品表现出来的内战也截然不同。弗朗西斯·福山指出，"国家认同始于人们对国家政治制度合法性的共同信任，不管该制度是否民主"（Fukuyama，2018：8）。内战小说家在创作中表现出对当时国家政治制度认知上存在的极大差异，正是因为所处的立场不同。

大卫·麦克科农和弗兰克·贝克希费在《理解国家认同》一书中指出："国家认同将民众纳入国家共同体，给予他们超越自己所能获得的意义和目的"（McCrone and Bechhofer，2015：10）。许多内战小说家在创作中都在家与国的问题上面临艰难的抉择，明显地表现出思想上的偏颇和局限性。从他们的作品看，作家们其实表达了对家园毁灭的悲叹和对新的理想国度的向往。在分析和研究相关作家和作品时，首先便会想到米切尔和她的《飘》。

第二节　陷落的伊甸园：《飘》

玛格丽特·米切尔（Margaret Mitchell，1900—1949）的《飘》（*Gone with the Wind*，1936）面世时正值美国经历大萧条，国民处于对未来极度失望之际。人们在阅读该书时发现主人公即使在内战以及随后艰难的重建时期都能顽强生存和满怀对未来的憧憬和向往，从而感受到无比振奋并激励他们自己重拾生活的信心。但该书自出版以来就引起极大的争议并遭到强烈的抨击。不可否认的是，《飘》是迄今为止影响最大的内战小说。米切尔沿袭种植园小说传统，描述了南方绅士精神、蓄奴制和贵族生活方式被摧毁的过程，展示了在极端环境里平民、特别是女性为生存而顽强奋斗的痛苦经历。该书尽管在对奴隶制的态度、颂扬白人至上主义和扭曲黑人形象等方面表现出作者的思想局限性，但在读者的接受中依然从通俗浪漫小说逐步上升为文学经典。

在《飘》出版当日，埃德温·格兰伯里（Edwin Granberry）在《纽约太阳报》（*The New York Sun*）上就预言它将对美国文学发生的影响："我们敢于提出这个论断：这部小说是美国文坛上所有小说之中最配得上同外国的伟大作家，如托尔斯泰、哈代和狄更斯等人的名著齐名并列而无愧的。"赫谢尔·布里克尔（Herschel Brickell）同时也在《纽约邮报》（*The New York Post*）上称此书是一部"振奋人心的小说，它非常完好和非常重要，它一定会进入美国文学的不朽宝库之中"。他还说它"比历史所撰写出或印刷出的任何东西，都更接近于讲明了我国历史上最富戏剧性的一个阶段、各州之间的战争和继文化崩溃而来的那些黑暗和血腥日子的全部历史……这是迄今为止所写关于内战及其后时期的最优秀的小说"（爱德华兹，1989：233—234）。对于《飘》的成功，安妮·爱德华兹认为，"在许多方面，大萧条的毁灭性后果与南北战争所带来的灾难性创伤相差无几——这一事实使《飘》似乎有不可思议的当代意义"。在罗斯福新政显得有气无力，政治上国家已经分裂，其程度几乎像南北战争时期那样严重，所有平民百姓关心的只是个人生存。米切尔的小说问世，"却成为美国真正好转的标志——不仅在出版界，而且在美国人民对自己成就的自豪感方面"。人们当时就发现，除了《圣经》，《飘》的精装本销路超过任何其他书籍，其受欢迎的原因是多方面的。它在宏观上描写了美国历史，而不是细碎地剖析地区性的美国社会习俗。它以一种独特的方式来描述这个国家曾经不得不忍受的毁灭性的最大分裂。它"不是通过男人与战争、政治与权力，而是通过女人以及她们为了医治南方的创伤，和为她们的男人及家园带回希望、自豪和繁荣，而不得不克服的千辛万苦来描述的”（爱德华兹，1989：238—239）。对于《飘》拍成电影获得成功的原因，人们承认它不是一个而是两个美国传说的化身：一个是以南方观点生动而感人地描绘南北州际的战争；另一个是两个具有顽强生命力、从战争中活下来的人之间的英勇而悲剧性的爱情故事。导演其实是把两个伟大传奇故事合二为一，“对南方说这是一部必受欢迎的激励叛乱的故事；对国家其他部分说，这是一部不会失败的爱情故事”（爱德华兹，1989：330）。米切尔在《飘》中聚焦内战对南方的毁灭性，全面展示了内战前后南方的家园巨变：从奴隶主家庭的极乐世界到劫后重生的悲惨生活。

1. 浪漫的南方青年

米切尔在《飘》中首先呈现了内战前南方的贵族社会。在小说的开端，米切尔笔下的南方种植园与欧洲贵族社会很相近，她以女主人公思嘉·奥哈拉的父亲杰拉尔德·奥哈拉对土地占有的痴迷和爱尔兰移民的种植园情结说明这种联系，强调对南方的认同实际上源于对欧洲旧大陆的乡愁。杰拉尔德看不起他哥哥那种商人，他要当一个地主，成为真正的南方人，“他羡慕那些种稻米棉花的富裕地主，羡慕他们慢条斯理、温文尔雅地骑着纯种马，后面是载着他们文质彬彬的太太们的马车和奴隶们的大车，从他们的古旧王国向萨凡纳迤逦而来”。[1]杰拉尔德的美国梦很明确：

> 他像一个曾经在别人所拥有和猎取的土地上干活的爱尔兰佃农那样，满怀希望看到自己的田地绿油油地从眼前舒展开去。他无情地、一心一意地追求一个目标，就是要拥有自己的住宅，自己的农场，自己的马匹，自己的奴隶。（46）

他所崇尚的种植园文化的起源可以追溯到英格兰殖民主义者1556年在爱尔兰施行的种植园计划。那是从伊丽莎白一世到后来的克伦威尔时代，英格兰人对爱尔兰土地进行掠夺，对爱尔兰人的迫害，使其背井离乡。17世纪爱尔兰人在海外的发迹时期，移民们到西印度群岛先是作为

1 玛格丽特·米切尔：《飘》，戴侃、李光野、庄绎传译，北京：人民文学出版社，2004年，第45页。以下引文只注明页码。

奴隶或契约奴，后才逐步成为种植园主。这实际上是他们对英格兰人殖民文化的移植和延续。爱尔兰人来到新大陆后对私有土地的渴望尤为迫切，这一现象可以称为“种植园情结”（plantation complex）。逐步出现的爱尔兰移民社区在早期的种植园文化的形成中起到重要的作用。尽管在历史上被镇压和受迫害，到19世纪从西印度群岛到美国南方大量的爱尔兰人还是成为奴隶主或者进入种植园管理阶层（Clukey，2013：510）。在一些爱尔兰裔的南方作家笔下，出现了很多带有这类特点的作品，被称为种植园小说（plantation fiction）或者豪宅小说（big house novel），其显著标志是带有大理石的白色豪宅，这种建筑象征着种植园主的家庭财富、威望和权力中心。有的评论家总结说，米切尔在《飘》中是将戏剧里的爱尔兰人形象与遭遇挫败的乡愁融合，“形成蓄奴时期的跨大西洋的种族主义话语”（Clukey，2013：511）。这一特点在思嘉的父亲杰拉尔德身上得到集中体现。米切尔将南方种植园主在内战中的失败经历与爱尔兰人在家乡遭受英国人的迫害并置，以便更多地获取读者的同情和人们对蓄奴制愤怒的缓和。他们对黑奴所做的一切实际上如同多年以前英格兰人在故乡对他们所做的一样。美国南方与爱尔兰有相似之处，南方人与爱尔兰人同样表现出对土地的眷念和具有强烈的家园情结。

《飘》的故事情节展开时像许多种植园小说一样，女主人公思嘉·奥哈拉悠闲地居住在风景秀丽、物质富裕的塔拉，整天无忧无虑，周旋于崇拜者的追求中，像女王一样任意选择心爱者，内战前的南方如伊甸园一般美妙：

> 一条两旁栽着杉树的林荫道从大路一直延伸到住宅门前——这样一条杉树林荫道是一所农场主住宅必不可少的——它不仅提供阴凉，而且通过对比使其他苍翠树木显得更加明朗。走廊顶上交错的紫藤给粉白砖墙衬映得分外鲜艳，它同门口那几丛粉红的紫薇和庭院中开着的白花木兰连成一片……（58）

在米切尔的笔下，女主人公思嘉自幼所处的庄园提供了特别舒适的生活环境，身边这群中上阶层的南方青年无需劳作也能像欧洲旧大陆的贵族一样生活，此时家中的黑奴正在为他们创造财富而流血流汗。米切尔主要颂扬的是美国南方适合欧洲贵族式阶层的社会体制，很少提及无数黑奴的悲惨生活和辛苦劳作。这类南方作家在创作中延续的是战争加浪漫的俗套，往往不顾史实，“美化奴隶制的南方，把内战前的南方描写成一片宁静、祥和、幸福的土地”（李公昭，2012：80）。正是奴隶制给思嘉一家提供了发家机会，米切尔在描述这一过程时甚至强调该制度的合理性。思嘉的父亲杰拉尔德在人生最低谷时向往的是做奴隶主和拥有土地的上等人。他教育孩子常说的是，土地才是世界上最值得拥有的东西，因为它是唯一持久的东西，唯一值得人们付出劳动、进行战斗和牺牲生命的东西。杰拉尔德最终靠一手好牌的豪赌赢得所需的一切，包括黑奴管家波克。他希望看到自己的种植园不断扩张，实现自己的人生目标。当妻子爱伦带着仆人和20个黑奴嫁过来之后，他的计划得以圆满完成，终于在当时草莽未改、民情粗犷的北佐治亚开拓出一片世外桃源，他们也逐步进入社会上层。正当杰拉尔德实现了自己的美国梦，建起豪宅，有上百名黑奴在种植园卖力，女儿思嘉正为青春期的浪漫生活谋划时，内战的突然来临毁掉了这一切。

2. 被毁的家园

在《飘》中米切尔详尽描述了内战对美丽家园的毁灭，她笔下的北方野蛮大军横扫南方，带来前所未有的浩劫。战争结束后，思嘉回家时发现北方佬已经来过，母亲突然去世而黑奴基本跑光。她们这种南方富裕家庭的金钱、黑奴和地位都在一夜之间全部化为乌有，只剩下土地和劳作，塔拉已从舒适安逸的家园变成苦难之地。思嘉回到塔拉，眼前的情景令人沮丧：

> 从窗口向外望，只见月亮正冉冉上升，淡淡的光华照着塔拉农庄在她面前伸展，但是黑人走了，田地荒芜，仓库焚毁，像个血淋淋的躯体躺在她的眼前，又像她自己的身子在缓缓地流血。（425）

在表现内战的残酷性时米切尔的立场十分明显，她写道：南方是这么美好的一个地方，决不容许轻易放弃它；南方是如此可爱，决不容许那些痛恨南方人、想把他们碾得粉碎的北方佬来加以践踏，最要紧的是，“南方是如此珍贵的家乡，决不容许将它交给那些沉醉在威士忌和自由之中的无知黑人”（659）。米切尔与许多提倡废除奴隶制的作家的看法截然相反，并不认同以北方为主导的国家权力。她所关注的是被强权政府的北方军队入侵下的南方，坚持认为导致国家最后分裂、引起内战的罪魁祸首不是戴维斯为首的南部邦联，而是北方维护国家统一的激进分子。在米切尔笔下，思嘉的新家园亚特兰大同样难逃厄运：

谢尔曼的部队从亚特兰大穿过佐治亚中部向海滨挺进。他们背后是浓烟滚滚的亚特兰大废墟，这个城市他们撤离时就一把火烧了……这里是广袤的沃野，上面散布着许多农场，农场里住着女人和孩子，年迈的老头和黑人。北方佬在沿途八十英里宽的地带掳掠烧杀，形成一片恐怖。成百上千家的住宅毁于烈火，成百上千个家庭遭到蹂躏。(468—469)

到战争的后期，北方对南方的封锁加剧，物价上涨厉害，奢侈品更是难觅踪迹。思嘉看到的是大量伤兵涌入亚特兰大医院，越来越多的女人穿起丧服，公墓里一排排士兵坟墓每天都在增加。南方到处是空无人烟的大厦，被遗弃的农场，门户洞开的孤独小屋。偶尔可见一个孤零零的妇女和很少几个奴隶在那里，他们到大路旁边向过路的队伍欢呼，提来一桶桶井水给他们解渴，替伤兵裹伤并将死去的人埋葬在自家坟地里。阳光炎热的山谷已荒无人烟，庄稼也被遗弃在炽热的田地里无人照管。思嘉走过亚特兰大饭店时眼前的情景令人震惊：

成百上千的伤员，肩并肩，头接脚，一排排一行行地躺着酷热的太阳下，沿着铁路和人行道，大车篷底下，连绵不绝地一直延伸开去。有的静静地僵直地躺着，也有许多蜷伏在太阳下呻吟。到处是成群的苍蝇在他们头上飞舞，在他们脸上爬来爬去，嗡嗡地叫。到处是血、肮脏的绷带、哀叹和担架工搬动时因痛苦而发出的尖声咒骂。(365)

重建时期的种种恶行甚至超过了谢尔曼大军对南方的毁灭，因为战争总会过去，但思嘉却看不到未来。她的两个希望都已破灭，一个是战争结束可以恢复过去的生活，另一个是艾希礼的归来可以给自己生活带来意义，如今都成为泡影。在小说结尾米切尔指出，直到重建运动的第三个年头，北方佬和黑人方才利用选举真正攻克南方最后的堡垒佐治亚，各种冒险家像秃鹰一样赶来饱餐一顿这快死的动物。可怜的女主人公思嘉现在才知道重建运动究竟意味着什么了，“就像知道如果家里被一群只束着遮羞布蹲在那里的光身子野人所包围时的意思一样”(658)。如何看待战后重建中的问题，米切尔基于自己的南方立场，尤其显得偏颇，如在有关作恶多端的三K党的问题上，她甚至加以偏袒，认为它的出现是为了对付偷钱的提包党（北方政府派到南方的接管人员）和盛气凌人的黑鬼，所表现的是人们拿起曾经放下的武器保护南方无助的妇女。

米切尔在描述被毁的南方家园时尤其强调内战对南方人精神上的打击和对贵族生活方式的摧毁。在这类小说中，“欲望的主要对象就是消失的过去，它总在不可挽回地刺激着渴望，以直接的乡愁形式表现人物内心的欲望”(Barkley，2014：55)。无法形成的国家认同感被强烈的乡愁替代，随之而来的受挫的浪漫欲望是《飘》中明确表现的主题，小说名“随风飘去”早已点明这种对失去的世界的惋惜和无奈。乡愁（nostalgia）一词源于17世纪的医学术语，指驻扎在异国他乡的士兵对故里的思恋和渴望归家的焦虑。该词由nosos（返回家乡）和algos（返家的欲望和焦虑）两部分组成（Colley，1998：2)。乡愁作为一种身体上的疾病和痛苦，早期人们用放血治疗，而这种痛苦在文本中叙述时，表现为一种肉体上的欲望（Barkley，2014：56)。思嘉所经历的是无法挽回的、南方的过去。为此米切尔在书中塑造了另一人物媚兰，此人比思嘉更保守，更具有代表性，所以她的去世无法避免，也象征着不愿改变的南方注定的命运。南方作为消失的天堂，失去的是昔日军队的荣光、恬静的生活环境和贵族式的生活方式，取而代之的是失败感、羸弱、难以言述的负罪感以及对前途的沮丧和不确定。米切尔的小说与南方复兴时期的其他作品相比更多地反映了她创作时的20世纪30年代的人们正在经历的痛苦、贫困和动荡，这与内战和南方重建时期的情景极为相似（Entzminger，2002：114)。在小说的结尾，作者尽管说道，“明天又是新的一天”，给人似乎留有一线希望，但更让人记忆深刻的是，并没有给思嘉留下一个可以依靠的男人，南方的失败毁掉的不仅是物质上的东西，而且是南方的男性，这一切显得没有可挽回的余地。思嘉最后回到塔拉时，发现家园已成为鬼魂萦绕之地，大部分黑奴早已逃走，家里几乎断粮，连自己也要靠昔日的黑奴救命。米切尔以这一家的缩影喻指战后的南方前途渺茫。

在《飘》这类作品中，读者最能体会到的是，“失去的家园不再是地理上界定的地方，而是一种心境”(Barkley，2014：55)。米切尔悲哀地展示了一种消亡的世界，在叹息中回忆南方战前的种植园主贵族气质(planter aristocracy)：“种得好棉花，骑术不错”(26)。至于如何恢复塔拉的生机，思嘉显得回天乏术。令人沮丧的是，她最终明白，心爱的艾希礼代表的是被毁掉的南方一代、南方的秩序和南方的过去。尽管从战争中活下来，他已不适应巨变后的南方，事实证明其为生活的弱者。因战争的残酷和生活所迫，思嘉逐步改变自己的选择，渐渐喜爱上劫后重建的亚特兰大这一南北混合的家园，以及新的更有力的情人巴特勒。她深知自己为的是从重建获得最大利益，以及工业化和城市化的物质享受。身在亚特兰大的时候，思嘉更加思念故乡塔拉。她希望回去，只因为那里曾经有过的平静生活和浪漫爱情，以及南方固有的贵族生活方式。实际上，塔拉与亚特兰大代表着不同的南方：历史与现实。思嘉尝试在极其艰苦的环境下重建家园，让生活回到从前。在小说最后，思嘉仍徘徊于两地之间。但她已经意识到不可能回到过去，所以不得不关注南方正在发生的变化，极力拥抱开始工业化的新南方而逐步放弃旧南方。

3. 作家思想的局限性

米切尔在《飘》的创作中也表现出明显的思想局限性，从而引起持续的争议。她笔下的南方人说话温柔，在内战中表现强悍而从不言败，总是不屈不挠。他们备受摧残，无依无靠，已沦为被征服领地上的公民。他们“注视着自己心爱的国土，眼看着它被敌人和那些戏弄法律的恶棍们践踏，原来的奴隶转而作威作福，自己的人民被褫夺公权，妇女横遭污辱”(616—617)。显然这里的国土是指南部邦联，人们希望在此长久保留奴隶制，以维持从前的贵族生活，只是战争打断了进程。这些家园被毁的内战受害者无法热爱给他们带来伤害并由北方佬所主宰的国家。思嘉昔日的家园、浪漫爱情和平静安详的生活都建立在罪恶的奴隶制上，这一切已被内战毁灭。她对北方以致整个国家的怨恨不难理解。《飘》中表现出的国家认同涉及范围只是从主人公的家园到美国南方，无法囊括整个国家。米切尔特地在书中展示了重建时期作为南方中心的亚特兰大，那是一幅令人触目惊心的景象：“半个民族正企图用刺刀强迫另半个民族接受黑人的统治，而这些黑人中有许多从非洲丛林中出来还不到一代人的时间呢。”(666) 南方人认为自己被置于一种外来的统治之下，他们许多人坚持决不向一个有意要他们屈服于残暴和羞辱之下的政府宣誓效忠。米切尔要指出的是，内战虽然结束了可是人心很难统一，北方的投机分子和军事管制当局再加上昔日黑奴结成的统治很难得到南方人的认可。

为此米切尔在《飘》中将穷白人和黑人描写成内战中的投机者和社会动荡的因素，这不免遭到人们的责难和抨击。该书对南方传统上认为奴隶制合法的观点加以广泛宣传，“展现了战前生活欢快和温顺忠诚的种植园奴隶的生活场景，哀叹内战对这一美好社会的毁灭”（Ryan，2008：22）。米切尔将上层白人和忠诚的黑人归于一类，而将不讲信用的穷白人与低贱的大田奴隶归于另一类。她甚至将黑人的悲惨地位归咎于懒惰、无知和先天性的低能。在分析社会矛盾时，她有意识地回避种族问题，而认为是阶级分层的差异造成贫富不均。她强调南方的种植园主实际上给予了奴隶们机会，只是他们中一些人在智力上的差异使其无法成为社会所需要的人才，只能充当大田黑奴而生活艰难：

> 正如爱伦那样，整个南方农场主妇都让那些黑人的孩子经过一番培训和淘汰，从中选出最优秀的去担任较重要的任务。派到地里干活的那些黑人是最没有能力学习、智力最低下，最不老实，最不可靠，最坏和最粗野的。（664）

在《飘》中奴隶们被描写成小孩一样愚钝无知，他们需要经常指导和监督，奥哈拉夫人就教导思嘉要像对待儿童一样对待奴隶。基于明显的种族主义思想，米切尔“对奴隶制的浪漫化描写和对黑人的贬低主要方法是用阶级分类”（Ryan，2008：26）。她以阶级的差异而不是种族的不同来模糊人们在社会中不同地位的根源。她笔下也有黑人上层人物，如嬷嬷和波克，其智力和道德修养远在贫苦白人之上。低贱的白人典型是汤姆·斯莱特里，此人尤其憎恨“阔人家的势利眼黑鬼”，因为县里那些干家务活的黑人总以为自己比下流坯白人还高一等，他们的公然蔑视常常刺痛他。黑奴比较稳定的生活更引起其他人嫉恨。穷白人发现，与自己的穷困生活对比，黑奴居然“吃得好，穿得好，并且病了有人照看，老了有人供养。他们为自己主人的好名声感到骄傲，并且大多以自己归上等人所有而觉得光荣，而他，却是人人都瞧不起的”（50）。另一典型是北方佬监工乔纳斯·威尔克森。此人生性卑劣，只能与穷白人斯莱特里一家人厮混。他使埃米·斯莱特里未婚怀孕后被思嘉的母亲辞退。北方军到来时他成为“自由人局”的官员，所以他在重建时期公报私仇，打算与黑人一起夺走塔拉。米切尔特意将这类穷白人与黑人一道归入社会底层，认为是他们在南方重建时期引起社会动荡不安。她在书中责备说，那些原先的黑奴在主持“自由人局”的狂妄冒险家的支持下，加上北方近乎宗教狂热的炽烈仇恨的怂恿，突然发现自己青云直上身居要职。他们在那里理所当然地指望着像个小情报机构那样行事，“就像一群猴子或小孩被无拘无束地放进一堆珠宝之中”，他们当然无法理解这些珠宝的价值，于是便在那里恣意破坏取乐（664）。这些获得解放的黑奴被描写成动物一样无知并被纵容。米切尔还将重建时期的亚特兰大棚户区描绘成邪恶之地，只因那里有穷白人与黑人居住在一起。在《飘》中这里是亚特兰大市郊名声最坏的地方，因为“这个肮脏的地方住着一些走投无路的黑人，当妓女的黑人，还有一些下层的穷白人，听说黑人或白人犯了罪的，也躲到这里来”（790）。低贱白人总是与黑人一起干着犯罪的勾当，思嘉本人就经历了他们联手的暴力袭击：

> 那黑人脸上挂着淫荡的微笑，朝着马车跑来，她就对他开了枪，打中了没有，根本不知道。……后来她觉得那人的大手摸到了她的喉咙，只听哧的一声，她的紧身衣从领口到腰全给撕开了，接着那黑手就在她胸口乱摸。（800）

基于如此恶劣的环境，米切尔甚至认为三K党人的出现是可以谅解的。在她看来，正是大量的凌辱妇女的暴行以及人们对妻儿安全经常提心吊胆，才逼得南方的男人憋着一股令人不寒而栗的愤怒，“于是一夜之间冒出了三K党。北方的报纸在大声疾呼反对这个夜间活动的组织，却从未觉察到成立这个组织的悲哀的必然性”（666）。这类描述明显地反映出作者对该组织的偏袒和纵容。该书出版以来遭到读者较多批评，人们寄希望在《飘》的续集里加以纠正。最典型的是2001年由黑人作家艾丽斯·兰德尔（Alice Randall）出版的戏仿小说《风已飘去》（*The Wind Done Gone*，2001），该书引起广泛的关注，甚至法律上的纠纷。兰道尔从黑人的视角反映内战前后的美国南方现实，对《飘》延续种植园小说传统，美化奴隶制和歌颂三K党人等方面加以嘲讽和抨击，其创意在于对后者在美国文化中“形成的有关奴隶制和种族问题的描写方面的霸权话语提出挑战”(Ryan，2008：20)。

4.《飘》的影响力

尽管如此，《飘》仍然是美国文学中最具影响力的作品之一，它获得成功的原因是多方面的。该书被认为是无数南方女性作家共同发声的作用，正是由于她们的积极参与构成自阿波马托克斯（内战结束）以来70年有关内战的历史记忆，才形成一种话语，使得米切尔的小说超越其他内战小说而获得文化霸权。这些日记作者、小说家、历史学家和俱乐部女会员的叙事才搭建起舞台，让思嘉成为上面的明星（Gardner，2004：2)。《飘》的成功在很大程度上要归功于时间上的巧合，米切尔1926年开始创作时正值第一次世界大战的结束和大萧条降临之间。她以这一代人的战后反叛精神将爵士乐时代的人物思嘉移植到内战背景中。该书1936年面世时，还对大萧条心有余悸的读者从被内战毁灭的南方看到的是自己的遭遇而同病相怜和引起共鸣。女主人公思嘉被认为是精明的女商人，她颠覆了传统价值观，对习惯了家长制的南方白人绅士构成威胁。在乡愁和浪漫史的掩饰下这一人物表现出根深蒂固的南方的或者说美国的特性，是一种在内战特殊时期生成的“表面上的女性化而隐秘的男性气质”(Haskell，2009：xii)。米切尔自己则认为该小说经久不衰的盛誉是因为它的主题，她指出：

> 如果说这部小说有主题的话，那就是有关生存下去。是什么让一些人能够熬过灾难，而另一些人同样有能力，同样强壮和勇敢，却沉沦下去了？每次巨变中都有这样的情况。一些人熬过来了，另一些没有。那些胜利地闯出一条路来的人们有什么品质是那些沉沦下去的所没有的？我只知道那些幸存者习惯将这种品质称为“进取精神”，所以我写的是关于有进取精神的和没有进取精神的人。(Gómez-Galisteo，2011：5)

《飘》的神话般品质或者说它的“经久不衰的、畅销文学的各种因素——冒险、战争、社会突变、浪漫情感的综合被认为是该书成功的原因。米切尔的丈夫约翰·马什认为该书的成功在于它包含了“生活中所有重要的经历：出生、恋爱、婚姻、死亡、饥饿、妒忌、仇恨、贪婪、欢乐和孤独”（Gómez-Galisteo，2011：5）。根据安妮·爱德华兹（Anne Edwards）所著的《飘来飘去：玛格丽特·米切尔传记》（*Road to Tara: The Life of Margaret Mitchell*，1983），当麦克米伦出版社的业务员哈罗德·莱塞姆（Harold Latham）从玛格丽特·米切尔手中接过书稿时，曾问过该书的主题是什么，这位即将名扬天下的作者说，“这本书是关于我们的人民度过战争和重建时期与经受社会和经济制度的彻底破坏的品质”（爱德华兹，1989：16）。米切尔喜欢把自己看作是“爵士乐时代的产物，一个被传道士们称之为三十岁以前就会下地狱或被绞死的、留着短发的年轻无情的女人”。她在很大程度上与笔下人物思嘉一样，“是解放了的女性和南方美人奇特的混合体”（爱德华兹，1989：10）。

文学史上很少有小说像《飘》这样激起人们的热情和在世界范围内持续地享有盛誉，“据统计该小说至少有多达185个版本的出版”（Gómez-Galisteo，2011：3）。《飘》的开放性结尾也刺激了许多人的写作兴趣，因而出现了不同版本的续集，其中授权的续集有两部：亚里桑德拉·里普雷（Alexandra Ripley）的《斯佳丽》（*Scarlett*，1991）和唐纳德·麦克卡格（Donald McCaig）的《瑞德·巴特勒身边的人们》（*Rhett Butler's People*，2007）。特别是麦克卡格，他注意从瑞德·巴特勒的角度看问题，同时注意到21世纪人们的看法已有极大变化。他在创作续集时就认为，米切尔在《飘》中对奴隶制的描写令人不安，他决定“将米切尔对奴隶制的温柔甜美的描写改为更现实的画面”（Gómez-Galisteo，2011：7）。艾丽斯·兰德尔（Alice Randall）的戏讽小说《风已飘去》（*The Wind Done Gone*，2001）和众多的《飘》迷的小说作品可以算作副产品。具有讽刺意味的是，在第二次世界大战中，占领法国的纳粹政府最初允许人们阅读《飘》，认为他们会将书中的北方佬看作同盟国一路的，随后发现法国人居然将美国南方人的表现看作法国抵抗力量的象征，当局于是在占领区禁止该书的阅读，直到战争结束（Gómez-Galisteo，2011：4）。随着《飘》的流行，思嘉不再只是文学作品人物，已成为世界上各地人们的文化想象。该小说的相关产品也不断涌现，除不断推出的电影外，还有传记书籍，如玛丽安娜·沃克（Marianne Walker）的《玛格丽特·米切尔和约翰·马什：〈飘〉背后的爱情故事》（*Margaret Mitchell and John Marsh: The Love Story Behind Gone with the Wind*，1993）、电视剧《燃烧的激情：玛格丽特·米切尔的故事》（*A Burning Passion: The Margaret Mitchell Story*，1994）以及在伦敦上演的罗恩·哈钦森（Ron Hutchinson）的戏剧《月光与木兰》（*Moonlight and Magnolias*）等。深究《飘》成功的原因不难发现，该书虽然是关于南北之间的战争，但在双方的读者中都赢得赞誉。这对世界各地的读者也一样，只因书中关于南方的神话不仅是美国的神话，也是关于生存下去的、有普遍意义的故事。

第三节 重访战时的南方：《马奇》

与米切尔的《飘》截然不同的是杰拉尔丁·布鲁克斯（Geraldine Brooks，1955—）的《马奇》（*March*，2005）。拥有美国和澳大利亚双重国籍的布鲁克斯在创作中以美国文学经典路易莎·奥尔科特（Louisa May Alcott，1832—1888）的《小妇人》（*Little Woman*，1868）为基础发挥想象力，塑造了内战时期富有理想情怀的废奴主义者形象。在《小妇人》出版一个多世纪之后，布鲁克斯用小说中缺席的父亲作为自己作品的主角，叙述了此人战前对南方的印象和20年后参战时目睹奴隶制下血腥场景的感受。[1]该书荣获2006年普利策小说奖。布鲁克斯从北方人的视角看内战和南方的变迁，描述了从贵族生活的浪漫到走向末日的奴隶主庄园，内战爆发后昔日高雅的书房外早已成为南北双方厮杀的战场。

在基于《小妇人》创作《马奇》的过程中，布鲁克斯的任务更为复杂，她将现实与虚构的人物纳入自己的小说中，描绘出反映19世纪内战时期美国生活的画卷，既要向文学先驱表达赞誉，又要使自己的作品成为优秀的历史小说杰作，“其虚构的马奇家庭足以与路易莎·奥尔科特先前的创作比肩”（Shealy，2006：164）。奥尔科特在《小妇人》的开端就讲述了这一家之主、已过从军年龄的父亲只能作为随军牧师上战场，留在后方的妻女尽管生活在和平的环境里却无时无刻不在想念出征在外的父亲马奇。在夜晚几个姊妹聊天时都在谈论父亲，“乔幽幽地说道：‘我

1 在《马奇》的后记中布鲁克斯承认是从《小妇人》作家的父亲布朗森·奥尔科特（Bronson Alcott）的日记、信件和传记中获得灵感。布朗森十八九岁时像主人公马奇一样到南方种植园兜售日用品和书籍，当时他并没有意识到奴隶制的残酷，而是如此着迷于奴隶们的体力劳动可能为其主人创造的悠闲的精神生活，直到中年时才觉醒并成为反奴隶制的激进分子。与马奇不同的是，布朗森是教育家而不是牧师。

们现在没爸爸，很长时间都不会有。'她没有说'也许永远都不会有了'，可每个人都在心里暗暗添上了这一句，爸爸在远方，那里正在打仗"（奥尔科特，2005：1）。在该书中马奇先生常常给家人来信，但总是对所经历的艰辛、凶险和内心的思乡之情一带而过，让她们觉得一切正常平安。马奇太太在想念丈夫时曾遇见一位更可怜的父亲，此人告诉她，自己的四个儿子中两个阵亡，一个被俘，一个还在医院里。想到她们家只送走一人上战场，其他人都平安地生活，她也感到满足了。从该书的故事情节不难看出内战对马奇太太这类北方家庭的影响同样很大。奥尔科特的《小妇人》的历史背景是"美国一八六一至一八六五年的南北战争，但作者没有涉及敌对者的浴血厮杀。也许，作者的立意不在此处，也许，此时此刻，真正需要的，却是以人性中的善良来化解南北双方的乖戾和仇恨"（奥尔科特，2005：4"前言"）。如果说奥尔科特描述的是内战期间北方家庭的生活情形，布鲁克斯在《马奇》的创作中则是延续这一家的故事，使人们对内战时期的另一面有更加深入的了解。该书分为两部分。第一部分从《小妇人》里出征在外的父亲马奇的视角，讲述了他在北方军队里担任牧师的经历。他年轻时曾到南方并与混血儿女黑奴产生爱情，但最后在目睹女奴受刑时却退缩了。内战爆发后马奇再次来到该种植园，经历战争的冒险，最后负伤被送回北方。第二部分是从马奇的妻子视角讲述她照料重伤的丈夫和陪伴家里的女孩子逐步成长的生活。该书中南北对比鲜明，一边是处于奴隶制的地狱，另一边是尽享自由的天堂。作者旨在揭示南方奴隶制社会必然消亡和以北方为代表的正义一方最终必胜的根源。

1. 内战前的"南方乐园"

布鲁克斯在小说开端描绘的南方社会实际上是欧洲贵族式生活与血腥奴隶制的混合体。主人公马奇18岁时做推销员曾到南方，常常在回忆里感叹那是自己所见过的印象极深的和睦的奴隶主家庭。那些带有白色大理石圆柱的奴隶主豪宅与奴隶的简陋棚屋并存，然而他像许多旅行者一样，当时并未注意到这种风景优美但差异极大的环境里的罪恶。他非常羡慕种植园主妻子们生活富裕，穿着打扮远远超过自己家里整日劳作的母亲。马奇在主人克莱蒙特藏有各种文学和哲学经典的书房里感慨不已，认为此人高雅不凡："高尚在于他的理解能力，宽广在于他的趣味，聪明在于他的品位。"[1]即使家里的混血女奴格蕾丝也能模仿女主人以丰富而更有共鸣的声调为主人读诗。克莱蒙特太太承认爱这女奴已胜过自己的女儿，声称"格蕾丝享受的自由比我的女儿还多。不是离开我的自由，她永远不会离开我。她是克莱蒙特先生当作结婚礼物送我的"（27）。马奇极为欣赏这家能有如此优雅的女奴："她的声音出人意料：优雅，像铃一样响亮……她的出现是个好兆头：奴隶都这么整洁"（16）…… 马奇认为南方女奴的言谈举止比北方大人物并不逊色，不由得惊叹其所受的教育。他发现极有雅兴的克莱蒙特可以一边全神贯注地读书，一边轻松地谈论奴隶制问题。埃里克·芒雄-里高（Eric Mension-Rigau）在《贵族：历史与传承》（*Singuliere noblesse l'heritage nobiliaire dans la France contemporaine*）一书中谈及法国贵族阶层时指出："名门贵族对于文学的世袭爱好，也撑起了他们的集体形象，因为这一兴趣不仅有助于维持记忆，也有助于凝聚身份，并形成社会学意义上的差异"（芒雄-里高，2018：13）。克莱蒙特像许多南方奴隶主一样，极力模仿和保持欧洲贵族的生活方式，特别是以文学修养彰显与众不同的素质。

在克莱蒙特看来，南方这种制度安排极为恰当。他认为非洲人在道德上只是孩子，需要白人的引导和保护，直到这个种族成熟起来。克莱蒙特也意识到奴隶制终将消亡，但不是在他这一代或下一代，而是要等到非洲人一代代成熟起来才行。他认为奴隶主目前还需要扮演严父的角色，甚至用惩罚的手段，逐步将奴隶们从童年状态赶出去，促使其真正成人。他们自认为有义务把奴隶们从黑暗中拯救出来，带入光明。克莱蒙特特别欣赏奴隶制免除了主人的劳作，可以让他们有更多时间自由地思想和生活，而奴隶则可以从主人那里了解到高级人类的生活状况并当作学习的榜样，这对他们大有裨益。马奇一度竟然认为"他是个多么适合的榜样，他的奴隶多么幸运啊"（32）。克莱蒙特经营奴隶制家园的一套理论竟然令马奇折服，甚至他也渴望成为这种高级生活方式的一分子。但他教小奴隶普鲁登斯识字一事意外触及这种家庭的禁忌，让格蕾丝和厨娘都惊恐万状。她们责备马奇在弗吉尼亚待了一年多居然对南方的情况毫不了解："你不知道

---

1 杰拉尔丁·布鲁克斯：《马奇》，张建平译，北京：人民文学出版社，2007年，第23页。以下引文只注明页码。

教奴隶识字是犯罪吗”(35)？尽管克莱蒙特例外开恩让女奴格蕾丝识字和读诗，但依然害怕奴隶接受教育，认为奴隶一旦识字，就可能给自己或其他奴隶编造假文件。他尤其担心奴隶阅读北方佬所写的煽动性小册子。他直言：“我绝不会让自己的任何一个奴隶去看这些邪恶的、过激的、诽谤的垃圾文字”(38)！管家哈里斯发现了马奇教奴隶识字的背叛行为，怀疑他是废奴主义者。在所有黑奴面前，克莱蒙特主持了对自己承认请马奇教奴隶识字的格蕾丝施以鞭刑，打得裸露下半身的她血肉模糊。马奇此时才对所谓南方幸福家园的真相有所了解。这正如托马斯·索威尔（Thomas Sowell，1930—）在《美国种族简史》(*Ethnic America: A History*，1981）中指出，在内战前的南方，防止奴隶逃跑的办法“不是筑起篱笆或设置岗哨，而是通过使奴隶处于无知、依附和恐惧状态来实现的”(索威尔，2015：105)。为维护奴隶制，必须使奴隶们既不会读也不会写，所以当时南方多数州都严格规定教奴隶识字属犯罪行为。

在随后的岁月里马奇身处北方的和平自由的环境中，逐步成为废奴主义者，也深受约翰·布朗的影响。当后者希望他投资人类解放事业时，马奇被所展示的蓝图迷住了：“勇敢的护送者，凭借精良的武器和充足的资金，他们将不计任何风险，不单单是将个人送往自由之地，而且在一个个种植园努力，同时解放几十个、几百个甚至成千上万个逃跑者”(138)。尽管后来马奇才得知布朗把钱用在购买武器上，而不是资助那些逃亡者，只是为有朝一日的叛乱作准备，他还是认为这么做是值得的，并愿意不惜散尽家产资助奴隶解放事业。内战爆发后，身为牧师的马奇在为即将上战场的士兵演讲时突然觉得自己应该亲自参战，便作为随军牧师奔向战场。

2. 战争中的南北对比

马奇再次来到格蕾丝所在庄园时，此处已被征用为北方军队的战地医院，他发现格蕾丝尽管经历多年磨难却坚持为奴隶主服务，拒绝离开曾经鞭打她的压迫者。马奇在给家里的信中惊叹道：“多么了不起的基督教徒宽宏大量的榜样啊！有人说奴隶不通人性；我说她比圣徒更像圣徒——我们的小妇人的活样板”(48)。马奇从格蕾丝口中得知，这名美貌过人的女奴一岁时妈妈就被克莱蒙特卖到南方。格蕾丝其实是克莱蒙特的私生女，然而血缘上的父亲竟不讲情面，卖掉母亲后却要求混血女儿（女奴）对自己绝对忠诚。在南方奴隶制教育下，孝顺女儿甘心充当白人的泄欲工具。马奇详尽了解奴隶主一家的关系后，对这种血腥制度的内幕感到震惊。回想当年自己受到克莱蒙特家财富的诱惑以及那种伪崇高的欺骗他深感内疚。在奴隶制问题上，马奇认为自己遭受了“道德盲目之痛”（49），为了分享那种制度的一小部分诱人的果实，他年轻时居然对其罪恶视而不见。他只希望以实际行动为国家的改变尽一份微薄之力。但作为随军牧师，即使身临险境马奇还是不愿使用刀枪，只想用基督教的教义感化南方人和鼓励黑奴起来为自由而战。

布鲁克斯在小说中主要展示北方的优势，如歌颂爱默生和梭罗为代表的人物在文化和道义上的高尚，以及约翰·布朗等废奴主义者的英勇行为。他着重谴责南方社会在高雅虚伪掩饰下的罪恶的奴隶制、家庭的乱伦，以及凌驾于国家利益的私利、野蛮与专横。特别是她以马奇年轻时到南方的迷茫和初恋——与女奴之间的情感和现在北方稳定生活的对比，表现了天堂与地狱之间的差别。参与内战的马奇的职责之一是教育获得解放的黑奴，让他们逐步形成对这个国家的认同：“我想让他们知道，从现在起，他们要把自己当作这个美国故事中的一部分，因此必须为国家的过去感到骄傲”（160）。显然马奇想法天真，黑奴们即使获得自由，也难以对这个犹如巨型监狱的国家的历史感到骄傲。其实马奇自己也无法认同一半自由一半奴役的国家。布鲁克斯在该书中清楚表明，要么摧毁奴隶制、要么与其割离开来，这也是当时不少北方人的心声。在经历了内战和亲眼见过南方之后，马奇对美国有更全面的了解，同时也改变了自身。格蕾丝告诉马奇更多有关她的悲惨故事，如被克莱蒙特的儿子奸污（实际上是乱伦），但她在心理上比马奇更加坚强，终于站出来为自己的解放而战。格蕾丝最后成为一名理想的战士，尤其在对她与马奇之间的感情上有更加清晰的认识。她总结说：“他也许爱我所代表的一个概念：非洲，解放的。我对他来说象征着某些事物，一种他想改造的过去（如果他做得到的话），一种他渴望的未来”（268）。由此她将两人之间的感情提升到新的高度，也对未来寄予厚望：不仅仅是取得战争的胜利和废除奴隶制，还要消除种族歧视，实现人们之间真正的平等。这位前奴隶对人生、爱情和友情的理解似乎也远远超过其他人，甚至成为新女性的代表。主人公马奇其实并不了解这场战争的意义，对自己的参战冲动和随后的经历极为不满。然而获得解放、思想境界更高的黑奴格蕾丝认为马奇的本职工作应该是写出布道文让邻居们准备好，“有朝一日接受一个黑人白人平起平坐的世界”（297）。目睹南方奴隶主的残暴和反叛匪徒的罪行，马奇经过战争的洗礼：与普通士兵并肩作战和战时恋情的挫折，他从一名深受爱默生、梭罗超验主义思想浸染的理想主义者逐步成为身先士卒的反奴隶制战士，使在家的妻女感到自豪。然而从战场回家后，马奇依然发现自己做得不够，内心的感受甚至像个冒名顶替者，原先被激情和冲动拉入战争的自我早已消失，战争在他看来已没有意义。从人物刻画和内心描写上看，布鲁克斯所流露的也是同许多作家在处理内战主题时一样的矛盾心理，即仍然处于迷茫徘徊之中。

布鲁克斯在该书中详尽地描述了南方奴隶主一方面注重沿袭欧洲贵族式生活，依靠奴隶的艰苦劳作创造的财富而享受书斋里的高雅文化和陶醉于精神冥想，另一方面却不忘用暴力阻止奴隶获得教育机会，作者特别强调这类贵族绅士们在奴隶制下肆意妄为、草菅人命，不惜以严酷的手段压制奴隶的觉醒和反叛。布鲁克斯也展示了内战积极的一面，赞许所摧毁的是奴隶主的安乐窝，而对奴隶的简陋大棚却并无大碍，给前者带来毁灭，让后者获得新生。她将历史人物如爱默生、梭罗和约翰·布朗等与取自奥尔科特的《小妇人》中的虚构人物马奇一家的命运和经历交织在一起，以丰富的想象力叙述内战的残酷。通过布鲁克斯的现实主义和常常抒情的散文形式，“读者可以嗅到恶臭、尝到血腥，摸到碎骨。该小说并不在于表现战争，而是讲述战争对一个家庭的影响”（Shealy，2006：164）。《马奇》中的南方奴隶主庄园与主人公的北方家园（即《小妇人》中描绘的那种和睦温馨的家园）——精神港湾和奔向战场的出发地，形成鲜明对比。经历了内战洗礼后回归家园的马奇希望以北方的优越制度替代可恶的南方奴隶制，当然他对国家的认同感也仅仅限于北方。而尽量以中间立场和对南北双方保持平衡的方式描述内战，用极长篇幅尝试全面反映战争场面和影响的则是约翰·杰克斯的内战三部曲。

第四节 内战中的家族史诗：《北方与南方》三部曲

当代内战小说家特别关注这场浩劫对普通家庭命运的改变。约翰·杰克斯（John Jakes，1932—）在史诗性小说内战三部曲里讲述了从内战前20年到战争爆发后，居于南北两地的两个家族因突然而至的国家巨变带来的痛苦经历和恩怨情仇。他在第一部《北方与南方》（*North and South*，1982）中阐述了内战前国内冲突的缓慢酝酿过程和复杂的根源，探索人们如何走向战争和所做的抉择；在随后的《爱情与战争》（*Love and War*，1984）中则描述了内战中两家成员的参战经历和受到的冲击；而在最后一部《天堂与地狱》（*Heaven and Hell*，1987）则聚焦内战结束后对西部印第安人的战争，揭示其对人性的扭曲和质疑西部开发的正义性，以及南方重建过程中各种势力的较量，特别是三K党人对黑人以及同情者形成的威胁。在这些作品中杰克斯以在国家分裂时期南北两个家庭的艰难处境和各种人物作出的反应，探讨内战爆发的根源，强调南北双方早已朝着各自的方向发展，成为完全不同社会体制下的两部分，国家分裂不可避免，不得不通过战争这种极端的手段解决根本问题。

约翰·杰克斯被誉为"美国历史小说教父"。他属于高产小说家，也总在尝试其他题材和手法的创作，除了历史小说外还推出了西部小说和科幻小说。他的历史小说跨度大，涉及从美国独立战争到第一次世界大战的题材。杰克斯擅长利用历史资料，总是将虚构的故事情节和人物与真人真事相互交织，推出生动和极具可读性的作品，被称为"美国历史教师"。杰克斯1932年出生于芝加哥，曾就读于西北大学戏剧专业，随后在俄亥俄州立大学读美国文学研究生，早年主要创作短篇小说和剧本。1974年杰克斯推出《私生子》（*The Bastard*）成为畅销书，并开始创作由八本小说组成的"肯特家族系列"（*The Kent Family Chronicles*）小说，该系列小说讲述了一个美国家庭经历独立战争到内战之后的遭遇和变迁。除《北方与南方》三部曲外，杰克斯还于2000年重新推出涉及内战主题的小说《秘密行动》（*On Secret Service*），讲述了关于内战时期华盛顿的政治较量、弗吉尼亚战事和暗杀林肯等事件的残酷斗争、爱情故事和阴谋设计。1996年玛丽·琼斯（Mary Ellen Jones）出版的专著《约翰·杰克斯批评指南》（*John Jakes: A Critical Companion*，1996）一书较为全面地分析和总结了杰克斯的艺术手法和创作成就。杰克斯在三部曲的第一部《北方与南方》里讲述主人公奥里和乔治以及家人的故事。这两人在西点军校和墨西哥战场结成生死之交，退伍后一人成为南方种植园主，一人成为北方工业巨头。他们极力维护两个家庭之间的情谊，然而个体的努力无力回天，国家逐步走向分裂的大趋势最终改变了他们的命运。在该书中杰克斯详尽叙述了南北两个家庭因其特殊地位，见证许多历史人物在国家分裂前的言行和所采取的态度，将内战爆发前的各种历史事件串联起来，着力反映战争爆发的必然性。

1. 截然不同的生存状态

杰克斯在《北方与南方》中首先描写了内战前身处自由的北方和奴隶制下的南方两种截然不同社会里的生存状态，详尽描述了人们实现美国梦的不同方式，对北方家族的基于资本主义发家致富与南方人依靠奴隶制积累财富的方式加以比较。杰克斯追根溯源地从1686年的哈泽德家族历史讲起，探索他们在新大陆为实现美国梦而建立工厂的艰难曲折经历。南方的梅因家族则是因宗教原因被迫从法国移民到卡罗来纳开创事业，利用奴隶制聚敛财富逐步建立自己的庄园。先辈查尔斯·梅因是靠绑架和贩卖印第安人为奴发家，家族其实也混有印第安人血统，尽管在良心上深感内疚却在南方如鱼得水。他们像其他的早期白人一样，担心熟悉地形的印第安人起来造反，转而使用适宜南方酷热和恶劣环境并更容易控制的黑奴。尽管贩卖奴隶在道义上常常使梅因家族有罪恶感，但看到自己的美国梦得以实现，他们也逐步将其视为南方的习惯和因其获得法律的许可而心安理得。

杰克斯在该书中着重比较南北两种社会制度。内战前，南方的奴隶制实际上已开始走向末路，甚至导致一些家庭内部的纷争甚至分裂。杰克斯笔下的梅因家族就是如此。他指出这种分歧正如奥里的父亲蒂利特·梅因所说，"正在缓慢地、然而不可避免地使这个国家四分五裂"。[1]但身为奴隶主，蒂利特相信自己所代表的制度是合法的，认为黑奴在其庄园里很幸福，因为"这个制度是有利于他们的。他们不在这里干活，

1 约翰·杰克斯：《南北乱世情》（上、下），刘英芳、张镜、刘兴安译，北京：作家出版社，1988年，第185页。《北方与南方》此译本名为《南北乱世情》。以下引文只标明页码。

就会去过野人的生活。黑人的生活得到组织和管理，他们才是最幸福的”(上111)。奥里的哥哥库珀·梅因作为南方的新一代，早已意识到“那个将南方的繁荣牢牢束缚着的特殊制度，就像奴隶们被牢牢束缚在奴隶主身边一样”。他发现南方的一切已经与时代很不协调并指出：“南方曾一度治理着这个国家。但这已经一去不复返了。我们一年一年地在全国范围内失去人们的尊敬与影响”(上101)。库珀对自己家的蓄奴深感忧虑，并逐步划清界限，他说，“一有人敢于批评我们在南方做事的方式，我们就像树林中的箭猪一样采取守势。北方人说奴隶制是错误的，我们就说这是一种祝福”(上184)。他承认南方人在这一问题上的虚伪，也明确指出：“一个被剥夺了自由的人是不会幸福的，看在上帝的份上”(上184)。当父亲命令手下监工对奴隶施以猫咬的暴行，并坚持自己有随意处置财产（奴隶）的权力时，库珀赌咒道：“由于这种惨无人道的思想，这个州和整个该死的南方都将会沦为废墟”(上211)。库珀深知南方人不愿放弃奴隶制，因为那意味着放弃很多东西。奴隶制使人对他人拥有绝对权力，然而人们不应该拥有这种权力，即使国王或总统都不应该，因为这种权力具有破坏性。这种绝对权力对每个人邪恶的一面都有罪恶的吸引力。库珀最后从家里搬走，他认为“不能待在这里帮着管理这鬼地方了，整个制度不仅是犯罪的，而且是愚蠢的。愚蠢而且注定要完蛋”(上211)。令人遗憾的是，这位极富正义感的南方绅士后来逐步转变为种族主义者。

杰克斯在小说中特意将南北两地的描写并置，凸显它们之间的明显差异，强调“自由的北方人努力工作使自己生活得更美好。而南方的奴隶工作则是为了使自己不受惩罚。这种区别正在慢慢地从内部使南方腐烂发臭”(上144)。奴隶们是被强迫劳动，还要随时面临酷刑的威胁。杰克斯用两家人的互访揭示南北两地的内幕。由于正逢家里对奴隶施以刑罚，本来隆重欢迎来宾的氛围被破坏。奥里为朋友乔治在场并亲眼所见南方人的残酷无情而感到丢脸，因为北方早就盛传南方人惨无人道而常常加以谴责。乔治再次到奥里家时又遇到刚有奴隶逃走，全家人陷入一片混乱。他完全给弄糊涂了，难道是“为了一个逃亡奴隶这么坐卧不安，到底为什么？就因为一个奴隶获得了自由？自由就这么无法容忍？蒂利特的祖先不也为了本州的自由独立和英国人打过仗吗”(上298)？他开始明白奴隶制对奴隶主同样是巨大的精神压力。奴隶一个也不能逃跑，如果一个获得自由，成千上万的奴隶就会效仿。梅因家也和其他奴隶主一样，“靠奴隶劳动发了财，但他们同时也成为奴隶制的奴隶，并且是惶恐不安的奴隶”（上298）。杰克斯在此所指的是，这种制度对白人同样是一种禁锢。

杰克斯在该书中揭示了身处奴隶制的人们的生存状态。他指出南方妇女的地位十分低下。贾斯廷对妻子马德琳敢于发表自己的见解大为震怒，甚至暴力相向。马德琳说，“我不知道发表不同意见在南卡罗来纳就是犯罪。我不知道言论自由被剥夺”（上193）。贾斯廷要求她不要在公开场合表态，因为她的地位只是一个妻子，并明确指出：“那就是说你没有资格在任何实质性问题上发表见解”（上193）。他认为“女人同思想绝不能混在一起”（上194）。为了彻底控制妻子，贾斯廷不惜暗地里用毒品让其成瘾，整天浑浑噩噩，失去理智。杰克斯特别强调南方人总认为奴隶没有接受教育的权利，奴隶主对奴隶识字尤其恐惧。蒂利特告诉来访的乔治：“南方必须明令禁止黑人读书。连《圣经》也不许看，要是读了《圣经》不能正确理解，必然生出反叛思想来”（上299）。人们从奥里家居然搜出西奥多·韦尔德牧师于1839年出版的《美国奴隶制度实录》一书，令大家极为恐慌。韦尔德在该书里写道：“人类的行为也许会自相矛盾，但人类的天性却始终如一。自从奴隶制度这一怪物产生之日起，天性就一直在大声疾呼并声讨奴隶制。天性将如日月行空，决不改其初衷，它不断鞭挞奴隶制，不断霹雳般地摧毁奴隶制，直到把这一怪物扫进历史的垃圾堆”（上337）。这类书籍无疑对整个南方社会都具有颠覆性。实际上具有强烈种族主义思想的白人男性对黑奴和女性的控制都绞尽脑汁、煞费苦心。

杰克斯注意将南北两个家庭的交集置于内战前风云激荡的环境里加以考验，聚焦特殊时期里人性的扭曲和变化的根源。该书中的故事开端于1842年，两个家庭的代表人物奥里·梅因与乔治·哈泽德都于1844年进入著名的西点军校（该校成立于1802年，许多毕业生和教官在随后的内战中各为其主、兵戎相见）学习，逐步成为生死之交，两个家庭的关系也在内战中经受考验。杰克斯注重探讨两个家庭中一些成员的不安定因素，认为他们集中表现出分裂主义和废奴主义的极端倾向，正是这类人的所作所为导致国家的分裂和南方的毁灭。乔治的姐姐、废奴主义激进分子弗吉莉亚宣称，“南方的种植园是不折不扣的黑人育种场，也是南方腐化堕落的贵族阶层批准开办、得以维持延续的庞大妓院”（上327）。她公开号召人们进行一场野蛮残酷的圣战。她主张先帮助约翰·布朗在南方解放黑奴，然后再收拾北方的白人，如果需要甚至可以先从她自己家里开刀（下71）。努力调和南北矛盾的乔治认为国家正落入激进分子手中，这类人只想用流血的方法解决问题。一些南方人希望废奴主义者不断挑起事端，因为只有这样南方才能合法地脱离联邦和另立政府。他在南方已经看到分裂主义倾向越来越严重，而北方的废奴主义者中许多人更加热衷于对抗而不想解决问题，擅长宣扬仇恨却不愿让人保持理智。乔治明白，如果南方不能自己解决问题，全国其他地方肯定会采取行动。这自然是指战争的爆发。乔治发现越来越难以维持与奥里的友情，因为在奴隶制问题上他们有较大的分歧。他常常扪心自问：“这种友谊能够无视在人类自由这种大是大非问题上的分歧吗”（上320）？他怀疑南北双方的人们都难以经受如此大的压力去维持原来的友谊，“眼前出现的是一幅黑暗的图景：整个国家被奴隶问题弄得四分五裂”（上330）。乔治像许多北方人一样，尽量凭着自己的良心行事，最后甚至默许妻子在家建立地下铁道的车站（即接送逃奴的站点），这在当时需要极大的勇气，极有可能违反法律和承担家破人亡的风险。

在《北方与南方》中杰克斯强调国家统一的重要性，着重探讨避免内战的可能性。南方白人中具有代表性的奥里的态度则是不需要北方的干涉，他相信南方人自己会逐步解决奴隶制的问题。他明白许多南方人不愿放弃眼前利益，他们尽管在良心上备受谴责也愿意等待奴隶制自行消亡。奥里深知邻居们即使让上帝用雷劈死也不会放弃奴隶制，因为他们将奴隶制看作是一只会下金蛋的鹅。奥里感到整个南方正沿着一条黑暗道路走向深渊。他目睹那些傻瓜自以为荣耀，整天大谈光荣的战争，“他们可从来没有闻过战争中人死了一天后的臭味”（下446）。其实北方同样也有企图挑起战争和希望在战时牟利的人，如奥里和乔治在西点军校结下世仇的本特。此人一想到即将发生的冲突，就得意忘形起来，他内心欢呼的是：“要流血了，要成千上万地死人了！他真高兴，他早就盼着这个机会到来，以便显示他的才干，为他赢得声望”（下482）。这位战争狂人只想借机获得更高军阶而成为美国的“拿破仑”，并达到对乔治和奥里两个家族进行报复的目的。

杰克斯在书中探讨了当时人们为避免内战的种种尝试，然而在南北之间保持平衡、避免冲突极为艰难，即使采取中间派的绥靖态度也于事无补。唯一神教派牧师威廉·钱宁认为，“解决奴隶问题最好的办法是直接地、不间断地向奴隶主呼吁，等待他们身为基督徒的良心发现”（上325）。有的政治家则希望用循序渐进和赔偿性的解放黑人的方法，使黑人获得解放而又不使南方的经济遭到破坏。但许多人并不赞同这一方法，他们认为“有补偿的解放黑奴是个可恶之极的想法。这正像加里森先生所说的，那等于是出钱让窃者交还偷去的财物”（下79）。即使这些黑人领袖也表明他们反对奴隶制，但同样反对用暴力推翻这一制度。他们希望对奴隶制的声讨越严厉越好，却不愿呼吁在南方举行武装起义，因为这样的言行会吓跑白人同情者。没有人知道既能废除奴隶制又不至于引起社会和经济灾难的良方，南北双方其实都有不少人希望南方真能和平地分裂出去。

为了生动地描写当时的社会现实，在写作技巧上杰克斯刻意设置了虚构人物与历史人物的活动轨迹的交集，如乔治就曾遇见战前的国防部长、后来成为南部邦联总统的戴维斯；而奥里从北方回来时，途中正值约翰·布朗在哈珀斯渡口发动起义。此人自称为美国临时政府总司令，宣称率领部下从堪萨斯赶来解放所有奴隶。他们的起义尽管以失败告终，却加快了南北的分离，当局对约翰·布朗的绞刑反而将其塑造成圣人。哈佛大学的教授、著名的诗人朗费罗就公开反对绞死布朗，他告诫世人说，“这样做就是播下恶果，必然会收到十倍的恶报，那一天就要来了”（下286）。在南北正式决裂打响第一枪的萨姆特堡，乔治的弟弟比利身居其中，同其他北方军官兵一样也遭到南方市民的围攻，亲身领略了内战最初的风暴。比利发现当地市民对联邦政府人员恨之入骨且毫不掩饰。他目睹南卡罗来纳人早已准备打仗，连女士们也时兴在帽子上插上黑白两种羽毛，将其自誉为分裂主义软帽。大家的总体感受是，此时整个国家“就像一只搁浅的大船，无法自己脱离危险，其结果必将是船破人亡”（下319）。库珀则亲自参加了南卡罗来纳的分裂者大会，他见证了极端分子怎样将这个国家推向内战深渊。他看见人们“坐在那儿，个个满面红光，喜笑颜开，就像是一帮复仇的天使”（下326）。这群人不计后果，居然骄傲地宣布：“在美利坚合众国名义下南卡罗来纳州和其他州之间的联邦关系已不复存在”（下327）。该州的分裂法案以169票赞成，无人反对一致通过。库珀这种人却早已清醒地意识到该州或整个南方根本无法坚持下去，很难想象他们“到底凭什么去单干呢？一个大陆、一个民族怎么会有两个政府呢”（下327）？库珀本人一直反对分裂，但他热爱南方，后来还是从被迫逐步转变为积极参与这一叛乱事业。

杰克斯还将著名的西点军校作为当时国家的缩影，此地从一开始就成为分裂的象征和实验场。该校来自南北各地的军校学员后来逐步变成战场上拼命厮杀的得力干将，如体现南方人优秀品质的斯图尔特，此人被作者认为具有“勇敢、强烈的个人荣誉感、对生活的追求、身陷逆境仍能微笑以对的能力——微笑和忍耐”（下36）。但是也有以本特为代表的邪恶势力，他们则标志着国家与军队中的腐败，正是这类投机分子的推波助澜才加快了内战的爆发。

杰克斯特别注意从细节上描述内战来临前国内的动荡局势和人们的反应。当时所有报纸杂志都在谈论斯托夫人的连载小说《汤姆叔叔的小屋》，南方奴隶主对此极为恐慌。他们担心“黑奴一旦解放，便会拿着石头和草叉找昔日的主人算账”（下79）。在整个南方，分裂主义的浪潮像瘟疫一样到处流行。随着战争的临近，奥里到北方旅行时同样感受到周围的敌意。他语调悲愤地说道：“我真没想到仇恨这么深，在公共场合也随时准备厮杀。真叫人难以置信”（下245）！在家乡州与国家的利益发生激烈冲突时，人们无法做出理智的判断，正如罗伯特·李所说，“我永远不会拿起武器和合众国打仗。但是，要是情况到了我等拿起武器保卫家乡时怎么办”（下145）？其实伟人们在当时也手足无措，而且态度暧昧，特别是对奴隶制等敏感问题不敢轻易表态。托马斯·杰弗逊（Thomas Jefferson）在《弗吉尼亚笔记》（*Notes on the State of Virginia*）一书中谈论种族问题时也表示他既反对奴隶制，但又认为人种有优劣之分（下486）。深感战争的日益迫近，大家人心惶惶、充满焦虑，因为“战争就是混乱，就是尘土，就是死亡。战争随时让人心惊胆战”（下204）。人性的扭曲在战争来临时被放大和加剧。在内战将至时，布雷特这位对未来充满希望的女士只感到一切都难以预料，“有的人满腔仇恨想杀人，有的人嗜血成性想杀人。有时候我简直看不出我们之中谁能熬过这场火难而生存下去”（下495）。她的丈夫比利却对未来充满信心，安慰她说，“要是我们深深相爱，我们就能熬过任何灾难而生存下去。我们的家庭如此，我们的国家也如此”（下495）。在《北方与南方》的结尾，作者写道：“蓄奴制把上帝的审判带给一个国家。民族不可能在来世得到酬报或惩处，因此它们必须在今世就得到酬报和惩处”（下496）。乔治和奥里两人分别处于南北相望的家庭在随后的内战中的遭遇在杰克斯内战三部曲的后面两部小说中有详尽的叙述。

2. 战争中的爱情与友情

内战终于不可避免地爆发。杰克斯在第二部《爱情与战争》中着重描写笔下人物的参战经历和家庭成员生活受到的冲击，其创作手法尤其具有浪漫冒险和侦探悬疑的特色。关于该小说的主题，杰克斯在该书结尾时阐明，他所强调的是各色人等在内战中的改变。

首先，杰克斯着重揭示国家分裂的现实和内战突然爆发的后果。尽管那些年内战爆发的可能性与日俱增，乌云笼罩已久，但真正到来时乔治·哈泽德还是难以接受这样的事实：这个国家的一部分已经分裂出去，并且要进攻另一部分。到处是军队在集结，准备打仗，他却一心只想将自己与现实隔离开来。但是他的弟弟比利，这位工兵部队的军官已经参战上前线；他最亲密的朋友——西点军校的同窗和曾在墨西哥战场上的战友奥里也处于战争中，只不过是在敌方。乔治的感觉是他记得有人曾说过：“谁也不是孤岛一座。”[1]他即使不愿想到内战，还是会卷入其中，主要的反应是悲哀。乔治与北方大多数普通人一样，明白自从白人商贩第一天在美国荒芜的海边买卖黑人起，无论谁在解决这一惨无人道的问题时都遭遇失败。他深感悲哀的是，因为这种问题长久以来都被认为无法解决，但也难以绕过去。为了暂时的安宁大家装作没看见，“就像对待那些在贫民窟中睡觉的乞丐一样”（上7）。大家总在掩盖和妥协的奴隶制问题确实是引起内战爆发的原因之一。

然而普通民众对战争的突然来临没有心理准备。杰克斯详尽描述了内战第一次战役的情形，当时华盛顿居民根本不相信南北双方会真的进行生死之战。乔治在家人的要求下，像邻居们一样还带领他们前往观战。

1 约翰·杰克斯：《爱情与战争》（上、下），王同乐等译，北京：作家出版社，1991年，第6页。以下只标明页码。

当他们在山头上一边野餐一边瞭望时，枪炮声骤起，震撼大地。大家激动不已，“成千上万的人都举起望远镜，但除了滚滚浓烟、隐约的火光外，他们什么也看不见”（上235）。转眼之间只听说北方军已败下阵来，乔治只好带领家人撤退。此时他才发现全家一起陷入非常危险的境地，“一颗炮弹的呼啸声淹没了他的声音。一辆救护车抵达吊桥时，炮弹爆炸了。马被炸得粉身碎骨，车子被爆炸的气浪掀到桥上去了——桥被堵塞了”。乔治一家人看见溃败下来的人太多，逃生的路上根本快不起来，只见“穿着各色军装的人混杂在一起。正规军穿蓝军装，义勇军穿俗不可耐的华丽军装——整个联邦军队看来是溃不成军了”（上237）。他们此时才真正见识战争的本质，“各种气味使人难以忍受：小树林里的尿骚味，还在流血的牲口散发出的血腥味。一个已经毙命的士兵肠子全流到了体外，张着嘴躺在路边的沟渠里，令人惨不忍睹”（上238）。手提野餐篮前来观战的居民目睹军队溃败时的乱象，才明白残酷的内战真正来临：

> 他们所有人都处在一片火海之中，处在战争的疯狂与愚蠢之中。欺骗代替了诚实，毁灭取代了富足，惧怕使希望破灭，憎恨埋葬了友情，死替代了生。……充分表明这场大火已失去控制。（上242—243）

突然卷入战争的人们不得不做出相应的反应并显露其本性。杰克斯在人物塑造方面坚持认为危机来临时邪恶的人总会更加邪恶，定会遭到命运的惩罚；而天性善良的人即使走过一段弯路，终究会良心发现和回归理性。他们都必须接受内战这一试金石的考验。杰克斯在书中着重刻画了一些善良的人物形象，这些人在内战的极端环境里依然坚守人性和道德的底线。就像库珀看到的那样，一些体面人如他的弟弟奥里和奥里的老战友乔治·哈泽德并不想对抗，但他们却不知道怎么阻止对抗。库珀深信南北双方都有好人，但是他们没有掌握权力，也缺乏主动性，所以战争不可避免地爆发了。他自己尽管憎恨奴隶制却认为有义务帮助南方，因而将造船厂捐给南方海军并到英国为南方间谍服务，其行为令人难以理解，但这却是身为南方人的真实困境。在英国为南方海军建造军舰时，库珀就受困于无法解释的双重身份：“一个库珀继续憎恨奴隶制；另一个库珀却具有一种新产生的战争炽热情绪，并乐于为战争服务”（上436）。他总是处于人格分裂的焦虑中，最后明知南方的事业注定失败，还是愿意回国效力即作为工程师为南方制造潜艇。他不顾妻子的反对坚持放弃欧洲的和平生活，结果导致儿子朱达在轮船偷越封锁线被击沉时溺亡，自己也彻底崩溃。所幸的是，在经历更多磨难后他终于回归理智，表示愿意为废除奴隶制呐喊和写作。杰克斯尤其赞扬英勇善战的南方绅士典型——骑兵军官查尔斯。他智勇双全，对人诚恳，坚持道德底线，而且敢爱敢恨。他为营救乔治的弟弟比利独自闯入臭名昭著的南方的利比监狱，杀死包括维齐在内的多名南军管理人员。他尽管憎恨奴隶制，但还是愿意为南方效力。他说："我不是为南方而战，如果这是奴隶制度或者分裂国家，我是为我生活的地方而战，为我的土地，我的家园。这也是大多数人参军的目的"（下170）。在这部小说中，早期的激进分子弗吉莉亚也在逐步改变。她目睹情人之死和战争的残酷后决定为伤员做些有益的事情。战时医院的环境极为恶劣，对人性是一种严峻考验。在弗吉莉亚要求加入时，护士长就告诫她说："你不只是窥视一下地狱，你要身临其境地在里面生活"（下331）。在参加医院护理工作后，弗吉莉亚才发现自己的女性魅力尚存，重新获得生存下去的勇气。在过去狂热的废奴运动中她总是打扮中性，一直认为自己被众人嫌弃而甘愿堕落。她在为伤员的服务中找回自信："今天，她才发现自己过去曾经怀疑的真谛：她的肌体对男人有着一种魅力。正因为如此，她才算得上一位真正的女人。这一发现宛如独立日施放的五彩纷呈的烟火，令她眼花缭乱，如痴如醉"（上587—588）。弗吉莉亚最后成为一名优秀的护士长，赢得众人的赞许，就连后来成为作家的路易沙·奥尔科特也在她的手下努力工作。然而弗吉莉亚的变化是波动的，她从废奴激进分子成为一名优秀的护士，但后来为了自己的野心又成为议员的情妇。她希望能以个人的努力杀死更多的南方蓄奴者，"如今她对南方的厌恶之心比以往任何时候都强烈，惩罚南方是她毕生的事业"（下579）。她甚至不惜以故意忽略的手法杀害一名南方伤兵而遭到追责，最后只得放弃护理工作。弗吉莉亚在内战时期一直都处于摇摆中，成为最具争议的人物。

杰克斯在创作中同样受到种植园小说的影响，他也将黑奴分为善良的和邪恶的两种。他着重谴责背信弃义的邪恶黑奴，如因为懒惰遭到主人责备便逃亡的卡夫。这种黑奴充满反抗情绪，"他心里对蒙特罗亚、对这里的主人和俯首帖耳的奴隶们充满了仇恨"（下99）。随着内战的进行，卡夫在沼泽地里的游击队发展壮大，除黑人外还有三分之一是白人逃兵。他发现自己很有领导天赋，不管什么肤色的人都能领导得了，“多年的奴隶生活使他非常武断、狡诈、毫不心慈手软”（下551）。他在血洗蒙特罗亚庄园时表现出绝对的残忍，尽管他曾和查尔斯一起长大和亲如兄弟，现在不得不生死相拼。查尔斯从卡夫身上，“再也找不到童年时代他的朋友的影子，所看到的只是裹着黄袍、目光凶恶、手握砍刀的幽灵”（下586）。与之形成鲜明对比的是那些忠心耿耿的黑奴，如华盛顿和博兹就对女主人说，“为了你，我们将战斗到底，也情愿流尽最后一滴血”（下58）。还有参与保卫蒙特罗亚庄园而英勇战斗的安迪等奴隶。特别具有代表性的是马德琳，这位混血儿女主人很早就相信南方必将失败。她担心种植园里的黑奴在毫无准备的情况下，在白人的世界里获得自由而难以生存，所以她特地留下珍妮在此教黑人识字。书中最邪恶的代表人物是本特。这位西点军校毕业生，在多年的投机钻营中混成上校，但是当他带领军队上战场面对敌人冲锋时，他是丢下部队逃跑的第一批人。他认为自己的命要比所有士兵的命加起来都要值钱。对于本特这种混入部队只求晋升的人而言，他的敌人不是南方军队。他甚至想加入南方，所关心的也只是在西点军校结下的私仇。为了个人恩怨，他可以将国家利益放在一边。最后为了偷一幅用于报复奥里的有关马德琳母亲的画，他在奥尔良的妓院里乱砸一通后，从上校降为刚从军校毕业时的少尉，让十几年的军旅生涯的努力付之东流。在走投无路之际，本特最后加入南方阴谋集团，参与建立西南联邦的新国家或者称“太平洋沿岸邦联”的活动，试图取代即将失败的南方邦联。本特和利比监狱的恶魔维齐下士都属于连上帝也难以赎救的人。

正如书名《爱情与战争》所示，杰克斯在这第二部小说中着重探讨内战来临时有关爱情和浪漫的话题，显然人们无法像和平时期那样相爱。他叙述了几对恋人的爱情经历，如跨越南北战线的比利和布雷特，勇于挑战种族界限的奥里和玛德琳和在战火中不畏险阻的查尔斯和格斯。但是杰克斯主要以查尔斯的经历说明，“爱情与战争是水火不容的对立物”（上608）。在内战中查尔斯一直处于追逐浪漫爱情和遭遇战争毁灭的交替折磨之中，最后他意识到：人们不应该在战时让自己坠入爱河，因而他决定忍痛割爱、分手而去。后来格斯忧郁而亡，查尔斯带着其留下的儿子又到西部冒险，这些故事情节更加突出了内战容不下浪漫与爱情。

杰克斯的小说也详尽叙述了南北之间的差异和各自的优势。南方人对北方工业也有自己的看法，认为工人们被无形的铁链锁在体积巨大、鸣声隆隆的机器上。与之相比，南方的奴隶要安全得多，因而也幸福得多。只有库珀这种有识之士深知，也许工厂里的工人不得不忍饥挨饿，但他不会像物品似的被人买卖。他随时可以离开而没有人会去追捕和遭受鞭挞。当时南方士兵普遍认为北方佬只不过是些架子货或是机械工，在战场上不是对手。但查尔斯心里清楚，"麻烦的是北方要比南方多成千上万的架子货和机械工"，最后的胜利可能就在于绝对人数的悬殊（上24）。北方人数众多，而且还有黑人为本民族的解放勇于战斗和不怕牺牲。从联邦军队的第一个黑人团就可以看到他们士气高涨：

> 黄色的脸庞、棕色的脸庞、深棕色的面孔、漆黑的面孔。当他们高视阔步、昂首挺胸地从过去压迫过他们，而今尽管法令因遭到蔑视和怀疑而失效，但仍踞统治地位的白人面前走过的时候，竟得意地转动眼珠，露齿而笑。（上549—550）

相比之下，南方却惧怕武装黑人，担心他们起义暴动而难以控制。最后北方军一到，黑奴们为了自由和解放便纷纷加入，追随而去，这大大削弱了南方的力量。

杰克斯在小说中同样提醒人们，即使在北方奴隶制思想和种族歧视也极为严重，正如一位联邦普通士兵在1863年所说："我背井离乡是为了联邦而战——而非为了解放黑鬼"（下1）。当时许多人认为，共和党解放黑奴和给与他们选举权，只是为了自己的利益，这样他们就会成为占多数选票的大党。黑人参战引起激烈的争论，即使在北方也令人一时难以适应。在本特这种带有种族歧视的北方军官眼里，他们不过是"一支非洲式的军队，一帮自以为是的黑鬼"（550）。本特认为总统颁布了解放黑奴的宣言后，这些黑人自认为是他们在主宰这个世界。在对待黑人的问题上本特深知自己更像一名南方军人。他代表的是北方同样有的众多拥护奴隶制和歧视黑人、公开或暗地里支持南方的白人，这些人也被称作"铜头蛇"（copperheads）。南部邦联总统戴维斯就说，"如果黑鬼能够成为好军人，我们关于奴隶的所有理论就全错了"（下4）。杰克斯在该书中就特地指出，即使狄更斯这样的文学家也不真正了解美国，因为他在《荒凉山庄》（*Bleak House*, 1853）里就写道，美国种植园的奴隶过度劳苦，但是"他们供给我们的国家以人口，他们献给我们的国家以诗歌。也许这是他们存在于世的快乐目的之一"（下182）。杰克斯在书中强调的是，人们解放黑奴实际上也解放了自己。致力于收留黑人儿童的布朗对正在改变的布雷特说："我们要砸碎自己身上的镣铐——真正的镣铐和无形的镣铐。我对上帝发誓，要么砸碎镣铐，要么让大地燃烧"（下61）。可以看到正是在这类有益于社会变革的活动中，原来持有一定程度种族偏见的布雷特等人也开始向着正义和平逐步转变。

关于北方的种族歧视问题，作者特地叙述了纽约骚乱期间人们对黑人的迫害。[1]当时林肯的征兵决定激怒了白人，他们自然将怒气发泄到黑人身上。叛乱者冲进一家饭店，揪出两个黑人招待，将他们吊在电线杆上。只因他们认为穷白人常常被老板解雇，反而雇佣这些黑人。他们自己因为交不起三百美元的免征税，也没钱雇人替自己当兵，只好替黑人去打仗。他们深感愤怒的是，黑人抢走工作，住进本应属于他们的房屋还调戏他们的女人。暴徒琼斯就带领众人冲进住宅楼，发现一对年轻黑人夫妇和一个婴儿，"一个白人妇女笑嘻嘻地抱起这个婴儿，来回悠荡了几下，然后走到开着的窗前，把孩子伸出去，丢了下来"（下233）。尽管黑人丈夫请求饶了他妻子，暴徒们还是将这对黑人夫妇吊在矮树上浇上汽油点燃。可见发生在北方的这类暴行与南方的罪孽不相上下。

关于内战的毁灭性和残酷性作者详尽描述了专门关押北军俘虏的利比（Libby）监狱。[2]这座恶名远扬的南方监狱采取的是像对待黑人奴隶一样的残酷控制，将外面普遍实行的灭绝人性的奴隶制纳入监狱管理。这里的非人虐待是将囚犯当作异教徒和黑鬼一样从肉体到精神加以折磨。监狱管理员维齐下士明确告诉俘虏们，"你们不再是军官，也不再是绅

1 指在1863年7月13日纽约发生的反征兵暴动，黑人成为人们抱怨引起内战的替罪羊，该事件导致数百名黑人和其他人丧生。

2 内战开始后，南北双方都发现还没有处理如此众多战俘的条件和经验，仓促之中建立的战俘监狱根本不适合人居住，南方最恶劣的监狱除利比外，还有桑德堡（Castle Thunder）等。北方最糟糕的也有艾迈拉监狱（Elmira Prison Camp）等。美国记录及抚恤金总部的一份报告记载着25,976名南方人和30,218名联邦人死于内战期间的监狱中。参见：《大美百科全书》（第六卷）第428—429页。

士。你们在这里的地位和黑鬼一样……还不如黑鬼”（下248—249）。比利遭受了监狱的酷刑之后才真正体会到奴隶制的邪恶，他在日记里写道："我终于理解了那些被迫为奴的黑人的感受。我在一个戴着镣铐的黑人的精神世界里生活了数日，我把其中的一部分永远与我的合为一体了”（下303）。他发现自己再也不能对黑人问题视而不见，尽管他并不适应这样的变化，要学会将黑人当作人看待。比利坚信内战结束后将会出现一个崭新的世界，这也是他们为之奋斗的目标。

在编后记里杰克斯引用普林斯顿大学的詹姆斯·麦克弗森（James McPherson）在专著《火的考验：内战与重建》（*Ordeal by Fire: The Civil War and Reconstruction*）中的话点明内战的意义。麦克弗森把内战描绘为“美国历史意识之中的核心事件。……战争阻止了这个国家走向毁灭，而且在很大程度上决定了它应该成为一个什么样的国家”。他指是成为一个中央集权的国家还是一个分离的邦联；一个每个人都享有自由的国家还是拥有奴隶的国家（下684—685）。如何看待内战和描写内战是经久不息的话题。尽管内战提供的素材取之不尽，用之不竭，却正如历史学家伯克·戴维斯（Burke Davis）所说：“十万多卷（内战的文学作品）所描写的故事皆未令……读者满意”（下686）。因此杰克斯尝试以史诗性的手法和篇幅反映内战，但其创作还是表现出一定的思想局限性。他沿袭了种植园小说传统，描写了慈善的主人，忠诚的奴隶和天性恶劣的奴隶。所幸的是他最终认为，只要条件许可，奴隶的智力同样可以提高，可以成为勇敢的战士。杰克斯在探讨内战对人们的影响时，从普通家庭分裂到国会争端都涉及，并以有关来历可疑、背景实力雄厚的本特之类的阴谋家和军队败类的情节设置构成小说的悬念和增强故事的可读性。

《爱情与战争》的故事情节从内战开始到结束，较为完整地展示了整个过程。在谈及南方的战败时，杰克斯写道：“时至今日，南方仍同一个执拗的小学生一样，即使老师的教鞭打在身上，仍不肯记取教训，直至那致命的伤口鲜血流淌”（下467）。他指出，使南部邦联走向灭亡的是“刻板僵化的思想，墨守成规的习性，对于改革变化一味拒之门外的态度”（下468）。但在和平即将来临之际人们对未来反而更加迷茫。为此杰克斯指出，“在这个世界里，南方要生存、要重建只有一条出路，那就是接受现实，接受黑人不再为白人的利益而被迫为奴的事实。一言蔽之——接受变革”（下468—469）。杰克斯强调战争造成的伤害和南北民众之间的隔阂难以消除。内战结束后查尔斯到华盛顿去看自己的儿子时，由于自己的南方口音，他发现到处充满敌意，切身感受到身为南方人在此地的孤独：“他觉得自己就像某种刚离开森林的狼狈不堪的动物，周围尽是猎人”（下660）。尽管如此，杰克斯还是对战后的生活极为乐观，他注意描述当时许多人的心情：“一切都变了，彻底地变了；一种绝美的东西降生了”（下684）。他承认自己想“以一组人物的生活为线索创作一则故事，借以阐述变化是宇宙间一种永恒的力量”（下684）。为了安抚南方和平息北方，林肯在第二次就职演讲中保证政府将宽恕作为南方人的单个成员，但要用武力摧毁奴隶制，“如果上帝的意旨是，奴隶制要到奴隶二百五十年创造的财富化为乌有，要到奴隶被皮鞭抽出的每一滴血要用刺刀刺出的每一滴血来偿还才能终止的话——那么人们必须说，‘上帝的最后审判是正确的、公正的’”（下605）。然而战争并未完全解决南方的问题，随着林肯的被害，冲突也骤然加剧。对于林肯之死，有的政治家的看法是“这位可憎的草原律师之死比他活着对国家要有利得多。他的死是上帝安排的”（下617）。因为如此一来，北方便可以在重建时期加大对南方的惩罚和掠夺。尽管内战即将结束，但如何真正实现国内的和平和统一，杰克斯在第三部《天堂与地狱》里再着重阐述。

3. 战后重建的艰辛

在《天堂与地狱》中，杰克斯揭示了重建时期南方社会的各种矛盾冲突，关注战争创伤的愈合，以及家庭成员之间的和解与重聚。基于内战最后阶段获得的胜利，林肯总统已经开始为南方重建谋划。实际上他对南方叛乱各州态度温和，不愿计较他们曾经的行为，只愿他们早日回归联邦大家庭。1865年4月11日他在最后一次对公众的讲话中形象地比喻道：“发现他们平安在家就好，他们是否曾经离家出走，这完全无关紧要。”[1]然而南方许多人并不甘心失败。在该小说的开端已是1865年，华盛顿取下了悼念林肯总统的黑纱，正在准备大型阅兵仪式，南部邦联的总统戴维斯东躲西藏、到处逃亡，北方人已为他准备了绞索。永远废除奴

1 约翰·杰克斯：《天堂与地狱》，董惠铭译，杭州：浙江文艺出版社，2017年，第13页。以下引文只标明页码。

隶制的《宪法第十三条修正案》正式公布，只等各州议会批准。乔治想到的是内战马上结束，他们必须花更多的精力来医治战争的创伤，特别是两个家庭在内战中遭受的损失太大。他和奥里在内战中各为其主，但大家还是尽量保持两家的友谊，可惜奥里在彼得斯堡的战役中被他试图救助的一名北方军士兵所害。

杰克斯特别强调尽管内战早已结束，南方社会各种矛盾却日趋激化，种族歧视严重，他详尽描述了三K党人的活动。南卡罗来纳州在1868年向国会递交的一份抗议书就明确表示反对将要举行的选举，因为“智慧、美德和爱国主义，将被无知、愚昧和道德败坏所取代。优等种族被迫屈从于劣等种族……那些一贫如洗的人们将强征税收，决定所有的拨款项目……本州的白人绝对不会默默听任摆布”(371)。这份抗议书主要表达了南方白人至上主义者的思想和三K党人出现的原因。他们并不甘心内战中的失败，而是期望在重建时期夺回政权。杰克斯详尽描写了三K党创立者之一、原南部邦联军队的将军内森·贝德福德·福里斯特(Nathan Bedford Forrest)代表卡罗来纳王国大龙头（三K党州头目）主持新成立的分部时的情景。他们在人迹罕至的小树林里，将火把在地上插成一个圆圈点燃，福里斯特为新成员颁发《法令》和国家《宪法》并一一赐予头衔。此人在巡视这个“隐身帝国”的分部时训话道：“你们是我们伟大运动的最新骑士。从这儿，从你们家乡的土地开始清洗，你们熟悉你们这儿敌人的面孔”(393)。福里斯特明确表示本组织反对黑人在社会上的平等地位，其目的是要建立一个白人至上主义的政府，为南部邦联死者遗孀和孤儿提供帮助。当时三K党人常常公开举行集会和游行，其恐怖场景足以震慑刚刚获得自由的黑人：

> 他们身着长袍，头戴兜帽，露出两个眼睛孔。这套行头的料作如同鲜血般殷红光鲜，在火把的强光下闪闪发亮。……他们排着一路纵队，游行到十字路口。领头骑者长袍的右角被撩起塞在了腰带下，腰带上有金属子弹在闪亮。他插在枪套里的手枪的柄在自由地晃荡。(437)

三K党人在南方重建时期的疯狂是企图将失败的事业延续下去的最后挣扎，他们竭力表现出不甘心内战中的失败，尝试以不同的方式维持奴隶制和白人至上主义在南方的影响力。

内战后的矛盾和冲突也表现在西部与印第安人的战争中。杰克斯在书中将印第安人塑造成一种“中枢性的角色”，他们最后被赶出家园，实际上被剥夺了任何参与政治的机会，美国军队的手段是“种族灭绝大屠杀”(723)。他描述了卡斯特将军在对印第安人的血洗战争中的残忍和他最后与率领的部队在西部的覆灭。刚刚经历的内战使美国军队的许多官兵变成毫无人性的杀人机器，当他们被派往西部时表现出的疯狂和残忍令人震惊。杰克斯在书中描写了美国军队突袭印第安人部落的场景，真是惨不忍睹：

> 骑兵战士撞倒了圆锥形帐篷，沙伊安人纷纷从帐篷里面蜂拥而出。男人们奋力拿起弓箭和步枪抵抗。查尔斯感到惊愕，他看到了许多妇女和儿童。有些未睡醒的孩子在哭喊。女人们惊恐地恸哭着。狗儿汪汪地叫个不停。横冲直撞的骑兵突然开火，加剧了场面的混乱。(503)

杰克斯借书中人物查尔斯之口指出“战士们在做的事情是错误的。他们就个体来说也许不是罪犯，但是他们集合起来就变成了罪犯”(524)。查尔斯亲眼看见战友活剥六十多岁印第安老人的头皮，后者痛得高声惨叫。他目睹了一次次这种毫无必要的杀戮后，终于意识到自己与印第安人之间的所谓深仇大恨并不重要，女友薇拉提倡的与印第安人和平共处的主张才是解决问题的出路。查尔斯终于决定远离西部和放弃参战，尝试回归和平生活，努力摆脱战争对自己的影响。

杰克斯在《天堂与地狱》中更多地表现那些被内战改变的人们如何生存下来或者走向难以逃脱的毁灭。他尤其赞扬新女性的典型——混血儿马德琳。她在丈夫去世后顶住压力顽强生活，努力重建战火中被毁的蒙罗亚尔庄园。但她宣布这里不应是以前那栋标志着奴隶制罪恶的大房子，而是显示新生活的宏伟建筑。马德琳认为那幢美丽的大宅代表和隐藏了太多的罪恶。梅因家人虽然对待他们的奴隶是善良的，但是他们“也毋庸置疑地把他们当作财产，因此认可了一项包括镣铐、鞭笞、死亡或者对那些鲁莽的逃奴实施宫刑的制度”(25)。她坚持新的蒙罗亚尔必须真正是全新的，因为已经进入了一个新的时代。然而她的新家园和创办的黑人学校很快成为三K党人的眼中钉、肉中刺，最后学校被焚毁，教师被杀害。尽管如此，她依然不愿妥协而是坚持战斗。

杰克斯在塑造南方绅士的代表人物库珀的形象时，特地以他的变化反映南方许多普通白人的心理。库珀因为在内战期间曾进入南部邦联的海军效力，如果要得到赦免的话，现在不得不在律师面前宣读为寻求总统赦免的南部邦联人的规定誓词：

我，某某人，极其庄严地在万能的上帝面前发誓，从今以后，我将忠诚地支持、保护、捍卫美国的《宪法》以及据《宪法》所建立的各州联邦，我将以同样的方式忠实履行并忠实支持在现有叛乱期间所制定的有关奴隶解放的各项法律和宣言。上天作证。(38)

库珀认为战争的结束给他自身、他的家庭以及家乡州带来十足的耻辱和毁灭。尽管认为自己无罪而非常抵触和恼怒，库珀还是照样做了，因为连显赫的李将军都宣读了这种誓词。其实他从来就反对南方独立的事业，也对黑人深表同情，但是他还是认为黑人不可能有白人一样的智力，南方的统治和重建还得依靠白人。在战后时期库珀反而成为极具种族歧视的白人至上主义者，积极参加相关的党派活动。他在州议会看到黑人掌权的情景，只认为是咸鱼翻身。他惊奇地发现在新当选的124名议员中有75位是黑人，议长和秘书也是黑人，连守门的听差也是一个黑人小屁孩。他们的党派活动目标是把南卡罗来纳从这样的人手里拯救出来，因为在他们看来，"发生在那儿的事情是一个嘲讽、一出悲剧"(434)。库珀一直反对马德琳创办黑人学校，最后甚至背着她卖掉庄园，几乎让奥里的混血儿妻子无家可归。内战结束了，库珀反而暴露出更加严重的种族歧视倾向。杰克斯显然强调的是战争后遗症，这完全扭曲了一些人的心理。为此他还讲述了被内战毁灭的疯狂人物本特的可悲结局和为报私仇不惜手段的艾什顿成为杀人犯和妓院老鸨的堕落过程。

杰克斯在这内战三部曲中将美国内战历史上各个重要节点——进攻萨姆特堡引发内战、卡斯特军队在印第安人围攻中覆灭、重建时期三K党人的肆意妄为等串联起来，以鸿篇巨制的史诗的形式全面反映这场战争的影响和毁灭性，尤其强调内战对人物性格的改变。他们中有坚守道德底线的乔治和奥里等人，善良的马德琳和布雷特，忠诚的黑奴安迪、华盛顿和博兹，也有邪恶的白人如西点军校的败类本特，企图另建西南邦联国家的野心家鲍威尔，大发战争财的斯坦利，靠女性魅力牟利并不惜谋害亲人的艾什顿，以及邪恶的黑奴卡夫。杰克斯既塑造了英雄也谴责了败类，歌颂了富有正义感的壮举，也哀叹毫无价值的生命虚掷。在该小说的尾声部分，杰克斯特地讲述了哈泽德和梅因两家的第三代同样进入西点军校学习，旨在传承他们祖辈的友谊和捍卫和平的理念，这都让人们对未来充满期待。

第五节 故土上的流浪者：《冷山》和《走向加特林堡》

如果说《飘》表现出的是南方家园的毁灭造成国家认同上的困惑，《马奇》则揭露南方奴隶制下的真相和强调北方制度的优越性，杰克斯的三部曲全面展示了国家分裂对南北双方人性和友谊的检验，而历史小说家弗雷泽在荣获国家图书奖的《冷山》中主张的是彻底地放弃这样的国家，一心追寻理想中的家园。莫谢尔在《走向加特林堡》里却用从北到南、由和平家乡走向激烈战场的反向巡游，展现战时美国各地人们的艰难处境和探讨内战的影响。

在《冷山》（*Cold Mountain*，1997）的创作中查尔斯·弗雷泽（Charles Frazier，1950—）代表了一批尝试走中间道路的作家，他们并不在内战问题上选边站队，而是主张放弃尘世间争斗、隐退到桃花源式的乐土。该书聚焦内战即将结束时人们面对被毁家园的困惑和对国家前途的焦虑，被称作“当代的奥德赛历险记”。《冷山》开篇讲述了主人公英曼曾激情满怀地参战而在悲壮的彼得斯堡战役里身负重伤。这名在医院里即将康复的伤兵，逐渐明白战争的荒唐并决定逃走。在内战的第四年，南方发现不可能取得胜利，注定失败的阴霾使之前士气高昂的军队陷入沮丧。英曼只想为自己寻求一线生机，希望早日回到故乡与心爱的姑娘延续战前的生活。然而在家等候的未婚妻同样在为生存艰苦挣扎，昔日生机盎然的家园早已荒芜，他自己随后的归途更是凶险叵测。在弗莱泽看来，关于战争的小说只有两种：一种是《伊利亚特》（*The Iliad*）式的关于战争的进行和将军们的故事；另一种就是《奥德赛》（*The Odyssey*）式的关于勇士决定返乡和期望和平的故事（Grant，2008：107）。弗莱泽在创作中沿袭的是后者。

1. 反战逃亡的漫漫归途

为突出其反战主题，弗雷泽在《冷山》中着重比较了内战中被毁的家园和幻想中的乐园。经历了四年内战仍在等候英曼回归的女友艾达艰难维持着父亲门罗留下的农庄。门罗在山区传教时，不断扩大农场规模，已拥有将近三百英亩土地，聘请管家打理家务和农活，一直雇佣穷白人和奴隶（工资付给奴隶主）帮工。内战前作为独生女的艾达根本不用操心家务，只是悠闲地读书、弹琴和享受生活。战争爆发时南方社会的情景让人难以理解，“这是一个被战争狂热所笼罩的特殊时期，甚至连那些此前在人们眼中无趣平庸的青年男子，也陡然间披上了一层照人的光彩”。[1]那些注定将在战场上死去的男孩，只要愿意，也很容易成为姑娘们的心上人，女孩们用保家卫国的口号，鼓励实际上惧怕上战场的男孩们前去送死。已持续几年的内战终于使大家看清战争的可怕和残忍，当初那种狂热早已消退，南方各地的断壁残垣才是现实。由于内战家里雇佣的穷白人（害怕服兵役）和奴隶都四下逃散，特别是父亲去世后，艾达家的农场逐渐破败荒芜。到战争快要结束的最后几个月，门罗这位自幼深受文艺熏陶的女儿艾达在此已难以生存，处于崩溃边缘。当初艾达跟随怀着满腔宗教热情的父亲从查尔斯顿来到冷山后倍感孤独，只有英曼的爱情给她安慰。战争爆发后，这样的弱女子既面临日益逼近的北军的威胁，又不得不忍受提格率领的民兵队的欺凌和掠夺，生活更加艰难。每天艾达都希望英曼能早日归来，她在信中强烈要求后者逃离战场回到自己身边。她在同伴鲁比的帮助下，学习如何在艰难环境下管理农场，指望能熬过内战，然而在英曼的记忆中留下的仍是与艾达两人可以舒适享乐的温馨家园。艾达渴望英曼早日归来助其一臂之力，重建被毁家园，可是后者总被延误在归途。英曼没有想到的是，女友艾达在极端条件下已经放弃生活中的浪漫和美好（如弹奏钢琴），脱胎换骨成为鲁比一样粗犷但能适应内战生活的山地居民。她在家已准备就绪，只待英曼归来，自信能帮助他走出困境和达到目的，但注定的悲剧让这一切戛然而止，令人叹息。

1 查尔斯·弗雷泽：《冷山》，周玉军、潘源译，南宁：接力出版社，2004年，第107页。以下引文只标明页码。

在这部反战主题鲜明的小说中，弗雷泽强调死神的阴影一直笼罩着英曼这样的士兵。他用“乌鸦的影子”形象地说明：不管主人公走到哪里，乌鸦总会在场，总是如影相随，预示着最后的悲剧无法避免。这在内战爆发时就注定了人们的命运，一些人即使幸运地逃脱了战场上的毁灭，依然会将死神引向四面八方，或者说带着死神踏上回家旅途。尤其令人感到强烈震撼的是该书主要用平缓的笔调描述战争中人们对生命的漠视：

英曼穿过房子，从后门走出去，看见有人正在用锤子宰杀一群重伤的北军士兵。伤兵们被排列整齐，头都朝着一个方向，那人轻快地沿一排头颅移动，专心致志地砸着，一锤解决一个，干净利落。他的脸上看不出愤怒，只像在完成一件工作，从一颗头移向另一颗，嘴里还低低地吹着口哨，是《科拉·艾伦》的曲子。(9)

弗雷泽的这种情节设计实际上预示了主人公英曼自己的结局。此人早已陷入绝望，他甚至用路上的湿泥在上衣心口处画了人们便于瞄准的两个同心圆，中央涂上圆点。作为一个夜行人、亡命者和逃兵，他以这种向苍天袒露的靶心标志出自己注定的命运：这次旅程或将成为整个生命的终点。英曼当时正处于走投无路的困境：负伤在医院可能被感染，一旦痊愈又将送上前线死在北方军队的枪口之下，而私自回家则会被当作叛国者和逃兵送上军事法庭处决，家乡的民兵巡逻队也正在围剿这种败类。但女友艾达的呼唤还是让英曼决心踏上归途，这位曾经在人们的鼓动下踊跃参战的伤兵幡然醒悟，不愿为注定失败的事业继续卖命。在艰难的旅途中，英曼亲眼看见美丽的冷山地区已成为民不聊生的荒原和杀机四伏的陷阱。这里不再是和平安宁之地，同样存在罪恶。谈及内战的灾难，弗雷泽特地设置了一位来自乌托邦的先知，即住在光明石里的陌生人，他断言英曼所处的国家必将发生悲惨的事件：“他们的土地被夺走，人被驱逐离开家乡，除少数几个敢于战斗的终日躲藏在峭壁沟壑间，像动物一样生活在被追捕的恐惧之中的人”(195)。在如此恶劣的大环境里，英曼的归乡之路自然漫长而艰辛。他在急于回家的途中，对家乡的爱也加重了对异地的恨。“英曼痛恨这些互相纠结、似乎被人从头顶削平了的低矮松木，恨这平原、这红土、这些鄙陋的城镇与村庄。他一直在这样的土地上作战，从山麓打到海滨，这些低地似乎只是藏污纳垢之处，积聚了从山上冲刷下来的一切肮脏卑劣的东西”(51)。民兵队在提格带领下，借口追捕逃兵，对冷山地区的村民疯狂掠夺和肆意伤害，使远离战场的老百姓也难逃离战争的蹂躏。弗雷泽所强调的是，南方的毁灭不仅在于北方军队的暴力，还有南方自身的邪恶。提格队长这类人代表的是人性中固有的恶，战争只是提供了作恶的机会，他们将昔日美丽的家园变成歹徒肆虐施暴的场所。明知归途的艰险，英曼依然渴望回家，他已不愿再为维护南方奴隶制而战，甚至从根本上放弃这个国家，因为在他眼中南北两边的政府都已成为他的加害者。英曼在途中屡屡受挫和一再延误，他对家的概念也越来越模糊，对未来毫无把握。玛丽·道格拉斯（Mary Douglas）在《家的概念》(“The Idea of a Home：A Kind of Space”）一文中指出，“家是空间上的居所，不一定非得是固定地方，能使某一空间变成可控的就是家的开始”(Douglas，1991：289)。家理应是人们的精神避难所，可以理想化、浪漫化为满足思乡情结的地方，在此私密的空间里能够享受安全、自由。它不能简单等同于庇护所或住房。在冷山中穿行、饱受磨难的英曼已是惊弓之鸟，只觉得处处危机四伏，在这幅员辽阔的故乡反而成为流浪者，甚至沮丧地考虑要放弃回家之旅，逃往传说中光明顶大石头后面的香格里拉，彻底摆脱这个世界的烦恼和痛苦。

弗雷泽为此特地设计了一个世外桃源的国度，这幻想中的乐园犹如英曼常读的巴特拉姆（Bartram）在《旅行日记》(*Travels*)里描绘的山顶上印第安人乐园景象，也给他的艰难旅程带来希望：

> 广阔的绿色牧场和草莓田野；蜿蜒的河流悄然穿过，在它每个转弯处亲吻着那鼓胀的、绿色的、铺满草皮的圆丘，圆丘上装点着花坛和硕果累累的草莓植被；结队的火鸡在上面徜徉；成群的麋鹿或是在草坪上昂首阔步，或是在山上腾跃；三五成群的切罗基姑娘青春年少、天真烂漫…… (328)

英曼逐步形成的乌托邦思想来自爱默生的先验主义、巴特拉姆的《旅行笔记》对当地山水风情的描写，以及印第安切罗基朋友“游泳者”和女先知等人有关冷山生活和光明石传说的智慧。英曼在战前通过牧师门罗的启发和播下的爱默生独立自主思想的种子，使他这位淳朴的山民对外界的大事开始关心。参战后英曼对爱默生的思想有了更加深刻的理解。在伤兵医院，英曼一边读着巴特拉姆的《旅行笔记》，一边回想冷山的生活，该书描述的许多景色与冷山地区相似。记忆中那些熟悉的地貌山川令他倍加思乡，渴望像书中的旅行者一样能自由地在山间游荡，但在战争期间那毕竟是太遥远、太奢侈的生活。作为精神食粮和安慰剂的巴特拉姆游记详尽记载了南方的山水风情，指引英曼在群山里遨游。不同的是，该书作者是在和平环境里自由自在地旅行，心情舒畅地记录所见所闻。英曼却时刻面临民兵队的追杀，成为家园故土上的流浪者，深感天地之大竟无处容身。弗雷泽以英曼的归乡之旅揭示了“一种19世纪对战争的田园牧歌式的回应”（Glucksman，2006：109），他强调爱默生的超验主义思想对主人公言行的影响，而个人主义与国家利益的冲突使其倍受煎熬。英曼希望能主宰自己的前途与命运，不愿为别人所说的主义而战，这与其生活的环境密切相关。理查德·德雷克对在此土生土长的人们的天性总结说，“在政治上，大多数阿帕拉奇山脉的居民都希望政府不要打扰自己，他们更关心本地问题而不是国家大事”（Drake，2001：95）。令人遗憾的是，内战的爆发依然让他们身陷劫难。

在归途中英曼目睹家园的毁灭，一直在思考有关这场战争的意义。他像思想家一样踽踽前行，内心质疑在这片土地上见到的一切。扬·阿斯曼在《文化记忆》里指出：“集体的认同就是经过反思后的社会归属性”（阿斯曼，2015：138）。逐步醒悟的英曼对这个国家发生的变化深感疑惑，他发现自己早已失去归属感，无论南北哪一方都与己无关，这山山水水也离他而去，倍感陌生。他不由得扪心自问：为何认为这里是他的家园并值得为之战斗？他明白自己当初只能是出于无知。当英曼按照黄种人的地图指引穿过山区绕行到蓝岭时，发现山谷里每隔不远就有一栋带白色石柱的大宅，被一些分散的简陋小屋围在其中。面对这种奴隶主豪宅，他想到“自己一向便是为居住在这些房子里的人而战，不免愤恨不已”（202）。曾为之负伤的英曼从旁边路过时常常不得不像山间的幽灵一样藏进树洞。英曼在与隐居在山里长达26年的老太婆的交谈中才明白参战多么荒谬。老太婆质问英曼，“我想知道的是，打这么多仗，全为了大人物们的黑奴，你觉得值得吗”（214）？英曼无言以对。她指出：“蓄奴让那些有钱人骄横、丑恶，让穷人卑鄙无耻。它是大地上的一个诅咒，人们是在引火烧身。上帝要解放黑奴，为奴隶制而战就是反对上帝”（214）。此时英曼心里能想到的唯一值得战斗的东西，是他在冷山上或鸽子河西岔谷地中平静生活的权利。他只是渴望回到家乡，在高高的冷山上建一栋木屋，“除了秋天从云团间飞掠而过的夜莺，没有一个人听得见他痛苦的呼喊”（63）。英曼的要求虽不高，但在内战时期已成奢望，甚至需要付出生命代价。弗雷泽在书中多次以井底影像加以暗示，使人倍感焦虑。在家的艾达总是从井水里看到一个黑色人影，这预示着英曼回家的旅途充满艰辛。小说中呈现的是被毁灭的家园和处处为敌的国土，归途中的英曼感受到的是在家乡山水丛林里的流浪和冒险，而真正安全的地方只在幻想之中。英曼所表现出的个人主义，以及与大自然的关系，“都是爱默生哲学的标志，这形成该小说的张力”（Glucksman，2006：106）。英曼在归途中的延误有一部分的原因在自己。他深知民兵队正在家里等着他这样的逃兵，他面临的是死刑的威胁。英曼试图以广袤森林里的漫游忘却正在进行的战争，渴望更多地享受大自然给予的自由和远离人间的厮杀。令人欣慰的是，残酷的战争和嗜血的杀戮并未使其人性彻底泯灭和扭曲。即使在非常危险的时刻他也不愿杀死追踪而来的黑熊，反而梦见自己由士兵变身为黑熊，最后被猎人射杀并经历被剥皮的痛苦。最后当英曼快要达到目的时灾难突如其来，也是由于他过于仁慈而不愿射杀手握武器的小个子民兵。英曼人生的最后一幕给读者留下特别深刻的印象，也突出了大自然对人间征战的漠视：他在爱人的怀里濒临死亡，只见成群的乌鸦在头顶盘旋飞舞。由于回家漫漫长路的磨难，英曼在遭到枪击前实际上也只残留人的躯壳，灵魂早已离他而去，即使身处大自然美丽的风景之中也无法治愈心理上的创伤，最后的死亡降临反而使他真正摆脱人间的烦恼和免除给家人带来耻辱和灾难。

弗雷泽在小说扉页上的引文就借用唐代诗人寒山的诗句“人问寒山道，寒山路不通”，预示主人公英曼归途的磨难和最终的悲剧。扉页上的另一句摘录于《达尔文日记》的话“很难相信，在静谧的树林和微笑的田野间，生物正无声地进行着可怕的战争”（弗雷泽，2004：扉页）则凸显作家强烈的生态意识和反战心理。从彼得斯堡战地医院到冷山的回家旅程并不远，却成为英曼命运里一条蜿蜒曲折、来回奔波的奥德赛之旅。英曼临近家园的归途终结于对人性的信赖或者说高估。他无法理解战争对人性的扭曲，提格队伍里的小孩拒绝英曼的和平建议，可怕的武器发出致命的一击，打破了英曼和艾达对和平生活的幻想，标志着内战的持续和毁灭性。英曼的理想王国是虚幻的，只存在于“光明石”的背后而无法抵达。正如迈克·克朗在《文化地理学》中指出，“空间结构在创造‘家’时的重要。开头总要背井离乡，因此返家总是围绕这一点展开的。数不清的故事不断地证明返家是多么困难”（克朗，2003：61）。弗雷泽在《冷山》中描述了英曼的悲剧，但更重要的是强调一种精神归家。英曼在生死关头的犹豫和放弃了对提格民兵队少年的杀戮，结果导致自己被杀，从而凸显了尚存的人性。濒临死亡之际，英曼似乎进入一种梦境，或者说上升到某种精神高度，终于获得内心的解放与平和。

在接受采访时，弗雷泽承认自己的创作深受荷马史诗《奥德赛》的影响，开始动笔前特地重读这部经典。弗雷泽承认自己《冷山》中的主人公英曼的形象来自曾叔父在内战中的经历，不同的是，其曾叔父最终平安返家，而不是像小说主人公那样有悲剧性的结局（Chitwood，2004：234）。令人欣慰的是，英曼的理想在艾达和鲁比以及后代中得以实现。在小说的结尾，她们已远离内战磨难，终于在风景如画的冷山生存下来，享受宁静生活，这是英曼当年历经艰辛都未能达到的目的。同时，这一切也可以理解为英曼回家之举而取得的某种延迟的胜利，只是他本人无法见到如此美妙的情景而已。在《冷山》中弗雷泽讲述了太多的战争暴力和人性邪恶，在后记里他细心描绘了一个生态女性主义的乌托邦世界（Ecofeminist Utopia），因为这种“新田园牧歌解放了个人，无论男女，可以选择不同的生活方式，使他们在这世界上特定的地方，在与周围的一切，与家园的亲密关系中放松心身”（Tassel，2008：100）。凯瑟琳·麦圭尔和科琳·麦圭尔在《草根生态女性主义：激活乌托邦》一文中阐述了生态女性主义与乌托邦的关系，进而说明生态女性主义的确类似乌托邦意识模式，因为它为那些有可能却并未在具体领域里实现的东西带来了富有想象力的可能性。她们指出，“我们把生态女性主义者视作实用主义梦想家，并认为我们有责任‘激活乌托邦’（activate utopia）”（戈德、墨菲，2013：245）。生态女性主义乌托邦就是将其思想付诸行动而将达到的目的。在生态女性主义乌托邦世界里，“人们以多元文化为荣，无法容忍种族主义，提倡性交和性取向自由，抚养制度社会化，远离饥饿，实行无等级的权力管理制度”（戈德、墨菲，2013：258）。有关这一题材的小说主要有玛吉·皮尔西（Marge Piercy）的《在时间边缘上的女人》（*Woman on the Edge of Time*，1976）、斯塔尔霍克（Starhawk）的《第五圣物》（*The Fifth Sacred Thing*，1993）等。弗雷泽显然十分欣赏这种理想天地，他在《冷山》中特地以十年之后的场景再现，也旨在查验内战对平民生活的后续影响，似乎爱默生提倡的与自然和谐的力量最终战胜人类的毁灭，使得山河依旧、生活继续。

2. 走向内战的巡游

与《冷山》中的归乡之旅不同的是，当代作家霍华德·弗兰克·莫谢尔（Howard Frank Mosher，1942—2017）在《走向加特林堡》（*Walking to Gatlinburg*，2010）中描述了一种反向巡游，奔向战火硝烟的南方，该书推出被认为是延续《冷山》传统的美国内战史诗。多年来莫谢尔的创作主要以家乡佛蒙特地区为背景，出版了12部小说和两部非虚构作品。莫谢尔是一位具有鲜明地方色彩的作家，在探索人性的善恶变化中为读者创造出一个独特的世界，其小说《帝国风云》（*A Stranger in the Kingdom*，1989）、《失踪》（*Disapearances*，1977）、《大江北去》（*Where the Rivers Flow North*，1978）获新英格兰图书奖等殊荣。他于2006年被授予“佛蒙特州长奖”。在《走向加特林堡》中，主人公摩根·金内森17岁时按照“地下铁道”组织的路线护送黑奴，他在完成旅途中最后一步时，疏忽大意而前去追猎驼鹿，结果导致被保护者遭人杀害。他自觉无颜回家面见委托使命的父母，便决定到南方寻找战争中失踪的哥哥。沿途他经历了各种危险和战斗，最后在与哥哥团聚之际功亏一篑而痛失亲人。莫谢尔以摩根由北向南的穿越全面展示了内战时期各地人们的生存状况和奴隶制对美国社会的影响。

莫谢尔特地以远离内战的最北方作为故事发生的起点，时间上也是战争即将结束的1864年。在主人公摩根出生的佛蒙特州，尽管人们未受到战争的威胁，废奴运动的波及还是很明显。带有印第安人血统的摩根本来在北方自由地享受少年生活，因具有非凡的丛林生活能力和自然感知，常常给在地下铁路护送站工作的父亲帮忙。他与父亲一样是废奴主义者，亲自参与地下铁道的活动——护送逃奴到加拿大。摩根此次受父亲的委托护送黑奴杰西·摩西出境，后者是负责在沿途建立地下铁路站点的黑奴。摩西在最后一站遭到逃奴猎人杀害后，沉重的负罪感迫使摩根走上复仇和寻兄之路。哥哥皮尔格林于内战的第三年参军，在葛底斯堡战役中失踪。摩根为寻找他不得不踏上危险旅途，来到仍处于战火硝烟的南方。他离开和平安宁的金顿山，其寻亲之旅却给沿途的朋友带来一连串的灾难。摩根尤其崇拜约翰·布朗，他认为后者在哈珀尔斯渡口的失败只是由于策略上的过失，而不在于他的信念。摩根早就表示愿意追随布朗，他穿越战线的决定也是为实现人生愿望而作出，希望抓住内战的最后机会经历冒险和浪漫。

莫谢尔在书中总是以宁静的加拿大与战火中的美国加以比较，着重表现人们对和平生活的向往和对北方自由天地的赞美。摩根的冒险之旅中有一段路程干脆拐入加拿大丛林，他看到的是一派祥和自由的生活场景，这足以让内战中的美国人羡慕不已。这类情节设计显然有其独特效果。从文学地理学视角看，“文学作品不只是简单地对地理景观进行深情的描写，也提供了认识世界的不同方法，揭示了一个包含地理意义、地理经历和地理知识的广泛领域”（克朗，2003：72）。莫谢尔就以较多的笔墨描绘了处于和平中的加拿大丛林地区的美丽风景和宜人氛围。摩根深受诱惑，在朋友肖托让他到加拿大的邀请下，他几乎放弃自己原先的计划。他深知：

> 如果和他们一起走，就可以抛开所有的顾虑、承诺和责任，去追寻一种无忧无虑的狩猎生活，并与美丽的印第安姑娘们缠绵、做爱，与好伙伴们宴饮作乐，尽情享用海狸尾巴、驼鹿肉排，还有鳟鱼和许多叫不出名的北部湖泊里的水产美食。[1]

但是极富正义感的少年摩根不由得对自己贪恋在如此秀美的边境区生活，居然打算忘掉国内的现实和自己的责任，特别是刚刚导致逃奴的被害而痛心悔恨。

在该书中莫谢尔以摩根的反向巡游中一系列的冒险经历说明国内形势的险恶。随着他跨越战线，越来越深入南方，所面临的危险倍增。摩根一路上遭遇了形形色色的人物，足见罪恶的奴隶制和拼搏厮杀的内战

1 霍华德·弗兰克·莫谢尔：《走向加特林堡》，李智微译，南京：译林出版社，2011年，第33页。以下引文只标明页码。

早已使人异化。莫谢尔以哥特式小说手法营造出极其恐怖的战时环境，列举了许多疯狂的人物，如等待处决的战争罪犯：一个是自称演员、患有恋尸症的儿童杀手——音乐家鲁迪，他可以让少女怦然心动，让水蛇吐出毒液，让吝啬鬼掏出钱财，让仇敌握手言和；另一个是疯狂的先知弗洛伊德，他为了邪恶的目的而杀死自己的教徒并夺取其财产用于捍卫奴隶制；还有残忍的奴隶杀手金·乔治，以及混入联邦战地医院的外科医生，此人故意将病菌植入南北双方的伤兵身上和用砒霜处方等方法亲手处理掉大批人员。这类狂人都是内战的恶果，莫谢尔总结说，“战争使人做出各种疯狂的行为，而他们所做过的令人发指的行为就是活生生的例子”(89)。在同伙的协助下这些冷酷杀手临刑前逃出纽约州监狱，并接受秘密组织的命令去追寻杰西的石头——“黑奴的石头”。那上面刻着各种符号，标明了地下铁道沿线的各个站点，关系到从田纳西到加拿大之间每个站长的安全。摩根在无意中获得这块“黑奴的石头”，自然成为罪犯们追踪的目标。莫谢尔在书中以各种符号，详尽地描述了从南方的密西西比到加拿大的“地下铁路”——这条美国内战前黑人奴隶逃往北方寻求自由的秘密路线。他对参与“护送站”工作的废奴主义者冒着生命危险的行动倍加赞赏，特别留意记录沿途自愿留宿和护送奴隶平安到达目的地的居民家庭的丰功伟绩。在这些英雄人物中吉普赛人萨巴蒂·泽比特别具有代表性。他带着动物大象周游四方给人算命，实际上是地下铁道的护送员，常年利用职业的掩护秘密运送黑奴，但他最终未能逃脱凶徒外科医生的谋害。他的死也说明蓄奴派在各地的势力极为强大，即使在北方也一样肆意妄为。

该书着重揭示的是奴隶制在美国到处盛行的现实，强调南北都有大量的蓄奴派拥护者。莫谢尔详细描述了废奴主义常常引起的普通家庭内的纷争和冲突，如摩根的表姑麦塔贝就反对地下铁路。她指出，人们有什么权利反对亚伯拉罕和以撒的上帝都认同的传统？她认为奴隶制可以在《圣经》中找到依据。具有废奴思想的摩根发现自己沿途必须经历各种磨难与危险，正如大伊娃所说，“那些杀手，有的穿蓝色衣服，有的不穿，但是，他们都是杀手”(56)。在北方同样有奴隶市场，卖鹅姑娘鹊鸣遭人强奸后被卖到妓院，只能在贫民院安身和等待再次拍卖。最后是摩根花两美元在奴隶市场拍卖时拯救了她，给她自由。她的遭遇足以说明整个国家都是奴隶主的天下。被迫与公牛性交表演的黑人妇女默西·约翰逊说，“你们北方人比南方奴隶主还要邪恶。你说你会释放奴隶，然后你同样也会用另一种方式利用奴隶”(115)。在各地穿越使摩根逐步成熟，但也更加迷惑不解，他很想弄清楚的是，“究竟是一个怎样的联邦政府，致使已经逃亡的人们再次回到做奴隶的命运？究竟是一场怎样的战争，几乎摧毁了整个国家，然后允许那些他所看到的邪恶之事在大地上肆意泛滥”(117)？莫谢尔特别强调令人深感遗憾的是，长期处于黑暗制度下的奴隶难以醒悟，也不愿起来为自由而战。书中的逃亡女奴斯莱德尔是摩根护送失败的杰西·摩西的外孙女。她不相信奴隶能获得解放，所有她在逃亡中也自愿保留奴隶项圈。在她看来，摩根的行为同样触犯十条戒律。在谈到《物种起源》时，斯莱德尔有自己的见解：“说起物种，我相信人类差不多是上帝创造的物种中最糟糕的一种。这个物种挑起战争，互相奴役，迫害我们的孩子，然后对那些温柔的猿猴横加指责”(219)。斯莱德尔的父亲丁威迪是奴隶主，他可以强奸自己的女儿和残害自己的儿子，无疑是人类物种中邪恶的代表。摩根却在丁威迪受到公民的审判，即将被处决时将他解救，而饱受折磨的儿子所罗门也原谅父亲的暴行。显然作者倡导的是以更加宽厚的仁爱对待曾经作恶多端的奴隶主，只希望促使他们良心发现和自愿放弃奴隶制。

在《走向加特林堡》中莫谢尔以许多受害者的经历说明内战的毁灭性。战争爆发后全国各地的民众“像以色列人和非利士人一样”以牙还牙，彼此之间展开大规模的暴力流血冲突。内战中有五十多万的男人们在加农炮、葡萄弹、米尼耶子弹的攻击下灰飞烟灭，传染病、伤寒、霍乱和其他疾病在整个国土上泛滥成灾，分裂出去的各州大部分的土地上“像邪恶的俄摩拉城一样被夷为平地”(101—102)。摩根在途中遇见内战中失去两个儿子的渔夫，只因神经错乱他自称海军将领。此人一心所想的是，一切回到从前，就像什么也没发生过，他希望“时间可以抚平一切创伤，而我的孩子们仍将活着。他们会转身回家，回到母亲的花园里”(38)。他整天都在向“错误城堡”发起进攻，幻想消灭那些给他们一家带来灾难的南军，但最后被跟踪摩根的罪犯杀害。此人临死时也难以理解这种世道。摩根来到葛底斯堡这内战最血腥的战场时，身临其境才发现可怕的内战闹剧令人震惊。曾经的战斗场面十分壮观，那里曾是著名将领张伯伦率领众人为保卫圆顶山而端着子弹打空的步枪冲下山头，用刺刀穿透南军士兵的后背，将其驱赶至绝境的地方。眼见遗留四处的人骨、破布和腐烂的肉体碎屑，摩根才真正明白战争的无情和残忍。他不由想到，人们当初鼓吹参军是一个旅行的绝好机会并且可以随意杀人而不必受到惩罚，一切显得多么荒谬。没有谁曾预料到这会演变成美国历史上最血腥的战争。摩根沿途看见那些眼睛深陷的妇女，她们由于战争在二十多岁就成了寡妇，现在枯瘦如柴、憔悴不堪。目睹这一切摩根感到特别沮丧。所幸的是，他从斯莱德尔那里找到爱情而发现世界的美好并重新获得完成使命的信心。

该书的另一特点是表现出极强的生态意识。当摩根为追踪驼鹿远离家乡那片山林后，他的麻烦就开始了，这无疑是对他的反自然行为的惩罚。萨巴蒂·泽比去世后摩根细心照料他留下的动物，所以在与外科医生决斗时，大象哈里发突然冲出来将其踩死，救了摩根一命，同时也为主人复仇。正如人们常常发现的一样，“大象是可怕的敌人，它是永远不会忘记复仇的”（81）。聪明的大象以自己的方式报答摩根，可见大自然开始站到他这一边，因而在随后的旅途中他能多次得到庇护和恩赐。摩根负伤后被教友派信徒救护，他惊奇地发现在内战的灾难中居然尚存这么一块祥和安宁之地。这里到处鲜花盛开，人人安居乐业。在这远离战场的伊甸园里，他甚至还收获了爱情。让摩根感悟更深的是，在名为“上帝之心”的洞穴里，壁画上的故事也是有关人类的战争，那些先辈很早就预见到眼前的一切：“无论是1864年，还是一万年以前，在太阳之下，并无新事”（166）。作者还特地设计了摩根与乌龟的对话，引导人们尝试从动物的视角看人间的纷争。乌龟对他讲述了“梅森或狄克逊”小镇的来历，对本是亲兄弟的两大家族之间的仇杀加以谴责，这自然是喻指外面正在进行的内战。

莫谢尔在创作中以多种艺术手法和史诗般的情节表现内战和强调其必要性。他明确指出“内战不是为了奴隶制，而是为了维护国家的正义”，但也认为“奴隶制是有史以来人类发明的最邪恶的东西，终将要结束”（66）。他的态度在当时北方作家中具有普遍性，这些理念贯穿于整部小说之中。莫谢尔的创作汇集了哥特式小说、骑士小说和侦探小说的特点，也注重运用黑人文化符号、印第安人智慧、生态主义意识等方法表现小说主题，使迷宫一般的内战社会在对未来深感迷惑的主人公面前逐步展开，特别有助于他在旅途中的成熟和最后使命的完成。该书还带有西部小说的特色，讲述了一名正直和勇敢的士兵在内战中的冒险故事。摩根的行程从最北端的美国与加拿大的边境到叛乱的南部邦联的密西西比，跨度极大，穿越令人惊心动魄的战场和伤痕累累的市镇。这种军事冒险加文化巡游具有特殊意义，可以全方位地展示内战中各地的情景。摩根同勇敢的牛仔一样，孤军奋战、一路向南，逐一猎杀前来夺取画有联络点奇石的匪徒，最终完成自己的人生磨练和与兄弟的团聚。他甚至还遇见正在巡回演讲的林肯总统，发现这位领导北方参与内战的关键人物与乡下普通老头相差无几，有着一颗特别仁慈的心。摩根随后还来到里士满这“撒旦的巢穴”，他身为北方佬却能在逃亡奴隶的陪伴下轻而易举地突破南部邦联的防线，进入其首都，足见作者莫谢尔丰富的想象力。他以反讽的笔调讲述南方将军把分裂行为称作伟大的独立实验，还类比为美国独立战争一样伟大的事业，并坚持认为他们所崇尚的也是《独立宣言》的规则和精神。摩根最后发现哥哥皮尔格林早已从参战士兵转变成和平主义者，被当地人称为老祖母山大夫，因为他总能同等对待南北双方的伤员和为当地百姓行医疗伤。皮尔格林是在看清战争的残酷和愚蠢之后，才决定自愿退出并以爱对付战争。可惜他最后还是付出了生命的代价，死在兄弟重聚之际。皮尔格林的妻子曼侬带着孩子在大山里继承他的事业为当地人行医，而摩根则遗憾地踏上北归之路。在这从北到南的巡游中，摩根看到的是奴隶制使国家分裂的现状，也逐步理解取得内战胜利的必要性。他明白相比家园俱毁的南方，祥和安宁的北方才是理想的乐园。

莫谢尔的《走向加特林堡》和弗雷泽的《冷山》一样，都旨在展示战时的美国社会，聚焦奴隶制的罪恶和内战的毁灭性，讲述了内战中人们不得不经历的煎熬。不同的是，莫谢尔笔下人物总是表现出足够的信心和对未来越来越大的把握，而弗雷泽书中的主人公却在绝望中苦苦挣扎，直至最后悲剧的发生。这实际上也表明了两位作家在对内战的看法和在国家的认同方面的差异。

第六节 非虚构小说中的战时首都：《华盛顿的起床号》

在内战作品中也有许多非虚构小说（nonfiction novel）的佳作，[1]如小说家和历史学家玛格丽特·利奇（Margaret Leech，1893—1974）的《华盛顿的起床号》（*Reveille in Washington*：1860—1865，1941）就获得1942年普利策奖（她的另一作品《麦金利时代》（*In the Days of McKinley*）获1960年普利策奖）。该书描述了华盛顿在内战中逐步从荒凉的小镇成为真正意义上首都的过程，详尽地说明了这一负责联系权力分散的各州的政府所在地，转变为消除奴隶制和削弱州权后的权力中心，作为向现代国家过渡的象征。作者以拟人化的手法描写了华盛顿在经历内战时期的不断变化，其书名便意味着：该市在国家意识形成中的崛起和从奴隶制中觉醒并带领国人走向自由和新生。在导言中詹姆斯·麦克弗森指出，"内战摧毁了老南方的诸多方面，注定要让南方文化沦为地方主义，并确立北方的制度和价值作为国家标准。就这方面而言，这场战争也代表了华盛顿的起床号"。[2]玛格丽特·利奇以该市的发展说明美国迈向现代国家的进程艰难曲折。但在这部作品被小说家称赞有充实素材和史料的时候，历史学家却对其中的文学想象加以质疑，其实该书特点恰恰在于它是介于文学创作和历史记录之间的作品，专注于更加客观和直接反映内战时期的残酷现实。

1. 濒临陷落的战时中枢

玛格丽特·利奇在该书中首先提到的是华盛顿最初的恶劣环境，这与首都的身份极为不符。尽管华盛顿是北方联邦的大本营，却与南边的弗吉尼亚紧密相连，北边的马里兰的分裂主义势力极强、赞同蓄奴主张

---

1 非虚构小说的概念最初是由美国小说家杜鲁门·卡波特（Truman Capote, 1924—1984）创造出来的一个新词语，用来描写他的作品《冷血》（*In Cold Blood*, 1966）。在其宽泛的意义上，这包括了传记、报告文学、游记、散文等写作样式；在狭义的范围内专指美国20世纪60年代兴起的非虚构小说、新新闻报道、历史小说等新的写作样式或体裁，代表人物有杜鲁门·卡波特、诺曼·梅勒、汤姆·沃尔夫等，其写作形式的特征是采用多种小说的技巧再现刚发生的历史事件。参见：王先霈、王又平主编：《文学理论批评术语汇释》，北京：高等教育出版社，2006年，第236—237页。

2 玛格丽特·利奇：《华盛顿的起床号》，秦传安译，上海：东方出版中心，2014年，导言第4页。以下引文只标明页码。

的居民较多，甚至其州民兵也是倾向于南方的组织，总体上看华盛顿是被南方势力重重包围的孤立之地，随时可能被其攻陷。该市处于基础设施刚刚开始建设时期，生活条件太差，与国家的首都之名也极不相称：

它更像一座南方城市，没有如画的风景，却有懒散的氛围，混乱而缺乏公共卫生系统。那些懒洋洋地打发时光的黑人总是让北方人大吃一惊，提醒他们原来首都也蓄奴……大小和颜色各异的猪自由自在地漫步，在国会山和司法广场的泥沼里打滚。(12)

这种杂乱无章的城市初建和开发，被一个外国观察者形容为“一个柏林刺绣的框子，漂亮的刺绣女工开始在这个框子中作出时断时续的尝试”(12)。即将面临内战的华盛顿正处于盲目扩张的建设中，夜里只有胆子很大的人才敢经过首都那些灯光昏暗的街道，低效无能的警察，就像在此拦路抢劫的匪徒和肆意横行的强盗一样臭名昭著。在那里，“一个意志薄弱的单身汉会暴露在酒吧、赌场和轻浮女人的诱惑之下”(15)。约翰·布朗事件之后，该市的奴隶制支持者担心黑人的叛乱，而废奴主义者却必须随时防止分裂的阴谋。国会里的议员们争吵不休，但也人人自危，在外套之下紧扣着左轮手枪的扳机，提防他人突然袭击。

在内战之前华盛顿已是各种势力较量的矛盾体。这里既允许罪恶的奴隶制存在，又是获得自由的黑人纷至沓来的国家首都。根据1860年人口普查，该市有1800个奴隶和超过9000名自由黑人。刚到首都的人们常常惊奇地发现：

星期天这些富有的黑人披着艳丽的围巾，身穿绸缎马甲，手里拿着祈祷书，口袋里塞着手帕，挂着拐杖，打着阳伞，从背后看去是如此派头十足，以至于当他们转过身来的时候，你不免大吃一惊。(284)

此种情形令普通白人居民深感不安，他们将该市的堕落归咎于从各地陆续涌入的黑人。《逃奴法》通过后，联邦士兵和警察争先恐后为奴隶主效劳。为了奖金他们不遗余力地追捕逃奴，这也导致司法部门和军队的腐败。最先解放奴隶的是绰号为“开路先锋”的西线指挥官约翰·弗里蒙特，他未同联邦政府商量就宣布解放所有密苏里分裂派所拥有的奴隶。[1]林肯勃然大怒，立马宣布撤销该命令，他担心废奴之举将无端与摇摆中的边境州（即其法律允许蓄奴但尚未宣布脱离联邦的州）结怨，刺激更多地区的人们脱离联邦。1861年12月，激进的共和党人被总统撤销弗里蒙特在密苏里发布的解放奴隶宣言的行为激怒。但也有一些将军则以过于谦恭的态度帮助奴隶主找回逃奴，如民主党人查尔斯·斯通（Charles P. Stone）将军就积极将逃奴送还马里兰的主人。这位将军后来被指控须对鲍崖战事的失败负责和对联邦不忠而被囚禁长达189天。人们总体上感觉是总统和政府都缺乏权威性，首都的局势一直处于动荡和混乱之中。

利奇在该书中特别强调的是华盛顿在政治倾向上的改变，从偏向南方和赞同奴隶制的小城转变为主张废除奴隶制、逐步壮大的北方权力中心和军事堡垒。作为联邦的首都，让人难以理解的是华盛顿竟然聚集着众多叛乱者。他们在此鼓动分裂却能得到居民们的支持。这些人高兴地看到"脱离联邦的前景令人兴奋，吸引了首都的社交界。南方人很现实地面对内战爆发的可能性；但他们相信，胆小的扬基佬很快就会被打败"(25)。内战风暴来临时华盛顿陷入一片混乱，人们惊慌失措，特别担心弗吉尼亚和马里兰两个蓄奴州脱离联邦时会带走华盛顿。大批居民倾向于脱离联邦，担心即将出现暴力颠覆活动而纷纷逃离。只是当越来越多的北方志愿者部队涌入华盛顿后，这里才逐步安定下来。

战争开始时，人们普遍认为南方已做好战争准备，而北方却没有，最缺乏的是经过实战的高级将领。在最初阶段没有人相信内战会真刀真枪地打起来，似乎离真正的战争还很遥远。就在迫近华盛顿的第一次战斗打响时，城里的居民只是将其当作一次郊游的机会，兴高采烈的观光客们乘着马车，带上望远镜和野餐篮前去观战。可惜第一次交手结局是南方获胜，这令市民们手足无措。那些直到午夜才仓皇逃回的人们"全都是在喧嚣、尘土和撤退的恐怖中回来的，马车、军车、随军小贩的车队和奔跑的士兵构成一股横冲直撞、人仰马翻的洪流"(124)。市民们纷纷谴责此役的指挥官，而许多军官当战斗一开始就狼狈逃跑，他们的士

---

1 约翰·弗里蒙特（John Frémont）将军在1861年8月30日宣布解放密苏里州奴隶，这是最早的美国官方奴隶解放令，该命令被林肯撤销。一年后（1862年9月23日）林肯自己才发布解放黑奴的《预备宣言》。

兵被丢在战场上群龙无首。令人吃惊的是，“有200个指挥官在这一仗后就递交了辞呈”（131）。显然军队缺乏基本的训练和初期的轻敌是失败的主要原因。后来成为小说家以《小妇人》一书而闻名的路易莎·奥尔科特小姐，当时正在伤兵医院做护士。她目睹了战败后涌入华盛顿的伤兵的惨状。尽管她对英雄主义抱有一种浪漫情怀，“在她严实的紧身胸衣之下，跳动着一颗渴望生活和自由的叛逆之心，可是俯瞰酒店门前的景象那一刻，她突然希望自己还是安全地待在康科德县的家中”（267）。

华盛顿在内战前实际上就是分裂主义的温床，开战后的情景更加令人愤怒不已。当受伤的战俘从弗吉尼亚半岛送来后，充满敌意的分离主义女士便成了最令人讨厌的人，“她们漫步穿过病区，对联邦士兵的病床冷眼相向，却用鲜花、水果和衣物淹没了叛军伤兵”（248）。所幸的是，随着战事的推进，市内两方的实力对比不断向有利于北方联邦政府转变。充满激情的志愿军前来保卫首都时发现许多居民居然同情分裂主义者，于是他们愤怒地采取行动，将不少人投入监狱。在共和党的激进分子看来，战争提供了一个大好机会，可以惩罚南方和终结奴隶制。

2. 拟人化的城市书写

利奇尝试将华盛顿作为活生生的人物进行描写，读者可以看到它随着内战的进程不断成长变化，从无序、荒凉走向强大。这个大舞台充分展示了内战期间从总统、将军到普通士兵和居民各种人物的表演。刚刚获得选举胜利的林肯清楚地知道自己在首都的奇特处境：该市居民在政治立场上几乎全都倒向与他对立的阵营。悄悄进城的林肯在就职典礼上努力安抚南方的支持者，直到最后时刻他依然坚信退出联邦只是南方一小撮人的作为。他直言相劝：“我们之间原本就不是敌人，而是朋友。我们决不能成为敌人。尽管我们可能都在意气用事，但这决不能就此绝了我们的同胞手足之情”（瓦德，2009：32）。然而真正的兄弟之战还是在萨姆特的炮声中拉开序幕。1861年4月12日，来自路易斯安那的邦联指挥官彼埃尔·贝鲁加将军下令向萨姆特堡开炮，内战爆发。负责打响第一炮的是艾德孟德·拉奋，一个宣扬退出联邦长达20年的弗吉尼亚老人（此人后来无法接受邦联战败的事实而自杀身亡），然而正是这著名的一炮“敲响了奴隶制的丧钟”（瓦德，2009：35）。终于开战的消息传到华盛顿时，许多居民居然欣喜若狂，他们并不惧怕南方军队来袭，而是早已准备好南部邦联的旗帜迎接解放。

当时临危受命、负责守卫华盛顿的是已近76岁高龄的温菲尔德·斯科特将军。他曾在1814年的战争中率军打败英国人，又在1848年打败墨西哥人。身为陆军中将，他在内战开始时任美国陆军总司令，尽管被大家看作美国的拿破仑，其实最初手下仅仅有由16,000名士兵组成的小规模建制的正规军。长期以来斯科特对提拔南方军人有极大的偏好，在他手下最后形成一个由南方小集团统治着的陆军，“六个军区当中只有东部军区由北方人约翰·E.伍尔将军指挥，西部五个军区（陆军大部分兵力驻扎在西部）全部由南方出生的指挥官领导”(3)。显然联邦高层并未对即将来临的战争做好准备，他们中大多数人拥护南方的分裂或者同情自己的战友。这位总司令目睹内战爆发的可能，居然还在给当时的总统布坎南的信中谈到和平分离的理由，他甚至提出建议：国家应该通过分家来解决自己的问题，不是分裂成两半，而是分裂成四个邦联。随着林肯的当选，局势尤为紧张，高龄将军斯科特被布坎南总统紧急召唤，其实是被人抬上火车赶往华盛顿履行总司令职责。此时的布坎南“在总统的宝座上如坐针毡，就像一个神经紧张的绅士骑在一匹失控的马上，眼巴巴地盼着这场骑行赶快结束”(5)。人们总体上的感觉是华盛顿危在旦夕，随时都可能被强大的南方军队攻陷或者被内部的叛徒劫持而缴械投降。在这场战争中举足轻重的罗伯特·李上校的家就在华盛顿对面的阿灵顿高地山顶。由于在忠于联邦的军人中很难找到能够胜任高级职务的军官，罗伯特·李被联邦寄予厚望。各地开始叛乱时他并不支持这种行为，接到总司令的命令后他立即从德克萨斯赶回华盛顿。不幸的是，决定他的命运的却是弗吉尼亚州政府的选择。他无法与家乡州作对，最后婉言谢绝北方政府的任命并成为叛军的军事首领，对华盛顿构成极大威胁。

内战期间联邦政府最重要的外交任务就是阻止欧洲国家与南方邦联建立正式关系。华盛顿作为内战形势的晴雨表，总能及时反映来自国内外的影响和各种势力的较量。该书系统地阐述了在这段艰难时期美国与欧洲国家的关系，以及作为首都的重要性。令华盛顿人最为不安的是，与英国开战的威胁“像冬天的大雾一样笼罩着这座城市”(149)。幸运的是英法等国基于自身利益，更多考虑的是如何从这次战争中盈利，它们的政府虽然愿意与南方叛乱者保持联系，但各国民众却厌恶南部邦联为维持蓄奴制而战，公开支持这样的倒行逆施可能会遭到本国民众的抗议和动乱。[1]在维持正常的外交关系上，华盛顿起着不可替代的作用，因为“在北方人眼里，华盛顿是一个珍贵的符号，象征着国家权力，要不惜一切代价保住它。对南方来说，首都是一笔巨大的奖赏，占领它就会提高叛乱当局的威望，会让它得到外国列强的承认”（68）。尽管之前的美国人常常将波士顿或者费城当作国家的中心，但在首都的选址上，最终决定是倾向于当前的华盛顿，一个可充当南北各州之间的“中间地带”的所在。它坐落在波托马克河（Potomac River）的落差线上，到达南北双方的距离几乎相等，离梅森-狄克逊线（Mason-Dixon Line）向南仅大约55英里。首都的选址实际上也是一个南北妥协的产物，人们原先期望“新首都能够有助于弥合在城市化、制造业的北方和乡村特色并蓄奴的南方之间的差距。然而最终，不是首都的地理因素，而是内战最后确保了国家的统一”（科恩，2011：102）。然而整个内战时期，双方围绕首都的每次战斗都令人为国家的分裂倍感焦虑。联邦军队在1862年8月第二次布尔伦河战役（The Second Battle of Bull Run）中遭到惨败后，“英国认为北方已经绝望，于是提议由英法两国联合仲裁，说服北方承认南方邦联为独立国”。它们只是在几个星期后因北方在安提塔姆战役获胜而放弃这类仲裁尝试，当时连美国人自己也并未意识到该战役实际上是北方政府在外交上的重要转折点（《大美百科全书》第六卷，1994：431）。不难看出英法等国的态度完全基于美国内战发展的趋势而定。尽管远隔千山万水，卡尔·马克思也认为安提塔姆战役“决定了美国内战的命运。”他坚信这场战争必将结束奴隶制，并在写给合作者弗里德里希·恩格斯的信中说，“一支独立的黑人军队就会起到显著的作用……这样的战争必须在革命的战线上进行，而美国佬只是在按宪法行事”（Fuller，2011：88）。马克思并不知道安提塔姆战役是美国历史上最血腥的一天。

1 对于英国人在美国内战中的表现，许多人一直都耿耿于怀。即使多年以后，格兰特将军在奄奄一息之际还在其回忆录中补充一篇结论专门谈及美国外交政策，而大部分内容都在“试图淡化民众对英国在南北战争期间所作所为的憎恨，极力主张这两个英语国家成为永久的天然同盟”。参见：沃尔特·拉塞尔·米德（美）：《美国外交政策及其如何影响了世界》，曹化银译，北京：中信出版社，2003年，第26页。

3. 废奴与蓄奴的角斗场

内战中蓄奴与反蓄奴两种势力的较量在首都的反映最为激烈，随着大量逃奴和黑人自由民涌入，情形更加恶劣。废奴主义的激进分子希望将这一战争变为废除奴隶制的圣战，林肯的犹豫不决遭到人们的责难。关于奴隶制，很多北方人最早的知识来自弗雷德里克·劳·奥姆斯特德（Frederick Law Olmsted）的《穷乡僻壤之旅》（*A Journey in the Back Country*）和《沿海蓄奴州之旅》（*A Journey in the Seaboard Slave States*）两本书上生动而宽容的文字（256）。在林肯总统宣读《解放宣言》时，华盛顿的人们还对自己从事的伟大事业理解不同。他们相信：

> 从一开始，将近400万奴隶就给这场同室操戈所带来的混乱投下了阴影。黑人就是让国家燃烧起来的那支火把。然而，奴隶制并不是北方人为之战斗的理由。在标语、演说和战斗口号中，这是一场拯救联邦的战争。(282)

林肯总统的宣言在黑人群体中慢慢扩散开来，影响和变化在无声无息地发生，他们开始涌入北方军营，携老带幼，希望能参军战斗。与共和党人中的激进分子不同，林肯是作为政治家来看待奴隶制问题的，“最重要的是，他想拯救联邦，在他的心目中，跟这个伟大的中心目标相比，解放奴隶始终是次要的”（290）。他希望各蓄奴州自愿采纳逐步解放奴隶的计划，让忠于联邦政府的奴隶主从政府获得相应的补偿。在他的主持下国会通过一项修正案，拨款创建殖民地供获得解放的奴隶移民居住。当时美国一些白人对黑人获得自由的看法是：

> 因为他们是一个原始的、孩子一般天真的民族，失去了奴隶制的依靠，将会漫无计划地漂泊。对于他们的命运卷入其中的政治复杂性，他们一无所知。他们根本没有考虑那些迫使总统勉强做出这一决定的废奴主义者。他们只知道林肯是被上帝派来解放黑奴的奇迹创造者。(298)

其实林肯总统对奴隶制的态度也摇摆不定。1862年5月大卫·亨特少将在南方军区发布《武力解放奴隶宣言》，以军事指挥官的权力宣布了黑奴自由，但总统公开宣布它无效。然而很快就在当年9月，林肯总统自己发布了《预备宣言》：从1863年1月1日起，凡是反叛联邦政府的人，他们的奴隶将获得永远的自由。在黑人的眼里，现实中的林肯与传说中的逐步融为一体，这其实是他们在长久的梦想里打造出来的，因为他们一直希望有位仁慈的主人赐予他们自由。白人的长期压迫使黑人感到自由可能是一项空洞无物的权利。詹姆斯·里德牧师说，他许多年前就买到了自由，但他从来就不觉得自己是自由的（300）。1864年6月国会废除了《逃奴法案》，这一引起国内混乱的问题终于得到解决，主要是免去了公民帮助追缉逃奴的义务。华盛顿的市民内心矛盾重重，他们可能不喜欢让黑人接受教育，也不喜欢在有轨马车上坐在黑人旁边；但他们心里依然不忘这些黑人兄弟，因为他们可以扛枪打仗。早在1863年6月，华盛顿街头就出现了黑人民兵连接受市民的检阅，“他们身穿制服、全副武装、装备精良”，到月底又有五个黑人民兵连集结走过宾夕法尼亚大道，几乎全是乌黑的皮肤，《星期晚报》上称其为“名副其实的黑人”，由于黑人士兵在密西西比激战中打得顽强，这些军人开始被人们接受（305）。但在首都种族歧视还是十分明显，如军医奥古斯塔博士尽管身着佩有令人激动的少校军衔的制服，在有轨马车上还是被售票员命令坐在过道上，这种无礼举动迫使他只好下车步行。华盛顿居民普遍担心黑人被武装起来后会带来骚乱，种族歧视在这作为战时指挥中心的首都尤为严重和有害。所幸的是，刚刚获得解放的黑奴特别具有耐心，只盼望今后的日子会逐步改善，他们愿意忍辱负重地为联邦而战。

到战争中期，人们开始对国家的悲剧感到麻木。大家认为即使不能打赢这场战争，至少他们还可以利用这场战争赚钱。华盛顿市内的人们希望恢复往日的生活，“两年痛苦的日子让他们对成千上万的人员伤亡变得麻木不仁。刺耳笑声高于叹息和哭泣的声音。人们开始花钱，举行派对，宴请宾客，唱歌跳舞，及时行乐”（279）。其实直到战争后期，华盛顿的日子仍不好过。在1864年该市还遭遇了最后一次围困而几乎陷落。当时城里的分离主义者在经历了长期的压抑后，居然兴高采烈地奔走相告。那些忠诚于联邦的市民意识到城内同样充斥着奸细和敌人，他们看见一些年轻人偷偷穿越联邦军的阵地加入城外的叛军。当南方军袭击宾夕法尼亚州钱伯斯堡时，厄尔利下令把这座漂亮小城烧为灰烬。华盛顿市内有些人已经在秘密制造南部邦联的旗帜，准备迎接来犯的厄尔利将军进城。内战的持续已超过人们的预料，他们痛恨的强制征兵像阴影笼罩着整个北方。当初的参战激情早已耗尽，军营里不再回荡起《欢呼，小伙子们，欢呼吧》和《自由战歌》，而是疲倦和死亡的曲调《当这场残酷战争结束时》、《就在战斗之前，妈妈》、《空荡荡的椅子》，以及新罕布什尔的新兵创作的思乡歌曲《今夜帐篷里》，歌词也令人伤感："我们厌倦了战争，在这古老的营地，很多人死了，一去不回"（412—413）……反战、厌战的情绪早已蔓延开来。

华盛顿市内的分裂主义势力一直如同定时炸弹，整个内战时期都悬挂在众人头顶。该书以一个章节描写了在此活动的女间谍以及相关部门的处理。当局在这方面表现尤其宽容，只是将这些人，如格林豪夫人、巴克斯利夫人等在华盛顿的风云人物关押一段时间后，还派兵护送到南方。她们并未接受审判，最后在南方得到英雄式的招待。这其中的根本原因是华盛顿城里许多人对南方深表同情，他们甚至将其当作一种邀功请赏的机会。这种妥协其实也是后来导致林肯被害的原因之一，因为人们并未对充斥全城的分裂分子提高警惕。但眼看战事发展不利，分裂主义分子和同情者终于走向沮丧和绝望，他们不择手段地进行最后的反抗。到1864年，同情南方的人士与所谓和平主义者都聚集到乔治·麦克莱伦旗下，支持他参加总统竞选。他曾经是北方人的军事偶像，其竞选纲领是：这场战争被证明是一次失败，必须停止。他的这些主张实质上就是妥协甚至投降。南方人满怀希望地注视着联邦内部的这种分裂，天真地希望能不战而胜。演员约翰·布斯最早是打算绑架林肯总统为人质，以交换数以千计的南方战俘，最后恼羞成怒，在福特剧院将总统杀害。作者详尽地描述了随后的情形："华盛顿似乎被一声枪击给打晕了，动弹不得。所有通往这座城市的公路上都有卫兵"（473）。城里交通中断，政府部门关门，影剧院取消演出，社交聚会延期。在悲剧发生后联邦政府逐步加紧对分裂主义分子的镇压，"在战争期间，有超过13,000人被当作政治犯被战争部逮捕"（175）。这些行动也引起居民们的反感和不安：

> 在华盛顿闻所未闻的这样一个恐怖之夜过后，一个阴郁的黎明让煤气灯变得更加阴冷昏暗——只要想到那些秘密刺客，拿着猎刀和手枪，蹑手蹑脚地走过这座城市，人们心头不由得充满恐惧。（472）

人们担心全国再次陷入更大的战争泥潭，而和平的曙光被尚未完全清除的奴隶制南方幽灵抹掉。大家普遍认为在布斯的背后隐约出现的是南部邦联的身影，“由于武装力量已经失败，它便密谋通过暗杀来瓦解联邦政府”(474)。所幸的是，格兰特将军等人坚持战斗，也拒绝战俘交换。林肯被害使对战败的南方的善意嫩芽一夜之间凋萎了，而在整个北方嘶哑的复仇呐喊到处响起。幸运的是，北方的联邦军队终于取得决定性的胜利，李将军率领的叛军不得不选择投降。在该书的结尾，作者描述了战争结束后的情景：

> 在波托马克河对岸，大炮陷入了无边的寂静。卫兵们从华盛顿的大桥上走来。弗吉尼亚人不再是敌人，而是耕田种地的农夫，把他们的作物运到城里集市上。有军队留下的大量废物作为肥料，种植多年生作物的田野绿意盎然。在国会大厦的穹顶上，武装自由女神斜倚在她那把已经入鞘的宝剑上。(499)

尽管林肯未能看到内战的彻底胜利，人们还是感谢他的执著和引领国家走出困境，终于可以放心地呼吸自由的空气。随着内战的硝烟散去，人们意识到这座伟大城市艰难熬过了战争浩劫。华盛顿脱胎换骨的变化展示的是整个国家的新生，随着国会建筑工程的完工，也标志着国家统一的完成。华盛顿城市的变化和市民所经历的风风雨雨其实也表现出内战时期人们在国家认同上的分歧，这是因为不少人更多地考虑个人、家族、家乡州的利益所致。

小结

福山认为国家认同涉及到文化领域和价值观，“它包括人们讲述的有关自己的故事：他们来自何处，崇拜什么，他们共有的历史记忆和对如何才能成为该共同体真正成员的期望”(Fukuyama，2018：8)。内战时美国的民族性尚在形成初期，小说家在创作中表现出的国家认同感差异极大。米切尔从南方的立场在《飘》中极力颂扬曾经的奴隶制乐园，谴责对它的毁灭；布鲁克斯在《马奇》里则从北方的角度看待这场战争，着重揭示南方奴隶制罪恶的真相；弗雷泽在《冷山》中明显表现出一种中立倾向，着重谴责导致兄弟相残的内战，主张放弃争斗退避山野享受和平宁静的生活。这些其实也反映出内战前各地居民难以形成统一的国家概念，无疑也是内战爆发的原因之一。史密斯指出："国家认同最重要的功能是构建一种强烈的历史与命运共同体，避免个体的湮没和恢复集体的信心"（Smith，1991：161）。从国家认同与个人身份的确立上看，《飘》中的思嘉尽管忠诚于南方，但也在逐步放弃和改变；巴特勒选择游离于南北之间，真正看重的是商业利益，并不在乎国家的分裂，甚至从中获利；作者想树立的典范是媚兰这种理想坚定的人物，而摒弃的是精神上的弱者艾希礼之类。在《马奇》里，主人公曾经被南方的假象所蒙蔽，在内战中才逐步了解真相，并以实际行动拯救国家，而身为奴隶主的克莱蒙特代表的是即将垮掉的南方上层。令人遗憾的是，许多奴隶并未觉醒，甚至甘心为奴。对他们而言，既谈不上家园意识也更没有什么国家认同。《冷山》中的英曼经历内战的磨难后决定放弃对国家、对家乡州的责任和义务，怀着最后一线希望回归家园，但在辽阔的大地上漫游中终于意识到家园不再安宁，即使在家乡已无安身之所。作者笔下的艾达在改变中逐步成为新女性，而理想人物则是能适应任何艰苦环境的鲁比。令人欣慰的是，她们及其后代或许能亲手创建新的家园或新的国家。细读内战小说，不难看出此次内战除在美国彻底废除奴隶制外，也逐步改变美国人的家园观念，淡化家乡州倾向和增强国家认同。

第四章
作家抉择与内战小说

由于内战是美国南北之间爆发的少有的战争，即使著名作家也难以把握分寸和表明自己的立场。他们在涉及内战主题、揭示奴隶制的罪恶和描述南方社会现实等方面的态度值得深究。对于这场兄弟相残的浩劫，如何讲述战争故事和反映其影响，以及塑造人物（特别是战争中的边缘人物如黑人、印第安人和妇女）的形象等，也是让作家们倍感纠结但又不能回避的问题。在创作中，南北双方作家也不可避免地呈现出较大差异，凸显其思想上的局限性。从经历过内战的马克·吐温，或者后来的厄普顿·辛克莱（Upton Sinclair）、威廉·福克纳（William Faulkner）等人的作品里都能明显看出他们对内战话题所采取的方式和所持的立场各不相同。特别是仔细阅读和比较北方的厄普顿·辛克莱的《马纳萨斯》(*Manassas: A Novel of the War*）和南方的威廉·福克纳（William Faulkner）的《押沙龙，押沙龙》（*Absalom, Absalom!*）更能清晰地感觉到这些小说家各自在创作中的态度和在主题选择与把握上的艰难。

第一节 南北作家与战争主题

内战的规模和残酷性前所未有，提供了难得的场景、人物和事件，本应产生像荷马的《伊利亚德》（*Iliad*）一样伟大的史诗作品，然而却迟迟未能出现，不免令人深感失望（Fahs，2001：15）。丹尼尔·艾伦（Daniel Aaron）在《未写的战争：美国作家与内战》（*The Unwritten War: American Writers and the Civil War*，2003）一书中对三十多位作家在创作中如何处理内战主题的手法和效果进行了详尽的评论和分析，他认为尽管这场战争是美国历史上最重要的事件，却未能产生相应的文学作品，这与一些重要作家在内战问题上模棱两可的态度有关，甚至称其为“装病者”（The Malingerers）或“新邦联分子”（The Neo-Confederates）加以抨击。他称内战是一个“生动的、却难以琢磨的故事”，但也应该看到仍有一些人做出了较快反应（Marshall，2015：487—488）。历史学家一般将南方对萨姆特堡的炮击看作内战的开端，而新邦联主义者却认为林肯的当选就是对南方的宣战，或者说约翰·布朗对堪萨斯的血洗惨案和在哈泼斯渡口的叛乱早已成为内战的开端。对于内战的根源，马克·吐温认为是沃尔特·司各特的小说在南方流行和骑士阶层思想的影响所致，这些都使南方人性格逐步改变。在林肯看来则是斯托夫人的《汤姆叔叔的小屋》一类废奴作品的推波助澜引起了大战。在这种兄弟相残的局势里，作家们感觉很难选择自己的立场，担心难以同时迎合南北双方民众的期待而遭到抨击。尽管如此，还是有一些人勇于面对这种局面，他们果断地出来发声，表明自己的态度。比较典型的有先验主义思想家和散文家爱默生和梭罗、诗人惠特曼以及后来的小说家福克纳等。有些重要作家则需许多年的思考才能对这场战争做出反应，然而南北双方的作家对内战的态度也有明显的差异。追溯这一过程可以看出，实际上早在1861年底，“文学上的战争与军事上的战争就已一同展开”（McLoughlin，2009：151）。

小说家和历史学家谢尔比·福特（Shelby Foote）形象地称内战为“国家的十字路口”（McLoughlin，2009：148），内战的突然来临打断了人们的生活，许多作家发现难以面对国家分裂的现实。诗人奥利弗·温德尔·霍姆斯（Oliver Wendell Holmes）指出，“人们已无法思考，无法写作，也无法再像平时那样生活”，当时大家头脑里只有战争，只有“马纳萨斯”。[1]骤然间全民都卷入其中，整个国家就像一个大兵营，无人能

1 Alice Fahs, *The Imagined Civil War: Popular Literature of the North and South, 1861—1865*, Chapel Hill: University of North Carolina Press, 2001, p.17. “马纳萨斯”指内战爆发后的第一场大战，此时人们才真正意识到战争的来临。

置身事外。此时人们才真正感觉到国家的实质和重要性，而这之前其国家观念是模糊的，有的甚至认为与己关系不大，或者根本没有关系。内战爆发后，人们开始认真考虑国家认同问题，是战争触动了人们的底线，迫使其做出改变或选边站队。对于内战，从战前的舆论纷争、战争中的参与和战后的评说，美国作家们的心情都极为复杂和纠结。一些重要作家纷纷回避这一话题。尽管如此，作家们很快就发现，南北冲突的细节，相互对立的原因、目的、经历和阐释之间的张力，都给内战写作带来活力和丰富感。虽然那些久负盛名的作家还在迟疑不定，不少人还是跃跃欲试，陆续都有佳作推出。据统计有关内战主题的作品数量惊人，达一万余种（McLoughlin，2009：148—149）。

1. 北方作家的态度变化

从内战爆发前直到结束，众多的北方作家对内战的态度也在不断变化。他们从战前对南方的谴责，到对战争残酷性的描写，最后则采取颂扬南方的绥靖和安抚策略。在新英格兰地区的文学界，作家们相互影响，废奴主义思潮盛行，他们很早便注意到奴隶制问题的严峻性和可能给国家带来的灾难。著名诗人、废奴积极分子约翰·格林里夫·惠蒂尔（John Greenleaf Whittier，1807—1893）[1]从1833年起就开始参与威廉·加里森（William Garrison）的废奴运动，热心编辑报纸、撰写社论和制作小册子，推出不少具有战斗力的诗歌。他为《汤姆叔叔的小屋》中的伊娃所写的诗《汤姆的福佑天使》（“Little Eva：Uncle Tom’s Guardian Angel”）广为流传，谱成歌曲后影响更大。惠蒂尔告诉心碎的读者们，同情黑奴的伊娃早已摆脱尘世的痛苦和烦恼：“别为圣洁的伊娃流泪，她已与天使同去，姿态飘逸俊美，给世间温柔慰藉”（Sonneborn，2009：52）……著名诗人朗费罗（Henry Wadsworth Longfellow）谈及自己阅读《汤姆叔叔的小屋》的感受时也说，“我们每晚读到这本悲剧小说都深感绝望，太悲惨，使每个人都热血沸腾”（Sonneborn，2009：54）。预感到内战即将

1 惠蒂尔的诗集主要有《新英格兰传说》（*Legends of New England in Prose and Verse*，1831）、《自由的声音》（*Voices of Freedom*，1846）、《劳工之歌》（*Songs of Labor*，1850）等。他的诗集《废奴主义诗歌》（*The Abolitionist Poems*，1838）和《自由的声音》（1846）揭露了奴隶主的暴行和黑奴悲惨的命运。这些诗歌具有强烈的战斗性，反映了美国废奴斗争中的重大事件，犹如一部废奴运动的编年史。

爆发，以超验主义思想家爱默生（Ralph Waldo Emerson，1803—1882）和梭罗（Henry David Thoreau，1817—1862）为代表的新英格兰的文化界人士纷纷站出来表明自己的立场，坚决维护国家的统一和强烈谴责奴隶制。梭罗自己就是积极的废奴主义者，他在笔记本上曾记录着：1851年10月1日下午5点"将一位名叫亨利·威廉斯的逃奴送上车运往加拿大"。他常常担任"地下铁道的司机"（即负责在站点之间偷运逃奴的工作人员），穿梭于康科德（Concord）与费契堡（Fitchburg）之间接送逃奴。没有谁比梭罗更熟悉这一带，他在《瓦尔登湖》（*Walden*，1854）里曾写道自己每天都会在此步行数英里。按照1850年的《逃奴法》（The Fugitive Slave Act），梭罗的行为一旦被人发现，至少将被判六个月监禁和一千美元罚款（Myers，2005：49）。同样具有废奴主义思想的爱默生也指出，奴隶制是美国人"共有的"遗产，一定会传给白人和黑人的后代。如果拒绝"打破锁链"，这一代人都会遭到"命运"的严词警告："你将为播下的种子付出剧痛的代价，将你那胆小鬼的头藏于虚假的和平，我定会给你们带来丰收的节日"（Fuller，2011：134—135）。当然，此处的丰收是指无法逃避的惩罚。在约翰·布朗起义之前，爱默生和梭罗早已将其看作强有力的象征。当时的梅森-狄克逊线[1]两边的多数居民都认为约翰·布朗是个疯子、叛徒和恐怖分子。然而爱默生和梭罗这些康科德的先验主义者们却认为他是对好战的清教主义的抵抗者，是不愿在原则上妥协的空想家。当布朗临上绞刑架时，梭罗特地作了充满激情的"为约翰·布朗而辩"的演讲。爱默生也代表新英格兰地区知识分子讲话，他强调如果对奴隶制问题视而不见，其严重后果将无法避免。他对听众宣称约翰·布朗是一位圣人，"其命运悬而未决，一旦他真的完美殉难，必将使绞刑架像十字架一样充满荣光"（Fuller，2011：39）。爱默生将萨姆特堡的陷落看作千载难逢的机会，因为这场战争是"伟大的革命"，是善与恶之间的决战，是美国人灵魂上的冲突，因为它触动了清教徒们的情感，唤醒人们步入一个新的时代（Fuller，2011：58）。

以实际行动为作家们起模范作用的是诗人沃尔特·惠特曼（1819—1892）。这位在联邦医院参与护理伤员的著名人士，目睹战争的残酷和

1 梅森-狄克逊线（Mason–Dixon line）于1763至1767年由英国测量家查尔斯·梅森（Charles Mason, 1728—1786）和杰里迈·狄克逊（Jeremiah Dixon, 1733—1779）为解决边界纠纷沿宾夕法尼亚与马里兰之间划定，在内战时期该划线作为北方自由州与南方蓄奴州之间的界线。

带来的创伤，对国家分裂的焦虑比其他人更甚。沃尔特·惠特曼在其自传性文集《典型的日子》(*Specimen Days*，1882) 里写道："未来的岁月里，人们永远不会知道由分裂战争的无数细小场景和内幕构成的烈火般的地狱和黑暗的冥间环境；他们不知道最好——真正的战争从来不会写进书中"(McLoughlin，2009：149)。惠特曼所强调的是，战争的真实一面难以被人表现，而文学作品的虚构性往往远离战争本身。他所指的不仅是这场战争规模巨大难以呈述，而且强调用语言描述战争暴力的尝试不可能，因为暴力的本质早已超越语言 (Dawes，2002：7)。惠特曼努力将亲眼见闻记录下来以警示后人。他描述了缅因州第七团K连的马科斯·史莫尔的糟糕状况。此人身患痢疾和伤寒，整天想到的是自己快死了。惠特曼为他给缅因州东利物莫尔的老家写信，也鼓励他坚持下去："他握着我的手愉快地交谈，很慢，音调很低，尽量注意方式，谈到他的假期，只要他能走了就回家"(Whitman，2004：29)。惠特曼还以诗歌鼓舞人们的斗志，在文学界一直做出表率。他关于内战的作品有诗集《桴鼓集》(*Drum-Taps*) 和纪念林肯总统的《啊，船长，我的船长》("O Captain! My Captain!") 等。他在《内战备忘录》(*Memoranda During the War*，1876) 里特别关注普通士兵的战时经历，认为他们的故事与将军们的一样重要，更能真实反映这场战争的苦难。惠特曼写道："在过去三年里，我到医院、军营和战地访问了超过600次，大致估算一下，在他们需要的时候作为精神与肉体的安抚者，会见过8万到10万名伤病员，这样的探视从一两小时到通宵达旦，对那些重症病人我总是整夜陪伴"(Whitman，2004：100—101)。不管是否屈尊俯就，身为著名诗人的惠特曼"获得的是第一手资料，对内战历史确切的艺术描述也正是历史需要讲述的东西"(Cushman，2014：98)。他的这种直白和亲民的叙述手法为后来的作家效仿。惠特曼也谈及自己到黑人军营里探望伤兵，但《内战备忘录》里并没有列举出具体的黑人士兵，这种有意忽略可能源于他对黑人的一些看法和态度上的犹豫。惠特曼的亲力亲为获得大家的赞扬，认为他在内战中的表现是"作为国民性的典范，而这种国民性不是基于国家的权威，或者美国人中高贵阶层的种族特征，而是基于富于情感的联系，借助他的诗歌，将美国如此松散的、差异极大的公民们聚集起来"(Whitman，2004：xv "Introduction")。

林肯总统从内战前到战争中的演说使其足以被称为散文家，其影响力甚至超过不少作家。特别是他在1863年的《葛底斯堡演讲》（“The Gettysburg Address”）的开头语就沿用了公众烂熟于心的钦定《圣经》中的语言风格（诗篇90：10），既具有庄重感又易引起共鸣，振聋发聩和打动人心。此次演说在文学上具有极高价值。尽管如此，他在备忘录里还是坦言当时非常担心在总统选举中输给民主党候选人麦克莱伦，后者完全可能按照所承诺的那样与南部邦联妥协并承认其独立建国。如果历史的走向果真如此，不管《葛底斯堡演讲》在文学上和风格上多么优秀，可能不会有谁阅读或者记得（Cushman，2014：54）。其实被选为总统之前（1858年6月16日），林肯在伊利诺伊州议会的演讲就极为重要。他以“分裂的家园”（“House Divided”）比喻当时国内局势，明确指出一座破裂的房子是难以站立的。他说，“我相信这个总是一半为奴一半自由的政府无法长存下去。我不希望联邦瓦解，不希望房子倒塌，我只希望它停止分裂”（Lincoln，1992：218）。林肯这一概括性比喻对后来的作家和思想家都有极大的启迪作用。他发表解放奴隶的《预备宣言》时，著名废奴主义者道格拉斯承认：“我们欢喜得大叫自己能活着记录这一正当法令”，爱默生同样欢欣鼓舞地写道，林肯的宣言将永远界定每个人的立场，最终迫使所有美国人表明态度，是赞成还是反对奴隶制，将会把这一问题带入每个家庭。爱默生还补充说，“我们不得不打这一仗和维护人权，否则就没有持久和平，没有完备的宪法”（Fuller，2011：89）。对北方而言最大的悲剧是林肯被害，但是他的形象通过文学作品的圣化和经典化已超越其他美国人。林肯神圣的鲜血净化了重聚后的联邦，他的牺牲也有助于平息南方的怒火和实现民族的和解。在林肯的影响下，作家们开始关注国内的战争和收集相关素材，以便今后的创作。

但总体上来说，北方作家的态度是犹豫不决的。1862年身陷内战的诗人洛威尔（James Russell Lowell）在回答编辑催促他为此写诗时说道：“早已身处最底层，自己对真相看得太清，反而难以将其写成诗歌。”另一典型人物是斯托夫人，尽管她被林肯总统称为是以一本小书“引起这场大战的小妇人”，当人们问及为何不写出一本有关这场战争的书作为《汤姆叔叔的小屋》续集时，她回答说，“当生活如此霸道和残酷之时，谁能写出小说？”即使李将军在阿波马托克斯已投降两年，当时的文坛舵手威廉·迪安·豪威尔斯（William Dean Howells）还是认为内战对美国文学冲击太大，使其难以招架而步履蹒跚（Foote，1993：8 "Introduction"）。以《红字》（*The Scarlet Letter*）闻名于世的纳桑尼尔·霍桑（Nathaniel Hawthorne）在战争爆发后还一直对其意义深感迷茫。他对英国友人承认，自己尽管身处美国，在战争初期却没有为何而战的明确观念，没有人预料到这一问题。他说，"这主要看讲话者本人的态度和对国内哪一区域的同情，南方人说是为州权、自由和独立而战，中西部人说是为联邦而战，我们北方和东部人则发誓说，从最开始就是为黑人的解放，为消除奴隶制而战"（Fuller，2011：42）。霍桑基本上赞同废奴主义者的观点。他坚持认为，"如果是为消灭奴隶制而战，可能是一个理智的目标"。战争爆发后，霍桑发现与众人共享的是一种英勇情感，一种对国家的归属感。他坦言："这种认知使我再次焕发青春。"他甚至表现出赞同新英格兰与南方分离的倾向，并许诺准备在新英格兰成为独立国家时自己将创作一部新的浪漫小说（Fuller，2011：41）。遗憾的是，仅仅只差一年霍桑便可亲眼见到内战结束，而太久处于国家分裂的冲突中他在精神上和生理上都特别感到无助。在《关于战事主要想法》（"Chiefly About War Matters"）的文章中他承认说，当前正在发生的事情对他而言太沉重了，带走了他的微弱之力，甚至连其创作想象的欲望也带走。他哀叹内战使其特别沮丧，"只好悲哀地将无数和平的幻想撒进这席卷我们大家的暴风中，也许撒进充斥着我们民族和政体的，可能如梦中一样分裂而成的碎片的幻境之中，就恰如我尚未写出的传奇故事一般"（Foote，1993：8 "Introduction"）。不难看出，霍桑对国家的未来极为失望。基于这种心态，人们无法期待他继续创作。

内战来临时，后来以《小妇人》闻名的作家路易莎·奥尔科特的态度同样模糊。她当时快满30岁，却还彷徨于人生之路，不想再当教师，然而其作家天赋又遭人质疑。身为《大西洋》杂志编辑的朋友詹姆斯·费尔兹（James Fields）断言她不会写作，劝其回去继续从事教师职业。这位被认为是"斯托夫人第二"的作家当时只想为战争作点贡献，决心到华盛顿医院做护士，亲自照料从战场上运回的伤兵。她说，"我渴望见识一场战争，希望自己是个男人，尽管我不能参战，只要能为那些参战的人工作就行"（Fuller，2011：140）。她尚未就如何表现内战厘清自己的思路，但在医院的经历却成为她后来创作时难得的素材。在1863年出版的散文集《医院速写》（*Hospital Sketches*）中奥尔科特详尽叙述了自己对伤兵们疾苦的感受，也终于证明其具有文学天赋。她揭示了内战的惨烈，同时强调这场战争的必要性。她常常用于安慰伤兵的话是“人类的苦难是上帝恩赐的前提”（Fuller，2011：142）。《医院速写》为她后来的佳作《小妇人》铺平了道路，该书可以算作一部真正意义上的内战小说，关注的是战时的平民生活，描绘了遵纪守法的妇女勇于促成民族重聚和维护公民权利的乌托邦景象。尽管《小妇人》未涉及内战本身，却详尽描述了当时的后方战线。内战结束后一些北方女作家以战时记忆为素材，创作时更多关注妇女的护理作用，这类作品也被称为“护理叙事”（nursing narrative）。她们主要记叙了内战中在后方战线上的妇女的生存状态，强调她们具有独特的护理能力、自我牺牲精神和陪伴伤兵时的痛苦经历。这些女作家聚焦情感、宗教、家庭和经济方面的斗争，也反映了“战后初期的劳动就业和妇女问题带来的压力”（Sizer，2000：221）。具有一定创作冲动的还有亨利·詹姆斯（Henry James），但是他对内战的看法和态度令人费解。他以内战为背景很快写出了三个短篇小说：《一年的故事》（“The Story of a Year”，1865）、《可怜的理查德》（“Poor Richard”，1867）和《最特殊的例子》（“A Most Extraordinary Case”，1868）。这些作品反映出他对内战小说的看法，可以被称为“战争浪漫史”，即关于战时的女人不顾一切坚持与士兵相爱的故事。詹姆斯质疑战争让人勇敢和家乡是战士们渴望返回的精神庇护所的看法，指出人们急于奔赴的战争令人恐惧，而他们为其献身和希望返回的故乡也成为“士兵受难的根源”（Zenari，2015：2）。这些小说还揭示了士兵与家乡社区之间关系的消极性，在《最特殊的例子》中读者尤其可以看到令人绝望的情景。詹姆斯其实否定了家乡可以作为疗伤之处的概念，认为家乡同样会令士兵心碎和驱使他们上战场走向死亡（Zenari，2015：30）。短篇小说家哈姆林·加兰（Hamlin Garland）在《一个士兵的回家》（“The Return of A Private”，1891）中也表现出强烈的反战倾向。他讲述了士兵从战场返家后，面对在农场上饱受煎熬的妻子和几个孩子，深感内疚，非常后悔自己当初的参战：“这只是威斯康星州山沟里的一所小房子，但它沉浸在和平安宁的气氛中，是多么庄严。他怎么会离开它这么多年，去行军、忍渴、杀人的呢”（加兰，1993：168）？内战中的痛苦经历和回家时人们的冷漠使这些年轻人真切地感到战争毫无意义。

2. 困境中的南方作家

内战显然对南方的影响更大，从相关作品看，“南方作家处理历史话题时，内战是最重要的象征，因为它是南方历史孕育的时期，包括了那之前的一切，也预示了未来”（Rubin，Jr. and Jacobs，1953：114）。长期以来是内战形成了南方人的意识，尤为明显的是“南方作家的每部小说在某种程度上都表现了那种长期发展的事业，血腥的痛苦和战争持续的影响”（Madden and Bach，1991：8—9）。据统计，到20世纪的60年代南方作家就推出了有关内战的小说约有一千多部。可惜同样是重要的太少，关于南方和其军队的并未出现《战争与和平》那样的佳作，唯一有的是《飘》（Rubin Jr.，1967：184—186）。由于内战的毁灭和随后重建的艰辛，南方的文艺复兴之路特别艰难。

从创作主题上看，南方作家以所处地域的视角，首先对来自北方政府和入侵大军的毁灭加以谴责，再逐步过渡到为其文艺复兴的自省。他们在创作上最大特色是固守精神家园。一些历史学家很早就注意到南北之间的差异，即使在内战前也是如此，尤其凸显在心理上。在许多读者的心目中，美国南方主要展现的是种植园场景、贵族式生活方式和蓄奴制社会氛围，给人的总体印象是极端的：种植园贵族/奴隶主与奴隶，加上贫困白人生活在一起，既等级森严又目无法纪。那里有一望无边、阳光充沛的棉花地，抽打奴隶背脊的皮鞭声和夜里的班卓琴乐曲和圣歌声（Suponitskaya，1992：878）。南方作家更倾向于塑造种植园文学偶像，强调荣誉、封建制度和男权思想。最重要的是，在梅森-狄克逊线以南白人至上主义者主宰社会的话语权。这些作家“对种植园文化的浪漫化如此强烈，即使南方战败也未能将其消除”。人们从战后的乔尔·钱德勒·哈里斯1881年开始的“雷穆斯大叔”（Uncle Remus）故事到1936年米切尔的《飘》中，有关田野里快乐黑奴（happy darkies）的描写就可以看出（McLoughlin，2009：150）。然而文学上的南方例外感并不是一蹴而就的。理查德·格雷（Richard Gray）指出，“南方在历史上就表现异常并且危机四伏”。从16世纪末到17世纪初，殖民主义者为了让人们到南方，特别是到弗吉尼亚投资，他们在散发的小册子里将其描绘成伊甸园、田园牧歌式的乐园，特别强调与北方发展的手工业文化截然不同。到18世纪中叶，弗吉尼亚的种植园主，以及托马斯·杰弗逊这类有影响力的人，对南方人与北方佬的看法已完全不同。他们认为南方人比腐败的北方城市居民“有着更高的道德准则，离上帝更近”（McLoughlin，2009：151）。尽管在一些北方人看来，南方总是陷于贫穷、疾病、文盲、政治腐败和野心勃勃。但来自大众文化的印象却是，南方“男人具有骑士风度，女士充满魅力，黑奴则由温情的纽带相连”，他们对白人家庭忠心耿耿（Cox，2011：1“Introduction”）。其实这都与现实截然不同。战后南方的集体记忆是北方人无法想象的：战败、毁灭和贫困。南方白人依然相信与他们“失败的事业”（The Lost Cause）相关的南方神话，这种信仰已深深渗透他们的文化。南方作家对奴隶制和内战自然有不同的看法。

这其中具有代表性的是马克·吐温（Samuel Langhorne Clemens，1835—1910）。他在《密西西比河上》（*Life on the Mississippi*，1883）一书中描述了沃尔特·司各特（Walter Scott）对南方的重大影响，认为完全是由于此人的缘故，南方人才特别好战。他直言道：“沃尔特爵士对战前的南方人性格形成的影响如此之大，以致南北开战很大程度上应归罪于他”（威尔逊，1993：363）。内战前的每一个南方绅士都自封为少校或上校，将军或法官，南方绅士特别看重这些虚假的头衔。马克·吐温认为司各特这种影响可以称作“沃尔特·司各特疾病”。他在描述后来的战友的表情时说，南方士兵就是这样的典型，“无知、性格和谐、对人善意、小心翼翼、浪漫天真、爱读骑士小说和传唱爱情小调”。这在开始几个月里的叛军营地是常见的（Grant，2008：96）。然而随着战争的延续，人们开始烦躁，逐步意识到叛乱事业已变成一场由穷人去拼命的富人的战争，士兵们终日面临疾病和死亡的威胁，其状况之惨比黑奴更甚。

内战来临时马克·吐温刚刚拿到领航员证书在密西西比河上工作。他所在的密苏里属于边境州，居民中分成忠于联邦或赞成脱离的两派。他本人同情南方，但对战争并不感兴趣。他可以在战时的船舶上效力，但总是担心自己会被抽调到北方船只上服务。只是由于经常失业，他不得不努力找工作并被雇佣。正如林肯指出，当时参军的人主要因为“爱国主义、政治倾向、个人志向、勇气、热爱冒险和就业渴望”

(McPherson，1977：6)。马克·吐温其实属于最后一种，完全为生活所迫而成为一名犹豫不决的战士。他在《密西西比河上》中写道，早在1854年加入镇压动乱者的民兵队时就十分厌战："我们一路行进，离战场越来越近，感到又热又渴。我走在朋友的后面，最后请他帮我扛毛瑟枪。我离开队伍找水喝，然后从岔路上走掉直接回家"(Twain，1996：507)。他像小说中的哈克贝利·费恩一样很早就学会在发现麻烦的第一时间转身溜掉，这种匆匆逃离也反映出他对战争的态度。1861年夏天当密苏里"叛乱政府"宣布脱离联邦后，马克·吐温和社区的其他青年一道加入民兵队抵御北方佬的入侵，该州内的战斗主要是在双方游击队之间进行。这种地方部队与家乡的联系更为紧密，各个连队往往来自所属小镇和社区，人们相互间非常熟悉。社区的压力使他们在战场上不得不表现勇敢，非常担心被同乡人看作胆小鬼而给家乡带来羞辱或遭到鄙视，维护家乡战旗的荣光是大家的责任。马克·吐温的服役和表现自然也受同乡的影响。但在他发现士兵们无故枪杀手无寸铁的陌生人之后，他对这场战争的看法有了较大变化，深知自己并不适应当兵，"决定退出这一虚假的军旅生活，以拯救尚存的那部分自尊"(Twain，1992：880)。他特别强调枪杀陌生人的事件是其离开军旅生活的重要原因，这也表明他不是南方邦联事业的坚定信仰者。另一原因是他在军队同伴中未发现真正的友情(Eckman，2013：6)。逃离战场后，马克·吐温与朋友前往内华达加入淘金热，直到战争结束才从西部回来，这段经历成为他创作《淘金岁月》(*Roughing It*，1872) 的素材。1901年他在纪念林肯的演讲中特地对自己战时的表现解释说，"我们南方人不会对自己的角色感到羞耻，在那些日子里，我们为正义而战——那是一场崇高的战争，因为我们为心爱的人、为家乡、为命运而战"(Eckman，2013：9)。但对于南方的失败和林肯遇刺，马克·吐温在其作品和演讲中从未谈及，只是将其感受埋藏在心底 (Morris Jr.，2010：174)。马克·吐温特别强调密苏里人因为地理位置的特殊，大家在内战立场上分歧较大，在1877年他回忆说，"我们真的不知道自己站在哪一边"(Twain，1992：679)。这恰恰正是许多作家对内战的态度，也是马克·吐温没能为内战创作一部经典小说的原因：实在难以把握自己的立场。但他的一些短篇小说还是涉及内战话题，主要反映出厌战的思想。1864年他在《哈泼斯周报》(*Harper's Weekly*) 上发表的短篇小说《卢克雷蒂娅·史密斯的士兵》（"Lucretia Smith's Soldier"）就对内战加以反讽。故事中的女主人公在对男友误解和指责后，才得知后者早已参军。当她听到男友负伤的消息时，深感内疚并前去精心照料。三个星期之后绷带解开时，她才发现该伤兵并不是心上人，因而叹息自己白白付出了泪水和感情。马克·吐温的短篇小说《战败秘历》（"The Private History of a Campaign That Failed"）则是有关懦弱的邦联士兵的寓言故事，后来被拍成电影（1981），他基于自己经历以轻松幽默的口吻对战争中的愚蠢行为加以嘲讽，表现出极强的反战思想。南方另一小说家和诗人罗伯特·佩恩·沃伦（Robert Penn Warren，1905—1989）[1]则认为即使自萨姆特堡的陷落已经过去百多年，这场战争"还在我们的意识里生长，比生命本身还强大，广泛象征着不可磨灭和神谕般的意义"（Grant，2008：93）。沃伦在1955年出版的《天使队》（*Band of Angels*）是其少有的关于内战的小说。许多南方人都难以放下内战那段历史，在他们的记忆中代代相传。如果说北方赢得的是军事上的胜利，南方则尽力赢得文学上的胜利。北方企图表现为道义上的胜利，而南方则希望取而代之，将其变为自己在道义上的胜利。

然而美国文化中关于南方的话语其实是由非南方人决定的，特别是由北方出版社决定的（Cox，2011：110）。战后许多南方作家的作品无法找到合适的出版社，因为南方还处于恢复期，人们无暇顾及文学复兴，连读者自己也在忙于生计。作家们只好到北方出版，自然在内容和主题上为了适应编辑的口味不得不做一些修改，因而这些出版社在很大程度上帮助他们重新定义其身份，让人感觉是真实地描写了南方。这其中也有许多北方作家的功劳，他们主要出于对南方神话的迷恋，也及时推出自己的南方故事。这对南方作家影响极大，随之推出的许多作品也被称作旅游文学（travel literature），它们有助于吸引更多人到南方参观游玩。斯塔克·扬（Stark Young）的小说《鲜红的玫瑰》（*So Red the Rose*，1934）在改编成电影后，就成功地吸引了大批游客来到密西西比看看内战前的种植园豪宅，《飘》其实也算这类作品。埃德蒙·威尔逊在《爱国者的血》一书里指出，

1 罗伯特·佩恩·沃伦曾获普利策小说奖（1947）和诗歌奖（1957，1979），是美国第一任桂冠诗人，主要小说作品为《国王的人马》（*All the King's Men*, 1946）等。

“对南方神话的接受在《飘》中达到登峰造极地步，这部小说的巨大成功与《汤姆叔叔的小屋》形成一种奇怪的平衡作用”（威尔逊，1993：497）。《飘》改编成电影上映后大批游客涌入亚特兰大，都想看看米切尔描绘的南方，甚至旅游巴士上的导游也在煞有介事地讲解小说中提及的景点，佐治亚的克莱伊顿县（Clayton）就一下冒出几个“塔拉”（Tara）供游客参观（Cox，2011：128）。米切尔只想告诉他们，“塔拉”不过是个虚构的地名而已。内战后人们迫切希望看看梅森—狄克逊线以南地区的“柔情蜜意的南方”（moonlight- and magnolias- South），追寻有骑士风度的种植园主，浪漫的美女和忠诚的黑人。乔尔·钱德勒·哈里斯的《雷穆斯大叔》便能满足人们这样的需求。哈里斯大量应用黑人口头英语，讲述内战前种植园里黑人的生活情形，带有强烈的地方色彩。哈里斯的故事与斯托夫人的《汤姆叔叔的小屋》截然不同，描述的是黑奴在种植园里幸福有序的生存环境。这对许多作家影响极大，包括马克·吐温后来的创作。

3. 维持平衡的中间立场

另外要注意到的是，许多作家总是保持中间立场，如《等待裁决》（*Waiting for the Verdict*，1867）的作者瑞贝卡·哈丁·戴维斯（Rebecca Harding Davis，1831—1910）。[1]她因所处的环境（在面临抉择的弗吉尼亚的惠灵，该州愿意脱离和反对脱离的民众难以达成一致，只好另外成立一个州——西弗吉尼亚）离战争冲突较近，认为自己对战事的看法更客观，更可靠。她在文集《闲话絮语》（*Bits of Gossip*，1904）中写道：

> 即使在边界上，你的农场也成为废墟，你所有的马群或牛群不是被这支军队就是被那支军队掠夺，或者你的商店或工厂关闭，生意都垮了……你最亲近的同胞和朋友在街上相遇也默默无语或怒目侧视。如果你说出心里话，则极有可能被人拖进县监狱，一关就是几个月。战争话题在意见分歧的家里无人敢谈，某个早晨，孩子就失踪了。没有谁讲话，花白的头低着，幸福的目光已从老人的眼里退去，再也难以看到。所有

1 戴维斯一生著有500多部作品，写作生涯长达50年，体裁包括现实主义小说、儿童传奇、游记、札记。她1910年去世后很快就在文学界销声匿迹，作品很少人阅读，直到1972年许多作品才得以重新出版。参见朱刚：《新编美国文学史》（第二卷），上海：上海外语教育出版社，2002年，第512页。

这些悲惨景况和不安情绪中，只有焦虑的煎熬和注定的死亡。(Davis，1904：36)

可见恐怖气氛笼罩在四周，令人感到压抑和难受。戴维斯居住在交战双方之间的边界地区——面临分裂的西弗吉尼亚，亲眼目睹战争就在家门口发生，许多家庭破裂，亲友成为仇敌。她认为其他重要作家远离战场，所描写的都不过是凭空想象。她指出："不管是奥尔科特、爱默生还是他们的追随者，无论他们谈论起的是雪梨还是战争，都给人们的感觉不真实，正如霍桑所说，是鞭长莫及的。"在惠灵市戴维斯有幸能获取第一手素材和表达客观现实的看法。她在文章中客观地描述了战争降临后人们的变化："眼见这些跛脚、满身血污的人给市民带来奇怪的影响，这之前他们总将战争看作是很快就会过去的灾难，任何一天都可能结束的政客们的事情。"当地市民们突然陷入愤怒和敌意，扯下一生所受的教育和维持行为举止的假面具，四处奔跑和尖叫（Canada，2013：58）。戴维斯不愿对战争加以浪漫化，而是以现实主义的手法探索战争环境里人性的变化和讲述发生在市民身上的真实故事。她最早关于内战的作品是短篇小说《约翰·拉马尔》（"John Lamar"，1862），讲述了一个邦联战俘和他的奴隶仆人之间的故事，揭示了奴隶制对人性的影响和对自由的向往在奴隶心中的分量，以及如何利用内战这千载难逢的机会改变自己的命运。戴维斯的作品中废奴主义倾向十分明显，但笔下的黑奴总在忠诚与背叛之间倍受煎熬，同时她也对奴隶主在内战中的遭遇表示理解，甚至同情，这种中间立场常常遭到读者的质疑和抨击。

内战结束后，作家们（尤其是北方的）这种倾向更加明显。他们尽力用渲染思乡情结和民族主义的手法将内战表现为一种英雄事件以便唤起人们对美好时代的回忆和促进国家的融合。不少战后作品旨在模糊内战的政治和社会语境，在创作中聚焦团聚与和解的主题，常常提倡通过联姻加强南北双方之间的结合（Fuller，2011：221）。马克·吐温笔下的哈克与吉姆的冒险故事就在于表现内战前天真的和平年代与种族间的和睦相处。这些作品反映的是国家的选择性遗忘和愿意粉饰导致战争的令人难受的主题，以便开始极度艰难的疗伤与和解（Fuller，2011：222）。在小说创作上奴隶解放和国家分裂两大问题被逐步淡化，更多的是描写各地之间的通婚、友情，似乎进入了一种全民浪漫。真正达到南北和解与双方间的敌意消失，还有待于随后的美西战争和世界大战，届时南北双方战士不得不并肩作战。遗憾的是，当他们返回故乡时才发现内战的伤痛依旧，还需进一步的努力去抚平创伤。

显然为了治愈内战创伤，作家们倾向于推出被称为“重聚的浪漫史”（the romance of reunion）的小说，这在一定程度上基于北方同意将南方叛乱的失败看作某种高尚的事业。也有不少人将内战看作共同的悲剧，认为“它最终增强了美国人的民族性和为了民主的目的”（McLoughlin，2009：154）。在“重聚的浪漫史”的作品中，人们主要靠联结南北双方的爱情和姻缘缓解双方冲突和化解仇恨。内战结束后很快就出版的是约翰·德福莱斯特的《瑞夫纳小姐从脱离到忠诚的转变》（1867）。书中的丽莉·瑞夫纳在分别经历了与南北双方军官的婚姻后，逐步改变自己的看法，完成从分裂主义到联邦主义的思想转变，努力用爱情抚平战争创伤。作者在总结这类浪漫故事时写道：“克尔布恩终于得到妻子，他的妻子得到家园。在过去四年里他们在陌生的大海独自航行，现在进入了平静的港湾，有生之年紧密地团聚在一起”（De Forest，2000：519）。德福莱斯特在该书中有关战争场面的描写是英语小说中这类作品的先声。当时著名作家豪威尔斯给予极高的评价，认为这是受内战启发的最优秀的小说，“是有现实主义这一名称之前的一本高度现实主义的书”（威尔逊，1993：577）。在描写重聚的浪漫的作品中，尤为引起争议的是托马斯·狄克逊延续这一传统创作的《同族人》，而格里夫斯根据该书拍成的电影《一个国家的诞生》引起的反响更为强烈。狄克逊同样提倡以联姻的方式消除南北之间的对立，但由于充斥着白人至上主义的思想和对重建时期黑人的歧视与仇恨而遭到抨击，因为人们担心战后“种族之间的挑战演变为生死之战”（McLoughlin，2009：155）。尤其值得注意的是，对内战浪漫化和强调南方“失败的事业”的崇高性都很难被数百万的非裔美国人认可。对他们而言，当初南方开战的基础，即要捍卫的所谓“州权”代表的不过是维护奴隶制和种族隔离。这种激烈的冲突使战后的疗伤愈加艰难。

到1880年之后，南方话题逐步成为小说关注的主流，阿尔比恩·W. 图尔谢（Albion W. Tourgee，1838—1905）就及时推出有关重建时期问题和三K党人的小说《傻瓜的差事》(*A Fool's Errand*，1879)。他是当时身为北方的白人作家而对南方黑人极为同情并积极提供帮助的代表人物之一。他批评人们在和解文学中将黑人固化为简单的两种：愿意为奴隶主献身和表示忠诚的奴隶，或者是自由只会带来灾难的穷困潦倒的可怜黑鬼。他在1888年就指出，"内战时代现在不仅是美国小说家最喜欢的领域，而且南方士兵也成了人人赞美的英雄，我们的文学不只是在形式上成为南方的，而是成为同情南方的"。这种观点已经贯穿于内战记忆。他认为"关于黑人作为一个像其他人一样具有希望、恐惧和灵感的人问题，我们的文学几乎保持一种沉默"(Blight，2001：220)。罗伯特·莱弗利(Robert Lively)就图尔谢的话题指出，实际上南方赢得了文学上的战争。他在查阅了多达512部小说的基础上总结说："如果北方人的心理被如此征服，一定坚持不了多久"(Lively，1957：42—43)。显然，在内战话题上的这种力图保持平衡和安抚的策略值得深究。

第二节 走向战争的年轻人：《马纳萨斯》

尽早推出长篇小说的北方作家不多，厄普顿·辛克莱(Upton Sinclair，1878—1968)后来被称为"黑幕揭露文学"[1]的领军人物之一，1904年就出版了内战小说《马纳萨斯》(*Manassas: A Novel of the War*)。辛克莱可以说是有南方情结的北方作家，他的父母是地道的南方人。他出生在民情倾向于南方的马里兰的巴尔的摩，但十岁后就随家搬迁到纽约生活。进入纽约城市学院学习时辛克莱便开始写作，尽力以幽默故事和廉价小说的稿费维持生计。他开始创作《马纳萨斯》时尽管年轻，才25岁，但已写出的东西比有的作家一生都多，可以说接受了高强度的写作训练。辛克莱后来以小说《屠场》(*The Jungle*，1906)而闻名，与《章鱼》(*The Octopus*)的作者弗兰克·诺里斯(Frank Norris)等人一道，"建立了一个强有力的、旨在推动社会变革的无产阶级文学传统"(埃利奥特，1994：595)。辛克莱在《马纳萨斯》中主要描写了内战前的黑奴生活和

1 "黑幕揭露文学"(muckraking literature)指从19世纪末到20世纪初，在揭露黑幕运动影响下出现的一批文学作品，主要聚焦社会阴暗面，揭露政治腐败、工厂恶劣生产环境和资本家的贪婪等现象，在促进社会变革方面起到积极作用。

南方社会现实，关注年轻人的成长过程和如何走向战争。他选择发生在1861年7月16日到21日的内战中第一次大型战役“马纳萨斯之战”（也称“首次布尔伦河战役”，the First Battle of Bull Run）作为书名，[1]其目的在于告诉世人，南北双方如何在并未准备好的情况下走上战场。该战役结束后那些充满好奇甚至期盼战争的人们才真正明白其血腥和残酷。《马纳萨斯》的主人公阿伦·蒙塔古出生在密西西比的一个种植园，祖辈经历了独立战争，是当地名门望族，代表着南方的贵族阶层。阿伦自幼在南方生活，对奴隶制习以为常。父亲因生意上的需要到北方时也将他带到波士顿。在接触北方废奴主义者后，阿伦的思想才逐步变化，他最后加入了北方的志愿军，走向南北交锋的首次大战。辛克莱以阿伦作为内战见证者，特地设置故事情节使其陆续遇见当时的名人，亲眼目睹他们在战时的表现：进入白宫看见林肯、亲耳聆听著名废奴主义者道格拉斯的演讲和遭遇约翰·布朗在哈泼斯渡口的起义。辛克莱以主人公阿伦的经历将内战时期风云人物的活动轨迹串联起来，详尽展示南方青年在内战中历经磨难的成长和思想转变，进而支持北方事业的过程。

1. 变化中的南方青年

辛克莱在该书中以成长小说（Bildungsroman）[2]的手法描述了主人公逐步从奴隶制南方的舒适社会环境中觉醒到叛逆的过程。他首先描绘了南方奴隶制下悠闲奢侈的贵族生活，白人们对黑奴悲惨处境的熟视无睹。生长在密西西比州亚当斯县富裕产棉区的霍尔山谷庄园，阿伦常常听长辈像其他南方人一样自我炫耀家族的显赫、贵族血统，以及在美国历史上的贡献。然而辉煌的家族历史并不能掩盖蓄奴的罪行和依靠压榨剥削发家致富的过去。辛克莱以讥讽的口吻详尽展示了内战前南方种植园生活的奢华：

---

1 辛克莱原来打算写出内战三部曲，包括后续的《葛底斯堡》和《阿波马托克斯》，但很遗憾他放弃了随后的创作。

2 成长小说指叙述主人公从儿童到成年，经历一系列挫折和磨难、探寻身份和实现人生目标的成长过程的作品。该类小说也称启蒙小说，最早起源于德国，如歌德（J. W. Goethe,1749—1832）的《威廉·迈斯特的漫游时代》（*The Travels of Wilhelm Meister*, 1807），该书就确立了成长小说的原型。

餐后差不多四点，女士们要去小憩一会，男人们有的在沙发放松自己，有的则躺在草坪上，男孩们开始自己的游戏。下午茶时，只要天气晴朗，餐桌就摆在宽敞的阳台上，接下来在南方日落的美丽黄昏时，耳边响起音乐声和门球声，人们穿行在无尽的凉亭树荫下和玫瑰花园中。夜色中人们坐在花香里品尝美酒，观赏繁星，倾听反舌鸟鸣唱或者远处黑奴的歌声，感到的只是这世间的美妙幸福。[1]

阿伦的父亲是州参议员，家里雇有英国家庭教师，他与其他南方青年一样经常阅读沃尔特·司各特的小说，一心梦想的是骑士生活。尽管阿伦在蓄奴的种植园长大，却对周围的罪恶并不在意，也许这是因为南方奴隶主家庭所处的环境极为独特所致：

种植园就是一个自治的小国度，有自己的语言、规矩、条例和习惯。国家的法律和机构对它鞭长莫及，这里没有财产权利的纷争，所有一切都属于个人，宗教和政治都被排除，与外界隔离的状态如同中世纪欧洲的伯爵领地。残酷、冷漠，外界任何温情都难以影响，它固守在此——在人性和道义上足足落后三百年！（64）

阿伦随父亲到北方生活一段时间后才逐步发现奴隶制问题的严峻性，也改变了他对家乡的认识。在波士顿阿伦首先遇到的是地下铁道的发起人之一利维·考芬（Levi Coffin），与后者的交谈对阿伦思想上触动很大。在此人的邀请下阿伦参加了废奴主义者集会，并见到著名废奴主义者道格拉斯和倾听他的教诲与演讲。为了改变阿伦这类年轻人的看法，道格拉斯以亲身经历讲述了奴隶的真实生活，这其实是阿伦平日里并未在意而且司空见惯的状况，只是由道格拉斯讲出来时才令他感到震惊：

（奴隶主）一毛不拔的吝啬让可怜的奴隶吃的是粗糙的玉米和腐败的肉食，穿的是破烂的亚麻布衣，不管天气如何都被赶到地里干活，寒冷的雨水浸透破衣裳，奴隶母亲很少有足够时间给围在墙角的孩子喂奶。（65）

1 Upton Sinclair, *Manassas: A Novel of the War*, Tuscaloosa and London: The University of Alabama Press, 2000, p.17. 本节里的引文为笔者所译，以下引文只标明页码。

在思想上倍感纠结时，阿伦常常从道格拉斯等废奴主义者的言行中得到启发并提高认识，逐步看清南方奴隶制的真相。道格拉斯讲述了自己在奴隶制下不得不从早到晚地劳作和遭受鞭打驱使，最后的状态是："我在身体上、灵魂上、精神上都破碎不堪，人性被碾压、智力被耗尽、性格被分裂，眼中的欢快之光消失，奴隶制黑夜从四周将我包围，我看到人变成了野兽"（69）！《汤姆叔叔的小屋》这类书籍对阿伦的变化也起到极大的作用，当他15岁读到该书时触动极大。在北方的第三年，阿伦慢慢学会将奴隶当做人对待。他发现自己很像《汤姆叔叔的小屋》里的那位参议员，此人刚刚同意投票赞成《逃奴法》，但在面对需要帮助的奴隶时又变成废奴主义者。阿伦也开始阅读爱默生等人的书籍，思想上进步更快，但也使他在北方感到更加痛苦。目睹他的变化，父亲非常焦急，知道将儿子置于如此环境里最终会变成北方佬一样的废奴主义者。为了在思想上挽救儿子，他决定一起返回南方。

在波士顿生活六年后阿伦回到密西西比的种植园，惊奇地发现一些混血儿奴隶不仅出自表兄，而且有的来自父亲，这些处于奴隶制下的囚徒实际上是自己的胞弟或侄儿。尽管这种现象在南方较为普遍，阿伦还是深感羞愧和愤怒，他干脆直言道："整个种植园只是一个羞辱之家（a house of shame）"（109）。此时他才真正注意到奴隶制的问题，并学会透过表面看到所掩盖的罪恶。这里的女奴还不满15岁就成为母亲，唯一的任务就是繁殖小奴隶，为种植园带来可观的收益。从经济利益上看，白人和黑奴的混血奴隶在市场上要比纯种黑奴的价格高出一百美元。显然有他表兄和父亲参与的这种奴隶繁育可以获得更大的收益，这在一些南方人看来，道德上的考虑就无所谓了。父亲去世后，阿伦打算继承遗产并将分得的奴隶解放。但叔叔的干预阻止了他的愿望的实现，前者的理由是，南方的种植园和奴隶不仅是个人的财产而且也属于国家，只能用于南方的独立，不能用于废奴主义者支持的北方事业。掌管家产的叔叔告诉他，密西西比的法律禁止解放黑奴，他作为种植园的看护者与州立法机构的看护者一样，不容许黑奴获得解放，因为自由黑人在周围游荡只会刺激更多黑奴的不安情绪。他告诉阿伦："关于奴隶制，没有中间道路可行，要么维持它，要么摧毁它"（171）。他认为在波士顿人们可以鼓励黑奴获得解放，但生活在遍地都是黑奴的南方则完全不同，人们只能维持这一制度。阿伦希望用和平的方法达到解放奴隶的尝试归于失败。他沮丧地发现家乡美好的光环早已消退，环顾四周，这里再也没有昔日的幸福情景。

目睹自家的黑奴在地里艰苦劳作，阿伦心如刀绞。他再也不是以前那位种植园的继承人——阿伦·蒙塔古，“而是弗里德里克·道格拉斯，是大田奴隶，他憎恨种植园，恨它的广阔、它的奢华、它的豪气”(110)。道格拉斯的灵魂整日笼罩着他：

> 从每一张疲倦的面容上都能见到，从每一声哀求的声音都能听出，特别是从黑奴狂野的歌声中也能分辨出来。他看到种植园到处都是压抑的仇恨和反抗，而主人们从来做梦也没有想到这些。(112)

阿伦开始以实际行动帮助逃奴（此人实际上是被绑架卖到南方的自由黑人，他已成家立业，并有几个孩子盼望他回家）而不惜冒险。尽管所营救的逃奴最终死亡，他还是在奴隶中赢得声望。这次营救奴隶的冒险经历彻底改变了阿伦，他也从此被家人和朋友看作叛徒，不得不再次离家回到北方。

2. 南北之间的命运抉择

辛克莱特意在故事情节的设计中安排了主人公的几次南北之间的轮换居住，详尽比较两种不同社会体制的优劣，揭示它们之间的差异和双方不断加剧的冲突。在密西西比出生和长大的阿伦发现周围的人们对奴隶制的罪恶见惯不惊，他们对联邦没有感情，整天谈论的是州权和退出联邦的打算。辛克莱将处于战争阴云笼罩的南方比喻为随时都会喷涌的“充满硫磺烟雾的火山口”(159)，强调分裂主义情绪在普通民众中蔓延并逐步占居上风。

到北方的途中阿伦在蒙特哥利这邦联最初的首都短暂停留。他进入邦联议会大楼，亲眼目睹分裂主义者在集会上的疯狂，并在大楼前看到正在进行的黑奴拍卖，明白这才是南方的现实。到内战前夕，尽管美国法律早已禁止从国外进口黑奴，但由于国内奴隶贸易市场需求太大，还是存在非法输入的奴隶交易。当时在非洲海岸的奴隶船上每名奴隶价格为15到20美元，偷运到美国南方市场上卖出的价格大约为500到600美元，一次偷运将获得高达上百万美元的盈利。执法机关总是放纵这类行为，处罚并不严厉，“众所周知的是，杰弗逊（第三位美国总统，任期1801—1809年）自己都有一个女儿在那里以1000美元卖出”（71）。南方的种植园实际上已成为黑奴繁殖场，这进一步推动了国内奴隶贸易的发展。

对于南北之间的矛盾冲突，辛克莱特地借一位南方演讲者之口道出当时人们的焦虑和分裂的迫切性：“你以为可以等等，反正随时可以离开——但是你不可能！你每留在联邦内一天，就会变得更加困难，每天靠你的力量而壮大的权力只会更有力，更不愿让你离开”（38）！在阐述南北之间的差异时，辛克莱在小说中将其描述成相互冲突的两种文明——农业文明和工业文明。人们可以清楚地看到在这两种文明里主要有两种人，勤劳工作的白人和依靠奴隶干活的绅士。不同的社会体制共存了几代人之久，现在人们面临的现实是，“这两种文明之间有不可避免的、致命的战争”（34）！南方的奴隶制是建立在暴力基础上的，不可能发展到文明的最高形式。他认为“南方社会不管有多么优雅，就知识程度而言完全是粗野和贫瘠的，没有为文学、或者科学、艺术、哲学这些文明作出如何贡献，再过一千年也不行”（71）。辛克莱在该书中探讨有关奴隶制的分歧和起源时，强调早已从1819年的国会里的争论就开始了，正如杰弗逊在谈及该问题的迫切性时，他感到“如同半夜里的火警铃声响起”（81）。小说主人公阿伦目睹南方的罪行和自己回天乏力的现状，也引用莎士比亚《哈姆雷特》中（第二幕，第二场）的台词加以自责：“可是我，一个糊涂颟顸的家伙，垂头丧气，一天到晚像在做梦似的，忘记了杀父的大仇”（莎士比亚，2009：137）。他最后发现北方废奴主义者中的激进分子与南方的分裂主义者一样，都希望用战争的手段解决国家面临的问题。

3. 逐步觉醒和历史责任

在该书中辛克莱倡导年轻人应该成为废奴主义者并以实际行动反对奴隶制。出于对南方的失望阿伦返回北方，经历了内战前的社会动荡，他的思想也深受约翰·布朗和林肯等人的影响，逐步成为积极的废奴主义者。阿伦还见证了约翰·布朗如何劝说道格拉斯参与自己的起义行动。

在道格拉斯犹豫不决时，布朗宣布其计划是在山地带领黑人进行反政府的游击战争："道格拉斯，那些大山！大山难道不是人们争取自由的家园吗？我坚定地认为，上帝设置了将美国串在一起的这些群山之链不是毫无用处，它们可以用于奴隶的解放。我了解它们，完全可以当作天然的堡垒，把人们藏在里面进行战斗。在那里人们能够以一挡百"(215)。在布朗的追随者的陪同下，阿伦甚至到哈泼斯渡口目睹了布朗最后的壮举——武装起义。在侥幸逃离了军事镇压后，阿伦到华盛顿还见到林肯。作为比较和平衡，作者辛克莱特地设置了另一情节：阿伦路过蒙哥马利时也会见了邦联总统杰弗逊·戴维斯，甚至打算规劝戴维斯停止分裂行动，只因自己的犹豫不决而错失良机。该书中这种历史巧遇让读者感到失真和失望，无疑是一种缺陷，也使其更像一部历史书而不是小说。

辛克莱用主人公的旅程将内战中重要历史事件和发生地串联起来，旨在全面反映当时的社会局势。在辛辛那提阿伦目睹了"地下铁道"的工作者为逃奴的转运而冒险。他乘车经过南卡罗来纳时也亲历了南方对萨姆特堡的进攻，让他尤其感到悲哀的是，在这标志着内战爆发的炮击声中人们表现出的狂热和无知：

> 小城早已苏醒过来，所有窗户的灯光打开，人们涌向街头。他们朝着一个方向奔跑，此时阿兰接近海边，他已挤进人流中，被裹挟着涌向东海湾——男人、女人、儿童，翻上栏杆，跑步穿过草坪，大声唱着叫着，瞪着惊骇的双眼，整条街排满人群，观看着表演。……大约有五十门炮齐射，炮弹在小小的堡垒上空爆炸，形成一个烟雾状顶盖。(305)

该事件发生后，阿伦看到的是瓦砾碎砖中倒下的合众国国旗和满是欢声笑语的旁观民众。这些人根本没有意识到国家从此将陷入严重的内乱灾难。辛克莱以四百多页的篇幅讲述了内战前的经历和如何一步步走向战争，却只用二十多页讲述马纳萨斯战役本身。显然，马纳萨斯或者说首次布尔伦河战役并不是作者关心的焦点，他强调道义上的冲突才是致命的问题，这驱使人们陷入更大的毁灭——全面内战。

辛克莱在创作中关心的是美国人为何走向"马纳萨斯"——即内战的根源，以及分裂不可避免时，应如何走向"马纳萨斯"——即如何应战。穿梭于南北两地的生活经历使阿伦更加清楚地看到奴隶制的黑暗，他最终决定到北方加入马萨诸塞州的志愿团，为维护国家统一而战。在战场上阿伦表现异常勇猛，成为无所畏惧的战士：

阿伦朝敌人扑过去，将其扑倒时他体内的野兽兴奋得大叫起来。那人的头盖骨已被敲裂开来，但阿伦并不满足——他能做的是，尽量抑制自己不断地扑上去，将敌人撕成碎片。他继续冲锋，举起毛瑟枪。只见一把手枪对着他脸上开火，此人手握长剑从他面前跳开。眼前物体似乎都在旋转，突然响起一声撞击声，一切都陷入黑暗中。他挥起双手，盲目地蹒跚几步，朝前挪动着，尽量睁眼看看，努力回想，最后还是栽倒下去，失去知觉。(405)

阿伦在战场负伤并逃脱后才发现自己奋力拼杀的敌人，原来正是堂兄们所在部队的官兵。显然辛克莱在此强调：这是一场兄弟相残的战争。经过战场上生死拼搏和身负重伤，阿伦才真正理解战争的残酷。他开始质疑为谁而战，也许是在为自己并不明白的道义而战。他感到命运的尴尬，认为自己似乎卷入了一场莫名其妙的战争，身为南方人却在为北方而战。这自然也反映出作者辛克莱在内战问题上的纠结。

《马纳萨斯》主要表现了一种内向的道德巡视。该书更像一出现代版的道德剧，阿伦·蒙塔古不是小说里的中心人物，整个民族才是。[1]在小说的结尾，辛克莱才写到内战的首次战役，他指出人们对随之而来的国破家亡的灾难毫无心理准备，尽管相比之下南方人似乎对胜利更有信心。辛克莱用刚刚获得首战胜利、一路高歌的邦联骑兵的歌词反映了他们当时的心态：

全力以赴参战！

他们才是有罪的一方，

给自由人戴上枷锁，

却为奴隶赎身！ (412)

1 Upton Sinclair, *Manassas: A Novel of the War*, "Introduction" by Kent Gramm, p.xxi.

在这些南方士兵看来，他们同样是为自由而战，是在抵抗来自北方军队的入侵和保护私有财产（尽管其财产中很大部分就是名下的奴隶）。这类思想当时在南方极为盛行，所幸的是，也有阿伦这类青年的及时觉醒。

辛克莱的小说揭示了内战前和内战中人性的变化和青年的成长过程。阿伦从南方贵族世家（祖父辈是参加过独立战争和美墨战争的军人，更远的可以追溯到旧大陆的克伦威尔时代的勇士）的后代，逐步变为拥护废除奴隶制的北方军人。这种思想上的升华表明了作家的立场，他着重以南方家庭内部的分歧反映内战时期的政治局势和人们动荡的思想。可惜的是，辛克莱没能完成计划中的内战三部曲，而在本书结束时也未提出解决问题的办法。从小说《马纳萨斯》的创作中不难看出辛克莱的社会主义思想的萌芽，这为他随后创作享誉文坛的《屠场》铺平了道路。他在编辑出版《呼吁正义》（*The Cry for Justice: An Anthology of the Literature of Social Protest*，1915）时就明确指出这类作品的目的是："在地球上消除人剥削人的寄生社会，这种生活来自于对自然财富资源和生产分配手段的私人占有。这些资源必须成为公众的财产，必须使大家从中获得好处"（朱刚，2002：338）。在《马纳萨斯》的创作中辛克莱基于大量历史资料，尝试以一种历史见证人的视角展示内战前和内战中的美国社会，探索战争爆发的根源和描述国家分裂时人们的艰难抉择。他着重宣扬废奴主义思想和反对国家分裂的主张，在北方作家中极具代表性，这种执着尤其难能可贵。但仍有许多人在创作中出于对南方同胞的安抚，并不急于表明自己的态度，也难以确定如何处理内战主题。他们在内战后反而特别痴迷于南方神话，主要展现旧南方的黄金岁月，甚至为被摧毁的奴隶制社会和贵族生活方式深表惋惜，其作品自然引起较大争议和遭到读者质疑。

第三节 幻灭与复兴：《押沙龙，押沙龙！》

尽管与北方作家在对内战的看法上有较大的差异，一些南方作家还是能保持清醒和敢于表明自己的态度，这方面特别突出的是出生于密西西比的威廉·福克纳（William Faulkner，1897—1962）。但他肩负南方文艺复兴的重任，对北方作家在描写南方社会和处理奴隶制话题方面的做法自然有颇多不同意见，特别是对《汤姆叔叔的小屋》在美国文坛和文化方面的巨大影响有截然不同的看法。身为南方下游的本地人，福克纳认为斯托夫人只在北方居住，除了有几年在靠近南部边界的俄亥俄州的辛辛那提生活过，其实并不了解南方下游种植园的真实状况。福克纳认为“《汤姆叔叔的小屋》的创作是出于作者强烈的、被误导的感情用事和对实际情况的完全无知，单凭道听途说。这不是一种智力活动，而是源于她内心的强烈的情感”。他进而明确指出，内战前的美国早已是两个不同的国家：北方和南方（Suponitskaya，1992：877—879）。但在如何对待南方的态度方面，他的看法也与《飘》的作者米切尔不同。他深知只有揭开南方本身的伤疤后，才能发现南方问题的根源和促进南方的复兴。福克纳在其“约克纳帕塔法世系”小说的第一部《沙多里斯》（*Sartoris*，1929）中就开始探索内战神话的建构和如何表现这一时期人们的动荡心理。这种趋势一直持续到《押沙龙，押沙龙！》（*Absalom, Absalom!*，1936）、《不败者》（*The Unvanquished*，1938）和《坟墓的闯入者》（*Intruder in the Dust*，1948）等小说的创作。1949年，福克纳也因“对当代美国小说做出了强有力的和艺术上无与伦比的贡献”而获得诺贝尔文学奖。

在反映内战对南方人命运的影响上，福克纳的长篇小说《押沙龙，押沙龙！》具有代表性。该书与《飘》同年面世，全面展示了从内战前直到内战后的重建这期间南方人的痛苦经历和生存状态。他承认说，该书是关于“一个家族或者家庭从1860年到1910年左右所经历的多少可算是剧烈的分崩离析的故事”。[1]他以萨德本庄园的兴衰揭示南方社会内战前后的现实。白人暴发户萨德本为实现自己的美国梦，在中美洲赚钱后来到美国南方，建起自己的庄园萨德本百里地。尽管萨德本来历不明，深受其他居民鄙视，他还是注意按照南方贵族社会的规则行事。他刻意隐瞒在中美洲时与混血儿的婚姻，不承认儿子查尔斯·邦的身份，企图让即将到来的内战为他解决家庭内部的难题。福克纳特地以《圣经》中大卫王的儿子“押沙龙”[2]为该小说之名，喻指内战是给整个国家带来巨大

1 威廉·福克纳：《押沙龙，押沙龙！》，李文俊译，上海：上海译文出版社，2004年，译序第1页。
2 根据《撒母尔记（下）13—18》，押沙龙设计杀死玷污胞妹他玛的同父异母的兄弟暗嫩，与福克纳小说中亨利、查尔斯·邦之间的故事情节类似。

灾难的兄弟相残的悲剧。他在该书中从种族问题着手探讨南方奴隶制的罪恶根源和内战爆发的原因，以萨德本的美国梦的幻灭揭示内战对南方的毁灭性。

1. 南方社会的痼疾

为了从更深层次探索南方固有的种族问题和表现内战的影响，福克纳在该书中逐步展开同父异母的兄弟亨利·萨德本和查尔斯·邦之间的情感纠葛和生死较量。他们的痛苦经历凸现南方奴隶制社会的罪恶和人性的扭曲。福克纳特地将国家的分裂与萨德本一家的灾难并置，以说明家庭的祸福与国家的命运紧密相连。在萨德本和儿子亨利看来，查尔斯·邦最可恨的是用重婚、乱伦和混血威胁整个家族，这也是亨利不得不将其杀害的原因。对南方人来说，混血是最致命的武器，比乱伦更甚。按照南方人自认的律条："这八分之一的特殊血液比例大于另外那八分之七。"[1]查尔斯·邦身上带有不明成分的混血，另外还有一个八分之一黑人血统的情妇和十六分之一黑人血统的儿子存在。他到亨利家求证自己的身份之际，正值林肯当选和南方从联邦脱离，分裂的国家此时已出现两个总统。给国家带来巨大灾难的内战即将来临，但这反而被看作是天赐良机，查尔斯·邦和亨利实际上都同意"让这场战争来解决这个难题，让势不两立的双方中的一方得到解脱"(111)。他们决定将家庭内部的问题暂时搁置一边，而让生死博弈的战场替他们裁决，如此一来他们也许还可以成为英雄，"说到底谁会白白放过一场战争呢"(329)。他们像其他热血青年一样涌向战场，在搭乘轮船北上参军时，竟然心情愉快地发现船上的气氛甚至比过圣诞节还要热烈还要兴奋，只因为"一场战争刚开始时总是这样的，那时的局面还没有被腥臭的血、受伤的士兵、孤儿寡母弄得乱七八糟"(330)。

福克纳强调即使在战场上种族问题同样萦绕在人们心头。从这兄弟俩无休止的争执中不难体会到他们心中的烦恼和无奈："可是你必须等待！你必须给我时间！说不定战争会解决这个问题无需我们操心"(331)！在炮弹从头顶呼啸而过，等待冲锋的间隙，亨利仍在与查尔

1 威廉·福克纳：《押沙龙，押沙龙！》，李文俊译，上海：上海译文出版社，2004年，第106页。以下引文只标明页码。

斯·邦中尉谈论血统与乱伦的问题，显然他更在乎血统而不是乱伦。在营地夜晚交谈时，邦直截了当地说，“那么说你不能容忍的是异族通婚，而不是乱伦”(345)。亨利尽管没有回答，但他明白邦和妹妹朱迪思的婚姻既是异族通婚又是乱伦，因而必须阻止。福克纳所表现的是一种双重绞杀，他笔下的内战不仅仅是国家分裂后的南北之间相残，也是亲人、骨肉间亲情的撕裂。这场战争没有赢家，大家都必须付出重大牺牲。邦和亨利即使从内战前线的浴血奋战中幸免逃生，其人生悲剧早已注定，他们两人要么死在一直等候着的新娘面前，要么作为凶手而像幽灵一样苟且偷生直至死神降临。

经历了内战和进入随后的重建，奴隶制尽管已经废除，但种族歧视依然严重。福克纳对南方的复兴倍感焦虑，他在书中揭示了一些南方人的想法：“我认为到时候那些吉姆·邦德们将征服西半球。自然不会是在我们这一代里，自然在他们朝南北极蔓延过去时他们的肤色会重新变白”(366)…… 他们认为异族通婚不可避免，最终混血儿将统治一切。福克纳更担心的则是内战的后果，尤其强调战后南方社会的混沌与无序。当时人们的恐惧有益于三K党在南方兴起：“荒芜、休耕了四年无人收拾的土地更加懒洋洋地闲躺在那里，人们兜里揣着手枪每天到镇上秘密地点去集会”(156)。福克纳在此描述的只是该组织成立初期的情形，而它随后的肆无忌惮的活动对刚刚获得自由的黑人构成致命的威胁，大大加剧了国内的种族歧视和社会矛盾。

2. 萨德本庄园的衰败与“失败的事业”

在《押沙龙》中福克纳以萨德本庄园的兴衰反映了南方“失败的事业”的进程，并质疑内战的意义，聚焦家园毁灭时人们的感受。追溯分裂的根源，人们发现南方推崇的尚武文化使许多人都有英雄情结。内战前南方种植园主一般都家藏英国小说家沃尔特·司各特等人的小说，这些书籍对绅士们野心的膨胀影响极大。内战爆发后，各庄园主则将其看作千载难逢的机会，纷纷拉起队伍自封上校，如镇上的沙多里斯上校和萨德本就马上组织民团开赴前线。沙多里斯被罢免后，萨德本继任团长。然而这种兄弟相残的内战让萨德本之类的好战者毫无收获。对于萨德本上校而言，内战的意义很快消失：“战争、受苦以及让他手下的兵活着和手脚麻利以便把血肉之躯的他们换到尽可能多的廉价土地的这四个年头，已经改变了他”（335—336）。萨德本率领乡民上战场拼命厮杀，尽管万幸从浩劫里全身而退，最后却一无所有地返乡。面对战后南方可怕的未来，萨德本只剩下自己的一双手和一把未交出的剑以及一张由败军司令罗伯特·李签注的嘉奖令。返乡时他已年近六十并倍感沮丧：“一无所有地回到家中，也回到一无所有之中，比一无所有还少去四年光阴”（155）。萨德本像南方其他分裂主义者和投机者一样，不得不为这失败的事业付出代价。他曾雄心勃勃地率领部队上战场，最终当罗沙她们在腐烂得快要倒塌的门廊迎接这位出征上校凯旋归家时，只见其可怜的情形：

> 他骑马走近，那是一匹瘦削、疲惫的马，他不像坐在上面，却像一个幻影似的尤自朝前漂动……那有知觉却没有精神的外壳的老马、马鞍、马靴、枯叶色褴褛不堪的军服连同它褪色、松散的穗带。（153）

萨德本原来打算“参加战争以便保住这一切，可是输掉了这场战争，他回到家里发现他输掉的还不仅仅是那场战争”。现在他尽管回来了，也只剩下衰老、苟延残喘、恐惧与嘲笑、惊骇和愤怒（352）。福克纳要指出的是，这便是内战留给南方的一切。从陆续返乡的士兵身上可以清楚地看出内战的影响，这些人出生入死，失去了一切，受过难以忍受的罪，如今又回到疮痍满目的土地上来，“他们再不是出征时同样的人而是已经起了变化——这正是战争带来的精神、灵魂上最恶劣、最彻底的堕落”（151）。这些被战争扭曲的人们的返乡并未让在家的人感到安慰和快乐，而是带回了威胁和罪恶。萨德本上校的勤务兵紧随其后用车为他拖着两块在弗吉尼亚驻军时买下的大理石墓碑，回家后正好派上用场。等着他的是战争悲剧的延续，妻子死了，儿子杀兄后不得不自我流放而不知所踪，破败不堪的萨德本庄园实际上已后继无人。

福克纳在探讨南方战败的原因时，其实也指明是由于南方像萨德本这种人太多的缘故。他们自称上校却实为奴隶主，控制着整个社会，对普通人、对黑人、对女性肆意侵犯、无恶不作。在该书中福克纳从一开始就谴责萨德本对待黑奴如同牲畜一般：“那些野种，他带回美国来原是想让他们跟本地养驯的杂交、融合，目的就像让种马和家里的母马交配一样，而态度上也是同样经心”（77）。也难怪在内战中萨德本的黑奴乘机追随北军跑掉，而这些奴隶占了他财产的大部分，如此巨大的损失使其美国梦彻底破灭。尽管萨德本有李将军颁发的嘉奖令表彰他在内战中的勇敢，但他回来后却因霸占穷白人的孙女儿而死于非命，被复仇的沃许·琼斯杀掉。福克纳指出，“要是六五年他们谁也没有骑马回来那就更好了”（282）。显然这种人对南方来说是多余的，没有他们这个世界也许会更好，应该让一股风从地面上吹得干干净净。当年亨利在家门口枪杀查尔斯·邦之后躲进大屋，也意味着内战并未结束，而是将战争带回家。四年之后的悲剧其实在当时就应该发生，这是“一个已经成熟的结局的稀释与延缓，使之然的是那场战争，是合众国重大（也是不可避免的）命运的那次愚蠢而又血腥的偏离正轨”（109）。福克纳在此强调的是，南方的这种悲剧无论怎样延缓都难以避免，而随后又四年的躲藏使凶手亨利成为躺在床上瘦骨嶙峋、死尸一般的人物。从内战中幸存下来，他也不过是回家等死而已。内战结束后，萨德本精心建造的豪宅已破败不堪，到处坍塌，变成喷出腐烂气味的庞然大物，最后被混血儿克莱蒂纵火焚烧，将她自己连同躺在床上无法动弹的亨利一道付之一炬。这无疑表明南方的毁灭同样可以出自南方人自己之手，而不用北方大军来袭。从萨德本一家的遭遇不难看出，内战不但未能满足南方人之前的期望，反而剥夺了他们的特权，遗留下更多棘手的问题。随着脱离联邦独立建国的希望破灭，南方奴隶主发现自己丧失了维持贵族生活的基础。福克纳以萨德本和亨利的结局说明南方的悲剧不可避免。南方邦联在内战中的失败给众多家族传说带来灵感，反复讲述这些故事有利于福克纳的文学创作，对内战回忆和写作使他回到原点，那是其约克纳帕塔法神话的源泉（Newhouse，2005/2006：148—149）。

从文化记忆上看，福克纳的《押沙龙，押沙龙!》并未将南方当成例外的区域，而是将它作为典型，以探究18世纪的错误（比如种族主义、奴隶制度、自我中心主义、僵化作风及两极对立）是如何把南方变成荒原。这片荒原不是独立于美国的其他地方而存在，而是预示了整个国家的衰弱与崩溃（埃利奥特，2009：6）。福克纳笔下的南方正如萨德本的庄园一样，是一个悲哀之地，“在那儿，破败不堪、摇摇欲坠的历史陈迹在用实例讲解着关于虚荣的教训”（埃利奥特，1994：246—247）。从福克纳的作品中可以感觉到，南方的传统“隐隐约约庞然逼压心头，难以抗拒的强烈，不能忍受却又无可逃避”（埃利奥特，1994：744）。书中人物昆丁在向哈佛大学的室友斯蒂夫解释南方人对内战的感受时，后者认为他们不过是将自己作为一种文化容器，装满了愤怒的记忆，不应该一代又一代地传承下去，只是记得自己是“皮克特冲锋”中一连串上校的后代。《押沙龙，押沙龙！》的结尾戏剧性地表现了福克纳作品中对叙述南方内战历史的文化创伤和探寻这种创伤根源之间的关系的质疑。对他而言，内战和它对南方及其民众的意义都是永远无法企及的。福克纳确立的艺术手法“不是基于对失败的事业的历史作有限的触及，而是基于要表现这种不可触及性”（Newhouse，2005/2006：146）。福克纳借书中人物昆丁之口指出，北方佬不可能真正理解南方，要理解的话人们必须在南方出生和成长。显然他所指的是，南方的复兴要靠南方人的自我觉醒和根除种族歧视一类的毒瘤。

在短篇小说创作中福克纳同样关注内战中的国家分裂在人们内心留下的创伤。他在《山上的胜利》（“Mountain Victory”）中描写了南部邦联军官和他的黑奴仆人内战结束后从战场返回家乡，路过田纳西山区时被此地忠于北方政府的居民枪杀的事件。这一无法避免的悲剧与《冷山》中的情节有些相似，都是在归途中走向死亡。福克纳在叙述军官与山民之间的对话时写道：“声音不高可是说话者之间已经永无和解的可能，已经注定如此，一个是盲目的牺牲品，另一个是盲目的杀人者”（福克纳，2001：204）。内战爆发时，田纳西州尽管被纳入叛乱的南部同盟，但东部山区的居民依然效忠北方政府。他们的反抗只是在南方军队的反复镇压下才逐步平息下来，然而他们内心充满对分裂分子的仇恨。四年的内战改变了所有人，特别是参战士兵早已被训练成为杀人机器。当他们看到路过此地的败军少校，正好将其作为发泄的机会，他们完全不顾战争已经结束的现实，仍然坚持动武。在这类作品中福克纳主要强调的是悲剧并未结束。战争对福克纳来说，“不是要去理解的东西，而是用于理解其他事情的一种标记”。这些需要理解的东西通常是指人们内心矛盾冲突的问题（Newhouse，2005/2006：148）。他很少直接描写内战，笔下有关战争的内容和场景也是多维的，“他将其看作历史事件，作为反映个别或地方人物的一面镜子，……当作一种被埋藏的经历，需要发掘出来才能让人理解”（Aaron，1973：315）。从福克纳这些作品可以看出，他着重表现的是一种失败感和南方历史与现实的联系，深刻意识到只有尽力揭示南方的阴暗面，甚至罪恶，才能从幻灭走向复兴。许多南方作家继承了福克纳的传统，强调内战历史并未消亡，而是一种活着的现实并可能延续下去。

第四节 内战小说中的边缘人物

美国作家在内战小说的创作中，主要塑造的是白人的形象和关注他们的表现，而忽略非裔美国人、印第安人和其他少数裔族群在内战中的作用，从这一点就可以看出南北作家的共性，根本原因也在于殖民主义和种族歧视的思想对作家们都有极大影响。在文学作品中，表述永远不可能是完整的，所以一切表述活动都会产生一个边缘化的或者遭到排斥的“他者”（王先霈、王又平，2006：226）。当欧洲殖民主义者陆续来到新大陆时，生活在他们看来是荒野之地的土著人和其他非基督徒“都被认为是与魔鬼结盟的异教徒”（Myers，2005：14）。这种观念的持续作用在内战小说创作中依然明显，有些边缘人物的形象塑造在一定程度上反映了作家的思想局限性。

1. 内战中的黑人形象

解放黑奴是这场战争的重要目的之一，因而如何塑造黑人形象和阐述他们在内战中的作用，是小说家们不得不考虑的问题。无论是黑奴还是自由黑人，内战前他们都无从谈起对这一国家的认同，在最初阶段大多数黑人并不看重这场对他们来说至关重要的战争。正如1852年道格拉斯在纽约州罗切斯特的国庆群众集会上所说，“这个七月四日只是你们的，不是我们的。你们欢欣鼓舞，我则是黯然神伤。将脚带镣铐的人拉进一座富丽堂皇的自由圣殿，叫他和你们一起欢唱，是不人道的戏弄和亵渎神灵的嘲讽”（瓦德，2009：21）。此时《汤姆叔叔的小屋》已经面世，南北各地的人们都在热论奴隶制问题，分裂的话题和引起的暴风骤雨即将席卷全国，但黑人群体、特别是黑奴的声音却还被压抑。

即使内战爆发，大多数美国黑人尤其是处于奴隶制下的南方黑人并未意识到这与他们息息相关，甚至将决定其未来的命运。汉森（Joyce Hansen）在《走向何方的自由》（*Which Way Freedom?* 1986）一书中强调这场被称为“叛乱的战争”（the War of Rebellion）里还有第三种参与者，即非裔美国人，这些人需要学会在争取自由的战斗中相信自己。当小说中的主角问一位令人尊敬的老者，这场战争对他们黑人有什么好处时，后者的回答揭示了当时黑人普遍的看法。他说，“我不知道，还要等等看，北方和南方在打，但这些白人依然是兄弟”（Stone，2004：41）。随着战事的推进，黑人不可避免地卷入其中，但其最初的参战是不自觉的，他们怀疑这场战争的正义性。令人深思的是《冷山》的作者其实也在强调，这场本来为解放黑奴的战争却显得与他们无关，如该书的主人公英曼在逃跑途中，很远就看出是两名奴隶，他都懒得再到树林里躲藏，反而是奴隶在经过时还得对他这名逃兵脱帽致意并说道：“您好，老爷”（弗雷泽，2004：94）。这些黑奴显然是作为战争的旁观者和局外人，只因他们无法把握自己的命运，从根本上也不愿掺和其中。

在美国历史书中，非裔美国人的贡献和受难，无论他们是奴隶或自由民，都未得到认可，直到人们的注意力从白人的美国转向黑人的美国。黑人问题由来已久，只是内战前日益加剧的冲突迫使人们不得不加以重视。即使参与起草《独立宣言》的开国元勋本杰明·富兰克林被认为是美国历史上道德高尚的典范，同样也是种族主义分子和奴隶主。在他的心目中，这些黑人懒惰，偷东西，不注意节约。他曾为严厉的黑人法规辩护，声称对于那种“黑皮肤、绷着脸、怀着恶意、爱好报复、密谋逃跑、极端残酷的民族”，这样的法规是恰当的（亨特，1998：51）。主张解放黑奴的林肯也是在外界压力下不断改变，最后才成为人们心中的英雄。他深知欧洲的干预是南部邦联的战略目标，尽管他极不情愿，还是为争取外国的舆论而抢先发布《解放宣言》。林肯在1862年写道：“宣布解放奴隶将巩固欧洲和整个文明世界的同情……为了防止外国干涉，没有任何其他步骤更具潜力”（米德，2003：28）。联邦政府一直将奴隶制问题当作国内事务，也不失时机地将其用作外交策略并取得极大成功，这在很大程度上决定了内战的进程，同样说明了黑人在美国历史上的重要性。

内战过去多年以后，很多人居然还赞同乌尔里奇·B.菲利普斯（Ulrich B. Phillips）的看法：“总体上看，种植园是所办的对那些惰性的、落后的美国黑人进行大众教育的最好学校”（Stone，2004：40）。从《汤姆叔叔的小屋》到《飘》这类作品都可以看到早期种植园小说中典型人物的持续影响。早在1933年就有评论家归纳了这些作品里黑人形象的七种固定模式：心满意足的奴隶、可怜的自由人、滑稽可笑的黑人、兽性的粗人、悲惨的混血儿、土生土长的黑人和怪异的原始人（Stevens，1973：370）。这其中有关黑人本质低劣的说法由来已久，到20世纪黑人的社会地位依然很低，其根源仍与300年前并无二致。这种顽固的看法甚至出现在学术领域与文学作品之中，最早的有"1789年的地理书上堂而皇之地写道：'他们是一个野蛮民族，外表是人，却无人道之心。'"从1900年的一则报道就能反映当时白人态度的主流："尽管用了种种努力去教育他们……许多（黑人）仍旧极其无知"（亨特，1998：56—57）。许多人甚至抱怨，他们的主人——白人，却不得不承担将其提升到基督徒水平的责任。这一工作似乎实在艰巨，需要产生无数的汤姆叔叔才可能完成。在这些观点的作用下，从废奴小说到内战小说中的黑奴形象呈现出以下几种主要典型：

首先是虔诚仆人型，这是南方文化中最受欢迎的，其典型人物是汤姆叔叔。他的优点在于训练有素，完全听从主人和上帝的呼唤，但也不过是一种有价值的财产和实用的工具而已。斯托夫人在《汤姆叔叔的小屋》中所关注的正是财产的本质，她最初的小说副标题就干脆标明"一件物品的男人"（*The Man That Was a Thing*）。这明确指出，汤姆不仅不能作为一个人存在，就连他的小屋也不是自己的财产，而他与克洛大婶的婚姻自然是非法和无效的。在小说开始连载时，斯托夫人将标题改为"在下层的生活"。表面上看这有所进步，说明作者开始关心南方社会底层的人们，其实涉及到的还是小屋的财产，以及基督徒品质的问题。该小说改编成戏剧时，人们愈加突出这类主题。剧中的汤姆总是渴望能有属于自己的东西。观众不能回避的是，斯托夫人为剧中人物设计的挥手所指的自由天地却在遥远的非洲，而不是脚下的美国。更加虔诚的仆人形象是《飘》中的嬷嬷，她一生都对女主人思嘉她们一家忠心耿耿。改编成电影后，她的扮演者——麦克丹尼尔还成为第一位获得奥斯卡奖的黑人，这让大家得到些许安慰，也缓和了一些组织对该电影上映的抗议。这类形象逐步成为当代黑人的经典模式："忠诚的黑人"（faithful darky）和"迷信的孩子"（superstitious child）。麦克科姆·考利（Malcolm

Cowley）指出，米切尔的《飘》是一部种植园神话的百科全书，里面全是忠诚的黑奴，肮脏的北方佬和罪恶的提包党人（Rubin，2013：96）。其实米切尔在《飘》中对黑人形象的描写也在不断改变和选择，开始时特别欣赏忠诚的嬷嬷、波克、皮特和迪尔西等人，但在进入重建时期后，她主要转向那些成为抢劫和强奸等暴力的犯罪者和北方提包党人的帮凶。在改编为电影时，导演特地强调了原作者这种倾向，使观众们更多地注意到黑人内部的罪恶，而对三K党人在南方的兴起和暴行则加以忽略。

其次是觉醒反抗型。历史上的真实人物有被称为黑人勇气象征的逃奴哈丽雅特·杜普曼（Harriet Tubman，1820？—1913）。她自己逃到加拿大获得自由后，不顾旅途的凶险，还多次返回南方帮助家人逃走，并指导其他黑奴通过地下铁道顺利抵达北方。她成为废奴主义者中的传奇人物，被称为“黑人的摩西”，连约翰·布朗也称之为“杜普曼将军”。小说中类似的人物有《汤姆叔叔的小屋》中的乔治·哈里斯，他聪明能干、有知识，勇于反抗，最后成功带领全家逃出奴隶制的美国，走向非洲的新家园。他常常用独立战争时期那些开国元勋的话语强调自己的独立和自由的合法性。

再次是命运特别悲惨的大田黑奴型。他们才是南方经济的主要劳动力和受奴隶制剥削和压迫最深的一类，但作家们总是对他们加以忽略，极少描述其生存状态。他们在小说中的缺席往往更能使人想到他们常年都在田野里艰苦劳作、无人关心，直至死神降临。在许多作家的笔下，这些普通黑奴反而被描绘成异教徒一般：野蛮、无教养，出生卑贱，没有什么个性特征。

另外还有那些遭人唾弃的“黑人犹大”——助纣为虐型。这类反面人物是作品中被谴责的对象，也被认为是黑人中人性低劣的代表，如《汤姆叔叔的小屋》中为虎作伥的黑奴帮手桑博与昆都，以及《爱情与战争》中的黑奴游击队首领卡夫，此人率领一帮逃奴和白人逃兵如同土匪，骚扰乡邻，为非作歹。

最后则是往往被忽略和边缘化的双重受害型——混血儿。美国白人更害怕的是种族间的混血婚姻（miscegenation）带来的后果，他们认为一旦黑人获得自由就可能融入美国社会，这对纯种白人家庭来说是巨大灾难。尽管克莱默（Stanley Kramer）的电影《猜猜谁来晚餐》（*Guess*

Who's Coming to Dinner）在1967年提及这一敏感话题，实际上早在1857年作为对《逃奴法》的回应和抗议，约翰·汤森·特洛布里奇（John Townsend Trowbridge）就出版了涉及类似话题的小说《邻居杰克伍德》（*Neighbor Jackwood*）。该书改编成戏剧后在波士顿上演获得好评，其主要情节是混血姑娘经历逃亡、被俘，最后与白人青年终成眷属的过程。这类混血儿既是白人种族主义的受害者，又被黑人群体疏离和抛弃。他们是身份极为矛盾的群体，既可以利用自己的肤色冒充白人帮助逃奴，有时也背叛黑人朋友而被称为黑人犹大（black Judas），成为遭人怜悯、恼怒或者唾弃的对象。乔治·华盛顿·凯布尔（George Washington Cable, 1844—1925）是在小说中尝试探讨黑白混血问题的最早的南方作家，其作品《克里奥耳人的昔日》（*Old Creole Days*, 1879）面世时引起较大争议。但直到50年后福克纳的《押沙龙，押沙龙！》等小说里才再有生活在这种环境里的南方人敢于讨论这种关系（威尔逊，1993：464）。

在这些作品中黑奴形象的塑造也涉及掌握他们命运的主人。奴隶主的慈悲心态或者家庭变故都会改变他们的性格，像汤姆叔叔那样天性善良，并自觉坚持到底的忠诚奴仆极少。为了说明汤姆的经历和走向最终结局的必然，斯托夫人将《汤姆叔叔的小屋》中的奴隶主简单地分成三种：

第一种是慈善的和有耐心的，他们甚至自愿放弃奴隶制，同意解放手中的奴隶，如约翰·范·特隆普先生。这位拥有众多奴隶的庄园主居然良心发现，将手里的黑奴全部解放，还赠与田地，他自己则和家人到乡下过上简朴自由的生活，并为地下铁道尽一份力。显然这种人物太少。

第二种是邪恶残忍的，如雷格里那样的主人，所经营的是如同地狱般恶劣的种植园。他们只想从奴隶身上尽快获利而不惜一切方法和手段，结果使许多黑奴在他们手里迅速耗尽一生。

第三种最多，那就是默认奴隶制的普通基督徒。他们是介于中间的人物，如克莱尔。此人担心奴隶真正获得自由后更难得到应有的教育。他对奥菲利亚说："要是明天我们的国家就解放了所有的奴隶，那么谁来教育无数的黑奴呢，谁来教导他们怎样使用自己的自由权利呢"（斯托，2012：274）？南方的奴隶主其实没有耐心去提升奴隶的素质和改变他们的心灵。在他们看来，北方人同样不愿意，可能也做不到让黑奴得到教育和提升。这些人内心深处明白奴隶制的罪恶，但不愿放弃财产，害怕成为穷人。他们认为自己的所作所为是法律允许的，也是南方普遍的生活方式，并以此抵消内心的愧疚与不安。他们只希望奴隶制慢慢消亡，自生自灭，既不愿主动放弃，也害怕废奴主义的暴力行动。他们厌恶来自一些奴隶主和猎奴者的暴力，同样不愿看到约翰·布朗之类的直接行动和叛乱。

许多作家在塑造黑人形象时强调他们所处的恶劣生存环境抑制了其智力的发展和自我意识的形成。在奴隶制下黑人没有接受教育的权利，不会看书识字，缺乏生存能力；周围是充斥毒蛇和鳄鱼的沼泽以及有尾随而至的猎犬，构成凶险的自然环境；而令人人自危的、慑于《逃奴法》的惩罚措施的恐怖气氛也使其逃亡路途更加艰难。在接近内战前的那段时期里，废奴主义者和蓄奴派之间的博弈和冲突反而给黑奴和自由黑人带来更大压力。政府为安抚南方人采取的种种措施也令更多黑人，无论是奴隶还是自由民都人心惶惶。他们选择尽快离开，逃亡加拿大或者到欧洲，甚至志愿回到非洲，如利比里亚。

除黑奴外，内战小说中还塑造了许多黑人士兵形象。美国黑人参战的历史可以追溯到新大陆开拓的早期，如1652年马萨诸塞的民兵队就征招黑人士兵用于镇压印第安部落的反叛（James，2007：2“Introduction”）。然而在这次事关黑人命运的内战中，他们是从最初被动的卷入到后来才积极参加。关于黑人参战的问题一直存在争议。在战争的初期，甚至有北方的将军把前来参战的逃亡奴隶送回原主人，其后果可想而知，他们必然受到奴隶主最严厉的惩罚，以达到杀一儆百的目的。在卡萝琳·瑞德（Carolyn Reeder）的小说《跨过界限》（*Across the Lines*，1997）里，赢得自由的黑人逐步明白北方士兵同样可能是残忍的种族歧视者（Stone，2004：41）。直到战争中期，北方军队才逐步接受逃奴并加以保护和允许参军。最后联邦共计有186，000名黑人士兵，他们由白人军官指挥，但在津贴和作战机会上都不得不忍受可耻的不平等待遇。他们主要做军中的杂活而很少参战，然而只要机会来临走上战场他们仍能英勇战斗。黑人士兵甘愿赴死和勇于杀敌，只是希望通过战场上的表现赢得公民身份和平等待遇。他们为证明自己的人格而战，因为奴隶制使其成为非人的财产。他们希望在战场上能像白人一样表现，同样能消灭南方军。一名年轻的士兵于1863年解释道："那些想要得到自由的人，必须重拳出击"（福斯特，2015：44）。然而为自由所付出的代价是沉重的，也最令人难受：参战的黑人士兵被俘后往往遭到屠杀。南方邦联认为黑人部队代表了一种不可容忍的挑衅。佐治亚的豪厄尔·科布（Howell Cobb）声称，允许黑人加入南方的军队就表明"我们整个奴隶制理论是错误的"，他相信这些下贱的物种并不具备战斗所需要的勇气（福斯特，2015：40）。南方在征招黑人士兵的问题上更加犹豫不决，因为白人担心手握武器的黑人会起来造反。南方军队对为北方而战的黑人士兵尤为憎恨，所以在对待黑人俘虏时绝不手软。一位南部邦联的少校描述说：跟随北方军队的黑人平民都被屠杀了，士兵们也接到杀光被俘黑人伤兵的命令并欣然执行，"罗伯特·李将军距此地不过几百码远，却毫不干预"（福斯特，2015：42—43）。在1864年4月的皮洛堡（Fort Pillow）之战中，许多黑人士兵被俘。然而南方军拒绝承认他们的战俘身份，并未进行战俘交换而是使他们重新成为奴隶，甚至遭到集体屠杀。内森·贝德福德·福里斯特（Nathan Bedford Forrest）的部队就杀掉在场的大约300名黑人士兵中的将近三分之二，大多数人是在投降后被杀（福斯特，2015：41）。这位臭名昭著的指挥官在战后成为三K党的创立者之一。南方邦联不愿使用奴隶参战，直到1863年3月才批准20万黑人入伍，也有少数完全由黑人组成的战斗单位，但从未派遣一队黑人士兵打仗（《大美百科全书》，1994：418）。为形势所迫，南方政府同样承诺以解放换取黑人士兵的忠心，却并未兑现。

内战中南方许多黑奴由于无知或者已习惯于被控制，他们主要作为随军仆人进入军队，关键时刻甚至拿起枪来保卫主人。其中还有特别戏剧化的典型，如为了表现对奴隶主的忠诚，当联邦军队俘虏了其主人后，威廉·拜尔德（William Byrd）居然独自徒步从弗吉尼亚走回德克萨斯的种植园，安心地等待下去，直到战争结束他才获得解放（Marten，2003：226）。其实是黑奴难以理解当时的局势，正如他们所说，每当北方军队经过时，"他们会告诉我们，你们自由了，我们就开始庆祝"。但是南部邦联的军队总是接踵而至，主人和监工也会返回。随后他们"命令我们回去劳动，而我们就得去干活"。在北卡罗来纳有一个县的黑人庆祝这类的解放"大概有十二次"，因此那些获得自由的男女逐渐学会不再过早地表现出欣喜或公开庆祝（纳什，2008：520）。

黑人也成为南方白人因内战失败而泄愤的对象，使其刚刚获得的自由名存实亡。南方各地在三K党的支持下，逐步推翻战后刚建立的亲北方统治，由重建时代进入新南方时代。如果杜波伊斯（W. E. B. Du Bois）在1903年的“20世纪的问题就是肤色界线的问题”的著名论断还是正确的话，人们就会发现“种族”和“再团聚”的问题总是陷于悲剧性的、相互依存的关系中（Blight，2001：5）。种族歧视在内战结束后愈加严重，黑人的处境尤其艰难。人们仍然振振有词地以黑人天生低劣论来回应废奴主义者的鼓动和内战后的重建政策。据民间流传的说法，有些地区把黑人污蔑为“刚露头的造反者、快要孵出来的强奸犯”。他们认为对付黑人的办法是“严密监视与控制，威胁给以严惩，包括阉割生殖器以及其他酷刑”（亨特，1998：56）。重建时期最典型的和最荒谬的案例是1877年由北卡罗来纳最高法院法官威廉·B.罗德曼（William B. Rodman）作出的离婚判决，他强调如果白人妇女为黑人生育一个小孩，以后再生育的孩子，即使与白人所生，都自然“染上”非裔血统，只因混血性交（interracial sexual intercourse）永久污染了白人妇女的血液系统，她不能再为白人丈夫生育纯种的白人小孩（Bynum，2010：11）。罗德曼这一荒谬和伪科学的判决标志着种族隔离浪潮席卷南方的开始，给人的感觉是内战远远没有结束。

内战后美国人面对的急迫任务就是怎样理解疗伤和正义两种思想相互交织的关系（Blight，2001：3）。如何表现内战中的黑人和他们后来的遭遇使小说家们难以把握分寸。甚至到《飘》面世时，人们还发现南方的社会氛围并没有多大变化，黑人所受的歧视依旧。尽管没有像对《一个国家的诞生》（1915）的反应那样激烈，黑人群体还是对1939年上映的《飘》提出抗议。只是因美国全国有色人种促进会（The National Association for the Advancement of Colored People）的作用，对其的抗议声有所压低。好莱坞在该片制作时也做了相应的改编，如对思嘉的袭击者变成白人而不是原著里的黑人（Stevens，1973：367）。两部影片的发行相隔二十多年，但一如既往地表现出偏向内战时期的南方。黑人领袖们还是感到自己种族被贬低，格里夫斯（Griffith）的电影（前者）将他们妖魔化，而大卫·塞尔兹尼克（David Selznik）的电影（后者）则将他们演成深爱主人的傻瓜（Stevens，1973：366）。直到1940年，非裔美国人才真正注意到该片是反动的和种族歧视的。芝加哥《卫士报》(*Defender*)上的威廉·帕特森(William L. Patterson)的文章指出，《飘》比《一个国家的诞生》作为“反美国黑人的恐怖武器”在种族歧视上更险恶，扭曲了那个年代的历史，意在让现代争取民主权利的人们放弃战斗准则。匹兹堡的《信使报》(*Courier*)在同一周里也称该影片为宣传工具，所呈现的是“快乐的家仆和没有脑子的倒霉傻瓜”(Stevens，1973：367)。《信使报》上1940年1月27日的另一篇文章指出：该影片中的奴隶形象美化了奴隶制，企图说明这些奴隶陶醉于这种制度。其实黑奴的位置主要是在棉花地里，在大棚里，在厨房里，“在片中的世界里那些黑人显得愚蠢、无用，还特别迷信。美国黑人对扭曲那段历史深感愤怒”(Stevens，1973：368)。

非洲裔作家笔下的黑人形象同样值得探讨。内战前的文学作品中除了《汤姆叔叔的小屋》外，黑人作家的小说也对战争的爆发起到推波助澜的作用。他们对奴隶制问题发出了自己的声音，塑造了不同的黑人形象，如在美国国内出版的四部小说：威廉·韦尔斯·布朗(1814—1884)的《克洛特尔》(*Clotel; or, the President's Daughter*，1853)；弗兰克·韦布的《加里一家和他们的朋友们》(*The Garies and Their Friends*，1857)；马丁·德拉尼(Martin Delany)的《布莱克》(*Blake*，1859)和哈丽雅特·威尔逊(Harriet Wilson)的《我们的黑鬼》(*Our Nig*，1859)。哈丽雅特·威尔逊是第一位在美国出版小说的美国黑人，她的《我们的黑鬼》是传奇与自传巧妙结合的感伤小说。书中的引文范围极广，显示出作者是内战前北方的一位自学成才的自由黑人妇女。该书的主题是，北方黑人也必须为自由和有文化而斗争，反对许多北方白人遵循的种族压迫和基督徒虚伪的“南方原则”(贝尔，2000：65)。而这种原则是指得到南北双方许多白人和基督徒都认可的默许蓄奴和采取种族歧视的惯用做法。书中人物吉姆在求婚时的一段话特别具有意义：“我的外表是黑，我知道，但我胸中是一颗白心。你是要白皮肤下的黑心，还是要黑皮肤下的一颗白心呢？”吉姆表达了一个北方黑人的身份和社会化矛盾心理(贝尔，2000：66)。显然此处的“白心”表现出的是对白人文化和规则的臣服和自己的他者意识。该书也对废奴运动中的激进分子的虚伪加以抨击。对威廉·韦尔斯·布朗影响很大的是废奴主义的演讲和奴隶叙事，他在

《克洛特尔》中将口头文学与神话传奇手法融合，对英国人呼吁，要他们利用其影响来加快废除美国的奴隶制。他认为奴隶制的主要罪行是摧毁黑人家庭，揭示了“象征性的国父杰弗逊也是国家道德虚伪的历史象征”（贝尔，2000：57）。布朗1867年在小说《克洛特尔》再版时加入了内战章节，还将书名改为《克洛泰勒，黑人女英雄》（*Clotelle; or, The Colored Heroine. A Tale of the Southern States*），强调内战是为了废除奴隶制和解放奴隶，而不是为了国家或者州的权利。他也因此被称为“第一位美国黑人战争小说家”（McLoughlin，2009：154）。弗兰克·韦布在《加里一家和他们的朋友们》中则强调金钱的力量，而不是基督教的力量或者黑人的力量。他书中的黑人意识到“当代的白人尊重钱和财产的威力胜于尊重民主和基督教的原则”（贝尔，2000：59）。在韦布的叙述中，阶级的价值观代替了肤色的价值观。德拉尼的《布莱克》同样强调经济的作用和美元的万能。该书的视野更广，德拉尼笔下的人物献身于世界范围的解放运动，如支持古巴黑人争取独立的斗争，“期望出现一个富裕强大的新非洲，非洲人民在全世界的伟大民族中赢得平等”（贝尔，2000：73）。美国黑人小说的传统中最常被讴歌的价值观就是“人生存在的精神原力，不论个人还是集体，活得有尊严，并认识到自身作为人的全部潜能”（贝尔，2000：416）。

这类黑人小说着重描写了在充满敌意环境里的危险和受到的威胁，也叙述了一些激进行动，如黑奴起义，但结局都很悲惨，均遭到残酷镇压。黑奴们失败的原因除了要面对奴隶主和猎奴者，以及巡逻队武装的强大势力外，还有那些助纣为虐的黑人犹大的背叛行为。在涉及这类主题时小说家的主要文学困境是，如何保持对现实看法的真实，又不失去主要的白人读者（贝尔，2000：75）。他们的作品提出了一个耐人寻味的问题，谁才能真正继承开国先驱们有关自由和独立的遗产，是白人还是黑人，还是一起继承？显然当时南方白人根本没有考虑过黑人，北方白人也质疑黑人的天赋。解决的方法还不如让他们安全地出走，返回非洲，如走向利比里亚。对于那些种族歧视极为严重的人们来说，最极端的解决方法正如《地下铁道》里那些北卡罗来纳的绅士们所说，那里已经没有黑人，没有奴隶制问题，因为他们已经不存在了，已经被挂在树干上了。怀特黑德的这种描写自然是要提醒世人注意种族主义的极端倾向。

2. 内战对印第安人的影响

内战小说中的另一类受害者形象是印第安人。即使著名的政治家本杰明·富兰克林也曾带有偏见地公开谴责他们是“一打仗就高兴、杀了人就自豪的野蛮人”，私下的谈话里他的评价也不佳，总认为印第安人“无知、愚蠢、不懂礼貌、天生的懒惰”（亨特，1998：51）。白人对待印第安人的态度是矛盾的。当他们获得胜利后，又对昔日的对手显示出恢弘大度，把印第安人置于仅次于白人的地位，远远高于最低等的黑人。但是印第安人总是以令人感伤的悲剧人物形象出现，表明他们不过是美国发展与进步的牺牲品。在白人看来，他们的牺牲是必要的，正如1813年的一本教科书中所写的，“这是为了人类的增长，为了促进世界的光荣与快乐”。处于统治地位的白人认为，印第安人这种野蛮民族的消失是必要的，这有助于用文明的力量迅速改变一个世界的面貌（亨特，1998：63）。具有讽刺意味的是，印第安人在实际生活中被野蛮地踩到了地下，却在神话故事中推举成受尊敬的人。正如小说《冷山》中所描绘的那样，印第安人的部落生活在深陷战乱困境的南方人看来几乎成为理想的乌托邦。特别令人惊奇的是，印第安部落同样有蓄奴现象，而且持有的黑奴数量众多。根据联邦作家项目（the Federal Writers' Project）人员的入户调查，内战前在印第安人部落为奴，后来获得自由的黑人大约有7000名（Krauthamer，2013：1）。到19世纪末，联邦政府在废除印第安人的自治权时将其土地重新分配给印第安人和他们的奴隶及其后裔，才逐步理清相关人员的情况。实际上从18世纪后期到内战结束，乔克托族（Choctaw）和契卡索族（Chickasaw）印第安部落都效仿南方白人一样买卖和奴役黑人，迫使他们在密西西比的农场和种植园里劳作。他们同样持有种族主义偏见，认为黑人低人一等，也总是强调蓄奴制的合法性。印第安人拥有黑奴从几个到上百个不等，有时还相互租借黑奴以满足季节性需求。从事黑奴买卖“戏剧性地改变了印第安人对于财产、种族和性别的观念”，使其学会像白人一样剥削黑奴积累私有财产（Krauthamer，2013：4）。印第安人对黑奴的态度与对被俘的印第安人不同，那些来自其他部落的俘虏为奴是短暂的，要么被处决，要么归顺本部落，不再为奴；但他们将黑奴终身束缚当成自己的财产，使其种族身份和地位世代相传。在美国印第安人的历史上极为残酷的讽刺是，印第安部落按照白人的方法行事，却最终还是难以避免被美国政府控制；他们同样实施蓄奴制，却难以阻挡白人定居者入侵的浪潮，也无法保护自己的人民和土地不受联邦政府的伤害（Krauthamer，2013：6）。内战前的乔克托族和契卡索族印第安人已经学会按照其黑奴数量计算自己的财富（Krauthamer，2013：17）。但是他们没有想到的是，内战结束后南北双方的白人会将印第安人当作共同的敌人，对土著居民下手，甚至当作野兽对待和处理，掠夺他们的土地和财产以满足向西部开拓的需要。

内战小说中涉及到与印第安人的冲突，塑造了一些爱好和平的人物，但更多的是将其描绘成嗜血成性的野人。如在杰克斯的《天堂与地狱》里，不管查尔斯怎么解释，印第安人小头目"疤癞"依然坚持决一死战，表现出极为好战和邪恶的本性：

> "疤癞"哼了一声，将卡宾枪扔到一边……他唱得更响了，并踢掉"莫卡辛"鞋。他侧身而行，绕到右边，将肩膀和前臂露给对手。他亮出斧头，然后开始顺时针方向嘲弄般地转着小圈。蓦地，他拿斧刃径直往查尔斯横扫过来。（杰克斯，2017：628）

尽管一心只想息事宁人，查尔斯依然不得不与这种跳着战舞的印第安狂人拼命厮杀，他在赢得决斗的同时也身负重伤。显然作者杰克斯强调的是，文明与荒野的冲突不断，内战虽然结束，西部的战争却无法避免。令人特别难受的是，与印第安人的战争毫无意义。参战官兵最后发现自己愈是勇敢就愈发残忍和失去人性。迄今为止，人们仍在质疑当年西部开发和对印第安人的战争的合法性和必要性。

3. 内战中的女性

另外值得注意的是，许多小说家对身处内战的女性形象的塑造是忽略的。在北方最早出现的内战作品中明显的区别就是有关战时妇女（无论她们的种族）的自由和独立（Lamb & Thompson，2009：249）。《小妇人》的作者奥尔科特就在《医院速记》里描写了独立自由的女性，这与南方妇女的依赖性截然不同。由于南方工业发展缓慢，主要是家庭式的农业生产为主，结果是男权主义至上，而女性的地位特别低下。有的南方白人妇女甚至认为自己与奴隶一样终年劳作。在塑造女性形象方面《飘》不失为内战小说中的典型，该书可以看作一部南方女性的成长小说。米切尔在小说中表现了两种时间观，一是故事发生时期的19世纪初，二是创作时期的20世纪的30年代（Gaillard，1974：11）。她既要像旧时人物那样赞同传统价值观，笔下人物思嘉又在新思想的鼓励下打破这一切的束缚。米切尔在小说里展示了南方女士的旧模式与其对手新妇女形象之间的冲突。媚兰的死代表了旧秩序的消亡，这是必须的，也是思嘉不得不经历的。思嘉表现出惊人的勇气、固执和不择手段，为的是拯救家园塔拉。她违背社会伦理或者说冲破伦理束缚而付出沉重的代价是否值得还有待商榷。塔拉代表失去的南方，这是她力图挽救的根基，所以不顾一切去做世人无法理解的事和付出如此大的代价。就像她生活的南方一样，思嘉喜爱的生活方式被内战暴力所干扰，在磨难与煎熬中她更加了解自己，因为这种干扰使其懂得生活更为艰辛和自己个性更为粗野的一面（Gaillard，1974：10）。南方女士媚兰与南方绅士艾希礼的结合在周围的人看来是符合常理的，而思嘉的言行却让所有人不安。在瑞德看来，思嘉所干的事，尤其是在事业上的成功，都显得与众不同，这似乎成为社会不能宽恕的一种罪恶。对当时的女性而言，“只要你跟别人不一样，你就该死”（米切尔，2004：689）！随着思嘉的成功、成熟和独立，瑞德只好离开。他并不喜欢这种强势的、抛头露面的女人。尽管他自己玩世不恭，却依然期望所爱的女人遵循南方的准则，他指出：“一个有教养的女性应该待在家里，应该对这个复杂而残酷的世界一无所知才好”（米切尔，2004：689）。究其根源，父亲杰拉尔德这一边是爱尔兰裔的流亡者，与母亲爱伦这位佐治亚旧家族的后代联姻，其结果是：女儿思嘉是半个爱尔兰人和半个佐治亚人的结合体，标志着爱尔兰裔美国南方女性的典型。思嘉在内战环境里完全不顾传统的束缚或他人的谴责。她总是乐观地将其推迟到明天再去仔细考虑，展示出来的是凯特式女神的特点。这些都能在19世纪爱尔兰妇女身上发现，虽然受到压抑却总在奋力挣扎。这其中许多特点也是美国人所具备的，而思嘉还要加上自己的激情（Ball，1994：94）。

福克纳在小说中同样塑造了南方妇女在内战中的异见者角色。他解释说，“多年以前我们南方人将妇女变为女士，但战争来临又将她们变成魔鬼，我们这些绅士还能做什么，只好听听这些身为魔鬼的声音”(Gardner，2004：2)。福克纳在《押沙龙，押沙龙！》里对内战中的南方妇女形象的描写中，特别关注其生存状态和反抗精神。一家之主萨德本上战场后，留在家里的女人日子极为艰难。罗沙直言，她们像在修道院里一样生活，两个白种女人和一个黑种女人“仅仅是三个活物”。只有进食的需要和睡眠的需要，连性的本能都退化了（福克纳，2004：149）。她们只想熬到男人们从战场回家。然而内战的结束并未让妇女们过上好日子。罗沙作为逃兵的女儿，似乎不得不嫁给一个妖魔和恶棍才能继续生活下去。此人只想将她当作生育工具并在人格上加以侮辱：要尝试先能生下儿子延续血脉才打算与她结婚。遭遇这样的事，罗沙其实早已在精神上死亡，在后来的日子里她不过是行尸走肉罢了，所以福克纳写道：“一位老小姐在一八六六年一个夏天因为生气年纪轻轻就死了”(福克纳，2004：170)。对于罗沙小姐来说，本来在和平环境里能正常结识的青年男子大多战死于失败的疆场。她不过是一名劫后余生的年轻女子，她的双亲、安全感以及别的一切都在这场浩劫中被夺走，一切都变成废墟。罗沙小姐的父亲反对分裂，不愿服兵役而在阁楼里躲藏三年后，极有可能是因为对未来绝望而有意绝食死在那里。所幸的是，罗沙为维护自尊并没有嫁给萨德本，后者作恶太多很快就被人杀掉，墓碑上连生于何时何处都没有注明，为其美国梦挣扎一生却落得身份不明。福克纳在应对女性的话题上常常遭到人们的质疑，如在他笔下人物亨利这类南方青年的眼中，女人被简单分为三类：一是可以结婚成家的淑女；第二种是用金钱可以解决临时的性问题的娼妓；最后是绅士们可以随便使用而不必负责的女奴。

福克纳在塑造女性人物时也注意到她们同南方白人一样具有根深蒂固的种族偏见。在《押沙龙，押沙龙！》中他对南方女性在内战中的艰难生活深表同情，但也对她们的种族歧视言行加以批评。书中固守南方传统的罗沙小姐的反应足以说明长期以来白人女性对黑人的歧视已成习惯。当混血女孩克莱蒂阻止她上楼时，“在那只黑色的阻挡的、果断的手接触到我这白种人的皮肉时产生了一种让人震惊的反应，非常迅速与急遽，分量远远超出惊愕与忿怒”。而她随后的反应却是南方人都能理解并习惯的：“把你的手从我身上拿开，黑鬼”(福克纳，2004：131)！从小到大，罗沙本能地惧怕黑人和她的同类，只要是她们接触过的物件都要躲得远远的。福克纳在作品中的这类描写被认为是对黑人的侮辱而常常受到人们的抨击。他在《押沙龙，押沙龙！》塑造了一位话语权基本被剥夺的混血儿女孩——克莱蒂。她身为自由人，却“不知怎么享用自由对任什么都不忠就像那懒洋洋、孤独的狼或是熊”。她身上有一半是未驯化黑人的血，另一半是萨德本的血。克莱蒂以她皮肉的色素本身就代表了那场突如其来的大灾难。她的那种状态，“才产生出以解放她为目的的事业”（福克纳，2004：150）。福克纳强调的是，罗沙这类白人女性进而将内战的爆发和随后的灾难都归咎于无辜的克莱蒂，仅仅因为她身上的黑人血统。

在内战结束后的岁月里，妇女们的日子更加艰难。特别是非裔妇女在获得解放后发现自己很快陷入困境：在南方她们面临经济上的劳役，在北方又被挤压而无法得到工作，只能充当报酬低廉的家庭仆人。她们的地位并未因战争的胜利而改变，1870年通过的第十五条修正案也只给予非裔男性选举权，而“对内战中这些妇女的爱国效力忽略不计”（Sizer，2000：3）。对南方白人妇女而言，内战毁灭了她们对世界的看法和居住之地；而黑人妇女则看到奴隶制留下的创伤还要一代又一代地继承下去，因为“奴隶制与这场战争是国家历史上交织在一起的创伤事件，人们不管是否愿意都不得不反复地、被迫地、必要地面对它们”（Gardner，2015：320）。所幸的是，作家们现在越来越注意到女性在内战中的重要作用，如在新世纪推出的这类作品就有，琳达·杜朗特（Lynda Durrant）的《最后一条裙子：联邦士兵珍妮·哈杰斯的故事》（*My Last Skirt: The Story of Jennie Hodgers, Union Soldier*，2006）。该书在描写妇女参战的小说中极有代表性，讲述了一个女扮男装上前线英勇杀敌的故事。

小结

对于突然降临的内战，南北双方的作家不得不做出抉择，他们从各自立场出发描写这场导致国破家亡的战争。厄普顿·辛克莱旗帜鲜明地反对奴隶制，笔下人物逐步摆脱南方贵族生活而成为捍卫北方事业的战士；福克纳为了南方的复兴，着力探索内战的根源和揭露奴隶制的罪恶，尤其善于表现家园被毁后人们的生存状态和对劫难的反省；身陷内战后又极力摆脱的马克·吐温则代表了许多采取中间立场的作家，他们在相当长的时期里都在努力回避内战话题。总体上看，一些北方作家首先谴责奴隶制的罪恶和南方分裂主义对国家的危害，尔后又对南方加以安抚，并附和于对南方过去美好日子的颂扬，表现出明显的绥靖主义倾向；南方作家更多地表现北方军队对南方、特别是对奴隶制庄园和贵族式生活方式的毁灭。这些作家在思想上的局限性也极大地影响了他们的创作。他们在小说中主要强调白人男性在内战中的作用，而对黑人、印第安人和女性人物则加以忽略和边缘化，这种倾向在现代和后现代小说的创作中才有比较明显的改变。

结语

战争书写是一种古老的文类，一直具有重要意义。战争这种危机时代使文学走向极端，需要作家们最大限度地调动表现手法对极端事件做出反应。海明威曾在给菲兹杰拉德的信中写道，战争是最好的主题，因为它“最大限度地聚集了素材，加快了动作，带来了你可能一般需要等待一生才有的各种东西”。出于对伤者和死者的责任，战争需要作家在艺术手法上使出全身解数（McLoughlin，2009：1）。19世纪普鲁士军事理论家卡尔·冯·克劳塞维茨（Carl von Clausewitz，1780—1831）在《战争论》（*On War*，1818—1830）中指出，“战争是迫使敌人服从我们意志的一种暴力行为”（克劳塞维茨，2004：4），而这种暴力的使用是没有限度的。充斥暴力的战争话题一直在文学中回响。从美国内战小说可以看出，“战争是了解暴力的极限，战争是暴力的最大化和普遍形式”（Dawes，2002：1）。内战在美国历史上有着特殊地位，当年在萨姆特堡打响的第一枪实际上标志着向现代国家的转折。作家谢尔比·福特（Shelby Foote）便将此次战争看作美国历史的分水岭：他认为战前联合起来的各州是“复数”的合众国，在战后才真正成为“单一”国家；当年若是南方邦联获胜的话，美国就成为过去式了（Farmer，2008：1）。这场战争是为了国家的统一，为了消灭奴隶制和为了人性价值本身。人们并未预料到为坚守崇高理想不得不付出如此惨痛的代价，最后导致前所未有的死亡与苦难。内战可以说是“对人生最根本责任的检验”（Fuller，2011：9），而全面和客观地再现内战则有助于治愈战争创伤，这也是作家们的责任和义务。

从美国历史上看，内战的影响从未停止。早在停战前一个月，林肯就在其第二次就职演说里谈及内战时说，不管是南方还是北方，都没有预料到战争会成为这样："每一方都盼望更容易的胜利，而且是更简单，又没有那么吓人的后果。"这场战争让全国惊呆，也彻底改变了整个民族，那种力量难以想象，其代价无法估量（Finseth，2006：7）。尽管南北双方在宗教、文化、语言等方面都同宗同源，却还是走上战场一决高低。内战结束但影响却一直延续下来，北方人要求青少年加强国家认同的观念，而南方人更希望他们记住为"失败但光荣的事业"献身的先烈们（Marten，2003：289）。在1907年里士满市举行游行时，就以3000个儿童拉着巡游花车载着杰弗逊·戴维斯的塑像前往纪念碑大街安放，事后他们还将拉车绳切成小段各自珍藏，并誓言要缅怀英烈、世代相传（Fahs & Waugh，2004：64）。多年来内战老兵们一直强化对后代的教育，在南方学校使用的教材中，人们尽量修改对内战历史的阐述，摒除北方历史学家的影响。他们将这些教材称为贻误后代的"花园里的毒蛇"（the serpent in the garden），因为此类书籍总让天真的儿童以为北方人善良而南方人邪恶（Fahs & Waugh，2004：67）。鲁瑟福德（Mildred L. Rutherford）在《教科书尺度》（*A Measuring Rod to Test Text Books and Reference Books in Schools, Colleges, and Libraries*，1919）一书中就提出具体审核意见："拒绝提及南方为蓄奴而战的书籍；拒绝宣称奴隶主残忍和对其奴隶不公正的书籍；拒绝赞美林肯而妖魔化杰弗逊·戴维斯的课本；拒绝否定南方英雄和其英雄业绩的课本"（Fahs & Waugh，2004：72）…… 实际上内战的阴影从未消失，到2003年4月人们在里士满为该市唯一的林肯塑像揭幕就引起民众抗议，他们高举"林肯，战犯通缉"的标语游行（Fahs & Waugh，2004：2）。自从罗伯特·李在阿波马托克斯法院签署投降协议以来，美国历史上已经历许多次战争，如西进扩张以及现代的伊拉克和阿富汗的战争，都是因其在国际政治不断变换的环境里的主张而引起。不难看出，林肯所说的美国内战本身并未结束，它只是新的国家身份的开始和充满活力的社会的出现，它的历史依然正在被书写（Geier，2014：1）。

内战永远改变了美国：彻底改变其政治制度，废除了奴隶制，驱动了美国经济的扩张和工业化。内战也从根本上改变了历史的进程和人们的生活，同样影响了美国文学的发展。在这种转变中出现了一种新的文学，它在风格和观点方面都不同于战前的作品。威尔逊指出，内战之后"强烈的道义上的特征"已经淡薄，美国的散文模式已经改变，节奏加快，文风变得不像以前那样故作高深，语气更加实际和民主了（威尔逊，1993：10"序"）。内战前美国小说中的布道文特点十分明显，从梅尔维尔的《白鲸》到斯托夫人的《汤姆叔叔的小屋》都充斥着说教，内战后这些特性已渐渐消失。作家们以更加灵活多样的手法探讨内战的根源、意义和后续的影响。

关于内战的意义，早在1863年当罗伯特·李率军退入弗吉尼亚时，林肯总统就特地赶到葛底斯堡战场发表演说，指出内战在于让这自由的国度长存下去；弗里德里克·道格拉斯将这场神圣的战争看作"民族的重生"。罗伯特·佩恩·沃伦在其专著《内战遗产》（*Legacy of the Civil War*, 1961）指出，"内战是我们能够感知的历史，这段历史永存于国家想象之中"，他认为早已渗入大多数美国人的骨髓，他们总能从内战获得教训（Blight，2001：1）。德鲁·吉尔平·福斯特在《这受难的国度》中坦言道："内战对今日的我们来说是重要的，因为它结束了奴隶制，并帮助我们诠释自由、公民身份与平等之意义。它使美国成为一个中央集权化的民族国家，并将它推入经济扩张与影响世界的轨道"（福斯特，2015：5"序言"）。内战从许多方面影响人们的国家认同，也早已成为文化记忆的一部分。

总体上看，人们对于内战的记忆主要有三种观点，它们相互碰撞和交织。第一种是和解观点（the reconciliationist vision），基于战场、医院等死伤惨剧和重建时期的经历；第二种是白人至上主义观点（the white supremacist vision），强调暴力、恐怖和种族隔离；第三种是解放者观点（the emancipationist vision），旨在阐明国家的统一、民族的重生、黑人的解放和法律上平等的重要性，以及重建时期的激进行动的必要。而被打败的南方白人与前黑奴整天面对时，他们深知相互的经历所产生的裂痕，却不知如何达成和解的途径，然而北方佬和南部邦联的士兵最终可以找到维系兄弟友情和共同荣耀的较为顺畅的道路（Blight，2001：2—3）。内战后兴起的和解文化（The Culture of Reconciliation）使南北双方联系更为紧密，特别是19世纪后期强调双方男女联姻的小说极为盛行。值得注意的是，这种和解文化的中心是白人至上主义（White Supremacy），因为南北双方的白人对黑人的看法一样（Cox，2011：2），特别是战后大量黑人涌入城市给他们带来竞争威胁时，他们的感受更趋一致。这也是托马斯·狄克逊（Thomas Dixon）的重建时期种族主义小说大行其道的原因。格里夫斯（D. W. Griffith）根据狄克逊小说《同族人》改编的电影《一个国家的诞生》尤其赞扬了这种和解方式，以北方妇女与南方绅士的联姻为象征，强调双方的盎格鲁撒克逊血统和兄弟情义，表明他们对付共同敌人——黑人的态度（Cox，2011：3）。通过和解文化，南方老兵们被重新定义为爱国者，北方人对南方种族主义的暴行熟视无睹，放手让南方人自己去应付黑人问题（Cox，2011：118）。在1881年南北双方老兵聚会之后还组织了多次类似活动，这都标志着内战和重建后和解的新时期的到来。1908年随着福特牌轿车的大量生产，旅游业更加兴旺，有关南方的小说吸引更多人到当年南部邦联地区游玩。尤其是狄克逊这类作家在小说中尽管承认黑人在南方的威胁依然存在，但也指明“黑人问题”处于掌控之中，强调南方还是一个安全的旅游之地，可以在他所描述的充满惊奇和自然的环境里观赏黑人（Cox，2011：114）。这些作品自然也说明种族歧视的现象依然严重，也是许多作家在创作中无法回避的现实。人们对内战的反应是多样的，发出的声音有“幽默、愤怒、困惑、否定、原谅、有罪、复仇”（Finseth，2006：7—8）。在接下来的数十年里，作家们陷入了一种描写南方金色年华的幻想中，或者是使南北双方联姻的浪漫中，也有一些作家注重其哥特式特点，有的直接描写战争场景，尝试用语言疗伤和战胜暴力。内战文学创作意味着开辟了第二战场，在某种意义上意味着内战并未结束。人们试图以文学的方式弄清楚，曾经参与的是怎样的一场战争，但是他们还是尽量回避种族问题和战争罪行等话题。

纵观内战小说的发展，作家们运用了各种艺术手法进行创作，推出的作品主要有战争浪漫小说、种植园小说、流浪小说、后现代小说、现实主义小说、创伤叙事小说、和解文化小说和战争史诗小说等。特别引人注意的是出现了一些惊世骇俗的另类历史小说（alternative historical novel），如麦金雷·坎特（Mackinley Kantor）的《假如南方赢得内战》（*If the South Had Won the Civil War*，1960）和托马斯·弗莱明（Thomas Fleming）的《罗伯特·李的秘密审判》（*The Secret Trial of Robert E. Lee*，

2006)，以及时空穿越小说，如珍妮特·鲁恩（Janet Lunn）的《菜窖》（*The Root Cellar*，1981）等。特别是进入新世纪后，内战小说的出版呈现了一派繁荣的景象。在历史小说方面有已进入“威斯康辛著名作家系列”的阿尔登·R.卡尔特（Alden R. Carter）于2003年推出的《鲜亮的星旗》（*Bright Starry Banner*，2003)，讲述了葛底斯堡战役前六个月时在纳什维尔的石河进行的大战，那是北方投入44,000人而南方也有37,000兵力的决战。具有讽刺意味的是，尽管双方都付出沉重代价并未占得上风，却都相继宣布自己取得战役的胜利。罗伯特·H.弗勒（Robert H. Fowler）也在《米尔罗伊车站战役》（*The Battle of Milroy Station*，2003）中超常发挥想象力，从内战经历探索其对现代美国政治的影响。纽特·金里奇（Newt Gingrich）和威廉·弗斯钦（William R. Forstchen）的《决不撤退》（*Never Call Retreat: Lee and Grant, The Final Victory*，2005）则讲述了葛底斯堡战役后，罗伯特·李与格兰特的继续交战，双方都希望是最后一战而决出胜负和结束内战。在浪漫冒险小说方面，鲍里特·杰尔斯（Paulette Jiles）的《敌方妇女》（*Enemy Women*，2002）讲述了南北之间人们的战时爱情故事；鲁丝玛丽·威尔斯（Rosemary Wells）在《夏普斯堡的红月》（*Red Moon at Sharpsburg*，2007）中表现了战争中的女孩如何坚持自己的梦想和追求，以及所经受的挫折和磨难；詹姆斯·希普曼（James D. Shipman）的《回家》（*Going Home*，2015）讲述了内战期间的爱情和疗伤的故事，书中的男女主人公更加渴望在精神上回家，享受内心的宁静。为了描述家庭的分歧和反目，大卫·琼斯（David H. Jones）的历史小说《南北两兄弟》（*Two Brothers: One North, One South*，2008）就基于著名诗人惠特曼的经历而创作，后者当时在医院为伤员服务期间有幸了解到住在隔壁病房的、分别为南北双方流血负伤的两兄弟的故事。在成长小说方面有巴里·D.耶尔顿（Barry D. Yelton）的《灰色稻草人》（*Scarecrow in Gray*，2006)，他着重讲述了爱好和平的青年被卷入内战后逐步变成杀人机器过程中的内心煎熬。玛格丽特·麦克穆兰（Margaret McMullan）则在《如何自强》（*How I Found the Strong*，2004）中描述了内战夺走几代亲人和毁灭家园后，儿童在痛苦中的艰难生活。科文·贝克尔（Kevin Baker）在具有废奴小说创作特色的《天堂小径》（*Paradise Alley*，2002）中叙述了通过地下铁道才逃到北方的苦难之人却不得不成为内战的替罪羊而遭受“纽约征兵暴动”的劫难。内战侦探故事的创作有迈克尔·基利恩（Michael Kilian）的《格罗列塔之墓》（*A Grave at Glorieta*，2003），该书让人们对那段历史的神秘依然充满幻想。约翰尼·D.博格斯（Johnny D. Boggs）在《宿营地：西部故事》（*Camp Ford: A Western Story*，2005）中以主人公的参战经历将内战、西部冒险和棒球运动这三种带有美国特色的素材融合到一起，给读者带来充满遐想和刺激的体验。从这些作品的陆续推出可以看出，内战小说的发展依然充满活力。

有关这场浩劫的小说创作其发展进程经历了从探寻冲突的根源，分析参战的动机和激情，构思战争浪漫故事，描述南方被毁的家园与重建，到揭示精神毁灭，重建内战历史，再到为战争疗伤提供相应的策略。美国内战已过去多年，但内战小说的创作仍在继续，不时都有佳作面世，促使人们对那段历史加以反思，以避免悲剧的重演。

附录

1. 内战大事记

1775年费城贵格教徒成立美洲首个废奴协会

1776—1783年美国独立战争

1776年4月9日大陆会议通过决议，要求禁止输送奴隶至各殖民地

1788年美国宪法修订，为奴隶主提供法律保护

1816年美国殖民协会（The American Colonization Society）成立，主张将获得自由的黑人移民非洲，最终建立利比里亚共和国

1820年国会通过“密苏里妥协案”（The Missouri Compromise），禁止在该州南部边界（北纬36度30分）以北地区蓄奴，力求保持蓄奴州和自由州在国会的平衡

1831年威廉·劳埃德·加里森主编的废奴主义报纸《解放者报》在波士顿发行；黑人传教士纳特·特纳（Nat Turner）在弗吉尼亚举行武装暴动

1833年妇女废奴协会（The Female Anti-Slavery Society）和美国废奴协会（The American Anti-Slavery Society）成立

1837年废奴派报纸编辑伊莱亚·洛夫乔伊（Elijah P. Lovejoy）被蓄奴派暴徒杀害

1848年美墨战争结束

1850年《1850年妥协案》（The Compromise of 1850），其中包括具有争议的《逃奴追缉法案》（Fugitive Slave Act）通过

1852年哈丽雅特·比彻·斯托的《汤姆叔叔的小屋》出版

1854年《堪萨斯—内布拉斯加法案》(The Kansas-Nebraska Act) 通过，实际上要废除《密苏里妥协案》对各州蓄奴的限制

1857年联邦最高法院驳回黑人德雷德·斯科特 (Dred Scott) 要求自由的申诉，强调奴隶主的财产所有权

1858年伊利诺伊州参议员参选者亚伯拉罕·林肯与史蒂芬·A.道格拉斯就奴隶制和国家前途的著名辩论

1859年废奴主义者约翰·布朗率众袭击哈泼斯渡口的武装起义

1860年11月6日亚伯拉罕·林肯当选美国总统

1860年12月20日南卡罗来纳脱离合众国

1861年1月9日密西西比脱离合众国

1861年1月10日佛罗里达脱离合众国

1861年1月11日亚拉巴马脱离合众国

1861年1月19日佐治亚脱离合众国

1861年1月26日路易斯安那脱离合众国

1861年2月1—23日德克萨斯举行会议决定脱离合众国，并要求举行公民投票确认

1861年2月4日美国南部邦联同盟会议在亚拉巴马州蒙哥马利召开，首先脱离联邦的六个州代表参加，标志着南部邦联的成立

1861年2月18日杰弗逊·戴维斯就任美国南部邦联临时总统

1861年3月4日亚伯拉罕·林肯就任美国总统

1861年4月12日南部邦联军队炮击萨姆特堡，内战爆发

1861年5月6日阿肯色脱离合众国

1861年3月6日南部邦联宣布招募100,000名自愿兵

1861年4月15日林肯宣布招募75,000名自愿兵应付国内叛乱

1861年4月17日弗吉尼亚脱离合众国

1861年5月20日北卡罗来纳脱离合众国

1861年6月10日拿破仑三世宣布在美国内战中保持中立

1861年6月11日西弗吉尼亚部分县组成自治政府反对该州脱离联邦

1861年7月21日马纳萨斯战役（也称为首次布尔伦河战役The First Battle of Bull Run)

1861年7月25日国会通过众议员约翰·J.克里坦登提出的决议案

(The Crittenden Resolution)，宣称战争是为了维护宪法和联邦政府，而不是废除奴隶制

1861年8月30日约翰·弗里蒙特（John Frémont）将军宣布解放密苏里州奴隶，该命令被林肯撤销

1861年11月8日联邦海军拦截英国邮船“特伦特号”(*Trent*)，逮捕南部邦联特使詹姆斯·梅森和约翰·斯利德尔，该事件极大地激怒英国政府，12月26日两人获释，“特伦特号”危机结束

1862年2月6日联邦军队在格兰特将军指挥下夺取南方在田纳西河上的重要阵地亨利堡

1862年2月22日杰弗逊·戴维斯在里士满就任美国南部邦联总统

1862年4月6—7日田纳西州夏洛伊战役

1862年4月10日林肯总统批准一项关于解放奴隶的联合决议案

1862年4月16日林肯签署一项关于结束哥伦比亚特区蓄奴制的法案

1862年4月25日大卫·法拉格特上校率领的联邦舰队夺取新奥尔良

1862年6月5日利比里亚和海地成为首批得到美国承认的黑人国家

1862年6月19日林肯签署一项在美国禁止奴隶制的法律

1862年6月25日乔治·麦克莱伦指挥的波托马克军团与罗伯特·李的北弗吉尼亚军团的争夺里士满的“七日战役”开始，最后双方都损失惨重

1862年7月2日林肯宣布增招300,000三年期志愿兵

1862年7月29日南部邦联“亚拉巴马号”离开英格兰开始袭击北方商船

1862年8月17日面临半饥饿状态的苏族印第安人在明尼苏达起义，袭击市镇和军队，数百人丧生

1862年8月29—30日第二次布尔伦河战役（The Second Battle of Bull Run)，北方遭受灾难性打击

1862年9月5日罗伯特·李首次率军进入北方领地

1862年9月15日石墙将军杰克逊（Stonewall Jackson）占领哈泼斯渡口，俘虏约12,000北方军

1862年9月23日林肯在安提塔姆战役胜利后发布预备《解放黑奴宣言》称，自1863年1月1日起，各叛乱州奴隶将全部获得自由

1862年9月23日苏族印第安人首领利特尔·克罗（“小乌鸦”）的起义在明尼苏达被击败

1862年9月27日第一支由自由黑人组成的联邦团队“非洲骑兵团”在新奥尔良成立

1862年12月根据林肯的命令，38名苏族印第安人起义首领在明尼苏达州曼卡托被处以绞刑

1863年1月1日林肯正式签署《解放黑奴宣言》(The Emancipation Proclamation)，但规定只适用于叛乱各州，自由黑人被要求参加联邦军

1863年1月7日里士满《问询报》称《解放黑奴宣言》为“美国历史上前所未有的最惊人的政治罪行，最愚蠢的政治错误”

1863年1月2日联邦军队在斯通河战役击退南部邦联，阻止其对田纳西的进攻

1863年3月3日林肯签署《征兵法》，征召所有20—40岁男子入伍，但允许雇佣替代人或交付300美元免除兵役

1863年4月2日里士满发生“面包暴动”(Bread Riots)，饥民抢劫商店

1863年5月2日罗伯特·李军队宣称在钱斯勒斯维尔（Chancellorsville）获胜，“石墙将军”杰弗逊负伤后去世

1863年5月22日格兰特将军率部围攻维克斯堡（Vicksburg）被击退，但继续加以围困

1863年6月20日西弗吉尼亚成为联邦第三十五个州

1863年7月1—3日在葛底斯堡战役（The Battle of Gettysburg）中，米德的波托马克军团重创罗伯特·李的北弗吉尼亚军团，挫败其向北方的入侵，联邦军85,000多人中伤亡23,049人；邦联军近65,000人中伤亡和失踪人数达20,451人

1863年7月4日维克斯堡在经历长达六周的围困后，向格兰特部队投降

1863年7月8日赫德森港守军投降，联邦军控制整个密西西比河

1863年7月13日纽约发生反征兵暴动，黑人成为战争替罪羊，闹事者和黑人中有数百人丧生

1863年8月21日邦联游击队进入堪萨斯的劳伦斯，杀害反奴隶制居民约150名，包括男孩

1863年9月2日联邦军占领克诺斯维尔

1863年9月9日联邦军占领查塔努加

1863年9月23日邦联军围困查塔努加

1863年10月17日格兰特被任命为联邦军西线最高统帅

1863年11月19日林肯发表著名的“葛底斯堡演讲”，纪念在此阵亡的将士

1863年11月25日联邦军在查塔努加击溃南方军

1863年12月8日林肯发布《大赦与重建宣言》(Ten Percent Plan)，规定在1860年选举中有百分之十的选民愿意效忠联邦政府并禁止蓄奴的叛乱州可以重新加入联邦

1864年2月24日林肯签署法令，对联邦控制区内奴隶自愿参军的奴隶主作出补偿，每人不超过300美元，参军的奴隶成为自由人

1864年3月12日格兰特将军被任命为联邦军总司令

1864年3月18日谢尔曼（William T. Sherman）将军被任命为联邦军西线指挥

1864年4月12日福里斯特（Nathan Bedford Forrest）的邦联军占领田纳西的皮洛堡，被控杀害驻扎该地的黑人联邦士兵

1864年4月17日格兰特暂停双方战俘交换

1864年6月18日格兰特的联邦军开始围困罗伯特·李北弗吉尼亚军团守卫的彼得斯堡

1864年7月11日邦联军逼近华盛顿外围地区

1864年8月5日联邦海军赢得莫比尔湾战役，占领莫比尔湾摩根堡，封锁南部邦联最重要的港口之一

1864年8月29日民主党推选麦克莱伦将军（George McClellan）为总统候选人，提出结束战争的竞选纲领，甚至准备承认南方的独立

1864年9月1日谢尔曼将军的联邦军占领亚特兰大

1864年9月4日谢尔曼将军下令所有居民离开亚特兰大，以打击南方人的士气

1864年11月8日林肯再次当选美国总统

1864年11月15日谢尔曼的军队开始其著名的向大海进军（March to the Sea)，毁坏亚特兰大和沿途佐治亚大片区域，最后抵达萨万那城(Savannah)

1864年12月16日联邦军在纳什维尔战役击败南方军

1865年1月31日国会通过废除奴隶制的第十三条宪法修正案，送各州批准

1865年3月4日林肯宣誓就职总统第二任期

1865年3月13日邦联国会授权使用奴隶士兵

1865年4月2—3日戴维斯总统及其内阁撤离南部邦联首都里士满

1865年4月9日南部邦联总司令罗伯特·李在弗吉尼亚州阿波马托克斯法院所在地向格兰特投降

1865年4月14日林肯在华盛顿福德剧院被演员约翰·布斯暗杀，第二天去世

1865年4月15日副总统安德鲁·约翰逊就任第十七届总统

1865年5月10日杰弗逊·戴维斯和一些内阁成员被俘，南部邦联政府不复存在

1865年5月26日柯尔比（Kirby Smith）率领的最后的南部邦联军队在新奥尔良投降，内战宣告结束

1865年5月29日约翰逊总统宣布大赦，赦免宣誓效忠联邦的原南部邦联人员

1865年6月6日约翰逊总统宣布释放南部战俘

1865年9月3日联邦军队击败约3,000名叛乱的苏族、切罗基族和阿拉巴荷族印第安人

1865年12月18日宣布奴隶制在整个国家为非法的第十三条宪法修正案通过

1866年4月9日尽管约翰逊总统否决，国会依然通过《民权法》(Civil Rights Act)，赋予黑人公民权利

1866年三K党（The Ku Klux Klan）在田纳西州成立

1867年3月2日国会通过《重建法》

1867年三K党在纳什维尔召开大会，宣布全国性组织形成，原南部邦联将军内森·贝德福德·福里斯特（Nathan Bedford Forrest）被推选为首任领袖

1867年5月13日原南部邦联总统杰弗逊·戴维斯在被监禁两年后获释

1868年11月3日格兰特被选为第十八届美国总统

1868年12月25日约翰逊总统宣布无条件地赦免内战中犯有背叛联邦罪的人

1877年4月24日最后一批联邦军队离开新奥尔良，从而撤出南部，标志着重建时期结束。

美利坚诸州同盟，又称“美利坚联盟国”（The Confederate States of America），简称“南部同盟”（Southern Confederacy），一译“南部邦联”，1861年2月成立，包括亚拉巴马、阿肯色、佛罗里达、佐治亚、路易斯安那、密西西比、北卡罗来纳、南卡罗来纳、田纳西、得克萨斯、弗吉尼亚等11个州。首都设在弗吉尼亚州的里士满。另有四个蓄奴的边境州：特拉华、马里兰、肯塔基、密苏里。

2. 主要内战小说家与作品

阿比恩·图尔基（Albion W. Tourgee）：《傻瓜的差事》（*A Fool's Errant*，1880）

阿尔登·R.卡尔特（Alden R. Carter）：《鲜亮的星旗》（*Bright Starry Banner*，2003）

艾丽斯·兰德尔（Alice Randall）：《风已飘走》（*The Wind Done Gone*，2001）

艾伦·B.巴拉德（Allen B. Ballard）：《我的职责》（*Where I'm Bound*，2000）

艾伦·格拉斯哥（Ellen Glasgow）：《战场》（*The Battle-Ground*，1902）

安德鲁·莱特勒（Andrew Lytle）：《漫漫长夜》（*The Long Night*，1936）

巴里·D.耶尔顿（Barry D. Yelton）：《灰色稻草人》（*Scarecrow in Gray*，2006）

邦尼·普瑞尔（Bonnie Pryor）：《1861年的约瑟夫：战争惊雷》（*Joseph 1861—A Rumble of War*，1999）

鲍里特·杰尔斯（Paulette Jiles）：《敌方妇女》（*Enemy Women*，2002）

彼得·查尔斯·梅尔曼（Peter Charles Melman）：《农夫》（*Landsman*，2007）

彼得·奎因（Peter Quinn）：《夏娃被放逐的孩子们》（*Banished Children of Eve*，1994）

伯纳德·考威尔（Bernard Cornwell）：《铜斑蛇》（*Copperhead*，1994）；《战旗》（*Battle Flag*，1995）；《血洒疆场》（*The Bloody Ground*，1996）

查尔斯·弗雷泽（Charles Franzier）：《冷山》（*Cold Mountain*，1997）

大卫·琼斯（David H. Jones）：《南北两兄弟》（*Two Brothers: One North, One South*，2008）

丹尼尔·R.布洛（Daniel R. Burow）：《军号声声：汉斯·施密特历险记》（*Sound of the Bugle: The Adventures of Hans Schmidt*，1973）

多恩·班尼斯特（Don Bannister）：《夏洛漫长的一天》（*Long Day at Shiloh*，1981）

多克特罗（E. L. Doctorow）：《大进军》（*The March*，2005）

厄普顿·辛克莱（Upton Sinclair）：《玛纳萨斯》（*Manassas*，1904）

哈里·卡斯特蒙（Harry Castlemon）：《密西西比下游的弗兰克》（*Frank on the Lower Mississippi*，1868）

哈里·特勒多弗（Harry Turtledove）：《南方的枪械》（*The Guns of the South*，1992）

哈罗德·弗里德里克（Harold Frederic）：《铜斑蛇》（*The Copperhead*，1893）

赫维·阿伦（Hervey Allen）：《阿奎拉行动》（*Action at Aquila*，1938）

霍华德·巴哈尔（Howard Bahr）：《黑色之花》（*The Black Flower*，1997）

霍华德·弗兰克·莫谢尔（Howard Frank Mosher）：《走向加特林堡》（*Walking to Gatlinburg*，2010）

吉·克里夫顿·威斯勒（G. Clifton Wisler）：《林肯先生的鼓手》（*Mr. Lincoln's Drummer*，1995）

加里·鲍尔森（Gary Paulsen）：《士兵之心》（*Soldier's Heart*，1998）

杰夫·萨拉（Jeff Shaara）：《众神与将军》（*Gods and Generals*，1996）；《最后一搏》（*The Last Full Measure*，1998）

杰弗·哈顿（Jeff Hutton）：《绝对静默》（*Perfect Silence*，2000）

杰拉尔丁·布鲁克斯（Geraldine Brooks）：《马奇》（*March*，2005）

杰西卡·詹姆斯（Jessica James）：《灰色朦胧》（*Shades of Gray*，2008）

卡萝尔·马塔斯（Carol Matas）：《内部战争》（*The War Within*，2001）

卡罗琳娜·高登（Caroline Gordon）：《无人回顾》（*None Shall Look Back*，1937）

科文·贝克尔（Kevin Baker）：《天堂小径》（*Paradise Alley*，2002）

拉塞尔·班克斯（Russell Banks）：《穿云者》（*Cloudsplitter*，1998）

丽塔·梅·布朗（Rita Mae Brown）：《雄心壮志》（*High Hearts*，1986）

琳达·杜朗特（Lynda Durrant）：《最后一条裙子：联邦士兵珍妮·哈杰斯的故事》（*My Last Skirt: The Story of Jennie Hodgers*，*Union Soldier*，2006）

鲁丝玛丽·威尔斯（Rosemary Wells）：《夏普斯堡的红月》（*Red Moon at Sharpsburg*，2007）

罗伯特·H.弗勒（Robert H. Fowler）：《米尔罗伊车站战役》（*The Battle of Milroy Station*，2003）

罗伯特·佩恩·沃伦（Robert Penn Warren）：《天使帮》（*Band of Angels*，1955）；《荒野》（*Wilderness*，1961）

罗伯特·希克斯（Robert Hicks）：《南方的寡妇》（*The Widow of the South*，2005）

玛格丽特·利奇（Margaret Leech）：《华盛顿的起床号：1860—1865》（*Reveille in Washington: 1860—1865*，2001）

玛格丽特·麦克穆兰（Margaret McMullan）：《如何自强》（*How I Found the Strong*，2004）

玛格丽特·米切尔（Margaret Mitchell）：《飘》（*Gone with the Wind*，1936）

玛格丽特·沃克（Margaret Walker）：《纪念日》（*Jubilee*，1966）

玛丽·李·瑟特勒（Mary Lee Settle）：《无从知晓》（*Know Nothing*，1960）

玛丽·约翰斯顿（Mary Johnston）：《隆隆炮声》（*The Long Roll*，1911）；《停火》（*Cease Firing*，1912）

麦金雷·坎特（Mackinley Kantor）：《永远记住》（*Long Remember*，1934）；《安德逊维尔》（*Andersonville*，1955）；《假如南方赢得内战》（*If the South Had Won the Civil War*，1960）

麦克斯·拜尔德（Max Byrd）：《格兰特》（*Grant*，2000）

迈克尔·基利恩（Michael Kilian）：《格罗列塔之墓》（*A Grave at

Glorieta，2003)；《夏洛姐妹》(*The Shiloh Sisters*，2003)

迈克尔·萨拉 (Michael Shaara)：《杀戮天使》(*The Killer Angels*，1974)

米里亚姆·布雷纳曼 (Miriam Brenaman)：《艾维的内战》(*Evvy's Civil War*，2002)

欧文·帕里 (Owen Parry)：《每条河都叫约旦》(*Call Each River Jordan*，2001)；《巴比伦叛军》(*Rebels of Babylon*，2005)

乔安·莱斯利·伍德鲁弗 (Joan Leslie Woodruff)：《夏洛的重生》(*The Shiloh Renewal*，1998)

乔安娜·凯瑟琳·司各特 (Joanna Catherine Scott)：《来自教堂山》(*The Road from Chapel Hill*，2006)

瑞贝卡·哈丁·戴维斯 (Rebecca Harding Davis)：《等待裁决》(*Waiting for the Verdict*，1867)

舍尔比·福特 (Shelby Foote)：《夏洛》(*Shiloh*，1952)

斯蒂芬·克莱恩 (Stephen Crane)：《红色英勇勋章》(*The Red Badge of Courage*，1895)

斯蒂芬·莱特 (Stephen Wright)：《融合波尔卡》(*The Amalgamation Polka*，2006)

斯塔克·扬 (Stark Young)：《血红的玫瑰》(*So Red the Rose*，1934)

唐纳德·霍尼格 (Donald Honig)：《像成人一样行走》(*Walk Like a Man*，1961)

唐纳德·麦克卡格 (Donald McCaig)：《瑞德·巴特勒身边的人们》(*Rhett Butler's People*，2007)

托马斯·狄克逊 (Thomas Dixon)：《豹斑》(*The Leopard's Spots*，1902)；《同族人》(*The Clansman*，1905)

托马斯·弗莱明 (Thomas Fleming)：《罗伯特·李的秘密审判》(*The Secret Trial of Robert E. Lee*，2006)

威尔·亨利 (Will Henry)：《夏洛之旅》(*Journey to Shiloh*，1960)

威廉·福克纳 (William Faulkner，1897—1962)：《押沙龙，押沙龙！》(*Absalom，Absalom!* 1936)；《不败者》(*The Unvanquished*，1938)

威廉·泰勒·亚当斯 (William Taylor Adams)：《为正义而战》

(*Fighting for the Right*, 1892);《士兵男孩》(*The Soldier Boy*, 1863)

锡尼·拉尼尔(Sidney Lanier):《卷丹》(*Tiger-Lilies*, 1867)

辛西亚·巴斯(Cynthia Bass):《谢尔曼的进军》(*Sherman's March*, 1994)

亚里桑德拉·里普雷(Alexandra Ripley):《斯佳丽》(*Scarlett*, 1991)

伊芙琳·司各特(Evelyn Scott):《波浪》(*The Wave*, 1929)

约翰·埃斯顿·库克(John Esten Cooke):《鹰巢的萨利》(*Surry of Eagle's Nest*, 1866)

约翰·德福莱斯特(John W. De Forest):《瑞夫纳小姐从脱离到忠诚的转变》(*Miss Ravenel's Conversion from Secession to Loyalty*, 1867)

约翰·杰克斯(John Jakes):《北方与南方》(*North and South*, 1982);《爱情与战争》(*Love and War*, 1984);《天堂与地狱》(*Heaven and Hell*, 1987),基于这三部曲,1985年拍摄电视剧《南北乱世情》

约翰尼·D.博格斯(Johnny D. Boggs):《宿营地:西部故事》(*Camp Ford: A Western Story*, 2005)

约瑟夫·柯克兰(Joseph Kirkland):《K连上尉》(*The Captain of Company K*, 1891)

詹姆斯·波伊德(James Boyd):《继续行军》(*Marching On*, 1927)

珍妮特·鲁恩(Janet Lunn):《菜窖》(*The Root Cellar*, 1981)

参考文献

Aaron, Daniel. *The Unwritten War: American Writers and the Civil War*. Tuscaloosa: University of Alabama Press, 2003.

Anderson, Benedict. *Imagined Communities*. London: Verso, 1983.

Ardoin, Paul. "Space, Aesthetic Power, and True Falsity in *The Known World*." *Studies in the Novel*, Volume 45, Number 4 (Winter 2013), pp. 638—654.

Baker, Anne. *Heartless Immensity: Literature, Culture and Geography in Antebellum America*. Ann Arbor: The University of Michigan Press, 2006.

Ball, Valerie M. "The Novel *Gone with the Wind*: Irish-American Adaptation." *The Harp*, Vol. 9 (1994), pp. 83—95.

Barkley, Danielle. "No Happy Loves: Desire, Nostalgia, and Failure in Margaret Mitchell's *Gone with the Wind*." *The Southern Literary Journal*, Volume 47, Number 1, Fall 2014, pp. 54—67.

Berkov, Lawrence I. *A Prescription for Adversity: The Moral Art of Ambrose Bierce*. Columbus: Ohio State UP, 2002.

Berman, Carolyn Vellenga. "The Known World in World Literature: Bakhtin, Glissant, and Edward P. Jones." *NOVEL: A Forum on Fiction*, Vol. 42, No. 2, Theories of the Novel Now, Part I (Summer 2009), pp. 231—238.

Bierce, Ambrose. *The Collected Works of Ambrose Bierce*. Volume 1, Gloucester, England: Dodo Press, 1909.

Blight, David W. *Race and Reunion: The Civil War in American Memory*. Cambridge, Massachusetts: The Belknap Press of Harvard University Press, 2001.

Bloom, Harold ed. *Bloom's Modern Critical Views: Stephen Crane*. Updated Edition, New York: Infobase Publishing, 2007.

Bloom, Harold ed. *Bloom's Guides: E. L. Doctorow's Ragtime*. Philadelphia: Chelsea House Publishers, 2004.

Brady, Lisa M. *War Upon the Land: Military Strategy and the Transformation of Southern Landscapes During the American Civil War*. Athens, GA: The University of Georgia Press, 2012.

Brooks, Geraldine. *March*. New York: Penguin Books, 2005.

Brown, Sterling A. "Negro Characters as Seen By White Authors." *Journal of Negro Education*. XXII (April 1933), pp.179—203.

Budd, Louis J. ed. *Mark Twain: Collected Tales, Sketches, & Essays 1852—1890*. New York: Library of America, 1992.

Burgan, Michael. *Slavery in the Americas: The Underground Railroad*. New York: Chelsea House, 2006.

Bynum, Victoria E. *The Long Shadow of the Civil War: Southern Dissent and Its Legacies*. Chapel Hill: The University of North Carolina Press, 2010.

Canada, Mark. 2013. "Rebecca Harding Davis's Human Stories of the Civil War". *Southern Cultures*, Fall, pp. 57—120.

Caruth, Cathy. *Unclaimed Experience: Trauma, Narrative, and History*. Baltimore and London: The Johns Hopkins University Press, 1996.

Chase, Malcolm and Christopher Shaw. "The Dimensions of Nostalgia." *The Imagined Past: History and Nostalgia*. Eds. Christopher Shaw and Malcolm Chase. Manchester: Manchester UP, 1989, pp. 1—17.

Chitwood, Ava. "Epic or Philosophic, Homeric or Heraclitean? The Anonymous Philosopher in Charles Frazier's '*Cold Mountain*.'" *International Journal of the Classical Tradition*, Vol. 11, No. 2 (Fall 2004), pp. 232—243.

Chukwumah, Ignatius. "Mimetic Desire and the Complication of the Conventional Neo-Slave Narrative Form in Edward P. Jones's *The Known World*." *Arcadia* 2018; 53(1), pp. 89—104.

Clinton, Catherine, and Nina Silber eds. *Divided Houses: Gender and the Civil War*. New York: Oxford University Press, 1992.

Clukey, Amy. "Plantation Modernity: *Gone with the Wind* and Irish-Southern Culture." *American Literature*, Volume 85, Number 3, September 2013, pp. 505—530.

Coco, Gregory A. A Strange and Blighted Land—Gettysburg: The Aftermath of a Battle. New York: Thomas Publications, 1995.

Colley, Ann. *Nostalgia and Recollection in Victorian Culture*. New York: Palgrave, 1998.

Cox, Karen L. *Dreaming of Dixie: How the South Was Created in American Popular Culture*. Raleigh: The University of North Carolina Press, 2011.

Cushman, Stephen. *Belligerent Muse: Five Northern Writers and How They Shaped Our Understanding of the Civil War*. Chapel Hill: The University of North Carolina Press, 2014.

Davis, Charles T. and Henry Louis Gates, Jr. *The Slave Narrative*. New York: Oxford University Press, 1990.

Davis, Rebecca Harding. *Bits of Gossip*. Boston: Houghton & Mifflin, 1904.

Dawes, James. *The Language of War: Literature and Culture in the U.S. from the Civil War through World War II*. Cambridge: Harvard University Press, 2002.

De Forest, John W. *Miss Ravenel's Conversion from Secession to Loyalty*. New York: Penguin, 2000.

Desjardin, Thomas A. *The Honored Dead: How the Story of Gettysburg Shaped American Memory*. Cambridge: Da Capo Press, 2003.

Deyo, Brian. "Ecophobia, the Anthropocene, and the Denial of Death." *ISLE* 26 (2019), pp. 442—455.

Dischinger, Matthew. "States of Possibility in Colson Whitehead's *The Underground Railroad*." *The Global South*, Vol. 11, No. 1, Engaging with the Poetics of Peripheralization (Spring 2017), pp. 82—99.

Doctorow, E. L. *The March*. New York: Random House, 2005.

Douglass, Frederick. *The Heroic Slave. A Cultural and Critical Edition*, ed. by

Robert S. Levine, John Stauffer, and John R. McKivigan. New Haven & London: Yale University Press, 2015.

Douglas, Mary. "The Idea of a Home: A Kind of Space." *Social Research*, (1991) 58 (1): pp. 287—307.

Drake, Richard B. *A History of Appalachia*. Lexington: The University Press of Kentucky, 2001.

Dubey, Madhu. "Speculative Fictions of Slavery." *American Literature*, Vol. 82, No. 4, 2010, pp. 779—805.

Eckman, Michael V. "Mark Twain and the American Civil War," *Mark Twain Journal*, Spring/Fall 2013, pp. 86—119.

Edwards, Anne. *Road to Tara: The Life of Margaret Mitchell*. New York: Taylor Trade Publishing, 2014.

Elias, Amy J. *Sublime Desire: History and Post-1960s Fiction*. Baltimore: Johns Hopkins University Press, 2001.

Elliott, Emory. *Columbia Literary History of the United States*. New York: Columbia University Press, 1988.

Elmer, Jonathan. "American Idiot: Ambrose Bierce's Warrior." *American Literary History*, 2015, Vol. 27, No. 3, pp. 446—460.

Entzminger, Benita. *The Belle Gone Bad: White Southern Women Writers and the Dark Seductress*. Baton Rouge: Louisiana State University Press, 2002.

Estok, Simon C. "Theorizing in a Space of Ambivalent Openness: Ecocriticism and Ecophobia." *ISLE: Interdisciplinary Studies in Literature and Environment 16* (2009), pp. 203—225.

Fahs, Alice. *The Imagined Civil War: Popular Literature of the North and South, 1861—1865*. Chapel Hill: University of North Carolina Press, 2001.

Fahs, Alice & Joan Waugh, ed. *The Memory of the Civil War in American Culture*. Chapel Hill: The University of North Carolina Press, 2004.

Farmer, Alan. *The American Civil War: Causes, Course and Consequences 1803—77*. Fourth Edition, London: Hodder Education, 2008.

Faust, Drew Gilpin. *The Creation of Confederate Nationalism: Ideology and Identity in the Civil War South*. Baton Rouge: Louisiana State University Press, 1988.

Ferguson, Alfred R. "The Abolition of Blacks in Abolitionist Fiction, 1830—1860." *Journal of Black Studies*, Vol. 5, No. 2, December 1974, pp.134—156.

Foote, Shelby. *The Civil War: A Narrative, Vol. I, Fort Sumter to Perryville*. New York: Vintage, 1986.

Foote, Shelby ed. *Chickamauga and other Civil War Stories*. New York: Dell Publishing, 1993.

Ford, Lacy K. ed. *A Companion to the Civil War and Reconstruction*. Malden, MA: Blackwell, 2005.

Frazier, Charles. *Cold Mountain*. New York: Atlantic Monthly Press, 1997.

Fukuyama, Francis. "Why National Identity Matters." *Journal of Democracy*, Vol. 29, No. 4, October 2018, pp. 5—15.

Fulcher, James. "Black Abolitionist Fiction: The Formulaic Art of Douglass, Brown Delany and Webb," *Journal of American Culture*, 1980 Vol. 2; Iss. 4, pp. 583—597.

Fuller, Randall. *From Battlefields Rising: How the Civil War Transformed American Literature*. New York: Oxford University Press, 2011.

Gaillard, Dawson. "Gone with the Wind as Bildungsroman or Why Did Rhett Butler Really Leave Scarlett O'Hara?" *The Georgia Review*, Vol. 28, No. 1 (Spring 1974), pp. 9—18.

Gandal, Keith. "Stephen Crane's 'Mystic Places.'" *Arizona Quarterly: A Journal of American Literature, Cultre, and Theory*. Vol. 55, No. 1, Spring 1999, pp. 97—126.

Gardner, Sarah E. *Blood and Irony: Southern White Women's Narratives of the Civil War, 1861—1937*. Chapel Hill: The University of North Carolina Press, 2004.

Gardner, Sarah E. "Book Review." *Legacy*: Vol. 32, No. 2, 2015, pp. 320—323.

Geier, Clarence R., Douglas D. Scott, and Lawrence E. Babits eds. *From These Honored Dead: Historical Archaeology of the American Civil War*. Gainesville, FL: The University Press of Florida, 2014.

Ghanbari, Sajjad and Zohreh Ramin. "Dominant Discourse and Counter Discourse: The Study of Dissident Voices in *The March* by E. L. Doctorow."

Studies in Literature and Language, Vol. 16, No. 3, 2018, pp. 43—50.

Glucksman, Fredrica B. "Concord Comes to Cold Mountain: Emersonian Elements in Charles Frazier's '*Cold Mountain*.'" *The Concord Saunterer*, New Series, Vol. 14 (2006), pp. 104—109.

Gómez-Galisteo, M. Carmen. *The Wind Is Never Gone: Sequels, Parodies and Rewritings of Gone with the Wind*. Jefferson, North Carolina, and London: McFarland & Company, Inc., Publishers, 2011.

Gossett, Thomas F. *Uncle Tom's Cabin and American Culture*. Dallas: Southern Methodist University Press, 1985.

Grant, Susan-Mary. "Southern Writers and the Civil War." In Susan-Mary Grant. *A Companion to the Literature and Culture of the American South*. Malden, MA: Blackwell Publishing Ltd., 2008, pp. 93—109.

Grant, Susan-Mary. "Raising the dead: War, memory and American national identity." *Nations and Nationalism* 11(4), 2005, pp. 509—529.

Grant, Susan-Mary. *A Concise History of the United States of America*, Cambridge: Cambridge University Press, 2012.

Gray, Richard. *Writing the South: Ideas of an American Region*. Cambridge: Cambridge University Press, 1986.

Hansen, Joyce. *Which Way Freedom?* New York: Walker, 1986.

Haskell, Molly. *Frankly, My Dear: Gone with the Wind Revisited*. New Haven & London: Yale University Press, 2009.

Hayes, Kevin J. "Image and Emblem in *The Red Badge of Courage*." Harold Bloom ed. *Bloom's Modern Critical Views: Stephen Crane* (updated edition). New York: Infobase Publishing, 2007, pp.193—200.

Hemingway, Ernest. *Ernest Hemingway Selected Letters 1917—1961*. ed. Carlos Baker. London: Granada, 1981.

Herman, Judith. *Trauma and Recovery: The Aftermath of Violence—From Domestic Abuse to Political Terror*. New York: Basic Books, 2015.

Hicks, Robert. *The Widow of the South*. New York: Hachette Book Group, 2005.

Hillstrom, Kevin & Laurie Collier Hillstrom. *American Civil War: Almanac*. Detroit: U·X·L Publisher, 2000.

Hutcheon, Linda. *A Poetics of Postmodernism*. New York: Routledge, 2004.

Ikard, David. "White Supremacy under Fire: The Unrewarded Perspective in Edward P. Jones's *The Known World*." *MELUS*, Vol. 36, No. 3 (Fall 2011), pp. 63—85.

Jakes, John. *North and South*. New York: Dell Publishing Co., Inc., 1985.

James, Jennifer C. *A Freedom Bought with Blood: African American War Literature from the Civil War to World War II*. Chapel Hill: The University of North Carolina Press, 2007.

Jameson, Fredric. "War and Representation." War. Spec. issue of *PMLA* 124.5 (Oct. 2009), pp.1532—1547.

Jin, Seongeun. "The Role of Music: Solomon Northrup's Twelve Years a Slave in Text and Film." *CEA Critic* (Published by Johns Hopkins University Press), Vol. 78, No. 1, March 2016, pp. 78—89.

Jones, Edward P. *The Known World*. New York: HarperCollins, 2003.

Jones, Mary, et al. *The War the Women Lived: Female Voices from the Confederate South*. Nashville: J. S. Sanders, 1995.

Kaisary, Philip. "The Slave Narrative and Filmic Aesthetics: Steve McQueen, Solomon Northup, and Colonial Violence." *MELUS*, Vol. 42, No. 2, Summer 2017, pp. 94—114.

Kaplan, Amy. "The Spectacle of War in Crane's Revision of History." Harold Bloom ed. *Bloom's Modern Critical Views: Stephen Crane* (updated edition). New York: Infobase Publishing, 2007, pp. 75—101.

Kaser, David. *Books and Libraries in Camp and Battle: The Civil War Experience*. Westport, Conn.: Greenwood, 1984.

Kaufman, Will. *The Civil War in American Culture*. Edinburgh: Edinburgh University Press, 2006.

Kowalewski, Michael. *Deadly Musings: Violence and Verbal Form in American Fiction*. Princeton: Princeton University Press, 1993.

Krauthamer, Barbara. *Black Slaves, Indian Masters: Slavery, Emancipation, and Citizenship in the Native American South*. Chapel Hill: The University of North Carolina Press, 2013.

Kristeva, Julia. *Powers of Horror: An Essay on Abjection*. Trans. Leon S. Roudiez. Columbia University Press, 1982.

Lamb, Robert Paul and G. R. Thompson eds. *A Companion to American Fiction 1865—1914*. Malden, MA: Wiley-Blackwell, 2009.

Leech, Margaret. *Reveille in Washington*. New York: New York Review Books, 2011.

Lefebvre, Henri. *The Production of Space*. trans. Donald Nicholson-Smith. Oxford: Blackwell, 1991.

Li, Stephanie. "Genre Trouble and History's Miseries in Colson Whitehead's *The Underground Railroad*." *MELUS*, April, 2019, pp. 1—23.

Lincoln, Abraham. *Selected Speeches and Writings*. New York: Library of America, 1992.

Lincoln, Abraham. *Speeches and Writings, 1832—1865*. New York: Library of America, Vol. 2, 2012(1), pp. 32—33.

Lively, Robert A. *Fiction Fights the Civil War: An Unfinished Chapter in the Literary History of the American People*. Chapel Hill: University of North Carolina Press, 1957.

Lupton, Mary Jane. *Maya Angelou: The Iconic Self*, ABC-CLIO, 2016.

Madden, David and Peggy Bach eds. *Classics of Civil War Fiction*. Jackson: University of Mississippi Press, 1991.

Mallett, Shelley. "Understanding home: A critical review of the literature." *The Sociological Review*, 2004, Vol. 52; lss. 1, pp. 62—89.

Marshall, Lynn. "Book Reviews." *The Journal of American History*, 2015, June, pp. 487—488.

Marten, James. *Civil War America: Voices from the Home Front*. Santa Barbara, California: ABC-CLIO, Inc. 2003.

McBride, James. "'Good Lord Bird' Gives Abolitionist Heroes Novel Treatment." *Interview*. NPR: NewsBank, 17 Aug. 2013.

McBride, James. *The Good Lord Bird*. New York: Riverhead Books, 2013.

McCrone, David and Frank Bechhofer. *Understanding National Identity*. Cambridge, UK: Cambridge University Press, 2015.

McLoughlin, Kate ed. *The Cambridge Companion to War Writing*. New York: Cambridge University Press, 2009.

McPherson, James M. *For Cause and Comrades: Why Men Fought in the Civil War*. New York: Oxford University Press, 1977.

Morris, Roy Jr. *Lighting out for the Territory: How Sam Clemens Headed West and Became Mark Twain*. New York: Simon & Schuster, 2010.

Mosher, Howard Frank. *Walking to Gatlinburg*. New York: Shaye Areheart Books, 2010.

Myers, Robert. "Ambrose Bierce's Ecophobic War Against Nature." *ISLE: Interdisciplinary Studies in Literature and Environment* 00.0 (2020), pp. 1—20.

Nabers, Deak. *Victory of Law: The Fourteenth Amendment, the Civil War, and American Literature, 1852—1867*. Baltimore: The Johns Hopkins University Press, 2006.

Naughton, Gerald David. "Posthistorical fiction and postracial passing in James McBride's *The Good Lord Bird*." *Critique: Studies in Contemporary Fiction*, 2018, Vol. 59, No. 3, pp. 346—354.

Newhouse, Wade. "Aghast and Uplifted": William Faulkner and the Absence of History. *The Faulkner Journal*; Fall 2005/2006; 21, 1/2; pp. 145—166.

Nofi, Albert A. *The Underground Railroad and the Civil War*. Philadelphia: Chelsea House Publishers, 2000.

Northup, Solomon. *Twelve Years A Slave*. New York: Miller, Orton & Mulligan, 1855.

Pressly, Thomas J. "The Known World of Free Black Slaveholders: A Research Note on the Scholarship of Carter G. Woodson." *The Journal of African American History*, Vol. 91, No. 1, *The African American Experience in the Western States* (Winter, 2006), pp. 81—87.

Rubin, Anne Sarah. "Revisiting Classic Civil War Books: Why *Gone with the Wind* Still Matters; or, Why I Still Love *Gone with the Wind*." *Civil War History*, Vol. 59, No. 1, March 2013, pp. 93—98.

Rubin, Louis D. Jr. *The Curious Death of the Novel: Essays in American Literature*. Baton Rouge: Louisiana State University Press, 1967.

Rubin, Louis D. Jr. and Robert Jacobs eds. *Southern Renascence: The Literature of the Modern South*. Baltimore, MD: Johns Hopkins University Press, 1953.

Ryan, Tim A. *Calls and Responses: The American Novel of Slavery Since Gone with the Wind*. Baton Rouge: Louisiana State University Press, 2008.

Savage, Kirk. *Standing Soldiers, Kneeling Slaves: Race, War, and Monument in Nineteenth-Century America*. Princeton: Princeton University Press, 1997.

Seidel, Kathryn Lee. *The Southern Belle in the American Novel*. Tampa: University of South Florida Press, 1985.

Seymour, Eric and Laura Barrett. "Reconstruction: Photography and History in E. L. Doctorrow's *The March*." *Literature & History*, third series 18/2, 2007, pp. 48—69.

Shaara, Jeffrey M. *Gods and Generals*. New York: Ballantine Books, 1996.

Shaara, Jeffrey M. *Last Full Measure*. New York: Ballantine Books, 1998.

Shaara, Michael. *The Killer Angels*. New York: Ballantine Books Trade Paperbacks, 2002.

Shealy, Daniel. "March: A Novel by Geraldine Brooks." *The New England Quarterly*, Vol. 79, No. 1 (Mar., 2006), pp. 163—166.

Sinclair, Upton. *Manassas: A Novel of the War*. Tuscaloosa and London: The University of Alabama Press, 2000.

Sizer, Lyde Cullen. *The Political Work of Northern Women Writers and the Civil War, 1850—1872*. Chapel Hill and London: The University of North Carolina Press, 2000.

Smith Jr., Leverett T. "Stephen Crane's Calvinism." *Canadian Review of American Studies*. Vol. 2, No. 1, Spring 1971, pp. 13—25.

Smith, Anthony D. *National Identity*. London: Penguin Books, 1991.

Smyth, Edmund J. *Postmodernism and Contemporary Fiction*. London: B. T. Batsford Ltd., 1991.

Stevens, John D. "The Black Reaction to *Gone with the Wind*." *Journal of Popular Film*, 1973/10 Vol. 2; Iss. 4, pp. 366—371.

Stone, James. "The Coming of Age of the Civil War Novel." *The Social Studies*, January/February, 2004, 95: 1, pp. 40—45.

Suponitskaya, Irina M. "The American South As Depicted in *Gone With the Wind*: A Russian Historian's Observations." *The Georgia Historical Quarterly*, Vol. 76, No. 4 (Winter 1992), pp. 876—890.

Tassel, Kristin Van. "Ecofeminism and a New Agrarianism: The Female Farmer in Barbara Kingsolver's *Prodigal Summer* and Charles Frazier's *Cold Mountain*." *Interdisciplinary Studies in Literature and Environment* 15.2 (Summer 2008), pp. 83—102.

Twain, Mark. *Life on the Mississippi*. New York: Oxford University Press, 1996.

Twain, Mark. "The Private History of a Campaign that Failed," in *Mark Twain: Collected Tales, Sketches, & Essays 1852—1890*, ed. Louis J. Budd. New York: Library of America, 1992.

Varon, Elizabeth R. *Disunion!: The Coming of the American Civil War, 1789—1859*. Chapel Hill: The University of North Carolina Press, 2008.

Versluys, Kristiaan ed. *Neo-Realism in Contemporary American Fiction*. Amsterdam: Rodopi, 1992.

Wertheim, Stanley and Paul Sorrentino, eds. *The Crane Log: A Documentary Life of Stephen Crane*. New York: G. C. Hall, 1994.

Whitehead, Colson. *The Underground Railroad*. London: Fleet, 2016.

Whitman, Walt. *Memoranda During the War*. Ed. Peter Coviello. New York: Oxford University Press, 2004.

Wilson, Edmund. *Patriotic Gore: Studies in the Literature of American Civil War*. New York: Norton, 1994.

Woodworth, Steven E. "Movie Reviews." *The Journal of American History*, December 2003, pp.1123—1124.

Worley, Sam. "Solomon Northup and the Sly Philosophy of the Slave Pen." *Callaloo*, Vol. 20, No.1 (Winter 1997), pp. 243—259.

Young, Elizabeth. *Disarming the Nation: Women's Writing and the American Civil War*. Chicago: University of Chicago Press, 1999.

Zenari, Vivian. "Henry James's Civil War Stories: The Homefront Experience and War Romance." *War, Literature & the Arts* (27), 2015, pp.1—40.

埃德蒙·威尔逊：《爱国者之血：美国内战时期的文学》，胡曙中、王兢、夏平等译，上海：上海外语教育出版社，1993年。

埃里克·芒雄-里高（法）：《贵族：历史与传承》，彭禄娴译，北京：生活·读书·新知三联书店，2018年。

埃默里·埃利奥特："文化记忆与美国小说"，金逸明译，张冲校，《复旦外国语言文学论丛》，2009年秋季号，第3—9页。

艾布拉姆斯、杰弗里·高尔特·哈珀姆：《文学术语词典》，吴松江、路雁等编译，北京：北京大学出版社，2014年。

艾默里·埃利奥特主编：《哥伦比亚美国文学史》，朱通伯等译，成都：四川辞书出版社，1994年。

爱德华·琼斯：《已知的世界》，曹元勇、卢肖慧译，上海：上海文艺出版社，2010年。

安布罗斯·比尔斯：《鹰溪桥上》，程闰闰译，重庆：重庆大学出版社,2013年。

安妮·爱德华兹：《飘来飘去：玛格丽特·米切尔传记》，黄惟新、吴壬林等译，哈尔滨：黑龙江人民出版社，1989年。

查尔斯·弗雷泽：《冷山》，周玉军、潘源译，南宁：接力出版社，2004年。

丹尼·卡瓦拉罗：《文化理论关键词》，张卫东、张生、赵顺宏译，南京：江苏人民出版社，2006年。

德鲁·吉尔平·福斯特：《这受难的国度：死亡与美国内战》，孙宏哲、张聚国译，南京：译林出版社，2015年。

多克特罗：《大进军》，邹海伦译，北京：人民文学出版社，2007年。

弗吉尼亚·赖特·卫克斯曼：《电影的历史》，原学梅、张明、杨倩倩译，北京：人民邮电出版社，2012年。

弗朗兹·法农：《黑皮肤，白面具》，万冰译，南京：译林出版社，2005年。

弗朗兹·法农：《全世界受苦的人》，万冰译，南京：译林出版社，2005年。

格蕾塔·戈德、帕特里克·D.墨菲主编：《生态女性主义文学批评：理论、阐释和教学法》，蒋林译，北京：中国社会科学出版社，2013年。

郭栖庆："斯蒂芬·克莱恩与《红色英勇勋章》"，《外国文学》1994年第2期，第58—62页。

哈里特·比彻·斯托：《汤姆叔叔的小屋》，王岩译，哈尔滨：北方文艺出版社，2012年。

哈姆林·加兰：《熙来攘往的大路》，郑大民译，上海：上海译文出版社，1993年。

韩超峰："解读《冷山》中的女性生态主义意识"，《电影文学》2013年第5期，第105—106页。

胡亚敏："《红色英勇勋章》与美国英雄神话"，《外语研究》，2014年第4期，第93—99页。

霍华德·弗兰克·莫谢尔：《走向加特林堡》，李智微译，南京：译林出版社，2011年。

加尔文·D.林顿编：《美国两百年大事记》，谢延光、储复耘、容再光、李祥荣译，上海：上海译文出版社，1984年。

加里·纳什等编著：《美国人民：创建一个国家和一种社会》（上卷，1492—1877年，第6版），刘德斌主译，北京：北京大学出版社，2008年。

杰拉尔丁·布鲁克斯：《马奇》，张建平译，北京：人民文学出版社，2007年。

科尔森·怀特黑德：《地下铁道》，康慨译，上海：上海人民出版社，2017。

克劳塞维茨（德）：《战争论》，中国人民解放军军事科学院译，北京：解放军出版社，2004年。

李公昭：《美国战争小说史论》，北京：北京大学出版社，2012年。

李公昭：分裂的声音———美国内战小说与评论综述，《外国文学研究》2009年第5期，第128—136页。

李公昭、胡亚敏："两条战线的战争——美国战争小说中的真正敌人"，《外国文学》，2003年第2期，第66—69页。

李鸥："《寒山》浅议"，吴冰、郭栖庆主编《美国全国图书奖获奖小说评论集》，北京：外语教学与研究出版社，2001年，第506—516页。

李庆余：《美国外交史——从独立战争到2004年》，济南：山东画报出版社，2008年。

刘聪颖："探寻电影《冷山》的文本渊源"，《电影文学》2007年7月下半月，第22—23页。

刘象愚："法农与后殖民主义"，《外国文学》，1999年第1期，第55—60页。

刘仪华："勇气与责任：《红色英勇勋章》亨利·弗莱明的形象解读"，《电影评介》，2007年第4期，第44—45页。

路易莎·梅·奥尔科特：《小妇人》，贾辉丰译，北京：人民文学出版社，2005年。

罗伯特·希克斯：《南方的寡妇》，张建平译，北京：人民文学出版社，2007年。
玛格丽特·利奇：《华盛顿的起床号》，秦传安译，上海：东方出版中心，2014年。
玛格丽特·米切尔：《飘》，戴侃、李光野、庄绎传译，北京：人民文学出版社，2004年。
迈克·克朗：《文化地理学》，杨淑华、宋慧敏译，南京：南京大学出版社，2003年。
迈克尔·H.亨特：《意识形态与美国外交政策》，褚律元译，北京：世界知识出版社，1998年。
迈克尔·萨拉：《决战葛底斯堡》，付满译，南京：译林出版社，2015年。
乔弗里·瓦德等著：《美国内战》，王聪译，北京：华夏出版社，2009年。
沙青青：“《杀戮天使》与‘新时代的海明威’”，《书城》，2008年第2期，第79—81页。
斯蒂芬·克莱恩：《浪漫勋章》，黄建人译，桂林：漓江出版社，1996年。
所罗门·诺瑟普：《为奴十二载》，常非译，北京：北京大学出版社，2014年。
索尔·科恩：《地缘政治学：国际关系的地理学》，严春松译，上海：上海社会科学院出版社，2011年。
谭昕：“社会状况和文化氛围的晴雨表——评好莱坞的无声故事片《一个国家的诞生》”，《成都大学学报》（社科版），2010年第3期，第74—77页。
托马斯·索威尔：《美国种族简史》，沈宗美译，北京：中信出版社，2015年。
外文出版社/光复书局《大美百科全书》编委会编：《大美百科全书》（第六卷），北京：外文出版社，1994年。
王先霈、王又平主编：《文学理论批评术语汇释》，北京：高等教育出版社，2006年。
王欣：“美国南方创伤小说研究”，《西南民族大学学报》（社科版），2013年第5期，第188—192页。
威廉·福克纳：《福克纳短篇小说集》，陶洁编，南京：译林出版社，2001年。

威廉·福克纳：《押沙龙，押沙龙！》，李文俊译，上海：上海译文出版社，2004年。

威廉·莎士比亚：《莎士比亚全集》（第三卷），朱生豪译，北京：人民文学出版社，2009年。

文珊："美国早期小说译介在中国"，《湘潭大学学报》（哲学社会科学版），2004年第2期，第43—46页。

沃尔特·拉塞尔·米德：《美国外交政策及其如何影响了世界》，曹化银译，北京：中信出版社，2003年。

谢景芝："《飘》中郝思嘉形象魅力解读"，《河南大学学报》，2005年第2期，第85—88页。

杨金才："评《红色英勇勋章》中的战争意识"，《外国文学研究》1999年第4期，第94—98页。

扬·阿斯曼：《文化记忆：早期高级文化中的文字、回忆和政治身份》，金寿福、黄晓晨译，北京：北京大学出版社，2015年。

约翰·杰克斯：《爱情与战争》（上、下），王同乐、张道峰等译，北京：作家出版社，1991年。

约翰·杰克斯：《南北乱世情》（上、下），刘英芳、张镜、刘兴安译，北京：作家出版社，1988年。

约翰·杰克斯：《天堂与地狱》，董惠铭译，杭州：浙江文艺出版社，2017年。

詹姆斯·麦克布莱德：《上帝鸟》，郭雯译，上海：文汇出版社，2017年。

张放放："《红色英勇勋章》中英雄典型弗莱明的心理解读"，《外国文学研究》2005年第5期，第128—132页。

朱迪思·赫尔曼：《创伤与复原》，施宏达、陈文琪译，北京：机械工业出版社，2015年。

朱刚：《新编美国文学史》（第二卷），上海：上海外语教育出版社，2002年。